LA FILLE
QUI PRENAIT LES ARMES

De la même autrice :

Ce que murmure le vent, 2021
Un tourbillon de sable et de cendre, 2022

Titre original : *A Girl Called Samson*

Traduit de l'anglais par Laurent Bury

76, boulevard Pasteur
75015 Paris – France
www.editionscharleston.fr

ISBN : 978-2-38529-046-7

Pour suivre notre actualité, rejoignez-nous sur Facebook (Editions.Charleston), sur Twitter (@LillyCharleston) et sur Instagram (@EditionsCharleston) !

Charleston s'engage pour une fabrication écoresponsable ! Amoureux des livres, nous sommes soucieux de l'impact de notre passion et choisissons nos imprimeurs avec la plus grande attention pour que nos ouvrages soient imprimés sur du papier issu de forêts gérées durablement.

Amy Harmon

LA FILLE QUI PRENAIT LES ARMES

Roman

Traduit de l'anglais par Laurent Bury

CHARLESTON

Note du traducteur

Les chapitres de ce roman portent des titres qui pourront paraître étranges au lecteur francophone, mais qui proviennent d'un document essentiel dans la culture américaine : la Déclaration d'indépendance des États-Unis, proclamée le 4 juillet 1776 (il en est question à plusieurs reprises dans le livre). Voici une version française de ce texte, où apparaissent en gras les titres des trente chapitres.

Lorsque, dans **le cours des événements humains**, **il devient nécessaire** pour **un peuple** de **dissoudre les liens** politiques qui l'ont attaché à un autre et de prendre, parmi les puissances **de la Terre**, **la place égale** et distincte à laquelle **les lois de la nature** et du Dieu de la nature lui donnent droit, le respect dû à **l'opinion de l'humanité** l'oblige à **déclarer les causes** qui le déterminent à **la séparation**.

Nous tenons les vérités suivantes pour **évidentes par elles-mêmes** : **tous les hommes** sont créés égaux ;

ils sont dotés par le Créateur de **certains droits inaliénables** ; parmi ces droits se trouvent la vie, la liberté et **la recherche du bonheur**. Les gouvernements sont établis parmi les hommes **pour garantir ces droits**, et **leur juste pouvoir** émane **du consentement des gouvernés**. Toutes les fois qu'une forme de gouvernement devient destructive de ce but, le peuple a le droit de **la changer ou de l'abolir** et d'établir un nouveau gouvernement, en le fondant sur les principes et en l'organisant en la forme qui lui paraîtront les plus propres à lui donner la sûreté et le bonheur. La prudence enseigne, à la vérité, que les gouvernements établis depuis longtemps ne doivent pas être changés pour **des causes légères et passagères**, et l'expérience de tous les temps a montré, en effet, que les hommes sont plus **disposés à tolérer des maux** supportables qu'à se faire justice à eux-mêmes en abolissant les formes auxquelles ils sont accoutumés. Mais lorsqu'**une longue suite d'abus** et d'usurpations, tendant invariablement au même but, marque le dessein de les soumettre au despotisme absolu, il est de leur droit, il est de leur devoir de rejeter un tel gouvernement et de pourvoir, par **de nouvelles sauvegardes**, à leur sécurité future. Telles ont été les **souffrances endurées avec patience** par ces Colonies, et telle est aujourd'hui **la nécessité qui les force** à changer leurs anciens systèmes de gouvernement. L'histoire du roi actuel de Grande-Bretagne est l'histoire d'une série d'injustices et d'usurpations répétées, qui toutes avaient pour but direct l'établissement d'une tyrannie absolue sur ces États. Pour le prouver, **soumettons les faits** au monde impartial [...].

En conséquence, nous, les représentants des États-Unis d'Amérique, assemblés en Congrès général, prenant à témoin le Juge suprême de l'univers de la droiture de nos intentions, publions et déclarons solennellement au nom et par l'autorité du bon peuple de ces Colonies, que ces Colonies unies sont et ont le droit d'être des États libres et indépendants ; qu'elles sont dégagées de **toute obéissance** envers la Couronne de la Grande-Bretagne ; que tout lien politique entre elles et l'État de la Grande-Bretagne est et doit être entièrement dissous ; que, comme les États libres et indépendants, elles ont pleine autorité de faire la guerre, de **conclure la paix**, de contracter des alliances, de réglementer le commerce et de faire tous autres actes ou choses que les États indépendants ont droit de faire ; et en garantie de **cette déclaration**, pleins d'une ferme confiance dans la protection de **la divine Providence**, nous engageons mutuellement nos vies, nos fortunes et notre bien le plus sacré, l'honneur.

Pour mes filles

Elle est revêtue de force et de gloire,
et elle se rit de l'avenir.
Proverbes XXXI, 25

3 janvier 1827

Chère Elizabeth,

Je n'ai pas cessé de penser à vous aujourd'hui. Une nouvelle année commence, mais je soupçonne que, pour moi, ce sera la dernière. Je suis plus souvent perdue dans mes pensées que présente dans le monde, et même si j'ai raconté certaines parties de mon histoire, je ne l'ai jamais mise noir sur blanc d'un bout à l'autre.

Vous connaissez déjà la plupart des choses que je relaterai, mais ce récit est destiné à vos enfants, et aux miens, ainsi qu'à des générations de petites filles encore à naître.

Un journaliste nommé Herman Mann – il se prétend romancier – m'a longuement interrogée pour l'écriture d'un livre, et j'espérais qu'il allait narrer ma vie telle que je la lui avais contée. Mais je m'aperçois que certaines choses sont impossibles à exprimer, surtout lorsque l'on s'adresse à un inconnu. Les pages qu'il m'a montrées ne ressemblent guère à ce que j'ai vécu, et il faut comprendre mon histoire pour comprendre mes choix. Mieux vaut que j'écrive moi-même, même si cela choque les sensibilités.

J'ai l'habitude.

Les notes que j'ai prises durant les dernières années de la révolution étaient trop brèves, insuffisantes, mais les événements sont gravés dans ma mémoire, et je les revis dans mon sommeil. Cela paraît une autre vie, même si j'en conserve toujours les traces dans ma chair et dans ma descendance.

Je croyais que rien ne pouvait être pire que la petite existence pénible que je menais. Je craignais aussi que la guerre ne prenne fin, et que je perde ainsi mon seul espoir de délivrance. En fait, j'ai vu répandre autant de sang que je pouvais le supporter. J'ai vu de jeunes garçons mourir, des hommes mûrs pleurer. J'ai vu régner la lâcheté et échouer le courage. Et j'ai vu de près, de mes propres yeux, ce que coûtent les rêves.

Si j'avais su, j'aurais pu éviter tout cela, ma douleur à la jambe et le coût de l'indépendance, la mienne et celle de mon pays. Mais alors je ne l'aurais pas rencontré, lui. Et jamais je n'aurais pu vraiment me connaître moi-même.

On me demande pourquoi j'ai fait cela. Mr Mann revenait constamment à cette question, et je n'avais aucune réponse simple. Une telle question appelle un récit complet. Je sais une chose : une fois le désir enraciné en moi, il a grandi, grandi, à tel point que m'y opposer aurait étouffé tout espoir en mon cœur. Et l'espoir est ce qui nous maintient en vie.

Si j'avais été petite et jolie, j'aurais pu avoir des rêves différents. J'y ai souvent réfléchi. Nos aspirations sont si souvent influencées par notre apparence. Je me demande ce que mon physique aurait fait de moi.

On m'a donné le prénom de ma mère, celui de la prophétesse biblique Deborah. Mais je ne voulais pas être prophète. Je voulais être une guerrière comme Jaël, la femme qui a tué un grand général pour libérer son peuple du poids de l'oppression. Je voulais surtout me libérer moi-même.

À cinq ans, j'étais seule au monde. À huit, je suis entrée au service d'une veuve qui me traitait comme un chien. De mes dix ans jusqu'à mes dix-huit ans, j'ai travaillé pour un fermier.

Il est impossible de décrire ce que l'on ressent lorsque l'on ne décide pas de sa propre vie, lorsque l'on est à la merci des autres, qui vous envoient où bon leur semble. Je n'étais alors qu'une enfant, mais le voyage auquel on m'a contrainte m'a profondément marquée et a enflammé dans mes veines une rébellion qui ne s'est jamais éteinte.

C'est peut-être à ce moment-là que je suis devenue soldat.

C'est peut-être ce jour-là que tout a commencé.

1

Le cours des événements humains

15 mars 1770

L'HIVER BATTAIT DÉJÀ EN RETRAITE, mais l'on était encore bien loin de l'été, et l'animal que nous chevauchions cheminait prudemment sur la route creusée d'ornières par le dégel, la tête baissée, le pas irrégulier. L'homme en selle devant moi me protégeait du froid du petit matin, mais je me blottissais derrière lui, malheureuse, indifférente au paysage et aux branches nues qui tâtaient le ciel pour y trouver des signes du printemps. Mes jambes rebondissaient contre les flancs du cheval, et je serrais mes jupes autour de mes genoux. Ma robe était trop courte, mes bas de laine trop larges, et ma peau nue entre les deux était à vif. Je portais sur moi tous les vêtements que je possédais et j'avais sur le dos une sacoche contenant une couverture, une brosse et une Bible qui avaient appartenu à ma mère.

— Sais-tu lire, Deborah ? demanda le révérend Sylvanus Conant, lançant la question par-dessus son épaule, comme on jette des miettes à un oiseau.

Il n'avait rien dit depuis notre départ, et je fus tentée de ne pas répondre. À chacune de ses visites chez la veuve Thatcher, il s'était montré bon avec moi, mais ce jour-là, j'étais en colère contre lui. Ce jour-là, il était venu me chercher. La veuve Thatcher n'avait plus besoin de moi, aussi allais-je à nouveau changer de maison. Je ne regretterais ni ses gifles, ni ses reproches, ni les corvées sans fin dont l'exécution ne la satisfaisait jamais, mais j'avais la certitude que mon nouvel emploi ne vaudrait guère mieux.

Cette fois, j'allais vivre dans une famille. Pas la mienne. Ma famille avait disparu, emportée et dispersée par le vent. Mes frères et ma sœur étaient tous employés quelque part. Maman ne pouvait pas nous nourrir. Elle pouvait à peine se nourrir elle-même. Je ne l'avais pas revue depuis des années, et je la verrais encore moins quand j'habiterais Middleborough.

Plutôt que de ruminer mon mécontentement, je consentis à répondre au révérend.

— Oui, je sais très bien lire. Ma mère m'a appris quand j'avais quatre ans.

— Vraiment ?

Le cheval qui nous transportait hennit, incrédule. Je changeai de position, essayant de ne pas m'accrocher à l'homme, mais je n'avais pas l'habitude de monter ainsi, et le dos de la vieille jument offrait un siège inconfortable.

— Ma mère disait que j'avais la lecture dans le sang. Elle est l'arrière-petite-fille de William Bradford. Connaissez-vous William Bradford ? Il était à bord du *Mayflower*. Les premiers colons l'ont choisi comme gouverneur.

Je ressentais le besoin de défendre ma mère, ne serait-ce que pour me défendre, moi.

— Certes, je le connais. Voilà un ancêtre dont tu peux être fière.

— Mon père est un Samson. Il y avait aussi un Samson à bord du *Mayflower*. Henry Samson. Ma mère disait qu'il était parti tout seul pour le Nouveau Monde.

— Il devait être très courageux.

— Oui. Mais mon père n'est pas courageux.

Le révérend Conant ne m'ayant pas contredite, je sombrai dans un silence honteux, gênée par cet aveu.

— Connais-tu ta Bible ? demanda-t-il, comme pour me laisser une chance de me racheter.

— Oui. Et j'ai appris le catéchisme par cœur.

— Ah bon ?

Je me mis à réciter les questions et les réponses élaborées par l'assemblée des théologiens.

— Eh bien, mon enfant ! m'interrompit-il au bout de quelques minutes.

Je n'avais pas terminé, mais je m'arrêtai. La veuve Thatcher n'avait jamais été impressionnée par cet exploit. Elle m'avait réprimandée pour mon orgueil. Je m'attendais à ce que le révérend en fasse autant. Au lieu de quoi il me complimenta :

— Ton effort est digne d'éloges. Tout à fait remarquable.

— Je peux continuer, proposai-je, me mordant les lèvres pour dissimuler mon plaisir. Je le connais entièrement.

— Sais-tu écrire, aussi ?

J'hésitai, un peu moins sûre de moi. Lire était plus facile qu'écrire, et la veuve Thatcher m'avait obligée à lui faire la lecture, parfois pendant des heures, mais elle n'avait pas voulu que je passe du temps à griffonner mes lettres.

— Je sais écrire, mais pas aussi bien que lire. J'aurais besoin d'entraînement.

— C'est une chose que de lire la pensée des gens, c'en est une autre que d'exprimer la sienne. Et le papier coûte cher.

— Oui. Et je n'ai pas d'argent.

J'étais surprise qu'il ait même posé la question. J'étais une fille, après tout, et une servante, mais cet interrogatoire m'inspirait des espérances.

— Pensez-vous que les Thomas me permettront d'aller à l'école ?

Ce fut son tour d'hésiter.

— Mistress Thomas a grand besoin d'aide.

Je soupirai, prévoyant cette réponse. Je n'irais donc pas à l'école.

— Mais je t'apporterai des livres, si tu veux.

À cette proposition, je faillis dégringoler de mon perchoir.

— Quel genre de livres ?

En réalité, cela m'était bien égal. La Bible, le catéchisme et un ensemble de cartes et de registres ayant appartenu au révérend Thatcher étaient les seuls livres que la veuve Thatcher avait chez elle. Je les lui avais tous lus à haute voix, même les registres, qui ne contenaient pourtant que des sermons. Les pages que ma mère avait recopiées d'après les *Mémoires* de William Bradford étaient bien plus intéressantes, mais j'avais grande envie de nouveauté.

— Quel genre de livres aimes-tu ?

— Les histoires. Je voudrais lire des histoires. Des aventures.

— Très bien. Je t'apporterai aussi du papier et de l'encre, pour que tu puisses pratiquer ton écriture. Tu pourrais composer des lettres.

— À qui écrirai-je ?

Il ne répondit pas immédiatement, et je craignis d'avoir été impertinente. C'est ce dont m'accusait souvent la veuve Thatcher, même si je m'acquittais toujours exactement de mes corvées et ne parlais que lorsque l'on m'adressait la parole.

— J'aimerais avoir quelqu'un avec qui pratiquer, expliquai-je. Mistress Thomas l'autorisera peut-être ?

Mon cœur réclamait une amitié. Je venais de passer cinq ans auprès de vieilles femmes usées et lasses.

— Peut-être.

Le révérend en resta là sur ce sujet, et je n'osai pas espérer qu'il tiendrait sa promesse.

— Les Thomas vivent à une demi-lieue de la ville, reprit-il. C'est un bon exercice pour les jambes, rien de plus. Ils ont une ferme, une jolie maison. Tu t'y trouveras sans doute très bien.

Je parvins à m'arracher à mon malheur pour regarder autour de moi. Le dégel printanier ralentissait notre voyage et la boue retenait les sabots du cheval, mais le ciel matinal bleuissait, le soleil commençait à me chauffer le dos, et la brise agitait mes cheveux pâles. J'avais passé trop de temps cloîtrée, toujours à proximité de la veuve Thatcher afin d'obéir à chacun de ses ordres. J'étais attirée par le monde existant hors de ces pièces étouffantes qui sentaient le renfermé ; mes membres et mes poumons rêvaient de vitesse et de mouvement. Si j'avais cru que le révérend le tolérerait, je lui aurais demandé de me déposer à terre pour que je puisse courir à côté du cheval. J'adorais courir. Mais la route n'était qu'un bourbier et, supposant que mes désirs ne seraient pas pris en compte, je préférai les ravaler.

Lorsque j'aperçus enfin la maison au milieu de la forêt et des champs, ce fut comme une lueur d'espoir.

Elle était bien entretenue, et les fenêtres composaient un visage amical, avec la porte d'entrée et la petite grille qui séparait la cour de la route. Cette porte s'ouvrit à notre approche, et une femme accourut à notre rencontre, relevant ses jupes d'une main, un petit garçon aux cheveux noirs sur ses talons. Un homme robuste, le chapeau sur la tête et les manches retroussées comme s'il venait de quitter son travail, salua le révérend quand nous nous arrêtâmes.

— N'aie pas peur, Deborah, dit doucement le révérend. Ici, tu ne seras pas maltraitée.

Des garçons surgirent de la grange et d'autres arrivèrent des champs, des garçons de toutes tailles, mais la plupart me semblaient plus âgés que moi. Le révérend Conant les connaissait tous et les salua tour à tour, mais je ne pus retenir leurs noms. Ils étaient si nombreux, et je n'avais guère l'expérience des autres enfants, surtout des garçons. Ils regardèrent leur père m'aider à descendre de la jument ; j'étais pétrifiée par l'angoisse, incapable de me laisser glisser au sol.

Aux plis de son front et à la moue de ses lèvres, je devinai que le diacre Jeremiah Thomas était soucieux. Son épouse, Susannah, qui lui arrivait à peine à l'épaule, était son contraire en toutes choses. Comme j'allais bientôt le découvrir, il était morose, mais non pas cruel ; dépourvu de joie, mais plein de justice, ce qui était à mes yeux une qualité bien plus précieuse. Susannah Thomas me sourit et prit mes mains dans les siennes.

— Sylvanus ne nous avait pas prévenus que tu étais si grande. À dix ans, tu es déjà une jeune femme.

Je hochai la tête, sans sourire. Je devais afficher un air assez farouche alors que j'avais simplement peur. Elle me présenta ses fils, du plus vieux au plus jeune. Nathaniel, Jacob et Benjamin avaient dix-huit, dix-sept et seize ans. Tous trois étaient de taille moyenne, élancés, les cheveux bruns. En me voyant, ils froncèrent leur nez couvert de taches de rousseur. Je ne sais pas à quoi ils s'attendaient, mais de toute évidence à autre chose. Elijah était plus massif, plus blond, plus affable. Il avait quatorze ans, et Edward, treize ans, était son double, comme si Mrs Thomas avait donné naissance à ses fils par lots, qu'ils soient ou non nés en même temps.

Francis et Phineas, douze ans, étaient de vrais jumeaux. La chevelure sombre et l'ossature plus frêle de leurs aînés reparaissaient en eux. J'étais plus grande qu'eux, et Phineas fronça les sourcils en entendant sa mère s'extasier devant ma haute taille. David et Daniel étaient également jumeaux, ils avaient dix ans comme moi, et ils auraient eu bien besoin qu'on coupe leur tignasse frisée. J'étais nettement plus grande qu'eux aussi.

À six ans, Jeremiah était le benjamin, et le seul qui n'ait pas son double. Pour Mrs Thomas, j'espérais que les six années écoulées depuis la naissance de Jeremiah signifiaient qu'elle n'aurait plus d'autres enfants.

— Nous essaierons de te laisser respirer, Deborah, même si nous sommes ravis de t'accueillir ici. J'ai bien besoin d'une autre femme à la maison. Tu m'aideras à civiliser mes fils.

Cette remarque fit renifler quelqu'un, je ne savais pas trop qui. Mrs Thomas se retourna, prit le bras du révérend Conant et annonça que le souper était prêt.

— Lavez-vous et venez, les garçons. Deborah, prends tes affaires, je vais te montrer où tu dormiras.

Mrs Thomas consacra son attention au révérend, et tous deux entrèrent dans la maison en bavardant comme de vieux amis. Tandis que le diacre Thomas menait déjà le cheval à l'abreuvoir, je ramassai ma sacoche, remontai mes bas et me disposai à suivre. Les fils Thomas discutaient à voix basse et je m'immobilisai, leur tournant le dos, tendant l'oreille.

— Elle est moche comme un piquet.

— Et aussi plate.

— Ses cheveux sont couleur de paille, ricana l'un des garçons. Elle pourrait peut-être se tenir dans un champ pour faire peur aux oiseaux.

— Elle a de jolis yeux. Je crois n'en avoir jamais vu comme les siens.

— Ils foutent la trouille ! Toutes les nuits, il faudra qu'on la surveille à tour de rôle, pour qu'elle ne nous égorge pas tous dans nos lits.

Cela me fit éclater de rire. Ma gaieté surprit tout le monde, et je leur offris un sourire plein de malice. Être redoutée valait mieux que d'être rejetée.

— Ses dents sont bien, marmonna l'un d'eux.

Et je ris à nouveau.

— Elle est vraiment bizarre, déclara l'aîné, mais le prénommé Phineas s'étant mis à rire lui aussi, tous se joignirent à lui un par un.

***

Je ne fis rien pour « civiliser » les garçons.

On pourrait même dire que ce sont eux qui m'ont radicalisée.

Ils dormaient dans le vaste grenier situé au-dessus de la pièce principale, dans des couchettes aménagées au cœur de la charpente. Seuls David et Daniel, les plus jeunes des jumeaux, avaient un vrai lit, à peine assez grand pour deux. Ils y couchaient tête-bêche, chacun chatouillant avec ses pieds les narines de l'autre.

J'eus droit à une chambre pour moi seule. Ce n'était qu'un placard, séparé de la cuisine par une mince cloison munie d'une porte, mais assez grand pour abriter une étroite paillasse, une commode et une table longue d'un pied et large de deux. Et cette chambre était à moi. J'avais mon proprc lit, mon propre espace. Être une fille dans une maison pleine de garçons avait des avantages, même pour une simple servante.

Les premiers temps, les frères Thomas gardèrent leurs distances, me regardant comme si j'étais une voleuse ou une lépreuse. Jeremiah, le plus petit, fut le premier à me trouver sympathique. Peut-être parce que nous étions deux solitaires, il s'attacha vite à moi et je fis équipe avec lui. Nous partagions le même anniversaire. J'eus onze ans le jour où il en eut sept, et Jeremiah vit là un signe.

— Veux-tu être mon jumeau, Deborah ? me demanda-t-il en levant vers moi ses yeux tristes. Je n'en ai pas.

Sa requête m'amusa.

— Tu as neuf frères, Jeremiah.

— Mais je suis le petit dernier. Je n'ai personne pour jouer avec moi. Et tu n'as même pas de maman, de papa, de sœur ou de frère.

— J'en ai... quelque part.

— À quoi cela te sert-il ?

— Pas à grand-chose, Jerry.

Je me sentis curieusement soulagée d'avoir admis cette vérité.

— Donc on peut être jumeaux, toi et moi.

— Et que font les jumeaux ?

— Ton jumeau, c'est la personne que tu aimes le plus. Tu crois que je pourrais être celui que tu aimes le plus ?

— Ce sera facile.

— Tu crois ?

Son grand sourire me frappa droit au cœur.

— J'en suis certaine.

— J'adore Maman, mais aimer Maman, c'est un peu comme aimer Dieu. Ce n'est pas vraiment une personne.

— Jeremiah ! Bien sûr que ta maman est une personne.

— Je voulais juste dire que… c'est notre mère à tous. Je veux quelqu'un qui ne serait qu'à moi.

— D'accord. Mais j'essaierai d'aimer aussi tes frères, parce que le révérend Conant dit que c'est mon devoir.

Jeremiah parut dubitatif.

— Même Nathaniel ? Et Phineas ? Il est méchant. Il t'a dit qu'aucun homme ne voudrait jamais de toi.

— Aucun homme ne voudra jamais de moi parce que je ne voudrai jamais de lui. Et je n'aurai pas besoin de lui.

— Moi, je voudrai de toi, Deborah.

— Non, Jeremiah. Tu as sept ans. Et nous sommes jumeaux, désormais, tu te rappelles ?

— On n'a pas l'air de jumeaux… mais ce n'est pas grave, hein ?

Jeremiah était petit et brun, j'étais grande et blonde : nous étions comme le jour et la nuit.

— Peu importe à quoi on ressemble si nos cœurs sont les mêmes, répondis-je en souhaitant dire vrai.

Il parut aussi radieux que si je lui avais offert l'univers sur un plateau. C'était d'ailleurs ce que je venais de faire, avec le petit fragment d'univers qui m'appartenait. Je le choyais comme une mère et le traitais en prince, et il m'entraîna dans toutes sortes de folies que je n'aurais jamais osées si j'avais été seule. Jeremiah fut le premier à m'appeler « Rob » ; j'expliquerai plus loin pourquoi j'acceptai sans hésitation ce surnom.

Les Thomas ne me traitaient pas mal. Je ne faisais pas partie de la famille, mais j'étais appréciée. Avec tant de bouches à nourrir et de corps à vêtir, le travail était incessant. Le révérend Conant ne s'était pas trompé : j'étais très utile, et l'on ne pouvait se passer de moi pour m'envoyer à l'école. Pourtant, malgré toutes les tâches qu'on m'attribuait, toutes les corvées dont je m'acquittais, rien ne pouvait venir à bout de l'impatience qui me consumait. Je pressais les fils Thomas pour qu'ils m'apprennent tout ce qu'ils savaient, les soulageant souvent de leurs corvées pourvu qu'ils me laissent regarder leurs manuels scolaires.

Et le révérend Conant ne m'oublia pas.

Au cours de l'année suivante, il m'apporta plusieurs livres. Mes préférés étaient un recueil de pièces de Shakespeare et un récit en quatre parties intitulé *Voyages dans divers pays éloignés.* Le révérend Conant l'appelait *Voyages de Gulliver.* Je le lisais aux frères après le souper et on me complimentait comme un grand orateur.

Le révérend Conant était lui-même un prédicateur distingué, et je prenais place sur les bancs de la Première Église congrégationnelle avec les Thomas pour l'écouter. Il croyait en chacun des mots qu'il prononçait. En un sens, il me radicalisa lui aussi, si l'on peut qualifier la foi de radicale. J'en suis venue à penser que c'est peut-être ce qui nous incite le plus à la rébellion.

J'ignore pourquoi le révérend Conant se souciait de mon éducation ou de mon bonheur, mais c'était le cas, et c'est grâce à lui – grâce à cet homme qui aimait Dieu et m'aimait, moi, aux deux extrémités du spectre – que j'entrevis ce que pouvait être l'amour d'un père. Pour lui, j'étais simplement Deborah, qui lui inspirait espoir et affection, et ce qui comptait pour lui comptait profondément pour moi.

— Tu dois continuer à apprendre par cœur. Mon plus grand réconfort dans la vie est de pouvoir citer la parole de Dieu quand les mots viennent à me manquer, me disait-il fréquemment.

Alors je mémorisais tout, pour lui montrer que j'en étais capable, pour le plaisir de l'entendre faire mon éloge. Il me trouva aussi une sorte de préceptrice, une « correspondante épistolaire » à Farmington, dans le Connecticut.

— Elle s'appelle Elizabeth. C'est la fille de ma sœur. Ma nièce. C'est une adulte, une jeune épouse et mère, et une femme d'importance. Je lui ai demandé si elle était disposée à t'écrire, pour te faire découvrir le vaste monde, et elle y a bien volontiers consenti.

— Mais que lui dirai-je ?

Ce projet m'enthousiasmait et me terrifiait. Je n'étais pas encore une femme et je ne pouvais deviner quel intérêt elle pourrait trouver chez quelqu'un comme moi.

— Tu lui diras tout ce que tu voudras.

— Est-elle… gentille ?

Je ne voulais pas échanger des lettres avec quelqu'un qui me gronderait.

— Oui, très gentille. Tu apprendras d'elle ce que je ne puis t'enseigner et même ce que Mrs Thomas ne peut t'enseigner.

— Mrs Thomas sait lire et écrire, même si son écriture n'est pas très belle.

Je voulais prendre la défense de celle qui me traitait si bien – ce n'était pas sa faute si elle n'était pas une femme « d'importance ».

— Oui, mais tu *vis* avec Mrs Thomas. Pas la peine de lui écrire des lettres, objecta judicieusement le révérend Conant.

Je ne l'avais jamais entendu parler mal de quiconque, surtout des bonnes gens, et les Thomas étaient de bonnes gens.

— Combien de lettres puis-je écrire ? demandai-je, le souffle court.

— Tu peux lui écrire aussi souvent que tu veux, et que tu peux.

— Alors ce sera beaucoup. J'aime m'entraîner.

Ses yeux se plissèrent, mais il ne se moqua pas de moi.

— Oui, je le sais bien. Et Elizabeth sera ravie de recevoir tes lettres.

— Comment dois-je l'appeler ? Cousine Elizabeth… ou Mrs Paterson… ou peut-être Lady Elizabeth ?

Cette perspective me charmait.

— Ce n'est pas une duchesse, Deborah. Les titres de noblesse n'existent pas en Amérique. « Elizabeth » suffira, j'en suis sûr.

— Pourquoi y a-t-il des nobles en Angleterre ?

— C'est la tradition. L'Angleterre est mariée à la tradition et éprise de prestige. Ici, c'est différent. Un homme est ce qu'il fait de lui, et non le titre qu'on lui décerne.

Le révérend semblait si fier.

— Et les femmes aussi ?

— Comment ?

— Une femme est ce qu'elle fait d'elle-même ?

— Oui. Une femme est ce qu'elle fait d'elle-même… en suivant le conseil de Dieu, bien sûr. Nous avons tous besoin du conseil de Dieu.

— Mais si nous ne prenons pas le chemin que Dieu nous conseille ?

— Alors nous sommes tout seuls, je suppose. Je n'aimerais pas être seul. Complètement seul.

— Non, murmurai-je alors que je me sentais souvent complètement seule. Et le roi George ? insistai-je.

— Eh bien ?

— Vous dites qu'ici, il n'y a pas de titres. Mais il est quand même notre roi, n'est-ce pas ? Depuis le massacre de Boston, certains disent qu'il ne devrait pas l'être.

— Le seul roi que je vénère est le Roi des rois, le Seigneur des seigneurs, le Père éternel, le Prince de la paix.

Le révérend Conant fronçait les sourcils, mâchoires serrées.

Je hochai la tête avec sérieux, mais mon cœur battait. Sylvanus Conant avait beau être un homme loyal, il venait de prononcer les mots d'un rebelle.

***

27 mars 1771

Chère miss Elizabeth,

Je m'appelle Deborah Samson. Vous avez été prévenue que j'allais vous écrire, j'en suis certaine. Je ne suis pas très accomplie dans l'art d'écrire, mais j'espère le devenir. Je promets que je m'efforcerai de rendre mes lettres intéressantes afin que vous preniez plaisir à les lire et que vous m'autorisiez à continuer. Le révérend Conant me dit que vous êtes gentille, belle et intelligente. Je ne suis pas belle, mais j'essaye d'être gentille, et je suis très intelligente.

J'aime lire, et j'aime courir, mais je n'ai guère le temps de faire l'une ou l'autre chose, car j'ai toujours du travail. Pourtant je lis la Bible tous les jours, et j'apprends des versets des Proverbes. Quel est votre verset préféré ? J'en recopie ici un que j'ai appris pour entraîner ma mémoire.

Proverbes XXVIII, 1 : « Le méchant prend la fuite sans qu'on le poursuive, le juste a de l'assurance comme un jeune lion. »

J'ai dit à Mistress Thomas que courir n'est pas la même chose que prendre la fuite. C'était montrer beaucoup d'assurance, comme un lion. Elle n'a pas ri, mais j'ai vu Phineas faire la grimace. Je suis très rebelle, j'en ai peur. Je vais à la Première Église congrégationnelle avec les Thomas. Votre oncle Sylvanus prêche chaque semaine et, même si je l'aime beaucoup et qu'il est très convaincant, ces heures d'inactivité sont une torture.

Dimanche dernier, j'ai menti, j'ai dit que je ne me sentais pas bien et je suis partie avant la dernière heure. J'ai couru vers la forêt et j'ai passé une après-midi bienheureuse, à grimper aux arbres et à me balancer aux branches. Je connais le chemin qui ramène à la ferme des Thomas, et j'ai commencé à y enlever les racines et les pierres qui feraient trébucher une fille si elle y courait aussi vite que possible, cette fille étant moi.

Mrs Thomas m'a demandé ce que je faisais de mon temps libre, entre les corvées et le souper. J'ai répondu que je déblayais le chemin. J'ai même cité les Écritures pour qu'elle soit sûre que c'était une entreprise méritoire. Proverbes IV, 26 : « Considère le chemin par où tu passes, et que toutes tes voies soient bien réglées. »

C'est exactement ce que je fais. Je considère le chemin par où je passe, et je veille à ce que toutes mes voies soient bien réglées. Mrs Thomas a paru approuver cette activité, et a même dit que c'était un service rendu aux autres qui pourraient utiliser ce chemin, mais je ne lui ai pas tout dit.

J'appelle cela mon chemin de course. J'en revendique la propriété puisque j'ai fait tout le travail. C'est un endroit où je peux courir sans que personne ne me voie. J'ai dit aux garçons que je pouvais tous les battre, peut-être même Phineas, qui est très rapide, si l'on me permettait de courir sans être gênée par mes jupes. Ils ont accepté le défi et m'ont offert une culotte très usée qui me va assez bien, ainsi qu'une chemise. Je cours si rapidement ainsi vêtue que ces habits doivent être magiques.

J'espère que vous ne me jugerez pas mal, mais si courir est un péché, alors je devrai rester une pécheresse, car la course est la seule chose qui m'apaise l'esprit.

Votre très humble servante,

Deborah Samson

P.-S. : Je vous raconterai la course, même si je ne gagne pas.

2

Il devient nécessaire

MÊME SI MES GRIEFS n'étaient jamais loin de mon cœur, les mettre par écrit était un gâchis d'encre et de papier. Affûter une plume uniquement pour affûter mes armes ne diminuait en rien l'injustice de ma condition. Je dressais la liste de mes faiblesses. Non pour me punir, car cela ne menait à rien non plus, mais j'en tenais la comptabilité afin de m'améliorer. La Bible mentionnait des faibles devenus forts, et j'étais résolue à être forte. Tous les jours, quand je n'étais pas trop lasse pour écrire, j'énumérais mes échecs et je comptais mes réussites, cherchant toujours à allonger cette seconde colonne. Mais il y avait bien des choses que je ne pouvais m'inculquer seule, et je cherchais l'instruction partout où je pouvais la trouver.

— Les plus jeunes des garçons se plaignent abondamment de leurs leçons, dis-je au révérend Conant lors d'une de ses visites. Je les aide autant que je peux, mais j'aimerais recevoir moi-même des leçons.

Le révérend venait toujours à l'heure du souper. Je ne pouvais l'en blâmer. Il n'avait pas d'épouse. Il se déclarait marié à la parole de Dieu, et Mrs Thomas disait qu'il « veillait sur tous les membres de son troupeau », mais j'aimais penser qu'il s'intéressait en particulier à moi. Lorsqu'il arrivait, il me posait invariablement une série de questions.

Le diacre Thomas et ses fils étaient rentrés pour le repas de midi, mais s'étaient presque tous dispersés après avoir mangé, ne souhaitant pas participer à la conversation politique qui s'ensuivait inévitablement quand le révérend était là. Ne restaient à table que Nathaniel et Benjamin, qui mangeaient comme deux affamés ; Jeremiah avait disposé ses petits soldats dans un coin de la pièce et préparait une embuscade.

— Elle les aide trop, protesta Mrs Thomas. Ils exploitent sa curiosité.

Le diacre Thomas étalait du beurre sur son pain.

— Ils ont envie de jouer dehors. J'étais comme eux.

— Moi aussi, j'ai envie d'aller dehors, déclarai-je. Et même dehors, je ne tiens pas en place. J'ai beau faire, je ne suis jamais rassasiée.

— Tu as toujours le ventre creux ? demanda Mrs Thomas, abasourdie.

Nathaniel et Benjamin cessèrent un instant de se goinfrer.

— Oui, toujours. Pardon, madame. Je ne parle pas de nourriture. J'ai faim… de savoir.

— Et que veux-tu savoir, mon enfant ?

— Je veux connaître le monde. Je veux aller à Boston, à New York et à Philadelphie. Je veux aller à Paris, à Londres et dans des endroits qui n'ont pas de nom… du moins pas encore. Elizabeth est allée à Londres et à Paris. (Je me mordis les lèvres et baissai les yeux.) Et je voudrais connaître Dieu.

J'avais ajouté cette dernière phrase parce que je m'y sentais obligée. C'était vrai… mais pas aussi vrai que ce qui précédait. Le diacre Thomas me regardait d'un air sévère, et Mrs Thomas se tordait les mains.

— Continue à étudier les Saintes Écritures, répondit le révérend Conant. Il n'y a pas de meilleur moyen de Le connaître. C'est un don merveilleux que celui de Sa parole. Pas besoin d'aller ailleurs, car Il est là.

— Mais je *veux* aller ailleurs, avouai-je.

Le révérend Conant rit, et ce rire me fit l'aimer davantage.

— Le chapitre XIX du livre des Proverbes dit que le manque de sciences n'est bon pour personne, avançai-je. C'est un péché que de ne pas s'instruire.

Je croyais mon raisonnement très sûr.

— Le chapitre XIX dit aussi que celui qui précipite ses pas tombe dans le péché, cita le diacre Thomas, les joues pleines. Il me semble que tu es en mauvaise posture, Deborah.

Il avait parlé d'une voix douce, sans détacher les yeux de son écuelle, et pendant un moment le silence régna. Puis toute la tablée fut secouée par des rires.

— Papa t'a bien eue, hein, Rob ? gloussa Nathaniel.

Ils m'appelaient toujours ainsi.

— Arrêtez, maintenant, les réprimanda Mrs Thomas, dont les lèvres étaient elles aussi tiraillées. Je ne sais pourquoi vous appelez Deborah *Rob.* Ce n'est pas du tout convenable. Une femme mérite un nom de femme.

— Es-tu une femme, Rob ?

Stupéfait, Jeremiah avait relevé la tête de ses jouets, et les rires éclatèrent de plus belle.

Non, je ne faisais rien pour civiliser les garçons. Rien du tout.

— Je t'apporterai davantage de livres. Cela remédiera peut-être à ton envie de voyages. Et voici une lettre d'Elizabeth. Une très longue lettre, me rassura le révérend quand Benjamin et Nat quittèrent enfin la table.

J'en profitai pour prendre congé, et Mrs Thomas me fit signe de partir tout en me rappelant qu'il restait des corvées à accomplir. Je me précipitai dans ma petite chambre dont je fermai la porte derrière moi, mais j'entendais encore la conversation du révérend avec Mr et Mrs Thomas.

— C'est une forte tête, Sylvanus, indiqua le diacre Thomas. (Je pris note d'ajouter cela à ma liste de défauts.) Et fière. Et elle ne sait pas toujours tenir sa langue.

— J'espère néanmoins qu'elle est une bénédiction pour vous, répondit le révérend Conant.

— Je ne peux pas me plaindre, admit Mrs Thomas. Vraiment pas. Je ne sais comment je m'en sortirais sans elle. Elle abat beaucoup plus de besogne que moi en une journée, et elle le fait bien. Je ne connais personne de plus actif.

— Mais à quoi bon tant d'activité ? grommela le diacre Thomas.

Les rares fois où il m'avait regardée, c'était avec inquiétude, et c'est à peine s'il m'avait adressé deux mots depuis deux ans que je vivais sous son toit.

Il avait tort, cependant.

Je savais tenir ma langue.

Je la tenais plus souvent qu'à mon tour. Il aurait été bien étonné s'il avait su tout ce que je ne disais pas.

— Elle a beaucoup d'énergie, intervint Mrs Thomas. Elle est habile au rouet autant qu'un maître et a un don pour le tissage. Nathaniel lui a appris à manier un fusil. Il dit qu'elle tire déjà mieux que lui. En vérité, il n'y a presque rien qu'elle ne sache faire.

Je souris à ces mots, bien que piquée par le reproche formulé par le diacre Thomas, et je cessai d'écouter pour me concentrer sur la lettre que j'avais en mains. Elizabeth n'écrivait pas aussi souvent que moi. J'avais composé des dizaines de messages mais n'en avais envoyé qu'un petit nombre, pour ne pas abuser de sa gentillesse ou accabler sa bonne volonté, mais cette lettre-ci était délicieusement longue.

Elle avait une belle écriture, comme un groupe d'oies sauvages survolant la page. Je m'étais mise à l'imiter, à entraîner ma main sur son modèle. Mon écriture ressemblait à des vagues soulevées par une tempête, brutes, sans relâche. Comme moi. Les caractères tracés par la plume révélaient la personne.

15 avril 1772

Très chère Deborah,

Vous me faites rire, chère enfant, et je lis vos lettres avec un mélange de plaisir et d'étonnement. Il est curieux de penser que nous n'avons que huit années d'écart. Par certains côtés, je me sens très vieille comparée à vous, même si je suis convaincue que vous pourriez m'instruire de bien des manières. J'ai relu les Proverbes pour y trouver des citations aptes à vous inspirer, mais je me suis surprise à rire en imaginant comment vous les appliqueriez.

J'ai lu vos lettres à John, mon mari. Lui qui n'a jamais commis une seule action irresponsable, il a pourtant bien ri de l'histoire de la culotte magique. J'aurais aimé voir les fils Thomas battus à la course par vous. Vous me donnez envie d'adopter la même tenue et de me trouver un chemin de course.

J'espère qu'un jour vous connaîtrez la joie de faire tourner la tête d'un homme autrement que par votre vitesse ou votre force. Vous avez l'esprit si aiguisé et la volonté si puissante, et votre tempérament éclate dans vos lettres. Je soupçonne que vous deviendrez une femme très admirée. Ne soyez pas si prompte à refuser les privilèges ou la puissance de notre sexe, ma jeune amie. Ma grand-mère m'a expliqué jadis que les hommes gouvernent le monde, mais que les femmes gouvernent les hommes. Cela mérite qu'on y réfléchisse, assurément. Laissez parfois les frères Thomas gagner, au moins pour les encourager. Je m'aperçois que les hommes sont plus enclins à jouer avec nous s'ils croient pouvoir triompher.

Mon oncle Sylvanus me dit que vous êtes la plus intelligente des jeunes filles qu'il ait rencontrées. Il s'afflige que vous ne puissiez recevoir de leçons, mais vous n'auriez rien à apprendre dans une petite école de campagne. Quant à moi, il y a si peu que je puisse vous enseigner ! Posez-moi néanmoins toutes les questions qui vous viennent en tête, et je tâcherai d'y répondre de manière à vous instruire et à vous amuser, comme le font vos lettres pour moi.

Votre amie constante,

Elizabeth

P.-S. : Le chapitre XXXI est celui que je préfère dans les Proverbes, mais j'admets que je n'en suis pas au même point de la vie que vous. J'aime en particulier ce verset : « Elle ouvre la bouche avec sagesse, et des instructions aimables sont sur sa langue. Elle veille sur ce qui se passe dans sa maison, et elle ne mange pas le pain de paresse. Ses fils se lèvent, et la disent heureuse ; son mari se lève, et lui donne des louanges. »

Je repliai la lettre avec soin et la rangeai dans le tas croissant des messages d'Elizabeth. Je possédais si peu de choses que je chérissais chaque objet. Ma Bible, celle que ma mère m'avait donnée, reposait à côté de la pile. Ma mère avait inscrit le nom de ses ancêtres à l'intérieur de la couverture, depuis le mariage de William Bradford avec Alice Carpenter en 1623 jusqu'à l'union de Deborah Bradford avec Jonathan Samson en 1751. Ma mère aussi s'appelait Deborah.

J'y avais ajouté mes frères et sœurs – Robert, Ephraim, Sylvia, Dorothy – et moi-même, en ligne droite sous mes parents, pour nous rattacher à cet arbre généalogique, même si la branche avait été cassée, nous dispersant tous.

J'ouvris le volume au chapitre XXXI des Proverbes que je lus en entier en tâchant de me représenter dans le rôle d'une femme de plus de valeur que les perles, qui parle avec sagesse, revêtue de force et de gloire. Je me vêtais de toile tissée à la maison et d'une culotte d'emprunt, du moins quand je pouvais le faire sans risque. Les garçons ne m'avaient jamais dénoncée, même si Phineas m'en avait menacée lorsque je l'avais vaincu à la lutte.

Je ne mangeais certes pas le pain de paresse. Cela devait m'être compté comme un mérite.

Je refermai la Bible et pris mon cahier. J'ajoutai « forte tête » à la liste de mes défauts et examinai ce mot avant de le rayer pour l'inscrire dans l'autre colonne. J'écrivis « tête forte ». Voilà ce que j'étais. J'avais la tête forte. Et ce n'était pas un péché.

Je laissai le cahier ouvert pour que l'encre sèche et je quittai ma chambre, résolue à veiller sur ce qui se passait dans la maison, du moins jusqu'à mes dix-huit ans.

***

Middleborough était un village situé à dix lieues au sud de Boston, mais il s'enorgueillissait d'avoir deux églises : la Première Église congrégationnelle, où présidait le révérend Conant, et la Troisième Église baptiste, qui semblait attirer autant de fidèles tout aussi passionnés. Quand je voulus savoir ce qui les distinguait, à part le pasteur, Mrs Thomas répondit que l'une était vraie et que l'autre ne l'était pas. Je demandai laquelle, mais Mrs Thomas trouva que cela n'était pas drôle, alors que je ne tentais pas d'être amusante.

J'aimais l'idée que l'on puisse choisir et que l'on ne soit pas obligé d'aller à l'église, sauf les enfants et les serviteurs sous contrat, même si le choix de n'en fréquenter aucune semblait rendre les gens méfiants et créer des tensions. Dans les deux on lisait la Bible, on chantait des cantiques et l'on priait un Dieu similaire, selon le révérend Conant. Comme le révérend paraissait plus préoccupé par la présence de soldats anglais à Boston que par l'existence d'une autre église à Middleborough, je ne me souciais guère de cette rivalité religieuse, même si mon insatiable curiosité me poussait à écouter les discussions sur la place publique après l'office du dimanche, alors que la plupart des autres jeunes gens les fuyaient.

Savoir laquelle des deux Églises était vraie et quelle version de Dieu était encore plus vraie, voilà qui semblait dérisoire face à la ferveur politique qui s'était emparée des colonies, ou du moins du Massachusetts. Dans une lettre, Elizabeth prétendait que l'effervescence était partout.

28 juillet 1773

Ma chère Deborah,

Beaucoup des collègues de John et de nos amis souhaitent ne prendre aucune part à la rébellion qui se prépare à Boston mais, comme le dit John, le soulèvement d'une colonie affecte toutes les autres. Un écart se creuse entre les gens de bien et le peuple, que n'enrichit pas le commerce avec la Grande-Bretagne et qui n'aime pas les impôts, les lois et les ordres imposés.

John s'inquiète des conséquences du soulèvement pour notre avenir et pour celui de chaque colonie. Selon lui, l'oppression qui ne se heurte à aucune résistance débouche sur l'esclavage, et il a pris ses dispositions pour nous emmener à Lenox, dans le nord du Massachusetts. C'est là que vit son cousin, et John veut éloigner la famille du conflit s'il doit y en avoir un, même s'il risque d'être lui-même entraîné dans la mêlée, où que nous allions. Il a les épaules larges, la tête solide et le cœur d'un patriote.

Lenox se trouve tout près de la frontière, et j'avoue que cette perspective ne me ravit guère. Cependant, je suppose que si la mère de John, ses sœurs et leur famille nous accompagnent, le déménagement sera plus facile. Bien sûr, mes filles me tiendront occupées.

Je ne puis prévoir comment la situation va évoluer. Assurément, l'Angleterre ne veut pas la guerre. John dit que les Britanniques croient les colons incapables de résistance prolongée ou de révolte organisée. Ils nous méprisent, nous traitent de vermine. Un lord anglais dont le nom ne me revient pas s'est vanté de pouvoir écraser en une seule journée toute rébellion des colonies, avec un seul régiment, et sans une égratignure.

Vous êtes si jeune, et je ne veux pas vous effrayer. Vous n'avez que treize ans, j'ai tendance à l'oublier ! Vos questions sont celles d'un savant, et j'avoue souvent ne pas en connaître la réponse. Peut-être demanderai-je à John de vous écrire sur les sujets que je maîtrise mal.

Nous devons nous entretenir de choses plus simples, plus agréables. Nous ne pouvons pas grand-chose, ni vous ni moi, quant aux troubles qui s'annoncent, et il ne faut pas les laisser assombrir notre correspondance. Le médecin vient de confirmer que j'attends à nouveau un enfant, et nous devons nous établir à Lenox avant cette naissance. Notre maison est presque terminée. John promet qu'elle sera superbe, et que j'apporterai la culture et la civilisation dans cet endroit, mais étant donné la taille du village, je pense que cela ne sera pas difficile.

Je reste votre amie constante,

Elizabeth

***

Les Paterson partirent pour Lenox et Elizabeth accoucha de sa troisième fille, baptisée Ruth, comme la sœur préférée de John. Le bébé rejoignait Hannah, quatre ans, et Polly, deux ans. John avait quatre sœurs, toutes plus âgées, et Elizabeth disait qu'il était destiné à être entouré de femmes. Elle parvenait encore à écrire régulièrement, mais moins qu'auparavant, et pour une lettre que je recevais d'elle, j'avais souvent le temps d'en rédiger trois.

Je n'avais que mes propres réflexions pour remplir ces pages, mais cela ne semblait pas la déranger. Elle toléra mon analyse de Shakespeare et me proposa la sienne. Elle partagea ma déception face à Othello – « il a tué Desdémone ! » – et apprécia ma défense du pauvre Shylock dans *Le Marchand de Venise*, même si elle ne partageait pas mon sentiment d'injustice à son sujet. J'avais toujours une faiblesse pour l'exclu, même dépeint sous les traits du méchant. Sans doute parce que j'étais moi-même une exclue.

Au mois de mai suivant, la nouvelle de l'Acte du port de Boston atteignit la côte américaine. Le Parlement de Londres avait proclamé la fermeture de tous les ports de Nouvelle-Angleterre. Rien ne pouvait plus y entrer ou en sortir. Le diacre Thomas disait que les Anglais voulaient tuer la résistance, démasquer tous les rebelles et punir les marchands ayant contourné leur réglementation.

Le roi révoqua la Charte de la baie du Massachusetts, qui autorisait la colonie à opérer indépendamment de la Couronne. Tous les fonctionnaires de la colonie étaient payés et nommés par les Britanniques. Aucun procès ne pourrait se tenir dans le Massachusetts, aucune assemblée, aucun discours ne serait possible sans la permission du gouverneur de la Couronne.

Les particuliers devaient aussi héberger les soldats anglais chez eux, et c'était cela surtout qui inquiétait Mrs Thomas. Elle était sûre qu'un régiment allait entrer dans Middleborough d'un jour à l'autre, pour confisquer la maison et la ferme.

Les « Actes intolérables », voilà comme on les appelait, mais il en était ainsi depuis aussi longtemps que je pouvais me souvenir, et on tolérait cet état de fait. Depuis toujours les gens se plaignaient de la Couronne. « Pas de taxation sans représentation » était une formule souvent entendue, et au mois de décembre précédent, un groupe de rebelles, baptisé les Fils de la Liberté, s'était introduit dans trois navires du port de Boston, vaisseaux appartenant à la Compagnie britannique des Indes orientales, pour jeter tout le thé à la mer, en protestation contre l'édit du roi George interdisant d'importer du thé ailleurs que d'Angleterre.

Tout cela était bien palpitant.

J'écrivis à Elizabeth pour lui demander le sens de l'expression « *habeas corpus* », ainsi que des dizaines d'autres termes fréquemment employés par ceux qui se considéraient comme des autorités en la matière. Son mari, John, répondit très aimablement à chacune de mes questions. Selon Elizabeth, il avait étudié le droit à Yale et avait même été maître d'école à une époque ; j'avais peine à fixer mes yeux sur ces mots, tant j'étais pressée d'en déchiffrer le contenu. Il ne s'adressait pas à moi comme à un enfant, mais s'exprimait avec clarté et concision, comme s'il avait pris le temps de bien réfléchir sur chaque point. C'était un excellent professeur, grâce auquel je compris beaucoup mieux les choses. Je relus sa lettre tant de fois que j'aurais pu réciter ses explications par cœur.

Dans le Massachusetts, les comtés se réunissaient pour examiner l'état alarmant des affaires publiques et pour instaurer leur propre gouvernement, distinct des « agents de la Couronne ». John Paterson fut élu délégué de Lenox, même si Elizabeth et lui y résidaient depuis moins d'un an, mais il parut déçu par les assemblées.

Il conclut une lettre par ces mots :

Tous les hommes présents tiennent à prononcer de longues harangues qui n'impressionnent qu'eux-mêmes, et nous quittons ces réunions sans rien de substantiel. Face à la Couronne, nous devons montrer une force unie. Nous sauverons des vies – les nôtres surtout – si nous formulons clairement nos revendications et si nous adoptons une approche collective, mais les hommes sont divisés par l'allégeance que nous ressentons tous envers l'Angleterre, et personne ne semble croire que nous puissions être vainqueurs en cas de véritable guerre. La Grande-Bretagne est une nation qui excelle dans ce genre de conflits, un empire qui domine depuis des siècles. C'est David contre Goliath, mais je me rappelle qui remporta cette lutte, et j'éprouve moins de craintes. Si Dieu veut une Amérique indépendante, Il la fera advenir.

Tout le monde ne parlait que de cela. Toutes les conversations, toutes les visites, tous les mots échangés concernaient le conflit en vue. Chacun avait son opinion, mais la plupart des gens répétaient inlassablement les idées qu'ils avaient vues imprimées dans une brochure ou entendu énoncer par un individu plus érudit qu'eux. Même le révérend Conant prêchait sur la tyrannie et la liberté dans ses sermons, mais il prenait soin de ne pas inciter ses ouailles à la révolte. Néanmoins, nul ne doutait de sa position.

— Honore ton père et ta mère, afin que tes jours se prolongent sur la Terre, commençait-il, et les fidèles se levaient, sachant ce qui allait suivre. Mais combien de temps resterons-nous des enfants aux yeux du roi George ? Combien de temps les Anglais continueront-ils à s'arroger cette position supérieure ? L'Angleterre n'est pas notre pays. Elle ne l'est plus depuis très longtemps.

Certaines personnes parlaient de loyauté envers la « mère patrie ». Cela me faisait toujours grincer des dents. La mère patrie. Je détestais cette expression, mais tous ne réagissaient pas comme moi. Je ne me sentais guère liée à ma propre mère, et encore moins au pays qui avait chassé mes ancêtres parce qu'ils refusaient la religion officielle.

Selon le révérend Conant, nous aurions pu être le peuple le plus libre de la Terre, mais le roi et les nobles envisageaient les colonies comme ils voyaient le peuple. Non comme des humains, mais comme une source de profit.

— Il est temps de mettre fin à l'idée que le peuple est fait pour ses dirigeants, dit-il un soir au diacre Thomas.

Nous acquiesçâmes tous, hochant la tête comme si nous comprenions la valeur historique de cette affirmation.

— Si nous n'existons pas pour le roi, pour quoi existons-nous ? demandai-je.

Je n'étais pas à table. Je servais le dîner, je découpais la viande après avoir fait tourner la broche toute la journée. Je croyais avoir bien accompli ma tâche, mais la famille était affamée et je n'étais pas sûre que mes efforts seraient bien reçus. Le chat déroba un morceau et s'enfuit avant que je puisse le rattraper. Il mangea puis se lécha les babines. Je haussai les épaules et je déposai le plat sur la table, tandis que tous les convives m'adressaient leurs requêtes : un bol de lait, un peu de beurre, un couteau pour trancher le pain.

— Les gouverneurs sont nommés par la Couronne, et leur loyauté va à la Couronne, non à ceux sur qui s'exerce leur autorité, déclara le diacre Thomas, ignorant ma question. Pour nous, il s'agit de simples droits, mais pour les gouverneurs, ce sont autant de faveurs qui, une fois accordées, peuvent être révoquées à volonté.

— Les *Lords of Trade* se sentent désormais menacés par la liberté qui gonfle nos poumons, répliqua le révérend Conant.

Je dus résister à l'envie d'intervenir à nouveau. John Paterson m'avait expliqué qui étaient les *Lords of Trade*. Leur comité considérait les colonies comme des domaines terriens cultivés par les colons. Je les imaginais en robe noire et perruque blanche, concédant telle ou telle liberté, collectant l'or qui leur était dû, sans rien savoir des individus dont ils régissaient l'existence.

— Si nous n'existons pas pour le roi, pour quoi existons-nous ? redemandai-je.

Je n'étais pas maltraitée, mais je n'étais pas libre. Et je ne savais pas à quoi je servais, à part travailler.

— Si nous ne sommes pas gouvernés par le roi George ou par les *Lords of Trade*, par qui le serons-nous ?

— Telle est la question, n'est-ce pas, Deborah ?

Le révérend Conant faisait tourner ses petits pois dans son écuelle, mais personne ne répondit.

3

Un peuple

MÊME SI JE N'AVAIS QUE CINQ ANS lorsqu'il était parti, je conservais des souvenirs très nets de mon père, et ils n'avaient rien de plaisant. Je lui ressemblais : mêmes yeux noisette, mêmes cheveux blonds comme le blé des champs qu'il détestait. Mon père n'aimait pas l'agriculture, il n'aimait pas Plympton, et il n'aimait pas ses enfants. Il ne cessait de se tracasser, et ma mère cherchait toujours à l'apaiser, malgré les cinq enfants pendus à ses jupes. Moi, je ne m'accrochais pas à elle. Il n'y avait plus de place autour de ses pieds.

C'est à cause du départ de mon père que je fus envoyée chez le cousin Fuller, où je n'avais que mon nom et les histoires de ma mère pour me rappeler qui j'étais. Maman s'installa chez sa sœur, et la maison que nous avions habitée avant que Papa s'en aille fut occupée par quelqu'un d'autre.

Plutôt que fermier, Papa avait voulu devenir marin ou capitaine, ou marchand – le récit changeait souvent.

Maman nous affirma très longtemps qu'il allait revenir. Ou peut-être est-ce seulement ce qu'elle me conta, les rares fois où je la vis. Ma sœur Sylvia et mes frères, Robert et Ephraim, tous plus âgés que moi, durent eux aussi aller vivre ailleurs. Maman garda le bébé, Dorothy, surnommée Dot, qui mourut du croup peu après que notre famille cessa d'exister.

Je n'ai absolument aucun souvenir de Dorothy. C'était un cri sans visage, un petit point sur le paysage d'une vie tronquée. Maman aurait peut-être dû lui donner un autre nom. Toutes les Dorothy de l'arbre généalogique avaient connu une fin tragique.

Je ne revis jamais mes frères et ma sœur, et je n'ai aucune idée de ce qu'on leur avait dit, mais je suppose que Maman leur avait inculqué leur identité comme à moi. Ma mère nous avait transmis d'où nous venions.

J'appris à lire dans le journal intime de William Bradford et à écrire en copiant ses mots dans la poussière. Le journal que je lus n'était pas l'original. Ses descendants s'étaient donné le mal d'en établir des copies afin de faire perdurer sa mémoire. La version que nous avions avait été transcrite par ma mère, ce qui donnait aux sentiments de mon ancêtre un côté presque féminin, comme si ses épreuves et ses triomphes étaient vécus par Maman. L'histoire de William Bradford se mêlait à tous les premiers souvenirs que j'avais d'elle. Je pense que ses ancêtres étaient sa seule source de fierté.

Comme avec le catéchisme, elle me récitait ligne après ligne les écrits de son arrière-grand-père dont elle nous relatait le parcours pour nous endormir le soir. L'une des premières lettres que je reçus après être arrivée chez les Thomas était un résumé désespéré de cette vie, comme si ma mère ne supportait pas que j'en oublie les détails. Elle m'écrivit :

Mon arrière-grand-père, William Bradford, est né en 1590 dans le Yorkshire. Bien qu'il soit le fils d'un riche propriétaire terrien, il n'allait pas mener la vie d'un héritier chéri. Il perdit son père alors qu'il était bébé, et il devint orphelin à sept ans lorsque sa mère décéda à son tour.

Il était curieux, comme toi, Deborah, épris de livres et d'instruction. Il était fasciné par la religion, non seulement par Dieu, mais par le droit des hommes à pratiquer le culte comme ils l'entendent.

William commença à assister aux réunions secrètes d'une petite congrégation, les séparatistes, mais le roi James avait juré d'anéantir tous les mouvements réformistes et d'emprisonner les coupables de dissidence religieuse. Les gens étaient mis à l'amende, emprisonnés, pourchassés, trahis par leurs voisins, fuis par leurs amis. William et un petit groupe de réformistes quittèrent l'Angleterre pour la république des Provinces-Unies, où existait la liberté du culte.

À dix-huit ans, c'était un étranger en terre étrangère, sans famille, n'ayant que de rares amis. Il exerçait les emplois les plus humbles et gagnait à peine de quoi vivre, alors qu'il était tisserand, savoir-faire qui se transmettait de génération en génération. Je sais tisser, et toi aussi. Son sang coule dans nos veines, son courage, son talent, sa curiosité aussi.

Il aurait pu rester aux Pays-Bas, mais le sort en décida autrement. Il aspirait à une existence différente. Il contribua à affréter un navire, le Speedwell, *qui hélas ne tenait pas la mer. Les séparatistes et le petit groupe de commerçants dont ils avaient obtenu l'appui embarquèrent tous sur le vaisseau restant, le* Mayflower, *laissant leur passé derrière eux.*

Ils parvinrent à franchir l'océan, serrés et malades, la houle déversant sur eux une eau glacée à travers la charpente du navire. Leur traversée fut pleine de grands miracles, mais les miracles ne rendent pas la vie facile. Le plus souvent, les miracles permettent seulement de faire un pas de plus.

Ils touchèrent terre en décembre, sans autre abri que le vaisseau. William débarqua avec un petit groupe pour partir explorer les lieux. Son absence dura de nombreux jours et, lorsqu'il revint, il apprit que sa femme, Dorothy, était morte. On l'avait repêchée et étendue sur le pont.

Elle s'était noyée dans le port. Elle avait vu la terre, elle avait atteint sa destination, mais elle n'avait plus envie de continuer. Les uns parlaient d'un accident, les autres disaient qu'elle s'était jetée par-dessus bord. Elle avait laissé en Hollande son jeune fils John confié à ses parents, et elle craignait de ne jamais le revoir. Peut-être pensait-elle que William ne reviendrait pas non plus. Je pense parfois à elle, quand je suis au plus bas. Elle avait perdu l'espoir, mais nous ne devons pas l'imiter. Avec la volonté de Dieu, nous serons réunis un jour.

Telle est l'espérance qui poussa William à toujours se battre, en vue d'un monde meilleur pour ses enfants. C'est aussi ce qui me force à me battre. Comme Isaïe le dit du Seigneur, William Bradford était un homme de douleur et habitué à la souffrance. Mais il ne succomba pas à cette souffrance, et nous n'y succomberons pas non plus.

Maman

C'est après avoir reçu cette lettre de ma mère que le rêve a commencé. Depuis toujours, je faisais des rêves frappants. En rêve, je pouvais voler, nager, courir sans toucher la terre. Mon sommeil n'était jamais rempli de crainte, seulement de liberté. Mais dans ce rêve-ci, je me noyais, mes jupes m'entraînaient vers le fond de l'océan, mes poumons réclamaient de l'air.

Je me réveillais empêtrée dans mes draps, en sanglots, réclamant une deuxième chance et furieuse contre ma mère. Elle m'écrivait rarement plus de quelques lignes, une ou deux fois par an, pour me faire savoir qu'elle allait bien et s'enquérir en retour de ma santé, mais pour une raison ou pour une autre, elle avait cru bon de me révéler l'histoire d'une femme noyée dans le port, histoire qui ne devait plus cesser de m'inspirer des cauchemars.

Dorothy May Bradford n'était pas mon ancêtre. Ma mère descendait de Joseph, un des fils que William Bradford eut d'un second lit, et le sang de Dorothy May ne coule pas dans mes veines. Sa mort tragique n'était pas un fardeau que je devais porter. Pourtant, de temps à autre, elle m'apparaissait et, dans mon sommeil, nous nous noyions ensemble.

Elle appelait son fils et implorait son pardon. « Je suis désolée, John, pardonne-moi, John. »

Je me débattais pour me réveiller, mais pas elle, et quand elle changeait d'avis, il était toujours trop tard.

***

En février 1775, Boston était sous le contrôle des tuniques rouges – expression méprisante qui désignait les soldats anglais – mais les campagnes alentour débordaient d'activité. La coutume voulait que chaque ville possède sa propre milice pour se protéger des attaques des Indiens, et tous les garçons de plus de seize ans devaient s'y enrôler, avoir leur propre fusil et savoir s'en servir. Mais ces milices se dotèrent d'une nouvelle vie, d'un nouvel objectif. Un consensus avait été trouvé dans les colonies : il fallait établir un gouvernement local, on stockait des provisions et des armes, et l'on élisait des dirigeants militaires.

En avril, le général britannique Thomas Gage envoya sept cents soldats de Boston vers Concord, à six lieues au nord-ouest de la ville, pour détruire les stocks qui y avaient été accumulés et pour arrêter quelques Fils de la Liberté qui se cachaient dans Lexington.

Ils furent accueillis par quarante hommes armés, des fermiers pour la plupart, dans un champ découvert, et une bataille éclata. Les tuniques rouges mirent les fermiers en déroute puis détruisirent les provisions mais, sur la route du retour, tous les hommes du Massachusetts prirent leurs fusils et se cachèrent dans les arbres. Ils abattirent les tuniques rouges méthodiquement, provoquant un bain de sang. Quatre-vingts colons furent tués, mais les Anglais perdirent plus de deux cent cinquante soldats.

Après les événements de Lexington et de Concord, Nathaniel fut nommé lieutenant de la milice de Middleborough, et lorsqu'il n'était pas à l'entraînement sur la place du village, il entraînait ses frères dans la cour de la grange, hurlant des ordres et les remettant en rang avec une baguette lorsqu'ils tournaient dans la mauvaise direction.

Il laissait David, Daniel et Jeremiah se former avec eux, même si David et Daniel n'avaient pas encore seize ans, et alors que Jerry, âgé de onze ans seulement, était petit pour son âge. Mais ce qui lui manquait en taille et en années, Jeremiah le compensait en enthousiasme. Un jour où j'observais leur petite brigade, riant de la mine sérieuse de Jerry et des sourcils froncés de Nat, je me joignis à eux, marchant au pas et tenant mon balai comme un mousquet.

En colère, Nat s'en prit à moi :

— On ne plaisante pas, Rob.

Je soutins son regard. Je savais que c'était sérieux, mais jusque-là, ils m'avaient toujours laissé faire comme eux. Nathaniel lui-même m'avait appris à tirer.

— Je connais les mouvements aussi bien que vous tous. Et je peux charger un fusil deux fois plus vite.

— Ce n'est pas une course, Rob. Et il ne s'agit pas de tuer des lapins, répliqua Phineas. Tu ne peux pas être des nôtres.

— Les femmes ne peuvent pas être soldats, Deborah.

Et Nat m'arracha mon balai des mains, comme si c'était une arme chargée et dangereuse.

— Je pars pour Boston dès que nous recevrons le signal, déclara Phineas en bombant le torse.

Il était passé devant moi, en prenant bien soin de me toiser du haut de sa supériorité, lui qui n'était que d'un pouce plus grand que moi. Phineas était toujours en concurrence avec moi. Il ne m'avait jamais vraiment pardonné ma victoire à la course, des années auparavant. Il était désormais plus rapide, ce que je regrettais en secret, mais j'avais plus d'endurance, et je ne lui permettais jamais de l'oublier.

— Tu n'iras nulle part, trancha Nathaniel en repoussant l'épaule de Phin pour tâcher de maintenir l'ordre parmi sa troupe indisciplinée. Quelqu'un doit aider nos parents. Il faut s'occuper de la ferme, au cas où tu ne l'aurais pas remarqué. Et Deborah ne peut pas tout faire seule, même si elle s'en croit capable.

J'avais une si grande envie de frapper Nathaniel que je serrai le poing et me mis à saliver. Je lui repris le balai et me dirigeai vers la grange pour éviter de le rouer de coups.

Je n'avais pas besoin de la permission de Nat. Je pouvais m'exercer aux manœuvres sans eux. En ville, j'avais souvent observé les hommes à l'entraînement, je reproduisais leurs gestes dans ma tête, je comptais les pas et je tendais les bras, faisant tournoyer un mousquet imaginaire. Je savais dans quel ordre il fallait exécuter les mouvements. J'avais tout répété dans la grange, en m'adressant les instructions à moi-même.

Pour entrer dans la milice, un homme devait mesurer cinq pieds, cinq pouces. C'était la taille requise pour charger le long canon d'un mousquet. Je mesurais trois pouces de plus, mais la hauteur n'était pas la force, je le savais. J'étais forte pour une femme, toutefois je ne m'étais jamais fait d'illusions quant à ma faiblesse. Tous les soirs, depuis que les hommes avaient commencé à s'entraîner, je bondissais du sol pour m'y étendre à nouveau, répétant l'action jusqu'à l'épuisement. Puis je tenais mon arme au-dessus de ma tête, bras tendus, la position où j'étais le plus faible, de loin. J'ignore pourquoi je faisais cela. C'était une entreprise absurde, une perte de temps, mais je ne pouvais rompre avec l'habitude de rivaliser, de prouver ma valeur, même s'il m'était interdit de participer au combat.

— Je vais m'entraîner avec toi, Rob, dit Phineas en surgissant derrière moi.

Mais il m'arracha mon bonnet et l'enfila par-dessus le sien. Il était ridicule, le volant contre ses joues, et je le poursuivis dans la cour en tenant mon balai comme une épée. Il parait mes coups avec le manche d'une bêche, et lorsqu'il m'eut désarmée, je courus vers la porte de la grange, ramassai une poignée de boue et de paille, et la lui lançai au visage alors qu'il entrait à ma suite. Il rugit et m'attrapa par la taille, la joue contre mes omoplates, puis me projeta à terre, dans le foin. J'avais plus d'une fois eu recours à ce procédé contre lui. C'était ainsi que le diacre Thomas capturait les cochons.

Phineas était devenu plus robuste, ces dernières années, tandis que j'avais simplement acquis de la poitrine et des hanches plus rondes, ce qui ne m'aidait guère. Ces attributs me gênaient plutôt, d'autant plus que je portais une robe. Il me fit rouler sur le côté, me plaqua les épaules au sol et se proclama vainqueur.

— Je te tiens.

Je me tortillai et ruai des quatre fers, mais il appuya plus vigoureusement, le haut de son corps contre le mien.

— Tu cours comme un garçon. Tu tires comme un garçon, tu te bats comme un garçon, et tu ressembles même à un garçon quand tu portes une culotte. Mais tu ne me fais pas l'effet d'un garçon, Rob.

Je regimbai, crachai, tordis les bras, humiliée par ces mots, mais il me dévisageait d'un regard plein de franchise. Retenue par ses genoux, je pensais qu'il allait cracher et exiger des promesses, comme il l'avait déjà fait une dizaine de fois, mais ce ne fut pas le cas. Ou peut-être n'en eut-il pas le temps.

Phineas fut soudain écarté, et Nat se dressa devant moi, écarlate, brûlant de rage.

— Ça suffit, vous deux, gronda-t-il, même si sa colère ne visait que moi.

Phineas se releva, épousseta ses habits. Il ne souriait plus. Des brins de paille hérissaient ses cheveux et ses vêtements, il fixait son frère avec hargne.

— Pourquoi te mettre dans un état pareil, Nat ? demanda-t-il en reprenant son souffle.

— Tu le sais très bien. Je t'ai dit que cela devait cesser. Va-t'en, maintenant, glapit Nat. Et ferme la porte en sortant. Il faut que je parle à Deborah.

Phineas tourna les yeux vers moi, puis à nouveau vers son frère. Son visage s'était empourpré, mais je ne savais pas si c'était de fureur ou de gêne. Il s'en alla, faisant fuir des poussins avec force pépiements. Il claqua si fort la porte que tout le bâtiment trembla.

— Tu devras présenter des excuses à Phineas, dis-je.

— C'est à toi que Phineas doit des excuses, riposta-t-il.

— Pourquoi ?

— Parce qu'un homme ne traite pas ainsi une dame. Il se prétend assez vieux pour se battre. Il n'est même pas assez grand pour savoir ça.

Ce commentaire me fit éclater de rire.

— Je ne suis pas une dame. Je suis simplement... Rob. Nous avons toujours été comme ça, lui et moi. Tu le sais bien, Nat. Il ne faisait rien de mal. Il ne me voit pas comme ça. Il ne m'a jamais vue comme ça. C'est pour ça que je l'aime bien.

— Tu l'aimes bien, Rob ? Je veux que tu réfléchisses avant de répondre. Tu l'aimes bien ?

— Bien entendu. Je sais que nous nous battons. Mais c'est pour rire.

Il se baissa et me tendit la main. Je la repoussai et me redressai sans son aide, secouant mes jupes et me frottant les bras. Je ne savais pas où était mon bonnet. Satané Phineas.

— Phineas a besoin de grandir. Il ne devrait pas jouer avec toi comme si tu étais l'un de ses frères. Tu n'es pas un garçon, tu ne l'as jamais été et tu ne le seras jamais.

Il parlait avec tant de véhémence que pendant un instant je fus submergée par la colère, mais Nat poursuivit malgré tout :

— Tu n'as plus dix ans, Rob. Tu es une jeune femme. Et tu devrais agir comme telle.

— C'est ce que je fais !

Il haussa les sourcils et resta bouche bée.

— Enfin... La plupart du temps, c'est ce que je fais ! Mais agir en jeune femme, cela signifie généralement ne pas s'amuser du tout. Se comporter en femme, c'est travailler comme un chien. C'est très bien quand il s'agit de battre le beurre, de traire les vaches et de faire la lessive. Je suis une dame quand je récure le plancher, quand je bats les tapis et que j'accomplis toutes les corvées. Mais je n'ai pas le droit de marcher au pas, de gravir la colline en courant, ou de lutter avec Phineas dans la grange. Qui décide de tout ça, Nat ?

Il secoua la tête.

— Pour quelqu'un d'aussi malin, tu es bien bête, Deborah Samson.

Je serrai les dents et la main me démangea, comme un peu plus tôt.

— Tu l'as bien entendu, non ? (Il s'exprimait à nouveau avec colère.) Ce qu'a dit Phineas ? Que tu ne lui faisais pas l'effet d'un garçon. Eh bien, c'est vrai. Et tu n'as pas non plus l'allure d'un garçon… parce que tu n'en es pas un. Et ne crois pas que nous ne l'ayons pas remarqué, nous autres. Pourquoi Benjamin t'évite-t-il tout à coup, à ton avis ? Il n'ose même plus te regarder dans les yeux.

De fait, Benjamin avait un comportement étrange depuis quelque temps. Mais il avait toujours été réservé, au sein de la meute. Il était l'obéissant, le pacificateur, et pour préserver la paix dans une famille nombreuse il faut parfois se taire. En tout cas, c'était ce que Mrs Thomas m'avait expliqué, quand je lui avais demandé si son fils allait bien.

— Si tu n'es pas prudente, Phin croira que vos bagarres ont un autre sens. Si c'est ce que tu souhaites, soit. Mais il doit encore grandir dans sa tête. S'il n'est pas celui que tu souhaites, à toi de décider qui cela doit être et de le faire savoir.

— Comment ça, le faire savoir ?

— Tu es belle. C'est notre avis à tous.

Ce fut mon tour de rester bouche bée.

— Pas du tout. Et vous ne pensez rien de tel.

Il fronça le nez, tordit la bouche. Il se gratta la joue comme s'il cherchait ses mots.

— Peut-être pas d'un genre de beauté ordinaire.

— Ni d'aucun genre de beauté !

— Ce n'est pas vrai, Deborah. Tu n'es pas jolie…

— Je n'ai jamais essayé de l'être, l'interrompis-je.

— Je ne dis pas ça pour te blesser. J'essaye d'expliquer.

— Je ne suis pas blessée.

J'aurais été blessée s'il m'avait menti et m'avait soutenu que j'étais belle. Je savais que mes qualités ne tenaient pas à mon physique.

— Tu n'es pas jolie, répéta-t-il, mais tu as autre chose qui fait qu'on te remarque. Quelque chose dans tes yeux. Maman a ça, elle aussi, même si, pour elle, c'est parce qu'elle nous connaît et nous aime. Pour toi, c'est différent. C'est comme si tu mettais les hommes au défi, de te dire non ou de se battre avec toi.

— Qu'est-ce qui t'arrive, Nathaniel ? demandai-je, ahurie. D'abord tu te mets en rage, et maintenant tu me parles de ma beauté. Et pourquoi m'appelles-tu Deborah, tout à coup ?

— C'est ton nom, grommela-t-il.

Nathaniel avait le corps mince et noueux, il n'était pas beaucoup plus grand que moi, mais il me prenait toujours de haut. Il se comportait de même avec ses frères, peut-être à cause de sa position au sein de la famille. Il avait vingt-trois ans, mais il faisait preuve d'autant de sagesse que son père le diacre, même si ses opinions n'étaient pas toujours aussi prévisibles.

Une épaisse mèche brune lui tombait sur le front mais, à l'arrière et sur les côtés, il coupait ses cheveux plus court que l'exigeait la mode, parce qu'il ne supportait pas de les sentir dans sa nuque. Mrs Thomas ou moi, nous devions manier les ciseaux une fois par mois pour sa chevelure, et le rasoir tous les matins pour éliminer l'épais poil noir de ses joues.

Il assumait bien sa responsabilité d'aîné et s'exprimait souvent au nom de ses frères ; je n'étais pas surprise qu'il parle alors au nom d'eux tous. J'étais simplement abasourdie par le sujet de cette discussion.

— Je pense que nous sommes tous un peu amoureux de toi. Ou ce n'est peut-être que de l'admiration. Mais tu peux choisir n'importe lequel d'entre nous. David, Daniel et Jeremiah sont trop jeunes. Francis et Phineas aussi, si tu veux mon avis, même s'ils sont tous deux plus vieux que toi.

— Jacob fait les yeux doux à Margaret Huxley.

— Très bien. Peut-être pas Jacob. Mais si tu ne décides pas, et vite, lequel d'entre nous te plaît, cela va causer des problèmes entre nous. Cela en cause déjà.

Ma tête tournait. Nat avait perdu la raison.

— Cela en cause déjà ? Mais tu es un adulte... Pourquoi t'intéresser à moi ? Je n'ai que quinze ans.

— Maman en avait seize quand elle a épousé Papa, et il avait mon âge.

— Mais... Je suis sous contrat jusqu'à mes dix-huit ans, balbutiai-je.

— Je ne te demande pas d'aller ailleurs.

— Que me demandes-tu, alors ?

Il croisa les bras, puis les décroisa, comme s'il ne savait pas trop où les ranger. Sa mâchoire se durcit et il s'avança vers moi, posant les mains sur mes épaules comme s'il allait m'annoncer une très mauvaise nouvelle et devait me soutenir.

Puis il m'embrassa. Il appuya simplement ses lèvres contre les miennes, mais je n'avais pas du tout eu le temps de les préparer à ce baiser.

Je fus si surprise qu'il aurait pu me jeter à terre, la paille encore mêlée à mes cheveux.

— Nathaniel ! Je ne te plais même pas, murmurai-je.

— Si, tu me plais.

Un éclair traversa ses yeux noirs et il m'embrassa encore une fois, sans que ses mains ne quittent mes épaules.

Il avait les lèvres sèches et les joues piquantes, mais ce n'était pas désagréable. C'était une sensation curieuse, son visage si près du mien, son haleine me chatouillait et je voyais ses cils avant de fermer les yeux.

Je ne pus décider si cela m'avait plu ou déplu, toutefois je m'abstins de l'embrasser à mon tour. Je ne savais pas comment m'y prendre. Nathaniel m'avait appris à tirer, mais il ne me donna aucune instruction dans ce domaine. Il recula, les mains retombant le long de son corps, et je battis des paupières, éberluée.

— Tu ne peux pas dire que tu n'y avais pas songé, dit-il tout bas.

Je secouai la tête. Je n'y avais jamais songé.

— J'aurais voulu attendre, mais le monde est en plein bouleversement. Je n'ai plus le temps.

— Mais… vous êtes comme des frères pour moi. Et aucun de vous n'a rien montré…

— Bien sûr que si. Si tu avais davantage cherché à être ce que tu es au lieu d'essayer d'être ce que tu n'es pas, tu aurais depuis longtemps jeté ton dévolu sur l'un de nous.

Cette idée ne m'agréait guère.

— Tu veux vraiment que je choisisse ?

Il m'examina un instant et ses yeux se baissèrent vers ma bouche, hésitants. Un nouveau baiser ne m'aurait pas dérangée, d'autant plus que je m'y attendais maintenant. Cela aurait pu m'aider à déchiffrer mes sentiments.

Il retira un brin de paille de mes cheveux.

— Oui, je veux que tu choisisses. Je veux que tu me choisisses.

La porte de la grange couina et Nat fit un pas en arrière, hors d'atteinte. C'en était fini des baisers et du discours sans ambiguïté.

Mrs Thomas entra en hâte et sa voix retentit :

— Nathaniel ? Phineas dit qu'il part. Pour Boston. Il dit que tu ne pourras pas l'en empêcher. Que personne ne pourra. Que se passe-t-il, au nom du ciel ?

Nat soupira et je rougis, puis il sortit de la grange sans rien expliquer à sa mère ou à moi. Mrs Thomas le regarda s'en aller, mais ne le suivit pas.

— La guerre est proche, murmura-t-elle, levant les yeux vers moi.

J'ignorais comment répondre. Je ne savais si elle parlait du pays ou de la bataille qui s'annonçait dans sa propre maison, et j'étais trop secouée par la déclaration de Nathaniel pour me concentrer sur autre chose.

— J'ai dix fils… et la guerre est proche. Dieu nous vienne en aide.

— Il me faut plus de temps, dis-je sans réellement parler à Mrs Thomas. Je ne suis pas prête.

— Je ne suis pas prête non plus, mais on ne nous demande jamais notre avis.

4

Dissoudre les liens

Un soir, fatiguée, pressée, je composai toute une lettre pour Elizabeth, que je rédigeai entièrement dans mon journal intime avant de me rendre compte de mon erreur. Ce volume était tout neuf, le révérend Conant me l'avait offert pour mes quinze ans, et en déchirer des pages aurait abîmé la reliure. De plus, ma nature ordonnée et exigeante ne pouvait supporter l'idée d'une page arrachée ou manquante au début du livre. Je décidai donc, le lendemain, de recopier sur une feuille volante les mots que j'avais écrits dans mon journal.

La lettre à Elizabeth, ainsi placée à l'avant, était une curieuse manière d'ouvrir mon journal intime, mais par bien des côtés, elle reflétait ma vie et ma situation mieux que ne l'aurait fait un essai ou un exercice d'introspection, et je trouvais ce format libérateur. Dès lors, je tins mon journal en commençant par saluer Elizabeth, et j'en recopiais souvent des passages dans les lettres que je lui envoyais. Le journal devint un brouillon sans filtre, une version plus sincère de ce que je ne pouvais lui avouer, à elle ou à quiconque.

Néanmoins, je restais prudente. Je grandissais dans une maison pleine de garçons constamment intrigués par ce que je griffonnais, et je savais bien que je ne devais rien écrire qui puisse me nuire si quelqu'un d'autre le lisait. Cela m'irritait, mais je n'avais jamais été sotte. Il aurait fallu, pour être sotte, un degré d'imagination que nul ne m'avait jamais autorisé. Ma seule intimité se réduisait à l'espace que j'avais entre les oreilles.

Mais ce soir-là, au risque que la chose s'ébruite, je rapportai dans mon journal la scène avec Nathaniel et envisageai pour la première fois un avenir avec chacun des frères, du plus âgé au plus jeune, à l'exception des trois derniers. Je me sentis ridicule. Selon Nat, ils étaient tous « un peu amoureux de moi », mais je n'en avais rien vu. J'étais en partie convaincue qu'il me jouait une farce cruelle, même s'il n'avait jamais eu tendance à en faire.

Quoi que Nathaniel ait pu dire à Phineas, ce fut efficace car Phin ne partit pas. Au souper, les yeux détournés, il me présenta des excuses embarrassées pour sa « brutalité » et promit que cela ne se reproduirait plus. Benjamin, assis près de lui, lui donna une tape sur l'épaule, comme pour le réconforter. La conversation passa ensuite aux tuniques rouges des Anglais et au ciel bleu de l'Amérique, et si les garçons jalousaient Nathaniel pour l'intérêt soudain qu'il exprimait pour moi, aucun d'entre eux ne le montra.

Nat était à côté de moi à table, et d'après les regards inquisiteurs de ses frères, je soupçonnai qu'il les avait consultés. Le diacre et Mrs Thomas aussi. Après le souper, Nathaniel eut avec ses parents un entretien privé, auquel je ne fus pas conviée, par chance. J'accomplis mes corvées du soir, filai dans ma chambre et m'y enfermai, car j'avais besoin du réconfort de mes lettres et de la clarté d'esprit que permettait la mise par écrit de mes pensées.

Je fus aussi sincère que possible dans mes jugements, disséquant les mérites de chaque frère dans le moindre détail, mais lorsque j'eus terminé, je ne m'étais toujours découvert aucune préférence. Sur le papier, Nathaniel semblait le choix le plus logique. Il était l'aîné. Il était beau, travailleur, le plus prêt à s'engager. Et il m'avait embrassée.

Je n'étais pourtant pas sûre de pouvoir m'entendre avec lui. Il voulait toujours m'obliger à être calme, et le calme n'était pas dans ma nature. Nathaniel me rendrait peut-être malheureuse. Pire encore, je le rendrais peut-être malheureux.

Benjamin possédait un calme très personnel, qu'il n'essayait pas de m'imposer. Je me sentais bien en sa compagnie. Je songeai que je devrais peut-être lui demander de m'embrasser afin de procéder à une véritable comparaison. Cette idée n'était pas désagréable, si je pouvais me trouver un moment seule avec lui. Bien sûr, si je rendais Benjamin malheureux, il ne le dirait jamais, et cela était également inacceptable.

Je n'imaginais pas embrasser Francis, Edward ou Elijah. Ce point me semblait crucial, même s'il était facile de dresser la liste de leurs forces et de leurs faiblesses. La perspective d'embrasser Phineas me fit rire. Nous nous disputerions pour savoir qui embrassait le mieux et nous finirions par nous battre pour trancher.

Mon rire sonnait un peu comme un sanglot, et je repoussai cette liste pour commencer une lettre à Elizabeth. J'avais grand besoin des conseils d'une femme, d'une autre femme que Mrs Thomas, qui serait incapable d'y voir plus clair dans mon dilemme. Elle était leur mère, et Nathaniel lui était le plus cher.

Elizabeth m'avait jadis conté la cour que John lui avait faite :

Pas un instant je n'ai douté de lui. Nous étions jeunes, mais il était si beau et si assuré, toutefois sans l'arrogance ou l'impétuosité des autres étudiants de Yale.

Lors de leur mariage, il avait vingt ans et elle dix-sept, et pour elle la décision avait été simple. Pour moi, la décision serait tout sauf simple. Il allait encore s'écouler un certain temps avant mes dix-sept ans, c'était peut-être la seule différence. Toutefois, je ne le croyais pas.

Lorsqu'un léger coup frappé à ma porte vint interrompre mes réflexions, je ne répondis pas et feignis d'être endormie. Je n'avais pas encore digéré ma conversation avec Nathaniel et je redoutais que ce soit lui.

— Je vois la lueur de la chandelle sous la porte, Rob. Je sais que tu ne dors pas.

C'était Phineas. Je me levai, abandonnai la lettre que je rédigeais, et lui ouvris.

Il était ébouriffé, la chemise en désordre, et paraissait aussi désemparé que moi. Sans un mot, il me tendit mon bonnet. En voyant ma coiffe salie, le volant arraché, je me sentis encore plus triste.

— Je suis désolé. Tu pourras le recoudre ?

— Bien sûr.

— Tu peux tout arranger, hein, Rob ?

Je n'étais pas sûre de pouvoir remédier à cet inconfort nouveau entre nous. Cela me mit en colère, et j'en accusai Nathaniel. Encore un point en sa défaveur.

Fatiguée, je souhaitai bonne nuit à Phineas et fis mine de fermer la porte, mais il m'en empêcha en glissant son pied dans l'entrebâillement.

— Allons courir, s'empressa-t-il de dire. Nous irons aussi loin que tu voudras. Je te laisserai même gagner.

Je restai bouche bée, mais je pris sa proposition au sérieux.

— Il fait nuit, cela nous vaudra des ennuis à tous les deux, et je ne veux pas que tu me laisses gagner, Phineas Thomas.

L'esquisse d'un sourire passa sur ses lèvres.

— Je sais.

Nous nous observâmes un moment, encore gênés et hésitants. Puis il redressa les épaules et croisa les bras.

— Tu vas laisser Nat gagner ?

Phineas avait adopté un ton légèrement belliqueux, typique de sa personnalité. Le conseil d'Elizabeth me revint en mémoire. *Laissez parfois les frères Thomas gagner, au moins pour les encourager. Je m'aperçois que les hommes sont plus enclins à jouer avec nous s'ils croient pouvoir triompher.*

Mais je ne voulais pas encourager Nat. Je ne voulais pas non plus encourager Phineas, même si je n'étais pas encore certaine que ce soit ce qu'il attendait de moi.

— Je ne savais même pas que nous faisions la course, répondis-je tout bas.

— Non… moi non plus.

— J'aimerais mieux que rien ne change.

Il opina du chef, lentement.

— Ce ne sera pas le cas si tu laisses Nat gagner. Tout changera.

— Ce n'est pas un concours, Phineas.

Il grimaça.

— Bien sûr que si.

Je me sentis soudain épuisée.

— Non. C'est ma vie. Et je ne sais pas combien de possibilités s'offrent à moi. Je dois les considérer toutes.

— Attends un peu, Rob. Attends. Je ne suis pas encore prêt. Nat a raison. Mais attends-moi.

— Jusqu'à quand ?

— Il faut que je parte d'ici. Je ne veux pas être fermier. Je veux voir le monde. Gravir des montagnes. Tuer des tuniques rouges.

Il sourit à nouveau.

— J'ai l'impression que je vais attendre longtemps.

Mes mots n'avaient rien de désobligeant, mais il déchanta un peu.

— Je t'emmènerais avec moi si je pouvais, murmura-t-il.

— Je le sais bien.

Et quelle aventure ce serait !

— Je reviendrai te chercher, Rob. Si tu m'attends... je reviendrai.

À la lumière vacillante de la chandelle, son visage sérieux me charmait, et je tendis la main pour lui toucher la joue. Elle était encore lisse, comme la mienne, et cette discussion était aussi absurde que les fées et les Lilliputiens. Il avait une vie à mener, et je voulais qu'il la vive.

— Ne t'inquiète pas pour moi, Phineas Thomas. Pars, cours et ne t'arrête jamais. Si j'étais toi, c'est ce que je ferais.

***

15 juin 1775

Chère Elizabeth,

Je n'arrive pas à vous imaginer ailleurs. Quand je pense à vous, je vous vois dans une superbe rue de Farmington, m'écrivant dans une pièce bien différente de celle que j'occupe.

Mais vous voilà maintenant à Lenox, tout près de la frontière, et je vous envie. Comme il doit être excitant de sortir de chez soi pour marcher vers l'ouest sans jamais s'arrêter. Voir des choses que personne n'a encore décrites, du moins jamais par écrit.

J'ignore si j'aurais le courage d'explorer, mais cela me plairait. Être loin de tout ce qui nous est familier serait terrifiant et cependant enthousiasmant. Vous avez vos enfants et Mr Paterson, mais je n'ai rien qui me retienne à la maison, rien que mon contrat de servante, et le jour viendra où il prendra fin à son tour. J'ai hâte et je tremble à cette pensée ; les liens qui nous enchaînent peuvent prendre tant de formes diverses.

Nathaniel, l'aîné des frères Thomas, déclare vouloir m'épouser, mais quand je pense au mariage, je vois ma pauvre mère, les tourments que son union lui a infligés, et j'aspire à autre chose. À davantage. J'aimerais voir le monde et me mettre à l'épreuve. Partir à l'aventure. Faire quelque chose que personne n'a jamais fait.

Je sais que ce sont là des rêves insensés, mais je ne puis m'en empêcher. Comme dit Antonio dans Le Marchand de Venise *: « Le monde n'est à mes yeux que le monde, la scène où chacun doit jouer un rôle. Et le mien est bien triste. »*

Croyez-vous également que chacun d'entre nous doive jouer un rôle ? Si c'est vrai, j'aimerais en changer. Mais, comme dit Mrs Thomas, on ne nous demande jamais notre avis.

Je reste votre très reconnaissante et très humble servante,

Deborah Samson

***

Le moment de la journée que je préférais était l'aube, et le plus souvent, quand il faisait beau et que j'en avais le temps, je grimpais en haut de Mayflower Hill, que j'avais baptisée ainsi en hommage à mes ancêtres, afin d'assister au lever du soleil. Mais les journées commençaient tôt à la ferme, et j'avais déjà ramassé les œufs, arraché les mauvaises herbes du jardin, suspendu la lessive et aidé Mrs Thomas à préparer le petit déjeuner, avant de pouvoir même songer à m'évader.

Je n'étais pas dans mon assiette, et elle non plus. Toute la maisonnée était sur des charbons ardents, et Mrs Thomas me chassa après le petit déjeuner, en m'ordonnant de ne pas revenir avant le souper, afin qu'elle jouisse d' « un peu de tranquillité ».

J'étais à mi-chemin du sommet de ma colline, et j'avançais d'un bon pas, quand j'entendis Jeremiah me héler.

— Rob ! Attends-moi. Je t'accompagne, cria-t-il.

J'avais envie d'être seule, et Jerry était bavard, mais je trouvai un endroit où m'asseoir pour lui laisser le temps de me rattraper.

Il se laissa choir à côté de moi, alors qu'il nous restait encore un bon bout de chemin à parcourir. Je lui permis de se reposer, car soudain je n'étais plus du tout pressée d'atteindre ma destination. Je n'avais pas bien dormi. J'avais rêvé de Dorothy May Bradford entraînée au fond de l'océan, ses jupes enroulées autour de mes jambes, son désespoir emplissant ma poitrine.

— Si tu ne devais jamais voir autre chose du monde… rien que le paysage qu'on voit du haut de cette colline, cela te suffirait-il ? demandai-je à Jerry.

— Oui, je suppose. C'est une très jolie vue.

Il avait raison. La vue était spectaculaire, et la pression s'atténua dans mes poumons. Je pourrais peut-être supporter de ne jamais contempler d'autres lieux.

— Le paysage est beau. En le regardant, j'imagine ce qu'on ressent lorsqu'on tombe amoureux.

Cette idée rendait ma gorge douloureuse. Jamais je n'éprouverais ce genre d'amour pour Nathaniel. Je pouvais bien me l'avouer, à présent.

Jeremiah fronça les sourcils.

— Je n'aime pas que tu parles ainsi. On dirait que tu n'es plus Rob.

— On dirait que je suis qui ?

— Une fille.

— Eh bien, je suis une fille. Et il n'y a rien d'autre qui m'inspire ce genre de remarque. Regarde donc, Jerry.

— Je regarde.

— Parfois je rêve que je me noie. Mais dans d'autres rêves, je vole. Je me promène au-dessus de la Terre, j'admire les champs et les bois, les rivières qui quadrillent le pays et les vagues qui lèchent le rivage.

— Tu as des ailes ?

— Non. Simplement... je m'envole. L'air ne bouge pas autour de moi. Je n'ai aucun effort à produire. Et je n'ai pas peur de tomber. Je vois les fermes, les arbres, le ciel. Je vole parfois jusqu'à Boston, en suivant la route, même si je me déplace bien plus vite qu'un cheval ou même qu'un oiseau. Alors je vois les navires dans le port, des voiles de toutes les tailles et de toutes les hauteurs, l'air sent le poisson, la marée. Je vole plus haut pour qu'on ne me voie pas. Il n'y a nulle part où se cacher, et mes jupes tournoient autour de moi. Je n'ai pas envie que quelqu'un m'aperçoive en levant les yeux.

— Et voie sous tes jupes.

— Oui... Qu'on me traite de sorcière et qu'on me tire dessus à coups de canon. Alors je vole plus haut et plus vite, je repars vers l'intérieur des terres, même si je n'ai plus aucune idée de l'orientation. Je ne reconnais plus le pays, ni les collines. Je vole dans un sens, puis dans l'autre, j'essaie de revenir ici, à cette colline d'où je suis partie, mais c'est impossible.

— Ça t'effraie ?

— Chaque fois, je me réveille glacée et terrorisée. Pourtant… J'ai toujours envie de voler.

— Moi, j'ai envie de naviguer. Un jour je m'embarquerai. Je capturerai des baleines. Tu pourras partir avec moi si tu veux. Tu seras ma cuisinière.

— Je ne veux pas être ta cuisinière, Jeremiah.

— Ah, tu ne peux pas être le capitaine.

Je pris le temps de réfléchir.

— Je pourrais si je le voulais vraiment.

— Les marins te jetteraient par-dessus bord. Personne n'aime recevoir d'ordres d'une femme, sauf de sa mère. C'est pour ça que Nat est furieux contre toi. Tu n'arrêtes pas de dire aux gens ce qu'ils doivent faire.

— Je ne veux avoir à m'occuper que de moi-même.

C'était ce que je désirais le plus au monde : n'être responsable que de moi, ne devoir de comptes qu'à moi.

— Mais si tu deviens capitaine un jour, Jerry, je veux bien traverser la mer avec toi.

Des bruits éclatèrent au loin, et nous tendîmes l'oreille en direction de ce son, même si Boston était à dix lieues.

— Tu entends ?

— J'entends quoi ? grommela Jeremiah.

Il n'aimait pas grimper autant que moi et il était déjà prêt à redescendre. Je lui pris le bras et lui fis signe de se taire. Le bruit recommença, un léger grondement, comme le tonnerre, mais il n'y avait pas d'humidité dans l'air et le soleil brillait dans le ciel.

— Il va pleuvoir, et on sera coincés ici, gémit-il. Et puis j'ai faim. Je vais manger cette pomme.

J'imitai le son, en faisant éclater l'air entre mes lèvres, un bruit si léger, si lointain. Et tout à coup je compris.

— Ce sont les canons, Jerry. C'est une canonnade !

— Pas du tout ! Tu n'as jamais entendu de canons, Rob.

Je m'étais mise à courir jusqu'au sommet de la colline pour voir encore plus loin. Jerry était sur mes talons. Il savait que j'avais raison. Nous vîmes de la fumée s'élever dans le ciel de juin.

— Tu penses que ça vient de Boston ? demanda-t-il, impressionné.

— Oui. Ça y est, ça arrive.

C'était le début. Pas une simple escarmouche, une protestation, du thé qu'on jette dans le port. Ce n'était plus des tracts, des discours, des manœuvres militaires dans les champs communaux. Ce n'était même pas une embuscade en forêt. C'était des canons. Des navires de guerre. Des milliers de blessés. Des centaines de morts.

C'était la guerre.

***

Pendant plusieurs jours, j'eus le sommeil agité, comme si j'avais vu la bataille de près et non depuis une colline verdoyante, à dix lieues des combats. Les bruits de la guerre me suivaient dans la nuit et se changeaient en voix moqueuses m'incitant à me joindre à la lutte. Je ne croyais pas que ces rêves m'étaient envoyés par Dieu, ils occupaient bien trop mon esprit et mon cœur pour que je Lui en attribue la gloire ou le blâme.

Mais le vacarme et les rugissements des canons et des navires de guerre avaient éveillé quelque chose en moi, et je n'étais pas la seule. La houle nous emportait tous. C'était l'impression que j'avais : une énorme vague déferlante qui nous entraînait dans la mer de la révolution.

Tous les jeunes gens en ressentaient l'attrait, je crois. Je le ressentais aussi. Plus que tout, c'était un appel à l'aventure, à l'héroïsme, et personne ne voulait le manquer.

On parla de victoire à la Pyrrhus pour la Couronne : autrement dit, les Anglais avaient atteint leur objectif, mais au prix de lourdes pertes. Les Américains avaient construit une redoute et d'autres fortifications plus petites sur les collines surplombant le port, du côté de Charlestown. Outre les navires de guerre, les Britanniques avaient la supériorité numérique, et leurs hommes gravirent la colline pour un assaut de plein front. Ce fut seulement après la troisième vague et de nombreux décès ennemis que les colons, à court de munitions et de poudre, abandonnèrent la redoute et se replièrent de l'autre côté de Breed's Hill. Les pertes anglaises s'élevaient à plus de mille morts ou blessés, dont une centaine d'officiers. Les forces coloniales perdirent moins de cinq cents hommes, parmi lesquels figurait néanmoins le Dr Joseph Warren, l'un des plus illustres Fils de la Liberté. Du jour au lendemain, son nom devint un cri de ralliement.

Aussitôt après la bataille de Bunker Hill, Nathaniel, Benjamin et Phineas partirent pour Boston avec un régiment local d'une centaine d'hommes. John, le mari d'Elizabeth, était déjà à Boston. Après Lexington et Concord, il avait assemblé une milice à Lenox, et il arriva le lendemain, prêt à servir. Dans une lettre, Elizabeth me parla de sa ferveur, qu'elle semblait partager, même si elle supposait qu'il serait de retour rapidement.

Ce ne fut pas le cas. Aucun des hommes ne revint. John Paterson fut élu capitaine par son régiment, puis colonel quelques jours après leur arrivée.

Nathaniel partit sans avoir obtenu de réponse de ma part. Il fit bien : nous manquions de temps, et même si je savais que je ne l'aimais pas et que je ne l'épouserais pas lorsqu'il reviendrait, j'étais heureuse de ne pas être contrainte de me prononcer, en sa faveur ou non.

— Cela vaut mieux ainsi. Tu es trop jeune, et je n'aurais pas dû te brusquer, concéda-t-il. Mais je n'ai pas changé d'avis, et je peux attendre que tu sois fixée.

— Nous écriras-tu, Nathaniel ?

— Je ne suis pas doué pour ça, Rob, mais tu devras m'écrire, toi.

Son recours à mon surnom me fit sourire. Je n'aimais pas entendre Nat m'appeler Deborah ; cela sonnait comme un corset trop serré.

— Mais je serai de retour plus vite que tu ne penses, promit-il.

— Je ne reviendrai pas avant que toutes les tuniques rouges aient été chassées de Boston à coups de pied. Et peut-être même pas alors, déclara Phineas en me regardant comme s'il me présentait ses excuses.

Benjamin se contenta de me sourire et de me tapoter l'épaule, puis tous trois s'en allèrent parmi les acclamations et les larmes.

En juillet, le général Washington prit le commandement de toutes les forces coloniales, et en août, Jacob s'enfuit en disant à Margaret, la jeune fille qu'il prévoyait d'épouser, qu'il serait de retour dès la fin du conflit.

L'automne vint, et Elizabeth m'écrivit que les hommes qui s'étaient enrôlés en hâte au printemps étaient mal préparés pour affronter l'hiver. Mrs Thomas et moi nous mîmes fiévreusement à carder et filer la laine du troupeau, puis à tisser deux douzaines de couvertures. Je devins si rapide sur le métier à tisser que la ville me commanda de quoi en fabriquer une centaine d'autres. Je m'installai à la taverne de Sproat, où je recevais les dons de laine cardée pour nos soldats. Je filais et tissais jusque tard dans la nuit, puis je rentrais à la maison sur la vieille jument afin de m'acquitter de mes tâches.

Ces journées se confondent dans mon esprit. Le cliquetis du métier à tisser et le tournoiement du rouet m'accompagnèrent dans l'hiver et me propulsèrent vers le printemps, dans l'attente de nouvelles qui n'arrivaient jamais.

Puis, le 17 mars 1776, le général William Howe, commandant des forces britanniques qui occupaient Boston, s'embarqua et évacua la ville, mettant fin au siège qui avait duré près d'un an. À la faveur de la nuit, tandis qu'un orage menaçait, Washington et son armée avaient réussi à placer des canons à Dorchester Heights, le point le plus haut du port, et à les braquer vers les navires de guerre britanniques. Ce fut une victoire éclatante, et le révérend Conant vint nous l'annoncer avec une bouteille de vin et la certitude absolue que l'épreuve prendrait bientôt fin.

— Ils ont dû hisser les canons sur les hauteurs, mais le sol était gelé, donc il était hors de question de creuser des tranchées. Le vieux Put – c'est ainsi que ses hommes appellent le général Putnam – a conçu le plan de bâtir les fortifications par sections. Puis ils ont porté ces sections dans les collines, sans faire de bruit. Ils ont même placé des bottes de foin sur le chemin pour éviter qu'on les entende. Construire des parapets et haler des canons, tout cela n'est pas très discret. Et deux mille cinq cents soldats, ça ne passe pas non plus inaperçu. Malgré tout, à quatre heures du matin, ils avaient terminé. Le général Howe a dit que les rebelles avaient accompli plus en une nuit que toute son armée n'aurait pu le faire en un mois.

Dans son euphorie, le diacre Thomas frappa un grand coup sur la table, et Mrs Thomas versa des larmes de fierté et de joie, mais le récit de Sylvanus n'était pas fini.

— Le général a aussi accepté de ne pas brûler la ville si ses hommes pouvaient s'en aller sans encombre. Et ils sont partis !

Il leva les bras au ciel, en un geste de triomphe.

— Ils retournent en Angleterre ? demandai-je. La guerre est terminée ?

— Pas tout à fait. Les forces britanniques qui se trouvaient à Boston se sont provisoirement réfugiées en Nouvelle-Écosse, mais elles ont perdu le contrôle des ports de Nouvelle-Angleterre. Le général Washington marche vers New York. Selon certains, c'est là que les Anglais frapperont ensuite.

Phineas avait dit qu'il ne reviendrait pas tant que toutes les tuniques rouges n'auraient pas été boutées hors de Boston, et c'était justement ce qui venait de se produire.

Mais Phineas ne revint pas.

Nat, Benjamin et Jacob ne revinrent pas non plus.

Nous les attendions en juin ; ils s'étaient enrôlés pour un an après Bunker Hill. Mais, galvanisés par la fin du siège de Boston, ils s'étaient réengagés, avaient été rejoints par Elijah et Edward, ce qui réduisait à quatre le nombre de frères encore à la maison. Les épaules du diacre commencèrent à se voûter, Mrs Thomas devint grise et silencieuse. Six de leurs fils étaient partis, attirés par une révolution devenue nettement plus éprouvante et infiniment moins enthousiasmante.

Je continuais à travailler et à attendre, mais sans savoir ce que j'attendais.

5

De la Terre

Dans les premiers mois de 1776, un tract fut largement diffusé dans les colonies, que je lus et relus avec de quoi écrire à portée de main. D'un auteur anonyme, il s'intitulait *Du sens commun*, et il appelait non seulement la réparation des torts causés par l'Angleterre, mais surtout l'indépendance pure et simple.

Le tract était trop long pour que les journaux le reproduisent, trop long pour qu'on le cloue à un arbre, mais Sylvanus Conant en lut des passages en chaire, même si certains le huèrent lorsqu'il prononça le mot « indépendance ». Quelques-uns se levèrent et sortirent de l'église.

Pour beaucoup de gens, c'était aller trop loin. Pourtant, le mot devint un cri de guerre.

Tout le monde n'acceptait pas l'idée d'un conflit. En vérité, les opinions favorables étaient minoritaires, même à Middleborough, où une centaine de jeunes gens étaient allés rejoindre George Washington au cours de l'année écoulée, et d'autres partaient constamment.

Les accusations de trahison devinrent monnaie courante, et ceux qui voulaient rester sous le drapeau britannique se nommaient désormais « loyalistes », comme si leurs adversaires étaient coupables d'un crime grave, et même d'un vice dans leur tempérament.

— Loyaux envers qui ? Un roi et un drapeau ? Il me semble plus beau d'être loyal envers ses compatriotes, marmonnait le diacre Thomas.

Pleine de questions et de remarques, j'écrivis à Elizabeth, qui me répondit avec son aplomb habituel, promettant de faire part de mes réflexions à John dans la prochaine lettre qu'elle lui adresserait, et de lui demander son opinion.

Quelques mois plus tard, je reçus une lettre salie, tachée, dont le cachet de cire portait le monogramme JP, et avec cette précision dans un coin : *Col. J. Paterson, 26e régiment.* Je l'ouvris avec précaution, m'étonnant qu'elle me soit même parvenue ; nous ne recevions rien des frères Thomas. Le message ne comportait que quelques paragraphes, offrait des réponses claires aux questions que j'avais posées à Elizabeth, mais se concluait ainsi :

Il faut convaincre les gens, les persuader du bien-fondé de ces idées. Le tract n'est qu'un premier pas pour amadouer la foule, mais c'est un outil puissant. L'homme qui l'a rédigé n'aurait pu avancer d'arguments plus vigoureux.

L'auteur de ce tract restait inconnu, du moins du grand public, et j'imaginais en secret que le texte pouvait être l'œuvre d'une femme. De quelqu'un comme moi. Et pourquoi pas ? Une femme pouvait se cacher derrière l'anonymat aussi bien qu'un homme. L'auteur m'intriguait presque autant que le tract lui-même.

Pourtant, John Paterson avait raison. Au cours de l'été, le Congrès continental, dans une déclaration conçue par Thomas Jefferson, de Virginie, déclara que les colonies unies étaient des « États libres et indépendants ».

J'écrivis aussitôt à Mr Paterson, en épargnant à Elizabeth mes élucubrations idéalistes.

14 août 1776

Cher colonel Paterson,

J'ai entrepris une liste des beautés qui ne coûtent rien : l'odeur de la terre, les couleurs du ciel au lever et au coucher du soleil, le silence du matin, le gazouillis des oiseaux, le murmure de l'eau qui coule. Tant de choses absolument merveilleuses sont accessibles à tous, et ces choses-là me sont d'un grand réconfort.

Néanmoins, rien ne m'apporte plus de réconfort ou d'espoir que les mots de la déclaration qui vient d'être publiée. La vie, la liberté et la recherche du bonheur. J'ai répété ces mots jusqu'à ce qu'ils forment un nouveau langage, et chacun de mes pas obéit à leur rythme. La vie, la liberté et la recherche du bonheur. Jamais aucun mot n'avait pénétré plus profond ou ne m'avait élevée plus haut. Car à quoi bon la vie sans la liberté, et à quoi bon la liberté sans la recherche du bonheur ?

Pensez-vous que cela vaille pour tous les hommes ? Et pour les femmes aussi ? Pour toute l'humanité ? Car cela doit être vrai pour tous, ou n'être vrai pour personne. On ne peut accorder « certains droits inaliénables », puis déclarer qu'ils ne sont inaliénables que pour certains. Selon le révérend Conant, « inaliénables » signifie qu'ils ne sont pas conférés par l'homme mais par Dieu, par la nature même de notre existence.

Il y a là matière à réflexion, la chose est sûre, et cela me remplit d'espoir et de volonté. Les signataires ont engagé leur vie, leur fortune et leur honneur le plus sacré pour cette déclaration. Je n'ai pas de fortune, et ma vie ne m'a jamais appartenu, mais je l'engagerais si je le pouvais.

Je reste, cher colonel Paterson, votre très humble servante,

Deborah Samson

***

Francis s'enrôla en janvier 1777, après les réjouissantes victoires de Trenton et de Princeton. Le jour de Noël, le général Washington avait franchi le Delaware en pleine nuit, sous la neige et la grêle, et avait surpris les soldats hessois. Lord Cornwallis fut mis en déroute, et l'espoir renaquit. Francis ne put résister davantage.

J'allai avec lui chez le révérend Calder, de la Troisième Église baptiste, où le recruteur accueillait les volontaires, et un mois plus tard, nous le vîmes partir. Nous savions tous qu'il nous quitterait.

Le jour où David et Daniel partirent, ils n'en dirent rien à leur mère ni à leur père ; ils me supplièrent de le faire à leur place.

— Je ne puis, protestai-je avec véhémence et tristesse. Vous, les garçons, vous voulez toujours que je me charge de vos corvées. Mais cette fois, ce n'est pas possible.

— Tu ne vas quand même pas essayer de nous retenir, Rob ?

— Non. Je voudrais partir comme vous. Si je pouvais, je partirais. Mais vous devez le dire vous-mêmes à vos parents. Au moins leur laisser une lettre.

— Nous n'écrivons pas comme toi. Dis-leur, et veille sur eux aussi. Tu veilleras bien sur eux, n'est-ce pas ?

David avait toujours le cœur tendre.

Je hochai la tête, sans promettre. Je n'étais pas la fille des Thomas, et mon engagement touchait à sa fin. Je ne serais liée ni par contrat ni par le sang, et l'envie de m'enfuir grandissait en moi. Je voulais partir, moi aussi.

***

— Ta servitude se termine. Tu vas avoir dix-huit ans. Songes-tu à te marier ? me demanda Sylvanus Conant après l'office.

Il était sorti de l'église pour se promener au soleil parmi ses paroissiens et il avait fini par s'approcher de moi, comme il en avait l'habitude.

— Me marier ? Avec qui ? Ils sont tous partis à la guerre. Et je suis plus grande que les garçons et les vieillards qui sont restés.

— Oui. Tu es aussi grande que moi. Quand est-ce arrivé ?

À quatorze ans, je mesurais déjà presque un pied de plus que Mrs Thomas, qui était légèrement plus petite que la moyenne avec ses quatre pieds neuf pouces. Pour ce qui était de la taille, j'étais très au-dessus de la moyenne, mais ces derniers temps Sylvanus Conant s'était tassé.

— Je ne veux pas devoir regarder mon mari de haut.

— Alors trouve un homme grand.

— Psaume 68:6 : « Dieu donne une famille à ceux qui étaient abandonnés, Il délivre les captifs et les rend heureux ; les rebelles seuls habitent des lieux arides. » Je suis solitaire, sous contrat, et rebelle. Je me sens en un lieu aride.

— Il est bon de rapporter les Écritures à notre situation, Deborah, mais tu n'as jamais été captive, répliqua le révérend Conant, que cette citation fit glousser. Tu es une femme de grande fortune, ajouta-t-il.

Mes sourcils se haussèrent sous mon bonnet, et il rectifia ses propos :

— Tu es une femme de grande *valeur*, et je suis sûr que les Thomas seraient blessés s'ils t'entendaient parler d'eux ainsi.

— C'est certain.

Son front se plissa et ses yeux bleus se troublèrent.

— Tu as été pour moi une immense joie. Je n'ai pas de filles, mais dans mon cœur, je t'ai considérée comme mienne dès le premier jour. Tu ressemblais à un poulain, avec tes grands yeux et tes membres longs, si désireuse de plaire, si précoce et vive. Tu méritais mieux que Mistress Thatcher, malgré la sympathie que j'avais pour la veuve. Elle ne t'a guère manqué, n'est-ce pas ?

— Elle ne m'a pas manqué du tout, répondis-je avec franchise.

Le révérend Conant éclata de rire. Il ne paraissait jamais s'indigner des formules irrévérencieuses qui m'échappaient. Il avait toujours accordé plus de prix à la sincérité qu'aux convenances. Peut-être était-ce en partie sa faute si j'étais ce que j'étais.

— Elle était dure et… jalouse, dit-il après avoir cherché le mot juste.

— Jalouse ?

— La veuve Thatcher était âgée. Sa vie était bien près de finir. Tu étais jeune, débordante d'énergie, ton esprit n'était obscurci ni par les années ni par les souffrances.

— J'ai pourtant bien souffert.

Il parut étonné, et la ride se creusa entre ses yeux. Je remarquai soudain combien il semblait vieux, décoloré.

— Mais tu as été heureuse ici, non ? Avec les Thomas ? Mistress Thomas me dit que tu sais tout faire. Tu plantes, tu construis, tu cuisines, tu couds. D'après le jeune Jeremiah, tu tires mieux que tous ses frères.

— Il y a beaucoup de choses que je ne sais pas faire. Et je n'y peux rien.

Ces paroles amères ne me ressemblaient pas. Je ne me plaignais jamais, surtout auprès du révérend Sylvanus Conant, qui avait toujours été mon ami et mon défenseur.

— Si j'ai pu acquérir quelques compétences, c'est parce que vous avez cru en moi, ajoutai-je en modérant mon ton.

— Tu n'avais guère besoin d'encouragements.

— Vous m'en avez pourtant prodigué, répondis-je avec une boule dans la gorge.

Ce vieil homme m'était si cher.

— Mon enfant, je te prie d'apaiser l'esprit d'un vieillard. Dis-moi que je ne t'ai pas déçue.

— Jamais. Pas une seule fois. J'aurais mémorisé la Bible entière si vous me l'aviez demandé.

— J'ai failli le faire.

— Et j'ai un nouveau texte à vous réciter.

— Ah oui ? Lequel ? Le livre de l'Apocalypse, peut-être, ou *Hamlet* dans son intégralité ?

Il me taquinait, mais j'avais appris par cœur tout le catéchisme pour une caresse sur la tête et quelques compliments.

— La Déclaration, l'avez-vous lue ?

— Oui.

— Et qu'en avez-vous pensé ? demandai-je, impatiente.

Ses yeux pétillèrent.

— Je ne me suis forgé aucune opinion précise. Rappelle-moi son contenu.

Il s'était toujours conduit ainsi, encourageant mon éducation sous toutes les formes possibles, et toujours plein d'admiration quand je m'instruisais.

— « Lorsque, dans le cours des événements humains… », commençai-je avec ardeur.

Il resta silencieux pendant que je récitais, ma voix résonnant comme la sienne avait résonné en chaire une heure auparavant.

***

Un dimanche, le révérend Conant ne nous accueillit pas pour l'office. Les fidèles se réunirent, remplissant une église où son absence semblait de mauvais augure. Au bout de quinze minutes d'attente, le diacre Thomas fut envoyé chez lui pour voir ce qui le retardait. Il le trouva étendu à côté de son lit, encore en chemise et bonnet de nuit. Apparemment, il s'était agenouillé pour prier et son cœur avait cessé de battre. Tous les villageois pleurèrent cette perte, et moi plus qu'aucun d'entre eux. Je me confiai aussitôt à Elizabeth dans une lettre :

J'ai perdu mon meilleur ami, mon protecteur. Je ne peux imaginer ma vie sans lui. Il était votre oncle, et je devrais vous présenter mes condoléances, mais je suis moi-même inconsolable. Je sais que je ne devrais pas me plaindre quand tant d'autres sont morts et alors que votre John bien-aimé est en danger, mais j'aimais le révérend et il n'est plus, et je ne puis l'accepter. Qui m'écoutera réciter ce que j'apprends par cœur, qui s'étonnera de mon esprit ? Qui me lancera des défis sans retenue ? Et comment pourrai-je jamais écouter un autre sermon ?

Les Thomas disent que je dois continuer à aller à l'office, que Sylvanus voudrait que j'y assiste, mais je ne puis le tolérer, et si les morts nous voient, j'espère qu'il me pardonne.

Ce qui me faisait aller à l'église, ce ne fut jamais mon attachement pour l'église, mais mon attachement pour lui. Il aimait Dieu, et je L'aime aussi, mais je ne suis pas sûre que Dieu soit dans les églises. Dimanche dernier, j'ai assisté à l'office de la Troisième Église baptiste, pour voir s'Il y était. Peut-être a-t-Il regardé à la fenêtre, mais je n'ai pas senti Sa présence. Du moins mon ami ne m'a-t-il pas manqué, donc j'y retournerai peut-être.

Les baptistes sont ravis de m'accueillir, comme si j'avais rejoint leur camp. À Middleborough, il reste désormais si peu de gens à convertir. Il est bon de se sentir désirée, même si je suis certaine que cette attention ne durera pas, surtout lorsqu'ils comprendront que je suis bien moins obéissante ou fidèle que je ne le parais. Mes différences ressortiront assez vite, et ils seront heureux que je ne sois jamais vraiment devenue des leurs.

Cela me fait comprendre quel cadeau vous êtes pour moi, chère Elizabeth. Toutes ces années, vous auriez pu me gronder, m'humilier, ou simplement choisir de ne pas me répondre. Au lieu de quoi vous m'avez fait partager votre vie et vos amours, votre foi et votre courage, et surtout votre cordiale affection. De tous les bienfaits dont votre oncle m'a comblée, ma correspondance avec vous a le plus enrichi ma vie. Ma dette envers lui est éternelle.

Je suis, chère Elizabeth, avec le plus grand respect, votre très obéissante et très humble servante,

Deborah Samson

***

Certains hommes revinrent, arrivant en ville les pieds enveloppés dans des chiffons, leurs habits en guenilles, porteurs de récits terribles. Leur engagement était terminé, et ils en avaient vu assez. On ne pouvait exiger de ceux dont le départ avait appauvri la famille qu'ils continuent à se battre. Mais beaucoup continuaient.

Les nouvelles nous parvenaient elles aussi en lambeaux, des fragments de bataille, des rumeurs de gloire et des murmures de pertes. Puis, un jour, un cavalier se présenta, muni d'une lettre cachetée à la cire, adressée au diacre et à Mrs Thomas. Le cavalier ne sourit pas, n'abreuva pas son cheval. Il ne voulait pas s'attarder.

Nathaniel était mort. Tué dans une bataille près de Brandywine Creek – un beau nom pour une terrible défaite.

Un mois plus tard, le cavalier revint.

Elijah était mort à Germantown. Et Edward l'avait suivi.

La troisième fois, le cavalier ne put soutenir le regard de Mr Thomas, et le diacre me tendit la lettre.

— Quel fils ? murmura-t-il. Lequel, maintenant ?

David, qui s'était inquiété pour ses parents, avait succombé à la variole dans un hôpital de Philadelphie. Je me demandais si Daniel était avec lui, et je priai pour que Nathaniel, Elijah et Edward l'accueillent au ciel. La Pennsylvanie les avait tous sacrifiés.

Nous nous étions habitués à leur absence, et à présent celle-ci était définitive. Nous nous torturions à la pensée de leurs souffrances et nous ne savions que faire de nos propres tourments. Nous n'avions ni corps à inhumer ni mains glacées à serrer. Nous avions nos souvenirs. Un baiser qui pique et une possibilité, c'était tout ce que Nathaniel m'avait donné, et il ne serait jamais rien de plus. Je n'aurais jamais à le refuser, je ne serais jamais tentée d'accepter sa proposition.

Cela n'aurait pas été facile. S'il était rentré et avait demandé ma main, je pense que je la lui aurais accordée. Cela n'aurait peut-être pas été bien, et je ne l'aurais peut-être pas aimé comme je me croyais capable d'aimer. Mais je l'aurais sans doute épousé.

Un. Deux. Trois. Quatre. Tous fauchés. Nous pensions qu'ils seraient forcément cinq. Ou six à mourir, ou tous. Les pertes ne sont jamais équitablement réparties. J'ai bien appris cette leçon ; le destin se moque des souffrances d'une mère, il ne se dit pas : « La prochaine fois, j'épargnerai cette pauvre femme. »

Dans cette saison de mort, j'allai souvent m'asseoir sur ma colline pour observer cette partie du monde qu'il m'était permis de voir, et j'implorais Dieu pour qu'Il corrige le sort. Le sort était cruel, mais je ne pouvais croire que Dieu le soit aussi.

Pourtant le destin n'en avait pas encore fini, et Dieu ne fit rien pour l'arrêter.

6

La place égale

LE JOUR DE MES DIX-HUIT ANS, le 17 décembre 1777, fut semblable à la veille et au lendemain. Je l'attendais depuis que j'étais entrée chez les Thomas près de huit ans auparavant, pensant que j'aurais prévu une trajectoire, un chemin qui mènerait à une vie de mon choix, où je ne dépendrais de personne et où personne ne contrôlerait mes faits et gestes. Mais la liberté n'est ni à gauche ni à droite, ni en haut ni en bas. Elle existe par degrés.

Un oiseau a plus de liberté qu'un cheval. Un chien a plus de liberté qu'un mouton, même si cela dépend de la valeur de la bête, ou de son manque de valeur. Un homme a plus de liberté qu'une femme, mais seuls quelques hommes sont véritablement libres. La liberté exige une bonne santé, de l'argent et même de la sagesse, et j'avais deux de ces trois qualités, mais je ne fus pas plus libre le jour de mes dix-huit ans que je ne l'étais auparavant. En fait, je pleurai amèrement dans mon oreiller, car j'aurais voulu qu'on me laisse un peu plus de temps.

— Tu dois rester ici, Deborah. Tu as mérité une place parmi nous aussi longtemps que tu en auras besoin, et je ne puis supporter l'idée de ton départ, me dit Mrs Thomas.

J'acceptai ce sursis avec gratitude.

— Je n'ai nulle part où aller.

Et je m'affligeai à nouveau que cela soit vrai.

La mort m'avait privée de toute attache. Pour ne rien arranger, mon anniversaire tombait en plein mois de décembre, quand les jours étaient courts et sombres, alors que le printemps était encore bien loin. J'avais épargné de quoi m'acheter un rouet et un métier à tisser, et je consacrai de longues heures à ces deux outils, mais j'avais besoin du soleil sur mon visage, et je n'avais aucun exutoire pour l'énergie infinie qui bouillonnait en moi malgré le sommeil de l'hiver. Je débitai plus de bois que nous ne pouvions en utiliser et je déneigeai entièrement la cour. Jerry se plaignait de passer pour un fainéant, par comparaison, mais depuis le départ de ses frères, il y avait plus de travail pour tout le monde.

Je reçus une lettre de John Paterson. Elle était datée de six mois auparavant. Avant la mort de Sylvanus, avant le départ de David et Daniel. Avant. Avant. Avant. Mais la Providence voulut qu'elle arrive le jour de mon anniversaire, jour que j'espérais depuis tant d'années et que je déplorais à présent.

Il avait été nommé général de brigade. Son nom, son grade, et l'adresse « Camp de Newburgh » étaient inscrits au-dessus du cachet de cire. Il avait reçu ma lettre concernant la Déclaration d'indépendance, qui me semblait dater d'un siècle. Je me demandai combien de temps avait mis la poste, à laquelle on ne pouvait plus se fier, avant de la lui porter. Nous avions reçu une lettre de Nat, la seule, alors qu'il n'était déjà plus. Mon désir de conversation, après tant de pertes, avait considérablement diminué, mais à mesure que je lisais, cette passion se ranima en moi.

Selon Elizabeth, John avait été envoyé au Canada avec quatre brigades, puis était revenu sur ses pas, la campagne étant abandonnée. Son régiment avait été ravagé par la maladie et le mauvais temps, et les six cents hommes avec lesquels il avait quitté New York avaient été réduits à la moitié de ce chiffre lorsqu'il avait rejoint le général Lee, juste à temps pour que Fort Washington soit pris par les Anglais et que Lee soit fait prisonnier, puis accusé de trahison. John Paterson aurait dû être inconsolable, mais sa lettre ne contenait pas la moindre plainte.

23 juin 1777

Chère miss Samson,

Si nous nous battons, ce n'est pas pour celui qui a tout et qui veut davantage, mais pour celui qui n'a rien. Nulle part, aucun homme ne peut espérer vraiment échapper aux circonstances dans lesquelles il est né. Notre sort se décide dès l'instant où nous commençons à habiter dans le ventre maternel, dès l'instant où nous respirons. Mais peut-être cela pourrait-il changer dans notre pays.

Notre vie est courte. De ce que nous ferons vous ou moi, il ne restera pas grand-chose pour cette génération ou même la suivante. Vos ancêtres ont mis le pied sur ce continent il y a plus de cent cinquante ans. Nous ne saurons jamais ce qu'il leur en coûta de traverser un océan pour atteindre un rêve, et pourtant nous sommes ici.

À quoi la vie ressemblera-t-elle dans cent cinquante ans ? Je soupçonne que nos descendants considéreront notre vie comme une évidence, tout comme nous considérons la vie de nos ancêtres. Le moment venu, personne ne se souviendra de John Paterson. Même les enfants de mes enfants ne sauront pas réellement qui j'étais et de quoi je rêvais, mais avec l'aide de Dieu, ils recueilleront les fruits de mes efforts.

Beaucoup se demandent à quoi servira notre lutte. Je me demande à quoi elle servira. Et pourtant cette vérité, la vérité des siècles, est que nous n'agissons pas pour nous. Ce n'est pas notre vie que nous construisons, mais celle des générations à venir. L'Amérique sera comme un flambeau pour le monde – je le crois de tout mon cœur – mais ce flambeau s'allume au prix de sacrifices.

Vous devriez aller à Lenox. Elizabeth vous accueillerait à Paterson House. Elle vous appelle sa petite sœur. Ce n'est pas Paris, mais si vous avez besoin d'un nouveau pays, vous êtes la bienvenue chez nous. Deux de mes sœurs et ma mère habitent à proximité – ma chère sœur Ruth est décédée en janvier dernier – et c'est un grand réconfort pour moi qu'elles puissent compter les unes sur les autres. Quant à moi, j'ignore quand je reviendrai. Je sais à peine dans quoi j'ai été entraîné, et je prie pour avoir la force d'en voir le bout.

John Paterson, général de brigade

C'était un discours si beau et si passionné que j'usai le papier à force de le relire, et j'en mémorisai des passages entiers, ne cessant de m'émerveiller d'avoir reçu pareil message. Je supposais que c'était moins une lettre pour moi qu'un rappel pour lui-même, comme si John Paterson avait eu besoin de se redonner espoir en un moment de fragilité. C'était sa déclaration au monde, et j'avais simplement eu la chance de la lire.

***

Les meilleurs des jeunes gens étaient partis, les plus instruits comme les plus ignorants, et Middleborough n'avait plus personne pour inculquer leurs leçons aux enfants. Quand j'appris que le poste de maître d'école était vacant, je me portai volontaire, et le diacre et Mrs Thomas attestèrent mes capacités.

— Elle connaît une bonne partie de la Bible par cœur, elle lit et écrit comme un vrai savant, témoigna le diacre Thomas.

Le poste me fut accordé, mais ma rémunération dépendait entièrement des familles auxquelles je rendais service.

— Nous songerons à vous payer mieux quand vous aurez fait vos preuves, déclara le magistrat local.

J'acquiesçai, même si je ne devais jamais toucher de lui le moindre shilling pendant tout le temps où j'enseignerais dans l'unique classe de l'école bâtie près de la Troisième Église baptiste.

Nous tracions nos lettres, dessinions nos chiffres, et nous étudiions les quelques cartes que nous possédions. Ce n'était pas l'université de Yale, mais je ne m'en sortis pas si mal et, la plupart du temps, je n'avais qu'à fixer sur les enfants mon regard « redoutable » pour qu'ils exécutent mes ordres.

J'avais hérité de tous les livres du révérend Conant, et j'en usais généreusement, mais les enfants – j'étais heureuse de voir presque autant de filles que de garçons – n'étaient pas prêts pour Shakespeare. Je leur racontais ses pièces, et me bornais à leur en lire quelques fragments insérés dans mes propres récits.

Lors des récréations, nous nous entraînions à la lutte et à la course, et je ne laissais aucun d'eux l'emporter sur moi. Cela n'était pas très élégant, mais les garçons étaient très impressionnés et les petites filles étaient ravies.

Je réservais chaque jour un moment à des leçons de choses : apprendre à faire des nœuds, à coudre, identifier la flore et la faune locales. L'instruction ne se bornait pas à la lecture et à l'arithmétique, il s'agissait aussi de savoir s'émerveiller, de devenir des citoyens capables et utiles.

Je disais aux enfants qu'il n'était pas utile d'être bon en tout, ni d'aimer toutes les matières, mais je me sentais tout à fait hypocrite, puisque j'avais toujours exigé de moi l'excellence sur tous les plans. Il n'y avait pas de cours réservés aux garçons ou aux filles, le savoir que je dispensais était destiné à tous les enfants, et curieusement, il y eut très peu de résistance, même de la part des parents.

Peut-être n'espéraient-ils guère d'une maîtresse d'école. Peut-être savaient-ils que mon poste était temporaire, et que je partirais une fois la guerre finie, lors du « retour à la normale ». Mais « la normale » changeait, et même si je fus la première maîtresse d'école à Middleborough, j'imaginais que je ne serais pas la dernière. Il suffisait qu'une personne gravisse une montagne pour que d'autres l'imitent et partent à la conquête de nouveaux sommets.

À Elizabeth j'écrivis :

Je vais enfin à l'école, ce qui m'a été longtemps refusé, et je suis en extase. Ce n'est que pour les mois d'hiver, quelques heures par jour, et je peux encore tisser et aider les Thomas le soir, ou au petit matin avant la classe.

Jeremiah est l'aîné de mes élèves, et c'est une joie que de le voir me sourire, de sa place au dernier rang. J'ignore combien de temps il sera assidu. Il ne pense qu'à rejoindre le combat, et je suis bien sûre qu'il partira comme l'ont fait les autres, sitôt qu'il aura l'âge requis, même si je prie pour qu'il n'en fasse rien. Il me manquera trop.

Enseigner calme mon agitation et me donne un but. Je m'efforce d'être la femme que décrit le chapitre XXXI des Proverbes, mais je préfère cette citation de l'Épître aux Romains, XII, 2 : « Ne vous conformez pas au siècle présent, mais soyez transformés par le renouvellement de l'intelligence. »

Je crains d'être confinée à tout jamais dans mon très petit monde, dont les limites ne sont pourtant peut-être pas aussi rigides ou inébranlables que je le croyais jadis. Vous ne serez pas étonnée d'apprendre que j'adore tenter de les repousser.

Je pense à vous tous les jours, mon amie, et je prie pour vous, vos filles et votre bien-aimé John. Vous devez m'écrire et m'assurer que vous allez bien.

Deborah

***

L'été 1780 ramena les journées plus longues et me permit un voyage chez ma mère, pour la première fois depuis dix ans. Elle m'envoya chercher, en me priant de venir à elle, et Mr et Mrs Thomas m'accompagnèrent jusqu'à Plympton avant de poursuivre vers Boston où ils rendraient visite au frère du diacre, qu'ils n'avaient pas revu depuis que le siège avait dévasté la ville au début de la guerre.

Ma mère n'avait pas beaucoup changé, même si au brun de ses cheveux se mêlait un peu de gris, même si les sillons creusés entre ses yeux et autour de ses lèvres étaient plus profonds. Elle me prit les mains et contempla mon visage, y cherchant peut-être l'enfant que j'avais été.

— Tu es si grande, s'alarma-t-elle, les rides s'aggravant avec sa moue.

Ce n'était pas ainsi que j'avais imaginé nos retrouvailles après une aussi longue séparation.

— Euh… oui.

— Je ne sais pas si Mr Crewe approuvera.

— Mr Crewe ?

— Notre voisin au nord. Je lui ai beaucoup parlé de toi. Il est très riche, et il cherche une épouse, Deborah.

— Est-ce pour ça… que vous avez voulu me voir ?

— Oui. C'est une belle occasion pour toi. Tu n'es plus sous contrat, et tu as vingt ans. Tu dois te marier.

Elle croyait me rendre service. Je le voyais dans ses yeux, je le sentais à ses gestes empressés. Cette idée m'aida à garder mon calme alors même que la déception et la terreur me nouaient l'estomac.

Ma tante m'accueillit aimablement, son mari aussi, mais ils nous laissèrent bientôt à la petite table où avaient été déposés un peu de beurre, un morceau de pain et des tomates du jardin découpées en tranches. Nous mangeâmes en silence, comme deux étrangères, et ma mère finit par revenir au sujet de Mr Crewe.

— Vous dites que vous lui avez beaucoup parlé de moi. Que lui avez-vous raconté ? demandai-je en levant les yeux de mon assiette.

Elle hésita, prise au piège. Qu'avait-elle bien pu dire de moi à un homme, à quiconque ? Nous avions échangé quelques lettres, à peine de quoi nous assurer mutuellement que nous étions encore en vie, preuve que nous n'avions pas succombé à la destinée de la pauvre Dorothy May. Ma mère ne savait rien de moi.

— Je lui ai détaillé tes talents. Et selon Mrs Thomas, pas une seule fois tu n'as été malade. Tes dents sont fortes et droites… ainsi que ton corps. Et tu tisses à merveille, comme tous les Bradford. Je suis sûre que tu peux lui offrir ce qu'il exige d'une épouse.

— Mais s'il n'est pas ce que j'exige d'un mari ?

Elle battit des paupières.

— Tu n'as plus l'âge d'être difficile, Deborah. Et tu pourrais tomber plus mal. Il n'est pas bien beau, même si je pense souvent que la beauté est une croix à porter. Ton père était très bel homme, et nous en avons souffert tous les deux.

Je fus trop intéressée par cette dernière affirmation pour m'offenser de la première.

— Ah oui ? En quoi a-t-il souffert, exactement ?

— Sa beauté lui faisait croire qu'il méritait mieux que ce que l'existence lui avait donné. S'il avait été laid, il n'aurait peut-être pas été aussi fier.

— S'il avait été fier, il n'aurait pas fui ses responsabilités.

— Il s'est perdu en mer.

Je n'avais jamais entendu cette partie du conte.

— Perdu en mer ? Il ne s'est pas noyé, Maman. Il nous a abandonnés. Ne lui inventez pas d'excuses.

Ma franchise parut la stupéfier.

— Il avait honte, murmura-t-elle.

— Et sa honte comptait plus pour lui que sa famille ?

— Son héritage lui a été dérobé. Ça l'a brisé. Il a tenté de gagner sa vie comme fermier, mais il était taillé pour de plus grandes choses.

— De plus grandes choses ?

— Il était si beau, si intelligent. Si doué. Ç'aurait été du gâchis de ne pas viser plus haut que nos circonstances le permettaient. Il était obligé d'essayer, non ?

Elle se mentait à elle-même. Je ne pouvais décider si elle avait raconté cette histoire si souvent qu'elle y croyait, ou s'il valait simplement mieux pour elle être veuve que quittée par son mari. Je soupçonnais toutefois que la seconde solution était la bonne, et cela me mettait en colère contre elle, contre tous ceux qui la condamneraient, comme si les échecs de son mari étaient de sa faute à elle. Une veuve conservait sa dignité ; une épouse rejetée n'en avait aucune.

— Il voulait voir le monde. Il voulait explorer.

— Et pas vous ?

Elle soupira comme si cette hypothèse était ridicule.

— Vous êtes tous adultes, mes enfants. Tous en bonne santé, tous robustes. Ma tâche est accomplie.

Elle n'avait pas vraiment répondu à ma question, mais elle ne le ferait pas. Elle avait appris à ne pas désirer l'impossible.

Je ne voulais pas détester ma mère, mais je ne l'aimais pas, et je ne pouvais pas écouter. Elle ne m'avait pas élevée, elle n'avait pas travaillé dans mon intérêt. Je m'étais construite moi-même, à la sueur de mon front, par mes propres efforts.

Je me levai, incapable de tolérer plus longtemps sa présencc. J'étais censée rester avec elle jusqu'au lendemain, quand Mr et Mrs Thomas reviendraient, mais je résolus à cet instant que je rentrerais à Middleborough à pied s'il le fallait. Je portais des chaussures solides.

— Ta sœur Sylvia a eu un autre enfant. Ça lui en fait quatre, maintenant, dit-elle en hâte, voyant que j'étais prête à partir. Elle écrit qu'ils se portent tous très bien.

— Je suis contente qu'elle aille bien, murmurai-je.

J'étais sincère. Ma sœur vivait en Pennsylvanie. Pas plus que mes frères, je ne l'avais revue depuis mes cinq ans. Je ne me rappelais même pas son visage.

— Tous mes enfants vont bien. C'était mon seul objectif.

J'aspirais à la justice – pour elle, pour moi – mais tandis que je la regardais, la pitié eut le dessus. C'était vrai. Elle avait raison. J'allais bien. J'étais en bonne santé, grande et forte, comme elle l'avait dit. Avec cinq jeunes enfants et aucun moyen de les nourrir, elle avait dû redouter que cet avenir-là ne se réalise jamais.

— Il est revenu… pendant un moment, juste après ton départ chez les Thomas. Il m'a posé des questions sur vous tous. Où vous étiez et comment vous alliez. J'ai cru qu'il allait rester. Mais non. Et je ne l'ai pas revu depuis.

— Vous l'avez laissé revenir ?

L'avait-elle accueilli dans son lit, pris dans ses bras qui avaient jadis tenu ses enfants rejetés ?

— Bien sûr. C'est ce que je souhaitais depuis toujours.

Elle ne leva même pas les yeux de sa couture. Je demandai, comme dans un gémissement :

— Pourquoi ?

— Parce que cela t'aurait permis, à toi, de revenir aussi.

Je m'écroulai sur la chaise que je venais de quitter, honteuse, déchirée. Ma mère m'avait donné tout ce qu'elle avait. Et je lui en voulais de ne pas avoir pu donner plus.

— Pourquoi m'avez-vous appris à lire ? J'étais si jeune, bien d'autres choses devaient réclamer votre temps et votre attention.

— Je n'ai presque rien fait. Je donnais des leçons aux autres, et tu retenais tout très vite.

J'inspirai profondément.

— Merci.

La surprise rida son visage méfiant. Elle ne s'attendait pas à de telles paroles de ma part.

— William Bradford pensait que tous les hommes et toutes les femmes devaient pouvoir lire par eux-mêmes la parole de Dieu.

— Oui, je sais. Vous avez toujours été fière de votre lignée.

Elle redressa le dos et haussa le menton.

— Notre arbre généalogique a des racines puissantes et des branches vigoureuses, pleines d'ancêtres épris de liberté.

Je me demandais à quoi servaient ces racines puissantes et ces branches vigoureuses si l'on ne m'accordait jamais la possibilité de grandir ou de m'épanouir.

— William Bradford est arrivé sur cette terre il y a plus d'un siècle, continua ma mère, la voix résonnant d'orgueil. L'alliance conclue par ces séparatistes est devenue le fondement de la guerre que nous menons à présent. C'est la guerre de Dieu, Sa volonté et Son heure. Et tout a commencé avec eux.

Je pensais à mon rêve, celui où je volais au-dessus de la Terre, le temps suspendu pendant ce voyage. Rien avant, rien après, tout ne faisant qu'un, le présent éternel. Je me disais que Dieu observait ainsi le monde, déplaçant les pions et changeant les décors, en avant et en arrière.

— « Je tiens le monde pour ce qu'il est, un théâtre où chacun doit jouer un rôle. Et le mien est bien triste », récitai-je.

J'avais bien souvent médité sur cette réplique de Shakespeare. Ma mère me regarda, la tête inclinée d'un air inquisiteur.

— Tous les rôles sont tristes, Deborah. Et on choisit rarement le sien.

Je ne pouvais le contester.

***

Milford Crewe était un homme de petite taille qui devait avoir eu l'air vieux même avant de l'être vraiment. Il avait le crâne dégarni et tentait d'y remédier en laissant pousser ses cheveux blonds dont les boucles grisonnantes lui tombaient sur ses épaules. Il ôta son chapeau à large bord et me salua, une main à la taille, l'autre devant lui, comme si nous allions danser le menuet. Il n'était pas bien beau, c'était vrai, mais c'était surtout ses manières qui me dégoûtaient.

Ma mère avait tenu à me coiffer, et deux longues mèches pendaient de part et d'autre de mon visage, ce qui ne dissimulait nullement ma mâchoire carrée et mes traits marqués. J'avais appris qu'il valait mieux tirer mes cheveux en arrière, en une longue natte plate, ou enroulés soigneusement sous mon bonnet. Coiffée autrement, je ressemblais à une dinde de Noël avec un ruban autour du cou.

Lors des présentations, Milford Crewe fit le tour de ma personne comme s'il examinait une vache, tirant même sur les rubans de mon bonnet, peut-être pour que je l'ôte.

— Vos yeux sont d'une drôle de couleur, non ?

Je sentis mes lèvres adopter un rictus méprisant, et j'aspirai l'air entre mes dents.

— Je ne sais pas. De quelle couleur devraient-ils être, monsieur Crewe ?

— Bleus, verts ou marron, ce serait bien. Ils sont les trois à la fois, j'ai l'impression.

— Eh bien, oui. J'ai mauvais caractère. Je suis difficile à contenter. Je pense que je ne ferai pas une bonne épouse.

— Je ne suis pas de cet avis.

Il croyait me faire ainsi un grand compliment.

— Moi, si.

— Vous êtes grande.

— Oui. Et pas vous.

Il tendit la mâchoire et plissa le front. Ainsi, il ressemblait un peu au bouc du diacre Thomas. Je m'attendais presque à l'entendre bêler avec impatience. Quel couple nous ferions ! Une oie et un bouc, cacardant et bêlant l'un après l'autre, condamnés à partager la basse-cour alors que tout nous opposait.

Il prétendait ne pas être loyaliste, mais il n'était pas non plus patriote, chose que j'estimais inacceptable.

— Tout compte fait, nos efforts ne nous rapporteront que du sang et des dettes. Je suis un homme pragmatique, et cette guerre n'a jamais eu aucun sens à mes yeux, dit-il en haussant les épaules. Mais il faut que les enfants acquièrent leur propre expérience.

Mr Crewe resta toute l'après-midi, bavardant avec ma mère et m'observant. Il me posait des questions, mais détournait le regard ou s'impatientait quand je lui faisais une réponse trop longue, et mon cas semblait de plus en désespéré pour ma mère.

Il était encore là quand les Thomas arrivèrent, le bruit de la carriole signalant leur retour. Je bondis pour aller ouvrir la porte, mais ma mère montait la garde, pour m'empêcher de fuir.

Hélas, il demanda s'il pourrait me revoir, et rien de ce que je dis ne put l'en dissuader.

***

Le trajet de retour fut pénible. Nous prîmes la même route reliant Plympton à Middleborough par laquelle nous avions voyagé dix ans auparavant, le révérend Conant et moi, et cependant je n'étais plus la même. Je ne pleurais plus la perte de ma mère, je ne craignais plus les gens qui m'entouraient, mais je n'en étais pas moins à bout de forces.

— Tu es bien silencieuse, Deborah.

— Je n'ai pas envie de parler par-dessus le vacarme du chemin.

— Qu'as-tu pensé de Mr Crewe ? Il semble très épris de toi, dit Mrs Thomas.

— Ce n'est pas le cas.

J'en étais sûre. Ce Mr Crewe était beaucoup de choses, sauf épris de moi. Il pensait peut-être que cet acte de charité lui serait profitable, mais il n'y avait aucune admiration dans son regard.

— C'est un homme qui en vaut bien d'autres, reprit-elle, ses yeux contemplant le paysage.

Je ne pus que la dévisager, stupéfaite.

— Vraiment ?

Quelle idée lamentable. Il n'arrivait pas à la cheville du révérend Conant, ou du diacre Thomas. Milford Crewe n'avait ni l'assurance de Nathaniel, ni le calme de Benjamin, ni la passion de Phin, ni la douceur de Jeremiah. Je ne trouvais rien à aimer en lui.

— Je préférerais coucher avec les porcs.

Mrs Thomas eut le souffle coupé et son mari resta bouche bée comme si je m'étais mise à parler dans une langue étrangère. Prise de remords, je baissai la tête. Je ne voulais pas paraître grossière, mais seulement sincère, ou véhémente. J'aurais mieux aimé défiler nue sur la place du village que de me déshabiller devant cet homme. Je savais comment l'on faisait les enfants. Je savais que les hommes aimaient ce processus et que les femmes n'étaient pas censées l'apprécier. Je pensais que je pourrais y prendre plaisir, mais pas avec Mr Crewe. Pas avec lui.

— Mais… lui permettras-tu de revenir te voir ?

Mrs Thomas me regardait bizarrement, et je ne pouvais deviner ses pensées. Je soupirai.

— Je n'ai aucune envie de le revoir.

— Il a proposé d'acheter les champs sur lesquels je ne peux ni planter ni bâtir, indiqua le diacre. C'est une bonne offre. Tu dois le laisser plaider sa cause.

Cela sonnait comme un ordre qui flotta dans l'air, aussi discordant que les roues grinçantes de notre véhicule. Une fois encore, je fus abasourdie.

— J'aurais beaucoup aimé te garder dans la famille. Mais comme cela, tu seras près de nous. Et maintenant que Nathaniel n'est plus, murmura Mrs Thomas, tu dois refaire un choix. Il est temps, Deborah.

Je n'avais pas le cœur de lui dire que, même si Nathaniel avait vécu, je ne m'étais pas imaginée en épouse. Et ne pouvant l'imaginer avec Nat, je le pouvais encore moins avec Milford Crewe.

— Moi aussi, j'aurais aimé rester dans la famille.

Cette réponse était sincère, et je m'abstins d'exprimer le reste de mes réflexions.

7

Les lois de la nature

LA MORT A L'ART de nous dépouiller de nos inhibitions et de nos prétextes ; j'en avais perdu beaucoup en peu de temps. Jeremiah, lui, ne mourut pas… il partit simplement. Il en avait jusqu'ici été empêché par sa taille – un soldat devait mesurer cinq pieds, cinq pouces – et Jerry était trop petit. Mais l'été qui précéda ses dix-sept ans, alors que j'en avais vingt, il gagna deux pouces, prit dix livres, et s'empressa de signer les registres d'enrôlement. Je le suppliai de rester, sinon pour le diacre et Mrs Thomas, du moins pour moi.

— Je t'en prie, Jerry, ne t'en va pas.

— Tu partirais si tu étais à ma place, répliqua-t-il.

Je ne pouvais le nier, et il le savait.

— Si tu t'en vas, je pars avec toi, menaçai-je.

Il éclata de rire et secoua la tête.

— Oh, Rob, tu ferais un bon soldat ! Un bon marin aussi, j'en suis sûr. Mais ils ne voudront pas de toi.

— Je le jure. Si tu pars, je te suivrai. Tu as entendu parler de cette femme, à la bataille de Monmouth. Elle a chargé le canon quand son mari est tombé malade. Un boulet est passé entre ses genoux, a emporté ses jupons, mais elle n'a pas eu la moindre égratignure, et elle n'a pas bronché.

Beaucoup d'histoires avaient circulé à propos de cette femme, dont personne ne semblait connaître le nom. On parlait aussi d'épouses qui avaient suivi leurs maris à la guerre, et j'étais convaincue de pouvoir en faire autant.

— Tu n'as pas de mari, et personne ne te laissera approcher d'un canon, Rob. Tu ne peux pas m'obliger à rester. Je veux être marin. J'ai beau être le plus jeune et le plus petit, je suis assez grand, et si je ne pars pas, je me demanderai toujours ce que j'aurais pu faire. Je me le demanderai, et j'aurai honte. Tu ne comprends pas, parce que tu es une fille, et que personne n'attend cela de toi.

Je cherchais désespérément à le convaincre.

— Comment veillerons-nous l'un sur l'autre si tu t'en vas ?

— Comment pourrai-je me regarder en face si je reste ?

L'année 1780 devint 1781 et, dès que la neige commença à dégeler, Jeremiah partit pour Philadelphie rejoindre la marine marchande qui y était établie, les épaules droites, le regard assuré.

Le jour de son départ, Mrs Thomas alla se coucher et refusa de se lever.

— J'ai donné naissance à dix fils sains, gémit-elle. Je n'ai jamais eu de mal à les porter, même les jumeaux. Tous mes accouchements ont été faciles, alors que tant de femmes souffrent le martyre. Pas moi, car j'étais bâtie pour engendrer des fils. On ne le croirait pas, car je suis petite, mais cela me venait sans peine. Les élever, c'était une autre affaire, mais je ne me plaignais jamais, car j'avais reçu beaucoup de bienfaits. Je m'estimais heureuse, mais à présent je m'interroge. Je ne puis m'empêcher de songer que je souffrirais moins si je ne les avais jamais aimés.

Le diacre Thomas sortait voir ses bêtes, les champs qu'il cultiverait désormais seul. Je récurais, filais, fendais du bois et les forçais tous deux à se nourrir. Quand je ne trouvais rien d'autre pour occuper mon temps – la saison de l'école touchait à sa fin –, j'écrivais à Elizabeth ainsi qu'à John, bien que ni l'un ni l'autre ne m'aient plus répondu depuis bien longtemps. Six mois au moins s'étaient écoulés.

Deux lettres arrivèrent début avril, l'une pour moi, l'autre pour les Thomas. La première provenait de John Paterson, la seconde de Benjamin. Je glissai ma lettre dans mon corsage pour la découvrir plus tard, et je persuadai Mrs Thomas de quitter la chambre afin de lire celle qui lui était adressée.

Elle demanda à son mari de la lire d'abord, alors que j'avais bien précisé qu'elle lui était destinée, qu'elle était de la main de Ben et contenait sûrement une bonne nouvelle.

Le diacre la parcourut une fois, en silence, les mains tremblantes, puis il la relut, à haute voix, pour Mrs Thomas et moi :

Nous avons survécu au pire hiver que nous ayons jamais passé. Mais notre engagement se termine le mois prochain, et Jacob et moi sommes contents d'avoir accompli notre devoir. Le décès de nos frères nous a durement frappés. Les Thomas ont versé assez de leur sang.

Je ne crois pas que la guerre continue très longtemps, et certainement pas dans les colonies du nord. Pour l'essentiel, l'action s'est déplacée vers le sud, même si la trahison de Benedict Arnold et la pendaison du pauvre major André nous ont fait craindre une attaque à West Point. Nous avons passé ces mois terrés ici à ne rien faire d'autre que trembler, affamés, en attendant les ordres. Nous serons rentrés à temps pour planter. Ne laissez pas Rob tout faire avant que nous soyons là.

— Ils reviennent, gémit Mrs Thomas. Ils rentrent à la maison !

Le diacre hocha la tête, la lèvre frémissante, l'œil brillant. Il mit son chapeau et se retira dans la prairie la plus éloignée, car il avait besoin d'être seul pour recouvrer ses esprits. Soudain ressuscitée, Mrs Thomas se mit à s'affairer pour préparer le souper, comme si Jacob et Ben allaient arriver d'une minute à l'autre.

Je conservai la lettre de John Paterson glissée dans mon fichu, prévoyant d'autres bonnes nouvelles, et je l'en sortis seulement quand nous eûmes terminé notre repas, dans un agréable silence. Mr Thomas lisait sa Bible, et sa femme cardait la laine. Je pris ma lettre et en brisai soigneusement le sceau. Tandis que je la dépliais, Mrs Thomas leva les yeux avec intérêt.

— Qu'est-ce que tu as là, Deborah ?

— Ce message vient du général Paterson. Cela fait si longtemps que je n'ai rien reçu de lui ou d'Elizabeth. C'est arrivé tout à l'heure, avec la lettre de Benjamin.

— Ils sont bien aimables d'entretenir cette correspondance, après tant d'années.

Elle ajouta quelques mots et je pense avoir acquiescé, mais je n'écoutais plus.

Je ne respirais plus.

La glace et le feu se battaient dans ma poitrine, et je relus trois fois ces quelques mots, puis les relus, pour y détecter un mensonge.

Je n'avais jamais rencontré Elizabeth Paterson en personne, mais elle était ma plus chère amie. De toutes les manières possibles, elle m'apportait consolation et joie. Depuis près d'une décennie, jamais elle ne m'avait rejetée ou déçue.

Et elle n'était plus.

Je posai ma tête sur la lettre, incapable de la repousser, incapable de nier son contenu alors même que je tentais de le cacher. Quand je fermais les yeux, je le voyais encore sur mes paupières. L'écriture penchée de John Paterson ressemblait à une ligne noire de fourmis, que rien n'arrête.

10 février 1781

Ma chère miss Samson,

J'ai le regret de vous informer qu'Elizabeth est décédée subitement en septembre dernier. Elle n'était pas bien portante, depuis un moment, mais elle avait l'art de dissimuler ses souffrances. Surtout à mes yeux. J'ai obtenu un congé de l'armée pour m'occuper de nos affaires à Lenox. Je sais que de longue date vous échangiez des courriers, Elizabeth et vous, et je suis navré de vous apprendre sa mort de façon aussi brusque et insensible, mais je n'en connais pas d'autre. Je m'aperçois que les combats ne m'ont guère laissé de compassion dans le cœur. Elle vous aimait beaucoup et espérait votre bonheur.

Avec mes plus profonds respects,

John Paterson

Une missive aussi courte.

Un coup aussi massif.

Moi non plus, je n'avais aucune compassion. Ni pour le pauvre John Paterson, ni pour ses enfants, ni même pour Elizabeth. À cet instant, j'étais consumée par le chagrin pour moi-même. Il ne me restait pas une âme sur cette Terre. Pas une seule âme de qui dépendre ou pour qui vivre. Il n'y aurait plus de lettres. Plus d'espoir. *Rien* à attendre.

— Qu'y a-t-il, Deborah ? demanda Mrs Thomas, non sans appréhension.

— Elizabeth Paterson est morte, répondis-je d'une voix atone.

Curieusement, elle hocha la tête, comme si elle le prévoyait. Bien sûr, elle le prévoyait. Elle n'avait que trop l'habitude des lettres remplies de mauvaises nouvelles, des visiteurs venus annoncer des horreurs et des larmes. Nous étions toutes deux accoutumées aux événements terribles.

— Son mari... Sert-il encore sous le général Washington ? s'enquit-elle, sans détacher les yeux de sa laine.

— Il dit... il dit... qu'il est rentré à Lenox.

— Il a raison. La guerre a déjà trop duré.

Elle n'ajouta pas un mot, et en vérité il n'y avait rien de plus à dire. Je me levai, la lettre de John Paterson à la main, et je crus un moment que j'aurais plaisir à la brûler. Je la tins au-dessus de la chandelle, la feuille tremblant entre mes doigts.

Je n'en recevrai pas d'autre.

Ni d'Elizabeth ni de son bien-aimé John. Il n'aurait aucune raison de m'écrire.

Je la repris, un coin étant déjà roussi, et me tournai vers ma petite chambre.

— Je suis fatiguée, déclarai-je, même si ce n'était pas la lassitude qui courait dans mes veines. Je vais me coucher.

— Bonne nuit, chère enfant, dit doucement Mrs Thomas.

— Bonne nuit.

Il n'était que quatre heures. La journée était sombre et sinistre, mais l'heure d'aller au lit était encore loin.

Lorsqu'on revoit les années du haut de l'expérience et de l'âge, on les discerne avec clarté. La mort, la déception, le désespoir en abondance m'avaient fait reculer jusqu'au bord du précipice. Je m'en aperçois maintenant, bien que je m'étonne d'avoir sauté.

Je pris la culotte et la chemise qu'un des garçons avait renoncé à porter et dont aucun autre ne s'était emparé. Ce n'étaient plus celles qui m'avaient donné le pied léger et rendue libre comme le vent. Elles n'étaient pas magiques. Je ne rentrais plus dans les premières. Je dégrafai ma robe et l'enlevai, répétant les gestes avec mes sous-vêtements jusqu'à ce que je sois nue et frissonnante dans la lumière qui déclinait derrière la minuscule fenêtre.

Je retirai les épingles de mes cheveux et y passai ma brosse, en me regardant dans le petit miroir accroché au mur. Mes cheveux m'arrivaient plus bas que la taille, et quand je les vis se répandre, luisants, autour de moi, j'eus l'impression d'être une créature marine sur qui ne pesait aucune contrainte des humains. Une sirène, une déesse grecque. Je pensai que j'étais peut-être belle ainsi, même si je n'étais ni petite ni douce.

Et personne ne le saurait.

Personne ne verrait jamais cette version-là de Deborah. Personne d'autre que mon mari.

Milford Crewe voulait être mon mari. Il semblait le souhaiter vivement, et je soupçonnais que la vente de la terre du diacre était liée à mon accord.

— Non ! crachai-je, surprise par ma propre violence.

Ma brosse tomba bruyamment.

— Non, répétai-je avec moins de véhémence. Non. Pas lui. Jamais.

Mes cheveux étaient mon unique source de vanité, et pourtant leur opulence m'agaçait aussi. À quoi me servait la beauté ? J'étais aussi grande que la plupart des hommes de ma connaissance, aussi grande que la moitié des garçons Thomas parmi lesquels j'avais été élevée. J'avais la bouche large, la mâchoire carrée, les pommettes saillantes. La bosse de mon nez et l'épaisseur de mes sourcils me donnait un air décidé plutôt que distingué, mais je n'étais pas certaine de pouvoir prétendre au moindre charme. Même mes yeux aux couleurs multiples étaient étranges plutôt que jolis.

En moi, les émotions surgissaient et se brisaient ; mon reflet dans le miroir fut brouillé par les larmes.

— Je ne veux pas être une épouse, murmurai-je. Je ne veux pas être une *femme*. Je veux être un soldat.

Vraiment ?

Je m'essuyai les yeux, irritée par ma faiblesse, mais mon cœur battait à tout rompre. *Oui, vraiment.*

— Pourquoi ne pas tenir ce rôle ? m'exclamai-je d'une voix plus forte. Quand il est en mon pouvoir de le jouer ?

Mes cheveux scintillaient autour de mon corps, comme s'ils m'adressaient un appel. Je n'étais pas obligée de tout couper. Les hommes que je connaissais nouaient leurs cheveux en catogan. J'avais assez souvent retaillé ceux des garçons. J'avais aussi rasé le poil de leurs joues. En général, les hommes ne tentaient de se raser que s'ils disposaient d'un bon miroir, et encore. C'était un talent réservé aux barbiers, ou aux femmes, et j'avais rasé tous les hommes de la famille Thomas, sauf Jeremiah, qui n'avait pas plus de barbe que moi. Cette pensée me donna du courage. Dans l'armée, il ne manquait pas de garçons sans poil au menton. Mais aucun n'avait les cheveux jusqu'à la taille.

Je pris une poignée de mes cheveux et, avec la même lame aiguisée que j'avais utilisée pour les garçons, la coupai à la hauteur de mes épaules, assez long pour pouvoir les attacher sur ma nuque, mais assez court pour créer une nette différence entre le masculin et le féminin. Mèche par mèche, je répétai l'opération jusqu'à ce qu'il y ait plus de cheveux à mes pieds que sur ma tête.

Je me tournai à droite, puis à gauche, pour savourer la légèreté nouvelle de leur contact sur mes épaules nues. Sans mes cheveux pour les masquer, mes seins semblaient plus gros. Ils débordaient, avec leur pointe rose, assez volumineux pour remplir mes paumes, et le doute surgit un instant dans mon esprit. Je croisai les bras sur ma poitrine, à la recherche d'une solution.

J'avais laissé mon corset sur mon lit, et alors que je l'examinais, une idée se forma.

J'en ôtai les baleines, défis le lacet, et le découpai en deux moitiés horizontales. Je n'avais pas besoin d'être enserrée des côtes jusqu'aux hanches ; j'avais besoin d'aplatir mes seins.

J'ourlai avec soin le tissu tranché et je refis passer le long lacet dans chacune des deux parties. Je disposais maintenant de deux bandes, longues de six pouces, l'une à porter, l'autre en réserve. Si cela ne fonctionnait pas, je pourrais toujours les recoudre ensemble et réinsérer les baleines.

J'enfilai le demi-corset et, à force de contorsions, le plaçai sous mes aisselles. Puis je tirai vigoureusement sur le laçage, et mes seins s'aplatirent, dociles. C'était presque… agréable.

Quelle étrange sensation que d'avoir la poitrine serrée et le ventre libre ! Je nouai le lacet, glissai les extrémités à l'intérieur, et me haussai sur la pointe des pieds en observant mon reflet, étonnée par l'absence de mouvement de mes seins. Je levai les bras, dansai la gigue, et je faillis éclater de rire. C'était très bien.

Avec la chemise par-dessus, c'était encore plus impressionnant. Le renflement était identique à celui d'un homme au torse un peu musclé. Sans être larges, mes épaules n'étaient pas non plus étroites. Mes tâches quotidiennes m'avaient musclé le dos, et mes hanches semblaient étroites dans la culotte que je passai autour de la taille.

« Mon postérieur est un peu trop rond », m'inquiétai-je en me tâtant le bas du dos. J'envisageai de le serrer aussi, sans savoir comment je pourrais y parvenir, puis je renonçai à cette idée. La plupart des jeunes gens ignoraient à quoi ressemblait le derrière d'une femme sous ses jupes, et ils ignoraient encore plus de quoi il aurait l'air en culotte. Je gloussai d'un rire aigu et nerveux, presque un cri, mais ravalai aussitôt cette bulle de joie. Rire était hors de question. Pleurer aussi.

J'irais voir le recruteur local. Si je réussissais, je reviendrais de bonne heure et dispenserais mes deux dernières semaines de classe en attendant ma convocation – je savais désormais comment cela se passait – et personne n'en saurait rien.

***

Je partis pour la ville sans laisser de message pour les Thomas. Ils ne s'inquiéteraient pas. Mrs Thomas savait que j'étais chagrinée. Si elle remarquait mon absence, elle penserait que j'étais allée me promener dans les bois ou que j'avais gravi la colline, à mon habitude.

J'avais ajouté à ma tenue le gilet et la veste du révérend Conant, ainsi que le chapeau que le diacre mettait le dimanche. Une fois en ville, je m'en achèterais un, et je raccrocherais le sien à la patère, près de la porte. Mes chaussures étaient aussi celles du révérend, et il me fallait de nouvelles boucles pour les serrer – j'avais le pied étroit –, mais elles feraient l'affaire pour le moment. Un soldat devait être bien chaussé.

Je longeai la taverne, le pré communal, la Première Église congrégationnelle, marchant sans que mes jambes rencontrent l'obstacle des jupons, mes bras se balançant sur les côtés. Personne n'ouvrit de grands yeux. Les chariots passaient sans s'arrêter. Je ne saluai personne. J'étais un inconnu, me dis-je, et je n'avais aucune hésitation, aucune précipitation.

Maître Israel Wood, le recruteur qui avait enrôlé presque tous les fils Thomas, me regarda en face sans me voir. Une jupe avait-elle tant de pouvoir ? Ou une culotte était-elle un déguisement si efficace ? Je ne pouvais le croire. Pourtant, personne ne m'observa avec intérêt.

Je signai le registre militaire du nom d'Elias Paterson, que je m'étais choisi en chemin, et je reçus la somme de six livres, que je ne pris pas la peine de recompter. J'acquis une paire de chaussures et un chapeau à cocarde verte, puis je m'admirai dans la glace. J'avais l'allure d'un élégant, mais pas d'une femme.

Personne ne m'interrogea. On m'avait regardée droit dans les yeux sans me reconnaître le moins du monde. J'aurais pu éclater de rire si je n'avais pas été aussi stupéfaite. Je n'avais pas transformé mon visage. J'avais simplement changé de coiffure et revêtu un chapeau et des habits d'homme. Pourtant, personne ne voyait plus Deborah. Personne ne voyait une femme.

J'entrai à la taverne et m'assis sur un tabouret, sans regarder à droite ou à gauche. Je pris soin de m'accouder au comptoir en écartant les genoux, comme si j'avais de grandes idées en tête et quelque chose entre les jambes.

J'avais passé plusieurs mois dans l'arrière-salle de la taverne avec mon métier à tisser afin de produire du tissu pour l'armée grâce aux dons des gens de la ville. Je ne m'étais jamais installée au bar pour boire un verre, mais si je réussissais cette épreuve, je serais capable de tout.

— Qu'est-ce que je vous sers, jeune homme ?

Sproat ne s'était même pas retourné, et je grommelai : « Un rhum, s'il vous plaît » sans couiner. Je croyais ne pas aimer le rhum. Mais je n'en savais rien, et que cela me plaise ou non, j'allais l'avaler comme un homme, un homme libre, un solitaire, puis en commander un autre. Je les bus tous les deux, en réprimant le tremblement que cela entraîna dans tout mon corps, et en redemandai.

— Donc vous partez avec les autres ? s'enquit Sproat. Vous verrez peut-être mon fils, Ebenezer. Il est dans le 4e. Ils l'ont fait colonel.

— Oui, monsieur.

Et je rotai exactement comme Jeremiah me l'avait appris. Avec une assurance croissante, je posai mon chapeau sur le comptoir et passai la main sur mon catogan bien noué.

— Vous ferez bien de garder la tête couverte. Le soleil brillerait sur vos cheveux blonds et ferait une belle cible pour les tuniques rouges. Mon fils mesure un pied de plus que la plupart des autres. C'est un miracle qu'il ait encore sa tête.

Il cessa de verser le rhum et prononça sur-le-champ une prière.

— Ce n'est pas pour vous tenter, Seigneur, je n'attribue pas à la chance ce que je sais fort bien être l'œuvre de la Providence, et je suis plein de gratitude. Bénis soient tous les garçons de Middleborough, y compris ce jeune gars qui n'est pas encore un homme.

Il ouvrit un œil et me contempla.

— Et puisse le rhum lui faire pousser des poils sur la poitrine et les joues, afin que s'il meurt, il meure tout velu.

— Amen ! répondit quelqu'un à côté de moi, avec un rot et une claque sur ma cuisse.

— Il lui faudra davantage que du poil, Sproat !

— Ah oui ?

— Il est maigre comme un poulain qui vient de naître. Il lui faut de la viande avec son rhum.

Je commandai une tourte au poisson et un autre verre. Je commençais à aimer le rhum.

— C'est le goût de la liberté, chuchotai-je.

Les hommes qui m'entouraient éclatèrent de rire, j'avais dû parler plus haut que je ne croyais.

Les contours de la salle devenaient flous, et vibraient au rythme de mes battements de cœur. Je n'avais plus peur, mais pour une raison qui m'échappait, je me mis à pleurer. Mes larmes ruisselaient sur mon visage, mouillant le comptoir sous ma joue. J'allais m'endormir là, où tous mes nouveaux amis priaient pour moi et me protégeraient. Et le lendemain j'arborerais mon costume un peu plus longtemps, jusqu'au jour où je serais convoquée. Personne n'en saurait rien. Je l'avais fait. J'étais devenue un homme.

***

— Es-tu sûre de toi ?

— Oui. Regarde sa main. Ses doigts de fileuse. Tu vois comme ils sont rouges et calleux ? C'est à force d'introduire la laine dans le rouet ; tu l'as vu. Tu l'as vue, elle, le faire ! Ce garçon, c'est Deborah Samson.

— Il n'y a qu'un moyen de s'en assurer.

Leurs voix étaient étouffées, comme dans un rêve, et je n'étais pas prête à me réveiller. En vérité, je n'étais pas capable de me réveiller, mais mon cerveau engourdi essayait désespérément de me ranimer.

De grosses mains me saisirent les épaules et me redressèrent. Je parvins à soulever la paupière droite, pour voir qui me manipulait. C'était Sproat et son épouse aux cheveux frisés.

Ils me dévisageaient, hostiles, et la réalité s'abattit sur moi. Un flot de pure terreur dissipa la léthargie dont j'étais jusque-là prisonnière, mais Sproat et sa femme n'en avaient pas fini avec moi. Mrs Sproat passa ses paumes sur ma poitrine.

— Elle les a aplatis, mais ils sont bien là.

Je poussai un cri, lui frappai les mains, et tombai du tabouret où j'avais passé plusieurs heures perchée.

— Appelez le gendarme et le recruteur. Je l'ai vue signer le registre. Elle a touché une somme sous un faux prétexte ! hurla quelqu'un.

— As-tu tout dépensé, Deborah Samson ?

Sproat m'aida à me rasseoir. Ses mains ne vagabondèrent pas pour vérifier les allégations de son épouse, mais il n'en semblait pas moins convaincu. J'étais démasquée, et j'étais ivre.

Je secouai la tête. Non. Je n'avais pas dépensé tout l'argent… pas tout… ou bien si ? Je serrai la bourse qui, la veille, m'avait paru si garnie et si riche d'espoir. Elle n'émit qu'un faible tintement, et je comptai ma fortune avec effroi. Comment avais-je pu dépenser autant ? J'avais dû être détroussée.

— Elle va vomir. Sortez-la d'ici, glapit Mrs Sproat. Je ne veux pas devoir nettoyer après elle.

— Je peux payer, balbutiai-je en me levant. Il faut simplement que je rentre à la maison pour rapporter l'argent. Je paierai tout. Je vous supplie de n'en parler à personne.

Après avoir imploré Mrs Sproat, je titubai vers la porte, mais le tenancier et sa femme n'étaient pas prêts à me laisser partir aussi facilement.

— Il est trop tard, Deborah Samson, croassa Mrs Sproat. Tu les as entendus. Les gens savent. Le bruit va circuler, si ce n'est déjà fait. Quelqu'un est allé prévenir le révérend et les anciens de l'église, avec raison.

— Va chercher l'argent que tu as reçu, et rends-le à Israel Wood, ordonna Mr Sproat d'un ton moins agressif. Fais-le tout de suite, le gendarme sera indulgent. Les baptistes… Je ne sais pas. Mais au moins, tu n'échoueras pas en prison.

8

L'opinion de l'humanité

Je fus ramenée à la ferme des Thomas par deux anciens de l'Église baptiste, Clyde Wilkins et Ezra Henderson. Tous deux s'étaient particulièrement attelés à ma conversion après la mort du révérend Conant. Assise à l'arrière de leur chariot, je les écoutais discuter, tressautant à chaque cahot, plus malade que je ne l'avais jamais été de ma vie.

L'aube n'était pas encore levée, mais maître Wilkins frappa à la porte jusqu'à ce qu'elle soit ouverte par Mr Thomas somnolent, son épouse sur ses talons. Les anciens lui firent la liste très complète de mes péchés tandis que je me taisais, coupable de tout ce dont ils m'accusaient, tenant d'une main mon chapeau de gaillard, oscillant dans mes nouvelles chaussures. J'avais perdu le couvre-chef du diacre en cours de route.

Une fois les anciens partis, Mr et Mrs Thomas fixèrent sur moi leurs yeux hagards, la bouche serrée, comme si j'étais venue leur annoncer un nouveau décès. Le diacre désigna ma chambre et dit d'une voix lasse :

— Va te coucher, Deborah. Nous parlerons quand tu auras désaoulé.

J'obéis, ravalant des larmes d'humiliation, et Mrs Thomas se hâta de me suivre. Je refusai son aide, craignant qu'elle n'emporte mon déguisement, et je poussai le verrou derrière moi.

Quand je les rejoignis à midi, pâle et repentante, ils avaient déjà débattu de mon sort.

Je remis au diacre Thomas l'argent qui me restait. La somme que j'avais dépensée entamait mes modestes économies. Depuis des années, j'épargnais le moindre penny sur ma laine et mes légumes, et en une nuit j'en avais gaspillé près d'un quart.

— Je me charge de veiller à ce que la somme soit restituée à Israel Wood. Je parlerai aussi aux anciens de l'église. Je leur dirai que tu as perdu la raison, mais que cela ne se reproduira plus. N'est-ce pas, Deborah ? insista Mr Thomas après une pause en levant vers moi son regard sombre.

Je secouai la tête. Non. Cela ne se reproduirait pas. Pas à Middleborough. J'avais été stupide.

— Pourquoi as-tu fait cela, Deborah ? demanda Mrs Thomas. La ville entière va croire que tu n'as pas toute ta tête. Personne ne te commandera de toile à tisser, les gens ne te laisseront pas entrer chez eux s'ils pensent que tu n'es pas dans ton bon sens et que tu es une fille de mauvaises mœurs.

— J'ai trop bu. Je n'en avais pas l'intention. Mais cela arrive à beaucoup de gens. Certains s'enivrent soir après soir. Personne ne les croit fous pour autant. Personne ne les accuse de mauvaises mœurs.

— Les hommes qui s'enivrent ne sont pas des filles déguisées en garçons. Ce ne sont ni des maîtres d'école ni des tisserands. Ce ne sont pas des *femmes*, dit gravement le diacre.

— Non. Ce ne sont pas des femmes, acquiesçai-je car c'était le cœur du problème. Je n'aurais jamais dû entrer dans la taverne.

Qu'étais-je donc allée y faire ?

— Aller à la taverne était le moindre de tes péchés, me réprimanda le diacre.

— Tu as signé le registre militaire ! cria Mrs Thomas. Veux-tu vraiment aller faire la guerre ?

— Oui. Je veux vraiment y aller. Je veux aider à en finir. Et pourquoi pas ? Je sais faire tout ce que les garçons peuvent faire. Je tire mieux, et je sais poser les pièges. Je monte bien à cheval. Je sais raser et cuisiner, coudre et courir. Je ferais un bon soldat. Jerry me l'a dit.

Oh, Jerry. Tout à coup je dus lutter contre une envie de pleurer, mais je ravalai mes larmes, refusant d'être minée par mes propres émotions.

— Tout ce savoir-faire est inutile chez une femme.

Mr Thomas parlait sans méchanceté ; il exprimait ses convictions. J'admis que ce devrait être vrai. Mes compétences m'étaient en effet inutiles.

— Tu as enfreint la loi. Il est interdit aux femmes de s'habiller en hommes, et aux hommes de se faire passer pour des femmes.

Je hochai la tête.

— Tu ne peux plus faire la classe aux enfants.

Je savais qu'il avait raison.

— Ce n'était qu'un poste temporaire.

— Les anciens de l'église ne veulent plus de toi. Tu seras rayée des listes. Je prévois aussi que Mr Crewe retirera sa demande en mariage. Tu aurais dû l'épouser il y a plusieurs mois, soupira le diacre.

— Je ne suis pas allée le chercher, et je n'aurais pas accepté sa demande. Et je me moque bien des Églises, de l'une comme de l'autre.

Ces vérités retenues sortaient de moi et, contrairement à mes larmes, je ne pouvais les retenir.

— Tu as perdu la foi, déplora Mrs Thomas.

— Je n'ai pas foi en une Église. J'ai foi en Dieu. Je n'ai pas perdu la foi, répliquai-je tout bas en secouant la tête.

Je n'avais pas perdu la foi, mais j'étais en grand danger de perdre tout espoir.

***

Je passai le dimanche seule dans ma chambre, à lire ma Bible et à écrire en vain une lettre à Elizabeth, de plus en plus éperdue à mesure que le soir tombait. Jamais je ne m'étais sentie aussi isolée, tant dans mes convictions que dans ma situation, mais le plus difficile à supporter était ma déception. J'avais tenté de fuir, et j'avais échoué. Lamentablement.

Oh, Elizabeth, je me suis conduite de manière parfaitement sotte, et je ne puis m'empêcher de penser que la frontière séparant le courage de la folie est bien ténue. Je me suis répété que j'avais mal agi, mais au fond de moi je n'en crois rien. Je n'en crois rien, et mon regret n'est pas d'avoir agi, mais de n'avoir pas réussi.

Je mis de côté mon journal intime et repris les Écritures, en quête d'inspiration, d'un remède à ma tristesse. Ce fut dans les Proverbes, au chapitre XIII, verset 12, que je trouvai une réponse.

« Un espoir différé rend le cœur malade, mais un désir accompli est un arbre de vie. »

Après avoir lu ce verset, je le relus lentement, alors qu'une soudaine prise de conscience, irrévocable, vibrait dans ma poitrine comme une sonnerie de cloches.

— Si je ne fais pas cela, je ne puis continuer, dis-je aux murs muets. J'aimerais mieux mourir.

Je n'avais aucune tendance à l'hystérie ni aux excès de grandiloquence, mais en mon for intérieur, je savais que c'était vrai. J'avais perdu mon espoir, et si je ne m'y accrochais pas, tout serait fini pour moi.

Je refermai ma Bible et me levai. J'ôtai ma robe et mes jupons, dénouai mes cheveux, exactement comme je l'avais fait auparavant, mais cette fois, ce n'était ni le découragement ni le chagrin qui motivaient mon action. C'était l'arbre de vie, qui étendait vers moi ses branches, qui m'incitait à aller de l'avant. Je revêtis mon costume masculin et rassemblai mes affaires, rapidement et sans bruit, l'évidence fixée à mes épaules comme des ailes d'ange. La première fois, je n'avais pas assez réfléchi, et je m'étais comportée de manière désespérée, téméraire. Je ne commettrais plus les mêmes erreurs.

J'abandonnai mes biens les plus précieux – les lettres d'Elizabeth et de John, les écrits de William Bradford, la Bible contenant mon arbre généalogique. J'abandonnai même mon journal intime, alors que j'avais en horreur l'idée que d'autres yeux en découvrent le contenu. Il serait mieux ici que là où j'allais. Je noterais mes expériences sur des pages neuves, et je résolus d'acheter un petit livre, une plume et un encrier de voyage quand j'aurais atteint ma destination.

Je mis d'abord au fond de mon sac deux paires de bas, la bande de corset supplémentaire pour mes seins, et une petite couverture attachée par des sangles. J'ajoutai un pain, trois pommes et une livre de mouton séché, puis je plaçai sur mes épaules mon mousquet, une gourde et ma cartouchière, comme j'avais vu des soldats le faire. Munie du reste de l'argent que j'avais épargné et de la certitude à laquelle j'étais parvenue, je quittai la maison sans m'autoriser un regard en arrière.

Je ne pris pas la jument mais partis à pied. Je l'avais chevauchée si souvent que, si l'on me voyait, on nous reconnaîtrait toutes deux, et même si le diacre me l'avait accordée pour mon usage, elle n'était pas à moi, et je ne pourrais la ramener. Les Thomas étaient couchés, il faisait nuit noire. Je savais que mon départ les alarmerait lorsqu'ils se lèveraient, mais il n'était pas possible de procéder autrement. Je leur avais laissé un mot, un simple au revoir, les remerciant pour leur bonté, mais sans leur dire où j'allais, sans promettre de revenir.

Je devais m'enrôler ailleurs, à un endroit où la troupe ne serait pas constituée d'habitants de Middleborough, ce qui incluait les fils Thomas. Boston au nord, Plympton à l'est, Taunton à l'ouest, ville contiguë à Middleborough. Aucune n'était assez distante pour préserver mon anonymat et la paix de mon esprit. Je devrais partir vers le sud jusqu'à ce que je rencontre un village éloigné, en manque de recrues pour atteindre son quota.

Il me fallait aussi un nouveau nom. Quelque chose d'ordinaire et de local, mais pas assez neutre pour être suspect. Un nom qui me servirait de couverture, différent de celui que j'avais déjà employé, avec des conséquences désastreuses.

Je me mis à jouer avec « Deborah », en mélangeant les lettres, en prononçant les syllabes à l'envers. Harobed ? Ce n'était pas un nom. Obed ? Horace ? Robert ? Ma préférence allait à Robert. Rob en était le diminutif, et c'était ainsi qu'on m'appelait déjà. Obed et Horace étaient un peu trop remarquables.

Quant au nom de famille, je ne pouvais utiliser ni Samson, ni Thomas, ni Bradford. Je songeai à Conant, en hommage à mon cher ami, mais j'y renonçai aussitôt. Tous ceux qui me connaissaient feraient facilement le lien. Le nom de jeune fille d'Elizabeth était Lee, mais c'était trop banal, trop simple. Johnson, James, Jones... Tous trop courants.

Mon frère aîné avait été baptisé Robert Shurtliff, en l'honneur d'un obscur cousin dont j'ignorais tout. Le nom Shurtliff, qui avait différentes orthographes dans le Massachusetts, était assez inhabituel pour être réaliste. Personne ne l'aurait choisi spontanément, ce qui en faisait un pseudonyme idéal.

Robert Shurtliff.

Ce nom m'enveloppait doucement, et je hochai la tête au clair de lune.

— Je m'appelle Robert Shurtliff. J'ai vingt et un ans.

Je secouai la tête. Je pouvais passer pour un garçon, pas pour un homme. Je devrais avouer que j'avais seize ans.

— Je suis malin. Je suis rapide. Je sais faire un tas de choses. Je viens de...

Nouvel obstacle. D'où venais-je ? Je ne pouvais mentionner ni Middleborough ni Plympton. J'étais née dans le comté de Plymouth, c'était donc ce que je dirais. Je réessayai, répétant mon histoire.

— Je m'appelle Robert Shurtliff. Seize ans. D'un village du comté de Plymouth. Pour ainsi dire pas de famille.

On verrait en moi un orphelin imberbe parti comme tant d'autres rejoindre l'armée dès qu'une occasion s'était présentée. Mais c'était très bien. C'était parfait. Si l'on me soupçonnait de mentir sur mon âge, on ne songerait peut-être pas que je mentais sur mon sexe. Je dirais la vérité quand je le pourrais, pour me simplifier la tâche.

Je passai la nuit à ressasser mon histoire, au rythme de mes pas sur la route, et je conclus un pacte avec moi-même : ne pas pleurer, ne pas me plaindre, ne pas capituler. Cela ne suffirait pas à faire de moi un homme – je connaissais beaucoup de femmes qui avaient ces qualités –, mais si je savais tenir ma langue et retenir mes larmes, je n'attirerais pas trop l'attention.

Et je ne boirais pas. J'avais appris cette leçon.

Puis je jurai de poursuivre comme je l'avais toujours fait : je devais endurer et exceller. C'était mon seul programme.

***

Ma peur et ma raison me revinrent à l'aube, après avoir marché plusieurs heures dans un état de certitude sereine. J'avais traversé Taunton dans le noir et me trouvais à l'ouest du village quand un cavalier arriva en sens inverse, au trot. J'envisageai de me cacher parmi les arbres, mais j'abandonnai aussitôt ce projet. Tout comportement étrange éveillerait les soupçons. Je continuai à marcher, d'un pas vif, les épaules en arrière.

Je m'armai de courage et le saluai poliment quand je le croisai, non sans me rendre compte à la dernière minute que je le connaissais. C'était un postillon à cheval. Il était venu de nombreuses fois à la ferme en tant que messager porteur de lettres du front. Sa sacoche était pleine et sa destination claire : Taunton et Middleborough.

Il ne m'accorda qu'un seul regard, et je ne me permis pas de tourner les yeux vers l'endroit où il allait, mais l'incident me rendit tremblante, les genoux faibles, et je trouvai à proximité de la route un bosquet où je pus fermer les yeux et me reposer un moment. Je mangeai une pomme, bus un peu d'eau, et sombrai dans un sommeil si profond qu'une armée de cavaliers n'aurait pas pu me réveiller.

Il me fallut trois jours de marche, en serpentant à travers les villages et les fermes environnants, pour parvenir assez loin au sud atteindre enfin la ville côtière de New Bedford. J'avais cheminé dans une sorte de transe, grisée par une liberté sans précédent et presque enivrée par mon costume masculin. C'était pour moi un sujet d'étonnement que toutes les femmes ne mettent pas une culotte pour fuir leur logis et voir le monde.

J'arpentai les quais, me dorant au soleil qui se reflétait sur l'eau, tandis que la brise faisait claquer les voiles des navires à l'ancre dans le port. New Bedford et, non loin de là, Fairhaven, avaient été pillés par les Anglais en 1778, maisons, boutiques et bateaux avaient été incendiés, et les dégâts étaient encore visibles. Malgré les blessures et les cicatrices, c'était une jolie ville. La pierre, l'herbe et les mouettes rendaient hommage au fleuve et à l'océan.

J'assistai au retour des pêcheurs, leurs filets pleins, leur visage rougi par le vent et l'exercice, et je songeai au gentil Jeremiah, à son rêve de navigation. Excitée par mes propres aspirations et par ma faim, je dirigeai mes pas vers une taverne à toit de chaume qui surplombait les quais, avec une buse peinte sur la porte, les ailes rabattues, le regard mauvais. Des marins et des soldats y entraient et en sortaient sans cesse, sans que personne ne me prête la moindre attention. Je m'abstins de sourire et offris au ciel une prière de remerciement avec un proverbe de mon cru : « Tu m'as faite grande et laide, et jamais je ne me plaindrai. »

La taverne était bondée, la salle à manger grouillait de monde, l'odeur de sueur et de nourriture humectait mes yeux et faisait gronder mon estomac. Je m'approchai du bar pour commander une assiette de ragoût accompagnée de pain, les yeux baissés, serrant ma besace et comptant mentalement mes pièces de monnaie.

Deux femmes dont la poitrine débordait de leur corsage à l'encolure carrée vinrent se planter à ma gauche et à ma droite, et je détournai obstinément le regard. C'était une femme qui, à Middleborough, m'avait démasquée la première fois. Les femmes y voyaient clair dans le jeu des autres femmes, et elles ne se sous-estimaient pas entre elles. Mais si je devais vivre parmi des hommes qui, à cause de ma taille, de ma poitrine plate et de mes hanches étroites, ne supposeraient pas que je puisse être une femme, je ne courrais aucun danger.

— Tu nous offres à boire, beau gosse, et on te tiendra compagnie !

Elles étaient pulpeuses et poudrées, toutes deux semblaient avoir déjà « tenu compagnie » à beaucoup d'hommes. Je les contemplai bouche bée, puis regardai autour de moi, ne sachant si c'était bien à moi qu'elles s'adressaient. Je plaquai mes coudes contre mon corps et croisai mes bras sur mon torse, pour limiter les risques.

— Je ne bois rien, dis-je. Juste du ragoût, s'il vous plaît.

Une femme gloussa, l'autre soupira.

— Il pense qu'on est là pour servir le ragoût, Dolly.

— Je n'ai rien p-pour vous, bégayai-je.

Toutes deux ricanèrent.

— On n'est pas assez bonnes pour toi, c'est ça ? demanda la plus jeune.

— Non, madame. Ce n'est pas ça. Je suis simplement affamé.

— Laisse-le, Lydia. C'est qu'un gamin, même s'il est joli garçon.

La nommée Dolly me tapota la joue. J'étais raide de peur, certaine qu'à tout moment elles allaient se jeter sur moi comme l'avait fait Mrs Sproat et me dénoncer dans cette taverne bondée, mais elles se contentèrent de rire à nouveau, puis consacrèrent leur attention aux marins qui collaient leur ventre au bar, à côté de moi.

— Veux-tu une chambre, mon gars ? voulut savoir l'aubergiste.

Je fis signe que non.

— Juste à manger. Et je repartirai.

Il déposa devant moi une assiette de soupe de poisson et deux petits pains. J'avalai le tout si vite que j'en sentis à peine le goût. Je tirai quelques pièces de ma poche, et l'homme me versa une louche de plus, avec un quignon. Il décrocha un pichet et fit mine de le remplir, mais je secouai la tête et avançai la main.

— Non, merci, monsieur. Rien que de l'eau, s'il vous plaît.

Il haussa les épaules et acquiesça, mais il remarqua alors ma besace et le mousquet dans mon dos.

— Tu cherches du travail, mon gars ?

— Je veux entrer dans l'armée. Y a-t-il un recrutement en cours ?

— Ils ne voudront pas de toi, grommela-t-il. Tu es à peine sevré, et la guerre est presque finie. Mais le capitaine, là-bas dans le coin, il cherche un moussaillon.

Je promenai les yeux à travers la salle, en tâchant de voir l'homme auquel il faisait référence, même si l'emploi en question ne m'intéressait pas. L'individu assis dans le coin avait la tête baissée au-dessus de son verre, les avant-bras sur la table, mais il y avait quelque chose de familier dans le contour de son visage et la forme de son front. Il leva les yeux, comme s'il avait entendu mentionner son nom, et je me retournai vers le bar pour terminer mon repas et éviter son regard scrutateur.

— Tu ferais mieux de déguerpir, gamin.

La nommée Dolly était de retour, tout contre moi, mais faisait face au bar, comme si elle voulait parler au tavernier.

— Tu ne veux ni boire ni tirer un coup. C'est bien, murmura-t-elle, toujours sans que je sache si c'était à moi qu'elle parlait. Tu es trop jeune pour les femmes ou pour être soldat. Mais tu ferais mieux d'éviter ça aussi, ajouta-t-elle en penchant la tête vers le coin de la salle. Samson, c'est un méchant.

— Samson ?

Elle avait les yeux fixés droit devant elle, et j'ignorais si elle me mentait ou si elle avait simplement peur.

— Il ne sait pas dans quel camp il est. Personne peut lui faire confiance. Et puis quand tu seras en pleine mer, tu ne pourras pas t'enfuir, et personne ne remarquera si tu ne reviens pas au port.

— Alors il s'appelle Samson ?

Je n'en croyais pas mes oreilles, mais elle ne tint pas compte de ma question et continua :

— Va à Bellingham. Ils payent bien, parce que les hommes ne veulent plus s'enrôler. Ils te prendront. Je connais le recruteur, c'est un bon gars. Dis-lui que c'est Dolly qui t'envoie.

Je tirai une autre pièce de ma poche. Je n'avais pas d'argent à perdre, mais je fis malgré tout glisser la pièce vers la femme. Elle la fit disparaître entre ses seins, s'en alla sans un regard en arrière, et je décidai de suivre son conseil.

Mais je ne pouvais partir sans savoir.

La journée était belle, j'avais le ventre plein, et je trouvai un carré d'herbe où me décharger de mon paquetage et me reposer, tout en observant la porte de l'auberge de la Buse pour guetter le nommé Samson.

Je n'eus pas à attendre longtemps. Il sortit, la démarche chaloupée, comme s'il n'avait pas encore repris l'habitude de la terre ferme, ou comme s'il avait bu un verre de trop.

Je le hélai.

— Jonathan Samson, c'est bien vous ?

Il se retourna brusquement, pivotant sur les talons, et lorsqu'il me vit, comprenant que c'était moi qui avais parlé, il leva la main pour se protéger les yeux.

Si je ne m'étais pas reconnue dans son visage, je n'aurais peut-être pas cru que c'était lui. Mes souvenirs étaient vagues et douloureux. Mais c'était le même homme grand, aux membres longs, aux cheveux blonds et aux yeux noisette, bien que sa peau soit basanée et son dos légèrement voûté.

Je me levai, car j'avais bien besoin de toute ma hauteur. J'avais été mise en garde à son sujet, mais j'étais calme. Étrangement, le sang s'agitait à peine dans mes veines. Je ne craignais nullement qu'il me reconnaisse. Il ne m'avait jamais connue et ne me reconnaîtrait jamais.

Il me toisa, de ses yeux semblables aux miens, des yeux qui hésitaient entre plusieurs couleurs.

— Qui es-tu ? Es-tu Ephraim ? Tu n'es pas Robert. Robert avait la physionomie d'un Bradford, pas d'un Samson.

J'avais mon mousquet dans le dos ; il n'était pas chargé, mais il était visible. J'avais fait ce que j'avais à faire, vu tout ce que je voulais voir. Je ramassai ma besace et partis dans la direction opposée.

— Qui es-tu, gamin ? me cria-t-il avec colère, mais sans tenter de me suivre.

— Je suis davantage un homme que vous n'en serez jamais un, répondis-je par-dessus mon épaule. Je dirai à ma mère que je vous ai vu. Elle nous a raconté que vous étiez perdu en mer.

C'était une erreur. À le narguer, je me mettais en danger. Je n'aurais jamais dû entrer en contact avec lui. Je savais qu'on était toujours puni lorsqu'on avait la langue trop bien pendue. Je l'avais souvent appris à mes dépens, et cette journée sur les docks de New Bedford reviendrait me hanter.

***

J'achetai un carnet, une plume et un encrier de voyage, comme prévu, mais je n'osai pas écrire en tant que Deborah, au cas où le volume tomberait entre de mauvaises mains, aussi pris-je garde à ne rien révéler. Malgré tout, je me confiai à la même destinatrice que depuis des années, car j'avais besoin du réconfort de mon amie, même si elle ne pouvait me répondre.

Chère Elizabeth,

J'ai vu mon père à New Bedford. On m'avait déconseillé de lui parler, même si je n'avais aucune intention de m'embarquer sur son bateau. Je veux être soldat, et non marin. Il semble être finalement devenu capitaine, mais à la taverne une femme m'a dit que c'était « un méchant ».

Elle m'a aussi conseillé d'aller au nord, à Bellingham, bien que cet endroit se trouve à plus de quinze lieues. Selon elle, ils recrutaient et la paye était bonne. Le premier jour, j'ai trouvé une charrette pour m'y emmener et j'ai pu me rassasier de navets, légume que je n'ai pourtant jamais beaucoup aimé. Le fermier était bon, sa femme a fondu en larmes en me voyant. Eux aussi ont perdu leur fils à Germantown.

J'ai tant de choses à vous dire, mais peut-être les savez-vous déjà. J'aime à penser que vous m'accompagnez, comme un ange sur mon épaule. Il n'y a personne avec moi, mais je ne me sens pas solitaire. Mon cœur est trop plein d'espoir pour que je sois triste. Cela ne ressemble à rien de ce que j'ai pu ressentir jusqu'ici, et comme dit Salomon, mon désir est un arbre de vie. Je n'ai rien d'autre à faire que marcher, et mon esprit est étrangement serein, mon agitation est apaisée. Les gens sont bons avec moi. Ils me croient trop jeune, mais personne ne m'arrête, et je ne cesse de m'émerveiller de cette nouvelle aventure.

RS

Je ne dévoilais ni mon identité ni les détails de ma lutte. Je n'évoquais ni mes règles ni le procédé que j'avais inventé pour aplatir mes seins. J'aurais voulu pouvoir décrire tout cela, mais je n'osais pas, et je préférais rester vague. Cela me réconfortait malgré tout, et quand je signais « RS » en bas de chaque page, je n'avais pas l'impression de mentir.

Je gardais en tête l'avertissement de l'aubergiste, « Ils ne voudront pas de toi », mais quand j'arrivai à Bellingham, on m'envoya à Uxbridge, où ils manquaient de soldats et où l'on avait besoin de recrues. Quand je me présentai pour m'enrôler, je ne rencontrai aucun obstacle. L'homme me fit m'adosser au poteau pour me mesurer et demanda si je voulais être soldat. Je répondis que oui, de tout mon cœur, et j'étais heureuse que cela soit la vérité.

— Ton état ?

— J'étais tisserand… et maître d'école.

Il n'y avait pas que des femmes derrière les métiers à tisser. Les Bradford venaient d'une longue lignée de tisserands – William Bradford avait emporté un métier à bord du *Mayflower*.

Ces informations furent notées sur le registre, indiquant que je savais lire et écrire. Puis l'homme me fit signer sur la ligne ; dans un instant de panique, je me trompai sur l'orthographe de Shurtliff. Cela n'avait guère d'importance, car il ne pouvaient faire la différence, et j'aurais aussi bien pu signer Shirtless, « sans chemise », tant je me sentais nue. Il me remit ma solde et passa au suivant. À la date du 20 avril 1781, je relatai mon triomphe à Elizabeth.

Je suis fantassin du 4e régiment du Massachusetts. Non seulement ils ont bien voulu de moi, mais ils m'ont placé dans une compagnie d'infanterie légère sous les ordres du capitaine George Webb. L'infanterie légère regroupe les soldats capables d'avancer vite, et j'aimerais pouvoir faire savoir aux frères Thomas que cela prouve une fois pour toutes que je compte vraiment parmi les plus rapides.

Trois ans ou la fin de la guerre. Tels sont les termes de mon engagement. Ma main a un peu tremblé quand j'ai signé le registre, mais ce n'était pas de peur. Je ne suis ni le plus petit ni le plus grand des soldats, mais mon pas est tout aussi long et mon cœur tout aussi assuré. On m'a dit de me présenter dans trois jours à Worcester – encore cinq lieues à marcher – où je serai officiellement enrôlé.

Selon Proverbes XIII, 19, un désir accompli est doux à l'âme. Je n'ai jamais rien connu de plus doux.

RS

9

Déclarer les causes

CHAQUE SOLDAT recevait un uniforme à revêtir aussitôt et un havresac contenant une semaine de rations – porc salé et pain dur – à porter sur le dos. On nous dit que nous pourrions aussi nous ravitailler en route, et comme je l'apprendrais bientôt, il n'y avait jamais assez de provisions.

Les hommes qui m'entouraient se mirent à se déshabiller, les vêtements sales et en haillons s'entassèrent à leurs pieds. Je fis comme eux, serrant les dents et me dépêchant. Je ne pourrais pas courir derrière un arbre ou dresser une cloison chaque fois que je serais confrontée à ce problème. Je portais un caleçon semblable à ceux de tous les hommes autour de moi, et le demi-corset qui retenait ma poitrine était noué serré sous ma chemise. Personne ne me regardait. Personne n'avait le moindre soupçon que j'avais quelque chose à cacher. Mieux valait faire comme si de rien n'était.

La culotte d'uniforme donnait à chacun l'allure d'un poulet plumé, jambes squelettiques et sexe indéterminé, les plis d'aisance dissimulant ce qui se trouvait entre leurs jambes. C'était une bonne chose, mais je craignais que les parties plus serrées ne soulignent mes hanches et mes cuisses.

— Je peux le faire. Je l'ai déjà fait. C'est fait, psalmodiai-je en silence, les mains tremblantes.

Je portais une culotte depuis deux semaines ; je n'allais pas commencer à désespérer maintenant. Je glissai mes bras dans le gilet blanc, qui épousait le corps lui aussi, et je me sentis aussitôt plus en sécurité. J'enroulai la cravate autour de mon cou, et cela finit de me rassurer. J'avais le cou long et mince, sans pomme d'Adam saillante. Mieux valait le cacher entièrement.

L'uniforme m'allait assez bien. La tunique bleue était un peu large aux épaules, et la culotte un peu serrée à tous les mauvais endroits, même si je lui trouvais une poignée de tissu en trop au niveau des fesses.

— T'as des vers au cul, mon gars ? ironisa un homme à moustache en remarquant mon geste. Ça te démange ?

Je ne répondis rien et nouai le cordon en haut de la culotte pour éviter qu'elle ne descende, bien décidée à retailler ce vêtement dès que j'en aurais l'occasion. Mon habit n'avait pas à devenir un souci perpétuel. Même sans corset me serrant la taille, je n'avais pas les flancs aussi droits que les hommes.

Je tirai les bas jusqu'à mes genoux et les attachai avec des jarretières, puis enfilai les guêtres par-dessus. Il faisait chaud, et toutes ces épaisseurs étaient incommodes, mais les guêtres protégeraient nos jambes et épargneraient nos bas.

Quand je plaçai le tricorne sur ma tête, je dus réprimer un sourire chaque fois que la plume verte me caressait la joue. Je n'avais jamais rien porté d'aussi coquet. Au début de la guerre, les rebelles n'avaient pas d'uniforme. Je suppose que c'était l'avantage d'arriver tard dans le conflit ; j'adorais ma tenue.

Je roulai les vêtements que j'avais enlevés dans ma couverture et la nouai aux deux bouts avec une corde, ce qui permettrait de l'attacher sous mon sac à dos. J'entrepris d'attacher à une sangle tout le matériel – cartouchière, poire à poudre, gourde, mousquet, hachette – pour le suspendre devant ma poitrine ou à ma taille.

On m'avait également fourni une baïonnette, ainsi qu'un fourreau où la ranger quand elle n'était pas fixée au bout de mon mousquet. De tous les instruments belliqueux, la baïonnette était celui avec lequel je me sentais le moins à l'aise. Si jamais je devais l'utiliser, je doutais fort d'en sortir victorieuse.

J'avais dans mon sac mon gobelet, mon écuelle et mon couteau, ainsi qu'un nécessaire de couture. Mon journal intime, mon encrier de voyage, mon silex et mon briquet, aussi. Un peigne, une chandelle, un bout de savon enveloppé dans du cuir huilé, et des chiffons pour quand je commençais à saigner, ce qui ne serait que dans quelques semaines, grâce à la Providence. J'avais eu mes règles pendant le trajet depuis Middleborough. Je m'étais bien débrouillée, mais j'étais seule. Ce serait moins facile par la suite.

J'emballai aussi un peu de pain dur et un petit sac de pois secs, une chemise de rechange, deux paires de bas, et la seconde moitié du corset, si je devais abîmer ou mouiller celui que je portais à présent. Si j'avais ajouté quoi que ce soit, ç'aurait été trop.

— Moins vous en emportez, moins vous en porterez, cria le capitaine Webb, en écho à mes pensées.

Et on nous fit sortir pour les manœuvres sous le soleil de midi, alors que nous arrangions encore nos uniformes comme nous pouvions.

J'excellais à l'exercice. J'y avais veillé. Deux ou trois fois, le capitaine Webb s'exclama :

— Bravo, fiston ! Regardez-le, les gars. C'est comme ça qu'on fait.

Je ne pouvais maîtriser la chaleur de mes joues, mais j'avais le dos parfaitement droit, et mes yeux ne déviaient pas d'un iota. Je continuai en priant pour que le capitaine n'ait pas l'idée d'attirer à nouveau l'attention sur moi. Les hommes aimaient me taquiner.

— Où as-tu appris à danser ainsi, soldat ? me demanda le capitaine Webb.

Il me donna une claque dans le dos. Je tressaillis mais je tins bon.

— Je regardais toujours les hommes s'entraîner sur le pré communal… quand j'étais jeune. Je m'exerçais avec… mes frères. J'aime les manœuvres. Ça m'aide à me détendre.

Je n'hésitai que sur les détails délicats à expliquer. Les fils Thomas n'étaient pas mes frères, mais ils auraient aussi bien pu l'être.

— Ton nom ?

— Robert Shurtliff, mon capitaine.

Il opina du chef.

— Tu sais tirer aussi bien ?

— Oui, mon capitaine.

— Parfait. Attends que les tuniques rouges traversent le champ de bataille. Tout cet entraînement te sortira de la tête. Et tant mieux. L'exercice n'a jamais tué personne. Tu as déjà tué quelqu'un ?

— Non, mon capitaine.

— Ça viendra.

Je ne redoutais pas la mort, bizarrement. Je l'attendais presque. Mais je ne voulais pas tuer. Et pour la première fois, je songeai que je m'étais engagée à tuer.

***

Très peu de choses adviennent comme nous le prévoyons, mais j'avais beau avoir couru et sauté depuis vingt et un ans, rien n'aurait pu me préparer à la marche éreintante qui suivit. Chaque jour, il m'arrivait quelque chose de si détestable que je commençai à accumuler tout une réserve de misères. Je me disais : « Ce n'est pas si grave, et hier tu as tenu bon. » Un jour, c'était la boue ; le lendemain, les mouches. Une chaleur hors de saison ou une averse impitoyable.

Parfois une voix dans ma tête me rappelait que personne ne me connaissait. Je pouvais m'en aller, redevenir Deborah Samson, et c'en serait fini de Robert Shurtliff. Cette voix était mensongère, et je m'efforçais de la faire taire. C'en serait fini de Robert Shurtliff, oui, mais le monde de Deborah Samson ne m'était plus accessible. Elle n'avait ni maison, ni vêtements, ni biens. Elle n'avait ni famille pour l'accueillir ni emploi rémunérateur pour se nourrir. « Tout plutôt que ce que tu subis », insistait la voix, mais j'appris à réduire mes pensées au silence, ou du moins à occuper l'espace par des proverbes et des psaumes. Sylvanus avait raison. Quand les mots manquaient, ceux que j'avais mémorisés repoussaient le spectre de la défaite et du désespoir.

— Qu'est-ce que tu marmonnes ? me demanda au bout de quelques jours un nommé John Beebe.

C'était un bavard, qui avait d'emblée été surnommé Beebe, le « Mêle-Tout ». Il saoulait de paroles qui voulait bien l'écouter, et il changeait d'interlocuteur à mesure que notre marche se prolongeait, ne souffrant apparemment que d'ennui.

Je secouai la tête.

— Je ne marmonne rien du tout.

— Tes lèvres remuent toujours, mais tu ne dis jamais rien. Tu ne nous parles pas, tu restes seul. Tu es fou à lier ou tu es simplement un ours ?

— Les deux.

Il émit un hululement, puis répéta ce que j'avais dit à deux soldats qui marchaient derrière nous. Ils s'appelaient Jimmy Battles et Noble Sperin, et je les trouvais sympathiques. Jimmy me rappelait Jeremiah et Noble me rappelait Nat, les deux extrêmes de la fratrie Thomas. Tous deux grommelèrent, cette conversation n'éveillant en eux aucun intérêt. Ou bien y participer aurait demandé trop d'énergie.

— Je pense que tu te parles à toi-même, avança Beebe. Ce n'est pas gentil de ne pas partager. Je m'ennuie. Si tu connais une histoire ou une chanson, tu devrais m'en faire profiter.

— Ce ne sont que les Écritures.

— Les Écritures ? croassa-t-il, avant de se retourner vers Noble et Jimmy. Vous entendez ça ? Shurtliff aime mieux citer les Écritures que me parler.

— Il est timide, laisse-le tranquille, conseilla Noble.

Beebe passa son bras lourd par-dessus mon épaule.

— Allez, partage donc la bonne parole avec moi. J'ai besoin qu'on œuvre pour mon salut.

Je me dégageai en le repoussant brutalement, et il se heurta à l'homme qui marchait à sa gauche, ce qui fit vaciller toute la rangée.

— Le Joli Robbie veut pas qu'on le touche ! plaisanta-t-il.

— Alors ne le touche pas, intervint à nouveau Noble. Et tiens ta langue, bon sang de bonsoir.

Beebe grogna :

— Pas très amical, tout ça.

J'avais déjà attiré une attention désagréable quelques jours auparavant. Ma lassitude se mua en inquiétude quand les soldats retombèrent dans un silence épuisé, Beebe ayant trouvé ailleurs un camarade mieux disposé pour la conversation.

Ce n'était pas un mauvais bougre. Pas plus qu'aucun des autres. Personne ne semblait gratuitement méchant, ni même trop faible ou particulièrement effrayé. C'était une bonne chose. Il y avait en moi assez de peur pour tout le régiment, mais je changeai ensuite de stratégie, me rendant utile au lieu de me tenir à l'écart. Je ne pouvais pas me bagarrer, mais je pouvais être serviable, et je cherchais les moyens de m'intégrer à ma façon. La distance physique était nécessaire, mais la cordialité aussi.

Après avoir fait savoir que j'étais assez bon barbier – seuls les imbéciles approchaient la lame de leur visage sans miroir –, je passai une soirée à raser tout le régiment et à graisser leurs cheveux pour les nouer en catogan. Je proposai aussi d'écrire leurs lettres à ceux qui n'en étaient pas capables, et même Beebe me fit rédiger un message pour sa famille. Son bavardage incessant ne s'accompagnait pas d'une égale maîtrise du mot écrit. Il savait pourtant lire un peu, et me vit écrire à Elizabeth, qu'il soupçonnait d'être ma fiancée. Il n'était pas mauvais que les autres le croient également, et je le laissai me taquiner sans jamais le détromper. Le surnom qu'il m'avait attribué me resta, hélas, et je devins pour la plupart des hommes le « Joli Robbie », ou le « Joli Rob ».

Je ne participais pas aux concours, aux luttes et aux courses, malgré les défis lancés par Jimmy, et même si j'aurais voulu voir comment je m'en sortais. Cela me rappelait ma vie chez les Thomas, à la différence que je voyais et entendais des choses qui m'écorchaient les yeux et les oreilles. Je n'avais jamais imaginé à quel point les hommes étaient obsédés par les femmes ou par leur propre anatomie ; les frères m'avaient épargné cela.

Nous parcourûmes tout le Connecticut d'un bout à l'autre, y compris la ville de New Britain, et j'écrivis à Elizabeth que cet État ressemblait à ce que j'avais imaginé ; comme dans le Massachusetts, la plupart des endroits avaient été dévastés par la guerre. Nous traversions des villages, dormant là où nous étions les bienvenus et même là où ce n'était pas le cas. J'étais si épuisée qu'un soir, je n'entrai pas dans la maison où j'étais cantonnée. Je me réveillai dans l'herbe, frissonnant sous une bruine, mes compagnons ayant préféré dormir sous un toit. Si la maîtresse de maison n'était pas sortie chercher des œufs et n'avait pas eu pitié de moi – « Entre, mon garçon, les autres sont à l'intérieur » –, j'aurais pu me croire abandonnée.

Je pris l'habitude de trouver le sommeil à volonté. J'avais toujours dormi sur le côté, repliée sur moi-même, les mains serrées entre mes seins. Je n'avais désormais plus aucune position ou rituel favori. Je dormais la moitié du temps avec mon mousquet dans les bras, les yeux levés vers le ciel parce qu'il était plus facile de dormir à plat sur le sol.

Une nuit, je couchai dans l'un des sillons d'un champ fraîchement labouré. Au creux de la terre meuble, qui m'entourait comme les bras d'une mère, je goûtai le meilleur sommeil possible. Mais il n'en était pas ainsi d'ordinaire. Je ne faisais plus attention ni à la faim ni à la fatigue. Mes règles arrivèrent à mi-chemin du trajet, mais il coula si peu de sang que j'en eus à peine conscience. Soit j'étais réellement en train de devenir un homme, soit j'étais trop maigre ou trop éreintée pour saigner. Dans mes prières, je remerciai Dieu pour cette grâce.

Chaque soldat devait parfois s'isoler pour répondre à l'appel de la nature. C'était pour moi une nécessité plus fréquente que pour les autres, mais cela ne parut pas éveiller les soupçons, d'autant que je me retenais jusqu'à ce que ma vessie soit sur le point d'exploser. La seule fois où un soldat me surprit à me soulager accroupie, il tourna les talons, pensant que je satisfaisais un besoin pour lequel tout le monde doit s'asseoir.

Personne ne se lavait ni se changeait pour dormir. Quand nous atteignîmes West Point deux semaines plus tard, nous avions encore sur le dos les habits que nous portions en quittant Worcester.

***

Les Anglais contrôlaient New York, dont nous n'approchâmes pas, préférant passer par le territoire considéré comme neutre. La campagne était pleine de fermes et de villages, qui cédèrent la place à d'épaisses forêts à mesure que nous avancions vers les hautes terres.

Dans toutes les directions, une étendue infinie de collines verdoyantes se déployait sous un ciel bleu, embrassant les méandres d'un fleuve sinueux, et je ne pouvais envisager plus charmant paysage. Je retrouvai mon respect face à la création de Dieu, mon émerveillement et mon espoir aussi, et mon puits de misères se tarit grâce à ces nouveaux horizons.

« Voilà pourquoi je suis ici, pensai-je. Voilà ce que je désirais. »

Nous franchîmes les eaux limpides de l'Hudson, souvent appelé simplement North River, à King's Ferry, embarcadère construit sur la rive est, grouillant de toutes sortes de navires et de soldats, et nous débarquâmes sur la rive ouest, à Fort Clinton, bâtiment en pierre qui surplombait le fleuve. N'ayant jamais été en garnison, je n'avais rien à quoi comparer cette forteresse, qui était en réalité l'une des défenses formant la base militaire de West Point. En face, Constitution Island s'avançait en travers du cours d'eau, un autre fort et deux redoutes étant également visibles derrière les batteries.

Là où le fleuve s'incurvait, une énorme chaîne était tendue de la pointe jusqu'à l'île, pour barrer le passage aux navires britanniques, même si le capitaine Webb affirmait qu'aucun n'avait jamais tenté sa chance. Mais ce n'était pas le seul sujet d'étonnement.

De l'autre côté des murs de la garnison, derrière Fort Clinton, s'étendait un plateau herbeux, large de deux mille pieds, doté d'un impressionnant parc d'artillerie à l'extrémité sud, et d'un campement à l'arrière, complètement invisible depuis le fleuve.

On nous fit rapidement visiter les lieux – intendance, boulangerie, prison, logis des officiers, quartier général, forge, commissariat, hôpital, magasins, et de longues rangées de casernes en bois, où nous reçûmes l'ordre de choisir un lit et de déposer nos sacs.

Un vaste terrain de parade occupait le centre du campement. On nous y rassembla et nous nous mîmes au garde-à-vous en attendant d'autres instructions. Je n'étais pas seule à ouvrir grand les yeux, mon regard balayant sans cesse cet espace immense, le paysage accidenté et le ruban argenté du fleuve.

Ce fut seulement lorsque deux tambours commencèrent à marquer le rythme au bord de la pelouse, annonçant l'arrivée d'un officier à cheval, que je réussis à m'arracher à la contemplation des alentours. Il arrivait dans la direction d'une grande construction rouge à peine visible entre les arbres. Le capitaine Webb indiqua que cet édifice était antérieur à la création de la base.

— Le général Washington s'en servit un moment de quartier général, et il s'y installe encore lorsqu'il vient à West Point, ajouta-t-il.

Je fus encore plus émue. J'allais peut-être voir le général Washington.

La monture de l'officier était une jument blanche à la crinière et à la queue anthracite, et même si elle marchait comme une princesse, elle était bâtie comme une canonnière, massive et tout en muscles. Beebe émit un sifflement admiratif quand le cavalier descendit et confia les rênes à une sentinelle qui montait la garde non loin de là. Le colonel Jackson, le capitaine Webb et plusieurs autres officiers des autres régiments s'avancèrent pour le saluer.

— Le général Washington lui a offert ce cheval. Certains prétendent que c'était pour le persuader de reprendre du service, mais le général Paterson vous couperait la langue s'il vous entendait le dire.

J'eus un hoquet de stupeur. Autour de moi, cela fit ricaner les soldats, mais j'étais trop abasourdie pour m'en soucier.

— Le général Paterson ? C'est le général Paterson ?

— Lui-même, répondit Beebe. Il commande l'ensemble de la base. Nous sommes dans sa brigade.

Je savais que John Paterson était un homme intelligent et bon. Il avait répondu aux lettres d'une humble servante, après tout, et avait pris mes questions au sérieux, sans condescendance ni dédain. Cela n'était pas rien, et mon esprit lui avait conféré les traits et la silhouette de Sylvanus Conant, un elfe bienveillant, un sage grisonnant, un peu voûté et ventru.

En réalité, John Paterson n'était rien de tout cela.

Il était grand et robuste, doté d'une épaisse chevelure nouée sur sa nuque. Il n'était pas vieux, pas du tout, et il ne ressemblait pas le moins du monde au bon révérend.

— Ce n'est pas le général. Cela ne peut pas être lui.

— C'est lui, incontestablement, mon joli, affirma Beebe. Mais ne te laisse pas berner par son apparence d'homme ordinaire.

— Ordinaire ? balbutiai-je.

Je n'avais jamais vu d'homme comme lui.

— Il ne tolère ni la paresse ni la négligence. Il aime les manœuvres, les règles et l'ordre, et il n'hésite pas à expulser les trublions quand il en rencontre, précisa un autre soldat.

— Robbie n'est pas un trublion !

Jimmy Battles, debout près de moi, vola à mon secours, me rappelant à nouveau Jeremiah, mais j'étais encore trop éblouie pour le remercier.

Ce n'était quand même pas le John d'Elizabeth ? Mais pouvait-il exister un autre général Paterson ? Je pensais qu'il serait rentré à Lenox, mais il était ici pour inspecter les nouvelles recrues, s'arrêtant pour échanger quelques mots, marchant à grands pas, les mains derrière le dos.

Un gémissement dut m'échapper.

— Tout va bien, Robbie ? s'enquit Jimmy.

Non. Tout n'allait pas bien du tout.

— Je croyais qu'il avait quitté l'armée.

— En effet, acquiesça Beebe. Sa femme est morte et il est reparti s'occuper de ses affaires. Le général Washington lui a demandé de revenir.

— Comment sais-tu tant de choses sur Paterson, Beebe ? s'enquit Jimmy.

— Tu crois que les potins n'intéressent pas les soldats ? Nous sommes pires que des dames dans un salon, ou à un pique-nique de la paroisse. Le pauvre Paterson participe depuis si longtemps à cette guerre, c'est étonnant qu'on n'ait pas encore donné son nom à un fort.

— Ce n'est pas son genre, glissa un homme plus âgé nommé Peter Knowles, un réengagé. Il ne s'est jamais beaucoup soucié de gloire. Voilà pourquoi les soldats l'aiment et pourquoi le général Washington a confiance en lui. Il n'a pas la grosse tête. Pas comme Arnold ou certains autres.

— N'est-il pas un peu jeune ? demandai-je, encore incapable de croire que c'était mon John Paterson.

— Ça te va bien de dire ça ! ironisa Beebe.

— C'est le plus jeune général de brigade de toute l'armée, répondit Knowles. À part Lafayette, mais il ne compte pas, puisqu'il est français.

Alors que le général se rapprochait, toute conversation cessa. Les dos se redressèrent, les regards se braquèrent vers lui.

Il ne pourrait pas me reconnaître. Nous ne nous étions jamais rencontrés. Il ne m'avait jamais vue, pas plus que je ne l'avais vu. Mais je le *connaissais*. Et il me connaissait, autant que quiconque pouvait me connaître. J'eus soudain si peur que je vacillai.

L'émotion monta dans ma gorge et vint palpiter derrière mes yeux. Je battais furieusement des paupières, outragée par mon manque de sang-froid. Je m'étais préparée à la possibilité d'apercevoir l'un des fils Thomas, alors qu'aucune de leurs compagnies ne se trouvait à West Point, mais je n'avais pas prévu le John d'Elizabeth. Je n'avais pas songé un instant qu'il serait ici ; j'étais crasseuse, puante et si fatiguée que je me sentais incapable de parler. Je me mis à prier en silence, frénétiquement.

« En vous, Seigneur, j'ai trouvé refuge ; que jamais la honte ne me soit infligée ; que votre justice me délivre.

Entendez ma parole et venez bien vite à mon secours ; soyez le roc auquel je m'amarrerai, la forteresse où je m'abriterai. »

Le général passa devant moi, l'uniforme immaculé, les bottes luisantes, si près que j'aurais pu toucher ses épaulettes, à la hauteur de mes yeux. Il mesurait une demi-tête de plus que la plupart des hommes. Parvenu au bout de notre compagnie, tandis qu'il conversait avec le capitaine Webb et le colonel Jackson, il fit demi-tour et revint sur ses pas, observant les rangs. Son regard tomba sur mon visage et s'y attarda, sourcils froncés. Il n'était qu'à dix pieds de moi, mais il réduisit la distance jusqu'à se tenir juste devant moi.

— Quel âge avez-vous, soldat ? demanda-t-il d'une voix douce.

Je m'éclaircis la gorge, regardai ses yeux bleu pâle et répondis par un mensonge plus crédible que la vérité.

— Seize ans, mon général.

Il grogna, visiblement mécontent de ma réponse, puis s'adressa à Jimmy.

— Et vous, soldat ?

— Seize ans aussi, mon général.

— Votre nom ?

— Jimmy Battles.

— Hmm. Vous êtes parent avec les Battles du Connecticut ?

— Je ne sais pas, mon général. Je ne connais pas la famille de mon père.

Il revint vers moi.

— Et vous… Comment vous appelez-vous ?

— Robert Shurtliff, dis-je sans hésiter.

— Robbie est un de nos meilleurs éléments, mon général, précisa le capitaine Webb. Toujours prêt et toujours capable.

Je sentis monter les larmes dans mes yeux. La gentillesse m'accablait toujours.

— Robbie ? répéta le général, comme étonné par ce surnom. Jimmy ? Où sont tous les hommes, Webb ? Les recrues me paraissent chaque fois plus jeunes que les précédentes.

— Elles sont jeunes, mais enthousiastes, et j'en suis satisfait, mon général. Ce n'est pas la meilleure compagnie que j'aie eue sous mes ordres, mais ce n'est certainement pas la pire.

John Paterson secoua la tête, car cette idée ne le rassurait pas, de toute évidence.

— Si Dieu veut, cette guerre prendra fin avant de faire d'eux des hommes… ou avant que nous creusions leurs tombes, murmura-t-il.

Et il poursuivit son inspection.

***

3 mai 1781

Chère Elizabeth,

John est ici. Je ne m'attendais pas à lui. J'avoue que son apparition m'a causé plus de trouble que toute autre chose jusqu'ici. On dit que le général Washington n'a pas accepté sa démission. Il semble très estimé et très respecté, et il a salué personnellement beaucoup des nouvelles recrues.

C'est un homme très frappant, même s'il n'a pas été impressionné par moi ; mon aspect n'inspire pas confiance. Néanmoins, cette rencontre a eu sur moi un effet considérable et j'aurais aimé lui présenter mes condoléances. J'avais l'impression de le tromper en ne le saluant pas comme un ami, même si l'étiquette et ma situation m'imposaient le silence.

Le capitaine Webb a fait mon éloge en sa présence, ce que j'ai trouvé fort touchant. Webb est un bon officier, tout comme le colonel Jackson, même si j'ai entendu raconter du mal de bien d'autres. Trop de gens pensent à leur propre confort et pas assez aux soldats auxquels ils commandent, mais cela ne semble pas être le cas ici à West Point. Peut-être est-ce grâce à l'exemple du général, qui exige beaucoup de tous, y compris de lui-même. Ses derniers mots sur le champ de parade furent les suivants : « Il n'y a pas d'exception aux règles. Vous les suivrez. Vos officiers les suivront. Je les suivrai. C'est ainsi que nous sauvegardons notre position, que nous nous défendons les uns les autres, et que je vous protège. »

Il n'est pas du tout comme je pensais, Elizabeth. Il est jeune, mais vieux. Charmant, mais sévère. Grand et droit, mais las aussi, même si mes impressions sont peut-être influencées par ma compassion. Je prie pour ne pas le décevoir, pour ne pas me décevoir. Même si je ne puis suivre chacune de ses règles.

RS

10

La séparation

Le général Paterson habitait Moore House, du nom du fermier qui avait construit cette maison avant que l'armée ne détermine que ses terres étaient le lieu parfait pour une forteresse sur l'Hudson et les réquisitionne. C'était une énorme demeure en bois rouge, à trois pignons, avec une grande cheminée de pierre et plusieurs étages, complètement différente du reste des bâtiments en planches de West Point.

Tout le monde l'appelait la Maison Rouge, comme s'il fallait la distinguer des autres logements de la garnison, dont elle était séparée par un petit terrain de parade et un étroit chemin situé au nord de la nouvelle caserne, où était cantonnée ma compagnie, pour le plus grand bonheur de mes compagnons. Les rats de l'ancienne caserne figuraient dans les cauchemars de tous.

Nous n'étions pas loin de l'étang où nous pouvions nager, nous baigner et laver nos habits si nous ne voulions pas utiliser l'un des tonneaux formant une longue rangée près des latrines. Ni les tonneaux à lessive ni les latrines n'offraient la moindre intimité. Deux bancs percés de trous couraient d'un bout à l'autre du bâtiment, de chaque côté. Vingt hommes pouvaient s'y asseoir et vider leurs entrailles en même temps, tout en bavardant face à face. Il y avait des latrines semblables aux deux extrémités du camp ; le logis des officiers et la Maison Rouge avaient leurs propres toilettes, mais les simples soldats n'avaient pas le droit de s'en servir.

J'allai me coucher la dernière et me levai la première, n'utilisant les latrines que deux fois par jour. Je me faufilai dans le noir jusqu'au long bâtiment, laissant mon odorat guider mes pas, en veillant bien à ne pas tomber dans un trou rempli d'ordures. Je n'avais pas le choix, puisque je ne pouvais pas vraiment baisser ma culotte à côté d'un autre soldat.

Après cette première nuit, je comptai mes pas et eus toujours recours au même banc, simplement parce que la familiarité me tenait lieu de vision nocturne. J'essayais d'y aller une fois que tout le monde dormait, mais mon épuisement rendait l'attente pénible, et quelques hommes remarquèrent que c'était devenu un rituel.

— Robbie a une tête de bébé et une vessie de bébé, plaisanta Beebe au bout de deux semaines.

Je ne répondis rien, taciturne, mais rien ne m'épouvantait plus que la perspective d'être démasquée. Ni la douleur, ni la mort, ni la torture, ni la famine. Je n'aspirais qu'à pouvoir continuer, et cela signifiait me fondre dans la masse.

Mes camarades aimaient les farces, même Noble et Jimmy. Ils disaient toujours que c'était pour rire, et c'était sans doute vrai, mais toute routine favorisait les possibilités de sabotage, et j'ajustai donc ma stratégie, comme je l'avais fait dans le marais.

Le soir suivant, j'entrai dans les latrines juste après Beebe et je trouvai une place libre exactement en face de lui, de manière à être vue. Je détachai mes bas, fis glisser ma culotte à terre, et m'installai sur le trou d'un seul mouvement, les yeux baissés, les pans de ma chemise dissimulant mes formes.

Je restai assez longtemps pour que Beebe s'en aille et que quelques autres soldats lui succèdent. Je réussis même à uriner et à soulager la souffrance constante que j'endurais depuis mon enrôlement. C'était ce que j'avais fait de plus horrible, et mon cou se couvrit ensuite de marques provoquées par la honte, mais au moins une dizaine d'hommes m'avaient vue, et c'était mon objectif. Je ne prévoyais pas de répéter régulièrement l'opération – ç'aurait été tenter le sort –, mais j'avais atteint mon but.

Se baigner, c'était une autre affaire. Je me lavais dans l'étang deux bonnes heures avant que la trompette ne sonne le réveil du camp, lorsqu'il faisait si noir que je ne me voyais pas moi-même. Je m'immergeais tout habillée et lavais ainsi mes vêtements. J'appris à m'extirper de mes sous-vêtements, dénouant mon corset sous ma chemise pour ne jamais être entièrement nue. Mais je me demandais comment je ferais une fois l'hiver venu.

Je tâchais d'être aussi propre que possible, je brossais ma tunique, je cirais mes chaussures et je surveillais mon équipement, ne serait-ce que pour éviter toute attention ou inspection supplémentaire, telle que s'en attiraient les soldats négligents.

Je ne doute pas que bien des hommes remarquèrent mon visage imberbe et mon teint clair. Ma peau avait toujours été mon meilleur atout. Je suis sûre que la forme peu virile de mes hanches et la relative étroitesse de mes épaules n'échappèrent pas à tout le monde.

Peut-être riait-on même un peu du malheureux « Joli Robbie », à la voix si fluette, lorsqu'il osait prendre la parole. Je tentais d'avoir le timbre le plus grave possible – j'avais toujours eu la voix rauque – mais ce n'était pas assez, car je sonnais encore plus aigu que Jimmy. Ma compagnie devait en faire des gorges chaudes. « Robbie a une allure de fille. Pas de sa faute. On a la tête qu'on a, on n'y peut rien. »

Mais comme je tenais bon durant les marches, comme je montrais l'exemple lors des manœuvres, et que je maniais l'arme avec autant de rapidité et de précision que quiconque, ils cessèrent de voir ces détails qui, au début, les étonnaient.

Je fus acceptée comme homme parce qu'il était impensable que je puisse être une femme.

***

Une solution partielle à mon problème fut trouvée lorsqu'il fallut monter la garde. La compagnie du capitaine Webb se vit assigner la surveillance des eaux depuis la Maison Rouge jusqu'aux collines. Nous étions en sentinelle sur tout le périmètre, surplombant le fleuve, un homme en poste tous les cent cinquante pieds. Dans la mesure où aucun vaisseau ne pouvait franchir la barrière, la tâche n'était pas bien difficile. La guerre se poursuivant surtout au sud, les nouvelles recrues de West Point n'avaient pas grand-chose à faire à part l'exercice et la surveillance, et nous ne reçûmes pas d'autres ordres.

Je me portai volontaire pour la nuit, de dix heures à deux heures du matin, à l'extrémité nord du camp, la garde dont personne ne voulait, même si d'autres avaient tiré la courte paille et occupaient les positions voisines de la chaîne.

Cela me donnait une excuse pour dormir quand la chambre était relativement vide, et pour quitter la caserne alors que la plupart des hommes venaient de se coucher. Mes habitudes concernant le bain et les latrines passèrent ainsi inaperçues. J'avais bien conscience de la puanteur des soldats enfermés tandis que les températures augmentaient en juin, ainsi que de leur goût pour les mésaventures vespérales, et c'est par une telle nuit que le général Paterson s'approcha de mon poste, dans le cadre d'une inspection surprise.

Je criai comme j'en avais reçu l'instruction, « Qui va là ? », et il m'ordonna de me mettre au repos. Je ne l'avais pas vu depuis notre arrivée, sauf de loin, et je fus à nouveau frappée par sa haute taille.

Il était grand, beaucoup plus que moi, et large d'épaules. Il ne portait ni chapeau ni uniforme, et au clair de lune il était incolore, sa chemise claire et sa culotte fauve lui donnant l'allure d'un somnambule et non d'un officier procédant à une inspection. Son visage était dans l'obscurité, son expression invisible. J'étais rassurée de penser que le mien l'était aussi.

— Vous surveillez le fleuve toutes les nuits, soldat. Il devrait pourtant bien y avoir quelqu'un d'autre pour vous relayer ?

Je fus étonnée qu'il soit au courant, même si mon poste était le plus proche de la Maison Rouge où il résidait.

— Je me suis porté volontaire, mon général, répondis-je à voix basse. J'apprécie le calme.

— Moi aussi.

Je croyais qu'il allait partir, mais il hésita.

— Rappelez-moi votre nom ?

Mon estomac se noua, comme toujours quand je mentais effrontément.

— Robert Shurtliff, mon général. De la compagnie du capitaine Webb.

— Ah, oui, c'est juste. Robbie. Robbie et Jimmy.

Il s'arrêta près de moi, les yeux tournés vers l'eau, et ne dit plus rien pendant plusieurs longues minutes. Sa mélancolie était palpable, et ma gorge se mit à palpiter, presque incapable de résister au besoin d'évoquer sa perte. Je cherchai quelque chose à dire pour nous occuper l'esprit.

— Avez-vous lu *Les Voyages de Gulliver*, mon général ?

Il sursauta et baissa les yeux vers moi, comme s'il avait oublié ma présence.

— Oui, répondit-il, presque déconcerté.

— Quel est celui de ses périples que vous préférez ?

Il resta muet un instant, comme s'il ruminait la question.

— Je ne sais pas. Je n'ai jamais compris pourquoi Gulliver continuait à vagabonder. Pour ma part, je n'aspire qu'à être chez moi.

Comme nous étions différents ! Par certains côtés, l'idée de chez-moi avait quelque chose d'aussi mythique que le Lilliput de Gulliver ou le pays des chevaux qui parlent. Je n'avais jamais vraiment eu de chez-moi.

— Et où se trouve votre chez-vous ?

— Ma maison est à Lenox, mais depuis six ans, je n'y ai pas assez vécu pour m'y sentir à l'aise. Je suis né et j'ai grandi dans le Connecticut.

Je voulais le faire parler, j'ignore pourquoi. Ce n'était certainement pas dans mes habitudes. À chaque mot, je me mettais en danger.

— Et auparavant ? D'où viennent vos ancêtres ?

Il m'examina. Je sentais son regard sur mes joues lisses, et je détournai les yeux, contemplant la pente qui descendait vers le fleuve, sans oublier mon devoir de veilleur.

— Mon grand-père a fui l'Écosse, le Dumfriesshire, sous le règne du roi Jacques II. J'ai échangé ces hautes terres-là contre celles-ci.

Je savais à quoi il faisait référence. La région de West Point était appelée « hautes terres de l'Hudson », les hautes terres détestées, pour être exact.

— J'aimerais voir l'Écosse, dis-je.

— Moi aussi.

Il y avait un soupçon d'ironie dans la voix du général, et je saisis à nouveau cette occasion de bavarder.

— C'est étrange, n'est-ce pas ? Que l'histoire d'une famille soit inscrite en un lieu. Que nos ancêtres aient travaillé la terre et parcouru les collines pendant des milliers d'années, et que ce paysage nous soit aussi étranger que les pyramides d'Égypte ou les rues de Paris. Êtes-vous déjà allé à Paris ?

— Je ne suis jamais allé à Paris, non.

— J'aimerais y aller aussi.

Je m'obligeai à me taire, et il ne reprit pas le sujet. Je ne l'avais pas distrait de son chagrin, je ne lui avais pas remonté le moral, je le voyais bien.

— Vous ne devriez pas être là, dit-il soudain, d'une voix douce, et ce fut mon tour de sursauter.

— Mon général ?

— Vous ne devriez pas être ici. Vous n'êtes qu'un enfant.

Je savais ce qu'il voyait. Un grand garçon imberbe dont la voix n'avait pas encore mué et dont les épaules ne s'étaient pas élargies avec les années.

— Non, mon général. Je suis assez grand. Et je sais pourquoi je suis ici.

Dire la vérité m'était agréable, et mes paroles sonnaient avec conviction. Je ne savais pas grand-chose d'autre, mais je savais au moins cela.

— Pourquoi ? Pourquoi êtes-vous ici ?

Cela ressemblait à une question existentielle, qui ne visait pas un sujet en particulier. C'était comme s'il me l'avait posée afin de mieux se comprendre lui-même, et je sentis l'angoisse souligner ses mots.

— « Nous tenons les vérités suivantes pour évidentes par elles-mêmes : tous les hommes sont créés égaux ; ils sont dotés par le Créateur de certains droits inaliénables ; parmi ces droits se trouvent la vie, la liberté et la recherche du bonheur », commençai-je.

Il eut un hoquet, comme si je l'avais à nouveau surpris, et je m'interrompis.

— Vous l'avez apprise par cœur ?

— Oui, mon général.

— Pourquoi ?

— Parce que j'y crois.

Il grogna, puis réfléchit.

— Connaissez-vous tout le texte ?

— Je n'ai pas mémorisé toutes les injustices et usurpations. La liste est longue.

— Oui, en effet.

Il rit, mais ce ne fut guère plus qu'un gloussement. J'y vis une victoire.

Il soupira, et le silence revint une fois de plus.

— Voulez-vous me réciter ce que vous avez retenu ? J'ai besoin qu'on me rafraîchisse la mémoire.

— Bien sûr.

Je me sentais néanmoins rouillée, et effrayée. Je dus me répéter que le général ne pouvait me reconnaître. Il ne savait rien de mon visage ou de ma silhouette, ni même de mon goût pour la récitation. Mais je terminai avec émotion, et il me pressa l'épaule pour me remercier, d'une main lourde qui ne resta pas plus d'un instant.

Je me dérobai, craignant d'être démasquée, craignant que mes os mêmes ne me trahissent. Les autres soldats se faisaient des accolades et dormaient entassés les trois quarts du temps. Pas moi. Je ne leur permettais – et ne me permettais – aucune familiarité.

— Bravo, jeune homme. Bravo. Vous avez un don d'orateur.

C'était comme si le révérend Conant était venu me rendre visite, et je fus soudain inondée du regret de ne plus voir mon vieil ami.

— Merci, mon général.

Il me souhaita bonne nuit et repartit vers la Maison Rouge.

— Bonne nuit, mon général.

— Faites-vous remplacer demain soir, ordonna-t-il en s'éloignant.

— Bien, mon général.

Mais je n'avais pas du tout l'intention de lui obéir.

***

— Encore vous, Shurtliff ! s'exclama-t-il le lendemain, en réponse au « Qui va là ? » obligatoire, même si j'avais fort bien vu que c'était lui.

— Pardon, mon général. Je préfère être ici. Il fait trop chaud pour dormir.

— C'est vrai. Et cela ne va pas s'arranger. Les insectes volent par nuées.

— Ils ne me dérangent pas.

— Ah non ?

— Je ne suis pas assez sucré, répondis-je franchement.

C'est ce que disaient toujours les frères Thomas. Je ne prétendais pas faire de l'humour, mais le général éclata de rire, et je soufflai, contente de le voir de meilleure humeur.

— Vous avez le regard bien perçant, soldat. Cela s'accorde mal avec votre âge et votre visage de fille.

— Mes élèves trouvaient que j'avais le regard redoutable.

— Vos élèves ?

— Oui, mon général. J'étais maître d'école avant de venir ici.

Il plissa les yeux. Une fois de plus, il ne me croyait pas.

— Il n'y avait personne d'autre pour s'en charger. Tous les hommes – les plus instruits – étaient partis.

C'était la vérité, mais je tressaillis intérieurement, car cela coïncidait avec ce qu'il pouvait savoir de Deborah.

Il inclina la tête vers moi et haussa un sourcil, comme s'il s'efforçait de résoudre une énigme avant d'oser parler.

— Moi aussi, j'ai été maître d'école, après la mort de mon père et avant mon mariage. Cela me semble remonter à un siècle.

À ces mots, sa tristesse revint l'envelopper comme un linceul.

— Je suis bien désolé pour votre épouse, général Paterson.

Il se pétrifia.

— Je veux dire... Mrs Paterson. Pardonnez-moi. Je suis désolé, mon général. Bien désolé pour vous et vos enfants. Beaucoup de vos hommes... ressentent... votre perte. Ils savent bien que c'est pour vous un sacrifice... d'être ici.

Je m'étais totalement embrouillée.

Je me fustigeai mentalement, maudissant ma langue babillarde et mon cœur battant. Il avait mentionné son mariage et je m'étais engouffrée dans la brèche. Je n'aurais rien dû dire. J'aurais plutôt dû écrire une lettre, une lettre de Deborah Samson, afin d'y déverser mon cœur et mon affection pour la belle Elizabeth ainsi que mon affliction pour lui, cet homme que j'aimais profondément et que j'admirais beaucoup.

Cet homme n'était pas l'ami de notre longue correspondance. Cet homme n'était pas mon cher Mr Paterson. Cet homme était un général de brigade, un homme sous les ordres duquel j'étais placée, ainsi que tous les autres soldats de West Point, un homme auquel je n'aurais même pas osé adresser la parole si je ne l'avais pas *connu.*

Il ne réagit pas à mes condoléances larmoyantes. Il resta droit, les mains derrière le dos, à contempler l'eau. La nuit était si claire et calme que les étoiles se reflétaient à la surface du fleuve, nous donnant l'illusion de nous tenir au-dessus d'elles, de les observer du haut de quelque perchoir divin. Cela me rappela mes rêves.

Incapable de supporter plus longtemps son silence douloureux, je parlai encore. Peu m'importait qu'il me prenne pour un imbécile ; peut-être cela valait-il même mieux.

— C'est comme si nous volions. Cela me remplit d'espoir.

Il ne broncha pas.

— Et vous, mon général, qu'est-ce qui vous donne de l'espoir ? insistai-je.

Il exhala :

— La pensée que cela finira, répondit-il d'une voix pesante.

Je méditai sur ses mots, le temps de les rejeter avec une véhémence qui nous étonna tous deux.

— Non !

— Non ?

— Non, mon général. (Je déglutis.) Si vous n'aspiriez qu'à une fin, vous ne seriez pas ici. Aucun d'entre nous ne serait ici.

Il secoua la tête.

— Vous ne manquez pas d'audace, Shurtliff, je vous le concède.

— L'espoir requiert de l'audace, mon général.

Il grogna, et je m'échauffai peu à peu.

— Le livre des Proverbes dit : « Un espoir différé rend le cœur malade, mais un désir accompli est un arbre de vie. » Voilà pourquoi je suis ici.

J'avais partagé tant de détails de ma vie avec Elizabeth, et je savais qu'elle avait fait lire beaucoup de mes lettres à John. Il connaissait Deborah Samson, mon histoire et mes ancêtres, de sorte que je ne pouvais guère lui répéter ces mêmes histoires. J'étais perdue, dépouillée de ce dont j'étais le plus fière. William Bradford était une sorte de héros, que je voulais revendiquer. Mais il était l'ancêtre de Deborah, et j'étais désormais Robert. J'avançai donc avec prudence.

— Ma mère m'a jadis conté l'histoire d'une femme qui était venue dans ce pays en bateau… il y a longtemps. Elle avait laissé son enfant en Europe dans l'espoir qu'il les rejoindrait dès qu'ils seraient installés. Son mari avait débarqué pour aller chercher un abri, et elle l'attendait à bord. Il est parti trop longtemps, elle l'a cru mort. Elle avait froid, elle était épuisée, elle ne voulait plus vivre sans lui. Elle s'est jetée à l'eau.

Il eut une respiration sifflante, ses épaules se voûtèrent et son menton se colla à sa poitrine. J'avais dit ce qu'il ne fallait pas. Une fois de plus. Le désespoir et la mort d'une épouse laissée trop longtemps seule, cela lui rappelait bien trop sa propre situation. Je tentai de sauver mon récit :

— Elle avait envie d'en finir, et non d'espérer. Mais c'est l'espoir qui vous inspirera le désir de continuer. Il faut résister à l'absence d'espoir. Quand Dieu vient vous prendre, que Sa volonté soit faite. Lorsqu'Il vous arrache à cette terre, vous pouvez vous réjouir. Mais tant que le souffle de vie est en vous, tant que votre cœur bat et que le soleil se lève, il faut poursuivre la lutte.

Chacune de mes paroles était sincère, mais quand Paterson releva la tête, son attitude n'avait pas changé.

— Vous n'êtes qu'un enfant, murmura-t-il. Vous n'avez pas idée de ce dont vous parlez et pas idée de ce à quoi vous êtes désormais mêlé.

Je me mordis la lèvre et jurai de tenir ma langue, dussé-je en mourir.

— Mais vous savez manier les mots, avoua-t-il, et ces temps-ci je ne supporte plus ma propre compagnie.

Je ravalai mes excuses et changeai mon mousquet d'épaule. Je ne souhaitais ni discuter ni me défendre. S'il voulait de la compagnie, c'était ce que je pouvais lui offrir. Mais j'étais résolue à me taire.

— Me la réciterez-vous encore, Shurtliff ? demanda-t-il.

Mon vœu de silence se brisa aussitôt sur les rochers de mon désir de lui plaire.

— La Déclaration d'indépendance, mon général ?

— La Déclaration d'indépendance.

— Depuis le début ?

— Depuis le début.

***

La nuit suivante fut à peu près semblable. Le général s'arrêta, échangea quelques propos agréables, et me demanda si je voulais bien lui réciter la Déclaration d'indépendance. Parfois il m'interrompait après le préambule, parfois il ajoutait sa voix à certains mots, comme s'ils le troublaient. Ou lui donnaient de la force. Je ne posais pas de questions.

— Aimeriez-vous entendre autre chose, mon général ? demandai-je après lui avoir récité le même texte cinq soirs de suite. Un sonnet, une scène de théâtre, ou un passage du livre de l'Apocalypse ?

— Mon Dieu, non. Voulez-vous que je me jette du haut de ce parapet ?

Je restai bouche bée, ne sachant pas trop s'il plaisantait.

— Vous n'aimez pas les sonnets, mon général ?

— Je n'aime pas le livre de l'Apocalypse.

— Moi, je l'adore, répondis-je avant de citer mon verset favori. « Et personne dans le ciel, ni sur la terre, ni sous la terre, ne put ouvrir le livre ni le regarder. » C'est merveilleux. La bête ailée, les quatre cavaliers, et le ciel qui se retire comme un livre qu'on roule. Quelle histoire !

— Les tremblements de terre, les lamentations, le soleil réduit en cendres, la lune changée en sang ?

— Oui !

— Vous êtes un étrange gaillard, Shurtliff.

— Oui, mon général. Je sais.

Il ne soupçonnait pas à quel point j'étais étrange.

Il se mit à rire, en un lent grondement qui se transforma en vigoureux hurlement, la tête en arrière.

— Mon général ?

Il se couvrit le visage avec les mains, pouffant encore. J'ignorais si je devais rire avec lui ou placer ma paume sur son front pour vérifier s'il avait de la fièvre.

Il me tapota l'épaule et redressa mon chapeau, riant encore, et quelque chose remua dans ma poitrine.

La lune éclairait son visage, la joie illuminait ses yeux. J'en voyais presque la couleur – un bleu pâle, hivernal – et quand il riait, ses dents blanches et solides apparaissaient entre ses lèvres bien dessinées. Je détournai aussitôt mon regard.

— Il y a aussi un trône entouré d'un arc-en-ciel. Des harpes et des coupes d'or remplies de parfums, qui sont les prières des saints.

— Oui. Et un abîme sans fond, des sauterelles grosses comme des chevaux, qui ont des cheveux de femme et des dents de lion.

— J'aimerais voir tout cela, avouai-je en jetant un coup d'œil vers son visage souriant.

— Et la famine, la pestilence, la mort ?

— Mais elles arrivent toutes montées sur des chevaux de guerre ! m'exclamai-je. C'est effrayant et… fantastique.

Il secoua la tête et me souhaita bonne nuit, son rire résonnant parmi les arbres tandis qu'il s'en retournait à la Maison Rouge.

Je passai le reste de ma garde à m'interroger sur les curieuses émotions qu'il avait éveillées en moi.

— C'est à cause de son aspect physique, chuchotai-je. Ce n'est que de l'admiration pour son physique.

Mais un sentiment nouveau entra à nouveau en effervescence, et je le piétinai par un déni sans pitié. Je n'aimais pas les hommes. Pas de cette manière-là. Ils ne m'avaient jamais intriguée, je n'avais jamais rêvé de tomber amoureuse. J'avais remarqué la forme des lèvres du général, et cela me causait du désarroi.

« Il n'est pas du tout ce que tu prévoyais », me dis-je. Tout le monde aurait remarqué sa taille et sa silhouette. Il mesurait au moins six pieds deux pouces, et il était mince comme nous l'étions tous – la pression, les efforts et la guerre privaient les hommes de toute graisse –, mais cela rendait sa musculature encore plus visible. Il ne portait pas de perruque, et ses cheveux bruns semblaient avoir été roux dans sa jeunesse.

Il était beau à contempler.

Je fronçai les sourcils. Cette prise de conscience ne me rassurait pas. Jamais je n'avais eu ce genre de réaction. Jamais je ne m'étais attardée sur le physique d'un homme. Ni parmi les habitants de Middleborough, ni parmi les frères Thomas, ni parmi les soldats de ma compagnie. Mon cœur n'avait jamais battu plus vite, mon estomac n'avait jamais tremblé à proximité de ces hommes-là.

« C'est parce qu'il t'a surprise, pensai-je. Tu croyais connaître John Paterson, et tu te trompais. C'est l'étonnement qui fait frémir tes entrailles, voilà tout. »

Cette explication en valait une autre, et je l'acceptai résolument. Mais je n'en étais pas moins troublée.

11

Nous tenons les vérités suivantes

Le général Paterson ne vint ni le lendemain ni la nuit d'après, et une nouvelle mission fut attribuée à ma compagnie, loin de West Point. Je le revis une dernière fois alors qu'il inspectait la garnison avec le colonel Kosciuszko, ingénieur militaire polonais qui avait conçu les fortifications des hautes terres et qui en supervisait la construction.

Je les vis s'en aller, le Polonais gesticulant à droite et à gauche, désignant de nouvelles redoutes et batteries, Paterson hochant la tête. Ils avaient le même âge, et tous deux avaient un catogan roux dépassant de leur chapeau, mais la ressemblance s'arrêtait là. Le général était grand, le colonel était petit ; le général était taciturne et réservé, le colonel était animé et bavard.

Kosciuszko habitait également la Maison Rouge, ainsi que son assistant, un jeune Africain d'une vingtaine d'années, nommé Agrippa Hull, qui accompagnait les deux officiers sur son propre cheval. Hull avait un sourire éclatant, un regard franc et une carrure pleine d'assurance, comme s'il savait qu'il était à sa place – ou comme si cela lui était indifférent. Tout le monde l'appelait Grippy, mais je le trouvais trop impressionnant pour ce diminutif, et je décidai de m'adresser à lui comme à « Mr Hull » si jamais j'en avais l'occasion.

À West Point, il était aimé de tous, même si je n'avais pas encore fait sa connaissance. J'en avais envie. Elizabeth m'avait parlé de lui dans une de ses lettres. Il était né libre à Stockbridge, près de Lenox, et avait aidé John Paterson à réunir une milice locale en 1775. Il avait été nommé aide de camp du colonel Kosciuszko à la demande de celui-ci, mais c'était au général qu'il était lié, et les deux hommes avaient passé presque toute la guerre ensemble. J'étais presque aussi intriguée par lui que par le général, et je rédigeai dans mon journal intime une longue lettre à Elizabeth, le décrivant très en détail et formulant les questions que je lui poserais si la possibilité s'en offrait.

Selon la rumeur, une grande salle devait bientôt être bâtie. Le colonel Kosciuszko en avait déjà tracé les plans. Cela occuperait les soldats stationnés dans les paisibles hautes terres, maintenant que les combats s'étaient transportés presque exclusivement vers le sud.

Je n'allais pourtant pas y couper, pas plus que les soldats de ma compagnie.

Entre les hautes terres et la ville de New York, détenue par les Anglais, s'étendaient douze lieues de terre arable, qualifiées de *no man's land.* Ce territoire, avec le Westchester pour centre, était considéré comme une zone neutre, mais ses habitants étaient continuellement pris entre les belligérants, leurs biens saisis ou brûlés, leur bétail dérobé, leur récolte réquisitionnée. La plupart avaient fui.

Lors de notre marche jusqu'à West Point, nous avions traversé cette région pour atteindre l'Hudson. Il ne restait presque rien de ce qui était autrefois une communauté florissante. Les terres fertiles, riches et herbeuses, étaient en jachère. Les maisons avaient été incendiées et abandonnées, les clôtures penchaient, les fruits pourrissaient sur les arbres, et les pillards écumaient la campagne.

La milice du Westchester, composée d'hommes du cru, fut chargée par le général Washington de protéger la zone. Les unités d'infanterie légère devaient aider cette milice et défier tous les soldats anglais qui dépassaient leurs lignes, mais après avoir servi six ans de champ de bataille, cet espace n'était guère plus qu'un terrain de chasse fait de champs incultes.

Ceux qui n'avaient pu en partir étaient les victimes d'une troupe de loyalistes et de déserteurs anglais conduite par un nommé James DeLancey, colon qui avait jadis été shériff du Westchester.

DeLancey et ses charognards portaient la tunique rouge et se considéraient comme des soldats britanniques, mais ils étaient plus proches des mercenaires hessois que des vrais militaires anglais, même si DeLancey avait obtenu le grade de colonel. Des villes entières avaient proclamé leur fidélité à la Couronne dans l'espoir que leurs propriétés – et leurs vies – seraient épargnées par la brigade de DeLancey.

L'acquisition et le transport de provisions étaient devenus la véritable bataille des hautes terres, mais les événements de Pines Bridge, peu après mon arrivée à West Point, furent la goutte d'eau qui fit déborder le vase. DeLancey et ses hommes avaient attaqué une position défensive tenue par le régiment de Rhode Island sur la rive nord de la rivière Croton, près de Yorktown.

Ce régiment était en partie formé de soldats africains, et le colonel Christopher Greene, leur commandant blanc, cousin du général Nathanael Greene, avait été tiré hors de sa tente, mutilé et tué. Son corps fut retrouvé un peu plus loin, et la violence extrême dont il avait fait l'objet apparut comme un châtiment pour avoir enrôlé des Africains-Américains en les encourageant à se révolter contre la Couronne.

À la fin juin, un corps d'infanterie légère dont je faisais partie fut envoyé observer les positions ennemies et les mouvements de troupes, y compris ceux des hommes de DeLancey. Un navire chargé de victuailles devait arriver sur la côte du Connecticut ; mon unité patrouillerait dans toute la région aussi longtemps que nécessaire, dans l'espoir d'obtenir ces provisions très attendues. Ce serait pour beaucoup d'entre nous la première occasion d'affrontement ; les hommes qui m'entouraient vibraient d'un enthousiasme que je ne pouvais imiter. Même Jimmy était rouge d'excitation, et Beebe ne tenait plus en place.

— Je vais faire un carton sur une tunique rouge, même si je dois mourir aussitôt après, fanfaronnait Beebe.

— Vous devrez voyager léger, car nous nous déplacerons vite et souvent, donc préparez bien vos affaires. Nous ne reviendrons peut-être pas avant la fin de l'été, nous avertit le capitaine Webb.

Je ne pus parler au général avant de partir, et je me sentis bien bête d'avoir voulu lui dire au revoir. Dans un instant de faiblesse, j'écrivis une courte lettre signée Deborah Samson, datée du 1er avril, et je l'insérai dans le paquet de messages que j'avais aidé mes camarades de chambrée à adresser à leurs bien-aimées. Je confiai moi-même le tout au postillon, certaine que ma lettre finirait par être déposée sur le bureau du général sans que personne ne devine sa provenance. Si, pour une raison ou une autre, je ne revenais pas, comme je le prévoyais en partie, je voulais qu'il sache combien Elizabeth avait compté pour moi, et lui aussi. Ma missive était brève et prudente, mais je me sentis mieux après l'avoir écrite.

***

Au lieu de partir vers le comté de Westchester, un détachement d'une cinquantaine d'hommes fut retenu tandis que le régiment du colonel Jackson se préparait à rejoindre le sud. Nous les vîmes s'en aller par vagues, et nous pensions fermer la marche, alors qu'il aurait été plus normal que l'infanterie légère soit en tête. Nous attendîmes toute la journée, prêts pour le départ, mais nous dûmes finalement passer une nuit de plus à la caserne. Aucun d'entre nous ne savait où nous allions, et le capitaine Webb ne fournit aucune explication à ce retard. Puis, à la dernière minute, on nous ordonna de ranger notre tunique bleue dans notre paquetage, et l'on nous distribua en remplacement des chemises de chasseur, dans les tons bruns et verts. Il fallut ôter les plumets des tricornes, et certains soldats eurent droit, en lieu et place, à un chapeau de feutre ou de paille à large bord.

Quelle que soit notre mission, il était clair que nous devions être discrets, et que moins il y aurait de gens à connaître le plan, mieux cela serait. Cela valait pour nous aussi. Les mouvements de troupes étaient une information qui se vendait à prix d'or, et l'on ne pouvait se fier à personne, pas même aux soldats.

Nous partîmes vers le nord, le fleuve sur notre droite, couvrant un peu plus de trois lieues par jour. Le soir du cinquième jour, nous atteignîmes les abords de

Kingston, à quinze bonnes lieues de West Point, mais nous ne devions entrer dans la ville qu'à la nuit tombée. Dans l'obscurité, on nous mena vers un entrepôt vide, près des quais, avec l'ordre de patienter. Le seul qui semblait savoir ce qui se passait était le capitaine Webb, et il ne nous révéla rien.

Kingston avait été détruite par le feu en 1777, les Anglais ayant voulu ainsi anéantir les réserves de blé de notre armée. Les greniers avaient été reconstruits, mais les habitants qui étaient revenus se méfiaient de notre présence, même si le contrôle que les Américains exerçaient sur la North River jusqu'à Albany leur accordait une protection bien plus importante que n'en avaient les communautés situées dans la basse vallée.

Nous restâmes terrés là pendant deux jours, pour des raisons qui ne nous furent pas expliquées, mais ce repos était nécessaire, et l'existence d'un cabinet de toilette, doté d'une porte et d'un verrou, fut un soulagement. La marche depuis Worcester avait noirci les ongles de mes orteils, dont certains étaient tombés. J'étais sûre que le retour à West Point les achèverait.

Mais nous ne revînmes jamais sur nos pas. Nous ne repartîmes pas.

Lors de notre deuxième soir à Kingston, nous dûmes mettre en sac les céréales d'un silo voisin et en charger deux péniches, nous déplaçant en silence sur le quai, montant la garde à tour de rôle, le temps que les navires soient remplis et que nous ayons le dos cassé. Un bac nous mena ensuite de l'autre côté du fleuve, jusqu'à un abattoir où étaient stockés des barils de bœuf salé en si grande quantité qu'il fallut bien vite se procurer une autre péniche pour les emporter tous.

Puis notre détachement fut réparti entre les navires, à raison d'une douzaine d'hommes sur chaque pont, et nous guettâmes l'inversion de la marée, les nerfs tendus, les mousquets chargés. L'Hudson coulait pendant six heures vers le nord, puis pendant six heures vers le sud, selon un gigantesque mouvement de va-et-vient qui entraînait les marchandises en amont et en aval.

Quoi qu'ait pu redouter le capitaine Webb, l'opération se déroula sans encombre, et nous descendîmes le fleuve à l'aube, profitant de la marée pour regagner rapidement West Point. Je n'étais jusque-là jamais montée à bord d'aucune embarcation, et cette expérience m'enthousiasma. Debout derrière le bastingage, j'admirai le paysage et la vitesse de notre voyage. Ce qui nous avait pris des jours à pied fut accompli en quelques heures, et nous arrivâmes à midi devant Fort Clinton, notre mission achevée. Le capitaine Webb jubilait de soulagement, comme si nous avions exécuté un exploit.

— Il a réussi, se contenta-t-il de dire. Paterson a réussi une fois de plus.

Nous ne pûmes rester à la garnison, mais fûmes divisés en deux groupes pour passer les dix jours suivants en reconnaissance sur la ligne britannique.

Je ne pus me laver, mais ce fut le cas de tous. L'odeur du détachement suffirait à prévenir les tuniques rouges de notre approche quand nous étions encore à bien des lieues de distance, mais je suppose que les Anglais ne sentaient pas meilleur. Comme lors de notre première marche, nous dormions tout habillés et nous lavions les parties – bras, cou et visage – qui n'exigeaient pas que l'on se dévête ou que l'on mouille ses habits. Il n'était pas agréable de marcher vêtu d'un uniforme mouillé, et personne n'avait le temps de faire trempette pour le plaisir dans le *no man's land.*

J'avais perdu l'appétit. La chaleur et la tension de ma situation me nouaient l'estomac. Je n'avais envie que d'eau, et je cédais souvent ma ration quotidienne de rhum à l'un de mes compagnons. Je m'obligeais à manger afin de conserver mes forces, mais je devais me forcer pour avaler. La ration de pain et de viande, que nous n'obtenions pas toujours, selon notre position entre deux campements, était suffisante pour mes besoins, mais les autres soldats souffraient constamment de la faim.

Nous observâmes le front anglais pendant plusieurs jours avant de trouver un point faible dans la ligne, puis nous allâmes jusqu'à Harlem, à deux lieues et demie du centre-ville. Nous pûmes procéder sans incident – hormis la soif, l'épuisement, et trois jours couchés dans les buissons, suivis de trois autres à avancer sans dormir – et nous repartîmes vers White Plains environ un mois après avoir quitté West Point, pour présenter notre rapport.

Nous n'avions pas grand-chose à signaler. Le gros des forces britanniques se trouvait encore dans le sud pour mener d'autres batailles, et les mouvements des soldats restés derrière les lignes à New York étaient lents et désordonnés, sans objectif évident à part survivre un été de plus.

— Comme nous, ils manquent désespérément de victuailles, déclara le capitaine Webb, et cela sera bien pire encore en hiver. Toute la colonie, tout le pays a été dépouillé.

— Les gens ne cultivent plus leurs terres. Ils ne font que se battre, dit Noble d'un ton sinistre.

Sans l'avouer, surtout en présence du capitaine, Noble regrettait de s'être engagé. Il avait une femme et deux jeunes enfants. Il n'en parlait guère. Il se confiait à peine plus que moi, mais il m'avait demandé d'écrire une lettre en son nom, adressée à sa « chère épouse Sarah », où il était question de ses deux fils, Jesse et Paul, et où il exprimait son amour pour eux :

Je n'aurais pas dû partir. J'aurais dû rester avec vous et contribuer à l'effort d'une autre façon. Mais la fierté et la honte sont deux outils puissants, et voilà pourquoi je suis ici, loin de toi et de nos enfants, loin de la terre qui a besoin de mes soins. Je prie seulement pour que je puisse revenir, une fois mon devoir accompli, et la conscience tranquille.

Drôle de chose que la fierté. Elle poussait certains hommes à partir, d'autres à rester. La fierté de mon père l'avait rendu égoïste. La fierté de Noble avait fait l'inverse. Comme tant d'autres, il avait été guidé par le besoin d'apporter sa pierre à l'édifice.

Je ne savais pas exactement où je me situais, de ce point de vue. Peut-être quelque part vers le milieu. Je voulais participer, jouer un nouveau rôle, mais plus que tout, je désirais faire mes preuves, maîtriser chaque tâche, surmonter chaque obstacle et vaincre…

S'il s'était agi d'une simple épreuve de force, j'aurais perdu. Si nous avions dû lutter au corps-à-corps, jour après jour, nous enfuir à toutes jambes ou sacrifier des vies, j'aurais succombé. Mais comme bien souvent dans l'existence, les tâches confiées à mon détachement requéraient plus d'endurance et de détermination que de prouesses physiques. Et dans ces deux domaines, je refusais de me laisser battre.

Nous rejoignîmes à White Plains l'autre moitié de notre compagnie et poursuivîmes vers l'Hudson et la baie de Tappan, où nous établîmes notre camp pour attendre de nouvelles instructions. À notre surprise, le général Paterson et le colonel Jackson s'y trouvaient déjà, tentes dressées.

Le général Paterson nous apprit que nous resterions un jour de plus au campement de Tarrytown avant de partir vers la frontière du Connecticut, à l'ouest, avec le colonel Ebenezer Sproat, qui campait non loin de nous avec des détachements du 2e régiment du Massachusetts, celui de Nat jadis. J'ignorais dans quelle compagnie servait Phineas. Il avait été envoyé ailleurs, comme les autres fils Thomas, bien que les régiments aient été réorganisés et redéployés tout au long de la guerre. Je n'avais croisé aucun des frères, grâce à la Providence, mais j'avais vu le colonel Sproat.

Le fils du vieux tavernier de Middleborough était grand comme un arbre et se détachait du lot. Il s'était fait un nom, le capitaine Webb avait chanté ses louanges, toutefois je me méfiais. Je ne voulais pas voyager en sa compagnie. Comme il m'avait connue – de loin, certes – pendant trop d'années, je craignais que certains bruits lui soient revenus aux oreilles et qu'il m'identifie.

Ma compagnie accueillit bien volontiers ce repos, mais je passai les heures de ma garde l'estomac noué, sans apprécier le mince croissant de lune, la douceur de l'air ou le coassement des grenouilles. Quand Beebe vint me succéder, surgissant entre les arbres, je pivotai sur mes talons, les mains sur mon arme, un cri de surprise dans la gorge. Désormais revenus derrière nos propres lignes, nous étions moins nombreux à monter la garde, mais un homme était stationné de chaque côté.

— Ne tire pas, Robbie. Ce n'est que moi.

— Tu es en avance.

— Puisque je ne dormais pas, j'ai préféré venir te relayer.

— Tout est calme. Seuls les crapauds sont éveillés.

— Tu me traites de crapaud ? plaisanta-t-il, grattant ses joues rugueuses.

Toute la compagnie, Jimmy et moi exceptés, aurait eu besoin de se raser. Quand nous étions arrivés au camp, notre apparence dépenaillée avait rendu le capitaine Webb assez penaud, mais le général Paterson avait pardonné ce manquement, même si son regard s'était attardé un moment sur mon visage.

Je secouai la tête et laissai Beebe grommeler. Il chargea son mousquet, déchirant la cartouche avec ses dents et remplissant le bassinet avant de verser le reste de la poudre dans la gueule de son arme. Il ajouta la balle et le papier par-dessus, puis enfonça le tout dans le canon.

— Toi, tu n'as plus l'air si jeune et si mignon, marmonna-t-il. Ta peau est tannée, et le soleil t'a décoloré les cheveux. Si je suis un crapaud, tu es un lézard.

Je me frottai le visage sans comprendre. Je m'étais lavé toutes les parties qui n'étaient pas couvertes.

— Tu as l'air méchant, maintenant, même si tes yeux brillent encore plus. Tu ferais mieux de les fermer, sinon tu vas attirer les papillons de nuit.

Il plaisantait, mais il ne se moquait ni de moi ni de lui-même comme il avait tendance à le faire.

La pensée que je pouvais avoir changé de physionomie me réjouit. Peut-être le général Paterson avait-il simplement remarqué la différence.

— Allez, Robbie, va dormir un peu, m'imposa Beebe.

Mais j'hésitai. Il semblait morose.

— Ma garde ne se termine pas tout de suite. Je peux rester, si ça ne te dérange pas.

Il haussa les épaules, remit son arme en place et leva les yeux vers la lune.

— Il y a une fille qui t'attend quelque part, Rob ? demanda-t-il tout à coup.

— Non.

Il renifla.

— Je m'en doutais.

Je savais que je ne devais pas m'offenser des propos de Beebe, et je ne tins aucun compte de son sarcasme.

— Quand je te parle de ça, c'est comme si j'en parlais à ma sœur.

Je n'aimais pas du tout cette comparaison, et entrepris aussitôt de le désabuser.

— De quoi exactement parlons-nous, Beebe ? Tu veux un conseil ?

Il ricana à nouveau.

— De toi, fiston ? Ça m'étonnerait.

— Je pourrais te surprendre.

— As-tu jamais seulement touché une fille ? m'aiguillonna-t-il.

Avec son esprit de contradiction, Deborah Samson décida de l'aiguillonner en retour.

— Bien sûr, dis-je en toute franchise.

— Menteur !

— C'est la pure vérité, protestai-je.

Mais je haussai les épaules et n'insistai pas. Après s'être agité quelques instants, il finit par rompre le silence.

— Je ne veux pas dire lui toucher le bras, Shurtliff. Ou la main.

— J'avais bien compris.

Le diable perché sur mon épaule pouffait de rire et l'ange se sentait tout à fait dans son droit.

— Tu as déjà touché un sein ?

Je serrai les dents pour m'empêcher de sourire.

— Oui. Souvent.

Il sursauta.

— Souvent ?

— Oui, souvent. Plus de fois que je ne peux les compter.

— Tu n'es qu'un… un gamin à visage de fille.

À nouveau, je haussai les épaules.

— Tu as tout vu ? Tout le corps ? Sans habits ?

— Oui.

— D'une vraie femme vivante ? Adulte ? Pas d'une fillette qui passait ?

— D'une vraie femme adulte.

Il resta abasourdi, comme si une couronne était apparue sur ma tête.

— Tu as couché dans le même lit qu'une femme ?

— Oui.

— Tu l'as enfilée avec ton braquemart ?

Il parlait si bas que je n'étais pas sûre d'avoir bien entendu, et il me fallut une minute pour comprendre.

— Non.

Je ne pouvais certainement pas prétendre avoir fait cela, et je fus une fois de plus ébahie par le nombre infini de noms que les hommes avaient pour désigner leurs parties intimes. J'en avais déjà appris au moins une douzaine.

— Pourquoi non ?

Il plissa les yeux.

— Eh bien…

— Elle ne te l'a pas proposé ?

— Quelque chose comme ça.

Le sourire que je retenais éclata sur mon visage. Je ne m'étais pas autant amusée depuis que j'avais vaincu Phineas à la course. Les épaules de Beebe retombèrent et son menton frappa sa poitrine.

— Moi non plus. Mais j'en rêve. Il paraît que c'est comme un petit bout de paradis, dit-il, songeur.

Je grognai, mon besoin de rire partant en guerre contre ma compassion sincère. Il paraissait si triste.

— C'est ce qui me fait peur, ajouta-t-il.

Je me raidis, certaine qu'il allait me raconter une histoire d'accouplement que je ne voulais pas entendre. Je suppose que je l'avais mérité.

— J'ai peur de mourir sans l'avoir jamais fait, gémit-il. Toute la journée j'ai eu un curieux pressentiment.

Ma gaieté s'envola, et le démon sur mon épaule disparut. Je regardai le ciel et scrutai les bois alentour, tâchant de trouver les mots qui pourraient le réconforter. C'était étrange. La terreur gouvernait chacun de mes actes, mais ce n'était pas la même peur que ressentaient les autres soldats. Oh, je partageais aussi les craintes de mes camarades – peur de la lâcheté, de la mort, de la souffrance –, mais je redoutais plus que tout d'être démasquée, et cela détournait mon attention de toutes les autres horreurs. En fait, je suppose que cela me rendait plus courageuse que je ne l'aurais peut-être été autrement.

— Si tu meurs… Tu ne connaîtras pas seulement un petit bout de paradis. Ce sera le paradis tout entier. Et tu n'auras peut-être pas besoin d'y goûter parce que tout sera si bon.

— Tu le crois ?

Il semblait plein de doutes. Et plein d'espoir aussi.

— Je ne sais pas trop à quoi je crois. Mais celui qui a créé ce monde comprend la beauté et l'amour. Tu n'as qu'à regarder autour de toi pour le sentir. Et je ne pense pas que cela ait une fin. « Ce que Dieu fait durera toujours. » J'imagine que mourir, c'est comme changer de saison.

— C'est une citation de l'Ecclésiaste, non ?

Je hochai la tête.

— « Il y a une saison pour tout, un temps pour toute chose sous les cieux. »

— Oui, j'imagine que ça pourrait être vrai. Tu seras révérend après la guerre ? Tu pourrais, vu comment tu cites la Bible.

Je réfléchis à cette remarque, m'imaginant dans la chaire du révérend Conant. Il me paraissait plus difficile d'être un homme de Dieu qu'un homme de guerre, et dans quelques années, je ne serais plus capable de passer pour un garçon imberbe. Mais l'idée de devenir révérend me plaisait.

— J'aimerais bien, avouai-je.

— Alors tu aurais intérêt à ne plus fréquenter les catins, chuchota-t-il avec une grimace. Arrête d'aller cueillir la fraise.

Je battis des paupières, car je n'étais pas sûre d'avoir compris, puis je me rappelai ce que je lui avais dit.

Il soupira, mais sa rancœur s'était envolée.

— Merci pour la conversation, Robbie. Ne laisse pas les poissons te bouffer l'engin quand tu te laves. On en a pêché quelques-uns cette après-midi : ils mordent !

Je toussai, et il gloussa, ayant retrouvé sa bonne humeur. Je suppose que j'avais au moins un avantage : je n'avais pas peur de perdre mon « engin ».

— Vérifie que Noble et Jimmy sont réveillés. Leur garde commence bientôt, ajouta Beebe. C'est moi qui supervise les veilles jusqu'à notre retour à West Point.

Le jour pointait, et il ne me restait pas longtemps avant que tout le campement s'anime, même si la perspective de passer encore une journée sans bouger pouvait retarder leur réveil. Beaucoup d'entre nous ne dormaient que par à-coups depuis plusieurs jours. La matinée serait lente. Malgré tout, je n'avais pas besoin de spectateurs, et rester assise près du feu pour sécher mes habits serait beaucoup plus plaisant tant que le soleil n'était pas levé.

Je secouai Jimmy, puis me frayai un chemin à travers les soldats somnolents jusqu'à ce que je trouve Noble. Il était déjà debout, en train d'enfiler ses chaussures, et je le regardai ramasser son mousquet, y fixer la baïonnette et se traîner jusqu'à son poste au bord du fleuve. Jimmy fut plus lent à suivre, mais lorsqu'il eut quitté le camp, je récupérai mon paquetage et ma couverture – qui avait bien besoin d'être lavée, elle aussi – et me dirigeai vers le ruisseau. Je manquais de sommeil, mais je ne pouvais supporter un jour de plus sans bain.

Le ruisseau ne m'arrivait qu'à la poitrine à son point le plus profond, et il était large de peut-être dix pieds. Il se jetait dans l'Hudson un peu plus loin à l'ouest, mais c'était un bon lieu de baignade à proximité de notre campement. J'ôtai mes chaussures, trouvai mon savon et entrai dans le ruisseau avant de m'agenouiller pour m'immerger jusqu'au cou. J'entrepris de laver et d'essorer, glissant mes mains sous ma chemise gonflée par l'eau et dans ma culotte détachée pour me récurer les aisselles et les parties inférieures avant de m'attaquer à mes habits. Je laissai nouée serré la bande qui m'aplatissait les seins ; la proximité de ma compagnie et l'urgence m'obligeaient à la laver sur moi, en frottant le savon sur l'extérieur, comme je l'avais fait une dizaine de fois auparavant. Je la troquerais contre le corset sec rangé dans mon paquetage, si possible ; sinon, je me débrouillerais.

J'étais là depuis quelques minutes, aussi pressée que d'habitude, scrutant l'obscurité pour détecter la présence d'éventuels indésirables tout en gardant un œil sur Jimmy, qui était de garde un peu plus en amont. Il n'avait jamais risqué un œil dans ma direction, même si je veillais à ce qu'il n'ait rien à admirer. Il me tournait le dos, et d'après la manière dont il était avachi, je devinai qu'il ne devait pas voir plus loin que le bout de son nez.

Je venais de rincer mes cheveux savonnés lorsque mon attention fut attirée par du mouvement dans le noir, au-delà du poste où Jimmy était censé monter la garde. Sous mes yeux, des cavaliers se mirent à converger, sur l'autre rive du ruisseau. Les arbres projetaient de longues ombres qui les dissimulaient, mais ils étaient nombreux, pistolet au poing, et ce n'étaient pas des rebelles. Je réprimai un hurlement et reculai jusqu'à ce que mes épaules touchent la berge, renouant mes cordons sous l'eau, terrorisée à l'idée que le moindre geste pourrait me trahir, et tout aussi terrorisée par le risque de perdre ma culotte en me levant. La tête de Jimmy était toujours baissée, son dos voûté.

Je remontai la berge derrière un petit groupe de rochers pour m'accorder un peu d'intimité, même si je n'avais jamais envisagé avoir besoin d'un tel abri. Je passai par-dessus ma tête les sangles de ma poire à poudre et de ma cartouchière, attachai ma ceinture et braquai mon mousquet vers le cavalier qui galopait au centre du groupe. Tirer un coup de feu serait le moyen le plus rapide d'alerter mon détachement, mais je ne voulais pas gâcher une balle, et cela risquait de les disperser, dès lors qu'ils n'auraient plus sur nous l'avantage de la surprise. J'eus quelques doutes, que je chassai après une demi-seconde. Ils portaient des tuniques rouges, se déplaçaient à couvert, leurs intentions étaient claires. La vision du colonel Greene tiré de sa tente et assassiné consolida ma résolution. C'était bien le genre de tactique qu'employait la brigade de DeLancey, et ils n'étaient pas derrière nos lignes pour négocier un traité.

J'appuyai sur la détente et je crois qu'un des hommes tomba à terre, mais je ne pris pas le temps de m'en assurer. Je bondis et fonçai vers le campement, séparée des maraudeurs par les arbres et ma seule terreur. Des balles se mirent à crépiter en sifflant au-dessus de ma tête, et je ne m'arrêtai pas pour ramasser mes chaussures ou enfiler ma tunique. Mes habits mouillés me collaient au corps, mes cheveux étaient plaqués à mes joues et ruisselaient dans mon dos, mais pas un des frères Thomas n'aurait alors pu me vaincre à la course.

12

Évidentes par elles-mêmes

AU CAMPEMENT, lorsque je jaillis entre les arbres, les hommes se levaient, les armes à la main, plus ou moins habillés, manifestement troublés.

— DeLancey arrive ! hurlai-je même si je n'étais pas certaine de l'auteur de l'assaut. On nous attaque !

Le capitaine Webb se tenait devant sa tente, et Noble accourait, ayant quitté son poste au bord de l'Hudson. J'aperçus le général Paterson, le fusil prêt à tirer, la chemise pendant par-dessus la culotte, sans bas ni bottes. Il criait des ordres, incitait les hommes à se diriger vers les arbres, au nord, puis sa voix et sa silhouette furent absorbées par la cavalerie qui venait droit sur nous.

Les flammes de petits feux de camp illuminaient les sabots des chevaux et les jambes des soldats paniqués, mais le croissant de lune ne contribuait en rien à dissiper la confusion ou à éclairer la voie de la sécurité. Il fallait que je recharge mon fusil. C'était la seule pensée que j'avais en tête, et j'accomplis les gestes nécessaires, concentrée sur ma tâche.

— Shurtliff ! hurla Noble. Couche-toi. Couche-toi !

Il était à côté de moi, projetant sa baïonnette à droite et à gauche, tentant d'embrocher un cavalier et de les empêcher de nous tuer, puis sa tête partit en arrière, ses bras s'écartèrent, sa main droite percuta ma joue et mon nez, m'étalant au sol. Je me redressai aussitôt, un tintement dans les oreilles, serrant mon mousquet à présent chargé. L'arrière du crâne de Noble était une mare de sang.

— Noble ?

Je retournai son corps. Son visage avait disparu.

— Shurtliff !

Alors qu'on me hélait, une autre vague de cavaliers fit irruption entre les arbres. Trop près pour que je vise, trop près pour que je fuie. M'élançant de toutes mes forces, je distinguai un bruit sourd et une résistance écœurante quand ma baïonnette rencontra une chair humaine. Cette action m'arracha mon mousquet des bras et défit le crochet qui retenait la baïonnette. Le cavalier tomba à la renverse, cul par-dessus tête, et atterrit à mes pieds, le visage enfoncé dans le sol, les fesses en l'air comme s'il s'était mis à genoux pour prier mais était mort entre-temps.

Quelqu'un fondit sur moi, une épée fendit l'air et trancha ma manche de l'épaule au poignet. Là encore, je ne pus ni réfléchir, ni crier, ni même regarder qui avait voulu me tuer. Comme j'avais perdu mon mousquet et ma baïonnette, je pris la hachette suspendue à ma ceinture. Des deux mains, je la jetai vers l'homme à l'épée. Sans réfléchir, j'ahanai et contemplai le coup.

C'était un jeu auquel nous jouions, les frères Thomas et moi. Nous avions accroché au mur de la grange une cible découpée en cercles concentriques pour calculer les points, et nous y avions lancé la hache un millier de fois. J'excellais à ce jeu. J'excellais à tous les jeux. Mais ici, c'était différent.

L'homme écarquilla les yeux, ses lèvres s'écartèrent comme s'il prononçait le mot « femme », mais sans que je puisse en être certaine.

Il avait les yeux exorbités, son casque de cuir pendant à la sangle sous son menton. Ses cheveux frisés lui collaient au front et à la nuque. Il tenta de lever son épée, mais ses bras ne coopéraient plus. Son cheval discipliné s'arrêta, agita la tête, frappa du pied, et je mis la main sur le manche de ma hachette.

Puis je repris conscience des sons et des odeurs – oh mon Dieu, les odeurs – et je vis le général Paterson courir vers moi, les pans de chemise flottant au vent. Il articulait quelque chose mais je n'entendais rien, et j'avais besoin de ma hachette.

Elle se dégagea comme si l'homme n'était qu'une souche, un morceau de bois à la sève écarlate. En se détachant, l'outil émit cependant un bruit poisseux, humide, et soudain l'ouïe me revint. J'entendais, je sentais, je voyais, je touchais, mais rien n'était réel. « C'est un jeu. C'est exactement comme un jeu. »

Jeremiah jouait autrefois avec de petits soldats de plomb ou de bois peints avec soin. Il les renversait avec des mottes de terre ou d'un revers de la main, comme Dieu dans les cieux. Le deuxième homme que je tuai glissa mollement à terre, tout comme le premier, et je rangeai ma hachette dans ma ceinture, aussi insensible qu'un enfant qui joue.

— Shurtliff !

Le général Paterson était éclaboussé de sang et tenait deux mousquets dans ses mains. Il en jeta un vers la droite comme s'il s'attendait à ce que je l'attrape. C'est ce que je fis, de mes paumes maculées de sang.

— Montez sur ce cheval, et allez chercher le colonel Sproat. Dites-lui que nous sommes bloqués ici, et que nous allons nous faire faucher.

J'acquiesçai, grimpant sur la monture du mort. La selle était chaude et s'était imbibée de son sang. Je faillis basculer de l'autre côté. Le capitaine Webb filait vers les arbres, au nord. Ceux qui le pouvaient couraient sur ses talons, ceux qui ne pouvaient pas furent abandonnés. Les cavaliers arrivaient de l'est, l'Hudson était à l'ouest, et le colonel Sproat au sud, de l'autre côté du ruisseau. Si nos assaillants les avaient attaqués en premier, il n'y aurait eu personne à alerter, mais nous aurions nous-même été avertis par le bruit.

— Vite, Shurtliff ! rugit le général Paterson.

J'enfonçai mes orteils nus dans les flancs du cheval.

Les hommes de DeLancey avaient dévasté le camp sur leur passage, mais ils revinrent sur leurs pas, visant les fuyards à peine réveillés, partiellement vêtus, qui se retournaient pour leur tirer dessus. Des balles sifflaient près de ma tête, venant très vraisemblablement de mes compatriotes. L'animal que je chevauchais fonçait, aussi désireux que moi d'échapper à la mêlée.

Je ne sentis rien de cette cavalcade, et elle ne devait me laisser aucun souvenir par la suite. C'était comme un sommeil sans rêve, un temps sans signification, comme si rien de cet épisode n'était réel.

Je me ressaisis en voyant les feux de camp et en entendant les cris. Dans l'aube naissante, le campement de Sproat s'animait. Je m'attendais presque à ce que l'on me vise, moi qui arrivais tout à coup au galop sans rien qui permette de m'identifier, sans compagnie derrière moi, et juchée sur le cheval de l'ennemi.

Un tir d'avertissement m'indiqua que j'avais été repérée. Je ne ralentis pas mais me mis à crier pour me faire connaître :

— Je suis le soldat Shurtliff, 4e régiment du Massachusetts, compagnie du capitaine Webb ! Nous avons été assaillis par DeLancey et nous sommes bloqués tout près d'ici, au nord !

Ils avaient entendu les coups de feu et étaient déjà rassemblés, le colonel Sproat dépassant ses hommes grâce à sa haute taille. Je freinai mon cheval et répétai mon message, haletant entre les mots.

— Combien êtes-vous ? me demanda le colonel Sproat, sa main sur mes rênes.

— Une cinquantaine dans notre détachement. La moitié de la compagnie est partie hier soir. Le général Paterson campe avec nous. C'est lui qui m'envoie. Il faisait nuit et ils nous ont surpris, mais je dirais que les attaquants étaient au moins une centaine, tous à cheval.

Je fus interrompue par une sentinelle qui arrivait de la rivière, courant vers ses camarades.

— Colonel Sproat, des renforts anglais ont été vus remontant l'Hudson en bateau. Au moins une compagnie entière. Peut-être plus.

— Il faut que j'y retourne ! criai-je. Ils vont être massacrés.

— Nous n'avons pas assez d'hommes, déclara Sproat, secouant la tête et gardant la main sur mes rênes. Continuez vers le sud sur une lieue. Il y a toujours quelques détachements à Dobbs Ferry, ainsi qu'un hôpital de campagne français. Dites-leur de se dépêcher.

Je hochai la tête et éperonnai le cheval, craignant qu'il ne soit déjà trop tard. J'entendis derrière moi Sproat rallier ses soldats.

— Allons-y ! rugit-il.

Un cri s'éleva, de triomphe et d'enthousiasme, et quand je regardai en arrière, ils étaient déjà en marche.

***

Il faisait grand jour lorsque j'atteignis Dobbs Ferry, et un contingent partit vers Tarrytown moins d'un quart d'heure après mon arrivée, suivi par une charrette emmenant un chirurgien français nommé Lepien et ses assistants.

Lorsque je revins, la bataille était finie. Sproat et ses hommes avaient inversé la tendance : les cavaliers de DeLancey avaient fui, mais DeLancey lui-même ne figurait ni parmi les morts ni parmi les blessés. Personne ne les poursuivit, personne ne l'aurait pu. Nous n'avions pas de montures. L'animal brun noisette à chaussettes blanches qui m'avait emmenée pour ma course d'avant l'aube était attaché à côté du cheval gris du général. Il appartenait désormais aux continentaux et le général Paterson décida de le ramener à West Point. Les collines entourant la garnison n'offraient pas assez de fourrage pour du bétail ou des chevaux, et l'essentiel des bêtes se trouvait à Peekskill, mais je fis en sorte qu'il soit abreuvé et qu'on lui retire sa selle trempée de sang.

Je m'abstins de fouiller dans ses sacoches. Je ne voulais rien savoir de l'homme qui s'était introduit dans le camp, l'homme aux yeux exorbités et aux cheveux frisés que j'avais tué.

Je savais que Noble était mort, et j'évitai l'endroit où il était tombé. Mais ce fut moi qui découvris Jimmy. Je partis à sa recherche, presque sûre de ce que j'allais trouver. Il n'avait pas même quitté son poste près du ruisseau. Un trou lui perçait le bas du cou, et son mousquet était encore attaché à sa poitrine. Ses yeux étaient fermés comme s'il s'était endormi contre un arbre dès qu'il était venu prendre sa garde. Le sang avait imprégné sa chemise et formait une flaque sur ses genoux.

Ne pouvant rapporter seule son corps, je me mis en quête d'une aide. C'est alors que je trouvai Beebe, qui avait dû abandonner son poste à l'angle nord-est et se jeter sur la pointe d'une baïonnette. J'ignore s'il avait pu tuer une tunique rouge avant de mourir, comme il avait juré de le faire, mais ses prémonitions disaient juste. Il était mort sans avoir jamais su quel goût avait le paradis.

La mort lui avait enlevé son sourire grimaçant, avait déplissé son front. Il avait le visage gris et creusé, et je m'accroupis un instant auprès de lui. Les oiseaux gazouillaient au-dessus de moi, le ciel était bleu. Il me semblait inconcevable que la mort puisse exister par un si beau jour.

Le général Paterson avait déjà vu tout cela. Je le devinai au calme de son visage, à la posture de son buste. Sa tente était occupée par Lepien et son équipe. À la fin de la journée, deux hommes avaient survécu à une amputation, deux autres y avaient succombé. Les blessés allaient être emmenés à l'hôpital de campagne près de Dobbs Ferry, plus proche que West Point.

La compagnie du capitaine Webb avait perdu douze hommes. Quinze étaient blessés, dont cinq grièvement. L'ordre d'escorter le ravitaillement vers l'est fut annulé. Le colonel Sproat emmènerait un autre détachement et continuerait sans nous. Quelques-uns de ses hommes avaient été blessés, mais aucun n'avait été tué, et ils regagnèrent leur campement pour se préparer à partir le lendemain matin.

Nos morts furent enveloppés dans leurs couvertures et entassés à l'arrière d'une charrette. Ils seraient conduits à West Point et inhumés dans le cimetière surplombant l'Hudson. Les morts de DeLancey furent enterrés où ils étaient tombés, leurs chaussures et leurs armes furent données à ceux qui en avaient le plus besoin. Le capitaine Webb déclara que personne ne viendrait récupérer les corps, étant donné les circonstances.

Je tirai une chemise du sac de Jimmy et je sentis une fissure s'ouvrir dans ma poitrine. Depuis l'aube, je vivais dans le néant : ni douleur, ni colère, ni horreur, ni honte. Mais quand je pris la chemise de Jimmy, pour remplacer la mienne qui était en lambeaux, ce néant devint intolérable. Je laissai le havresac de Noble aux autres, ainsi que celui de Beebe, et je m'absorbai dans le travail jusqu'à ce que la nuit tombe et que le silence s'installe dans le camp. La garde avait été renforcée pour la nuit, mais je ne faisais pas partie des sentinelles. Le général Paterson s'était interposé quand je m'étais portée volontaire.

— Pas ce soir, Shurtliff. Vous avez le nez enflé et des bleus autour des yeux, avait-il constaté en fronçant les sourcils. Vous en avez assez fait.

J'avais porté la main à mes joues, étonnée, et le visage ensanglanté de Noble m'était revenu en tête. Il m'avait frappée lorsqu'il m'avait sauvé la vie.

— Vous êtes aussi couvert de sang, avait ajouté mon capitaine. Allez vous laver et reposez-vous.

Je baissai les yeux vers ma chemise, dont la manche droite était déchiquetée, mais c'est la vue de mes longs pieds fins qui faillit me faire perdre mon calme. Ils étaient éclaboussés du sang d'hommes que je connaissais, et d'autres que je ne connaissais pas. Je ne pouvais décider quel était le pire, entre être marqué ainsi par ceux que l'on avait tués et ceux que l'on avait aimés.

Mon paquetage était resté à côté de la rivière, ainsi que mes chaussures, et pendant un moment je les enviai de ce qu'ils n'avaient pas vu, de ce qu'ils avaient évité, en attendant que je les remette sur moi. J'entrai dans le ruisseau comme je l'avais fait la veille et entrepris de me laver, ma tristesse tournoyant comme le sang dans l'eau. Je remarquai seulement alors, quand l'eau décolla ma manche de ma peau, que j'avais une longue entaille au bras droit, de l'épaule jusqu'au coude. La plaie était assez profonde pour être bien ouverte, mais pas assez pour que l'os soit visible. Elle était béante comme un sourire édenté, et je protestai en gémissant, les larmes ruisselant sur mes joues, même s'il y avait plus de peur que de mal, plus de souci que de chagrin. Il faudrait la panser, et je devrais m'en charger moi-même.

Je n'osai pas demander du secours. Et si l'on m'imposait d'enlever ma chemise, et si l'on effleurait ma poitrine par inadvertance ? J'arrachai ma manche et l'essorai. Elle servirait de bandage quand elle serait sèche.

J'attendis d'être seule près du feu, après que les autres s'étaient retirés pour la nuit. J'aurais dû attendre un peu plus, mais je tremblais de fatigue et je voulais profiter de la lumière. J'avais des élancements dans le bras, j'avais l'âme éplorée et les nerfs tendus à bloc. Je voulais en finir.

Je passai le fil dans mon aiguille, en nouai le bout, puis le trempai dans mon rhum avec l'espoir que cela éviterait l'infection. C'était mon bras droit, ce qui rendait la tâche plus délicate, mais je savais coudre de la main gauche.

— Ce n'est que de la souffrance physique, murmurai-je.

Pourtant, je tremblais. J'enfonçai l'aiguille dans ma chair, piquant un premier point maladroit, puis je dus m'arrêter pour respirer et apaiser mon estomac.

Quand je relevai la tête, le général Paterson se tenait devant moi et m'observait. Mon bras était en évidence, je ne pouvais plus le cacher.

— Shurtliff, me salua-t-il.

— Mon général.

Il venait d'aller se laver dans le ruisseau. Il avait les manches retroussées, les cheveux humides, les vêtements frais. Il se dirigea vers la tente hôpital, puis revint aussitôt, tenant à la main une bouteille de brandy et un bandage. Il renversa une bûche et s'y assit, face à moi.

— Pourquoi n'avez-vous pas laissé Lepien s'occuper de vous ? Ou le Dr Thatcher ?

Le Dr James Thatcher était stationné à West Point et attaché au régiment du colonel Jackson, dont je faisais désormais partie. Mais je le connaissais déjà avant. Il était originaire du comté de Plymouth. J'étais allée chez lui et je lui avais servi du thé lorsqu'il soignait la vieille veuve Thatcher, sa tante. Je ne l'avais pas revu depuis mes dix ans, mais il avait une fois baissé les sourcils en me croisant, comme s'il semblait me reconnaître, et cela m'avait paralysée pendant plusieurs jours. Je ne voulais surtout pas le côtoyer.

— D'autres que moi avaient besoin de soins. Et je savais que je pouvais faire moi-même mes points de suture.

— Je sais manier l'aiguille, dit le général. Je vais vous aider.

— Je peux me débrouiller, répondis-je.

Mais je tremblais, et il s'en était aperçu.

— Mettez votre main sur mon épaule, ordonna-t-il. Je m'en charge.

— Je peux le faire, mon général.

— Silence. Buvez ceci.

Il me tendit la bouteille de brandy. Elle était à moitié pleine.

J'obéis, avalant plusieurs rasades, mais lorsqu'il tenta de m'en faire boire encore, je refusai. Je redoutais davantage une langue déliée que la douleur des points de suture.

— Je supporte mal l'alcool. Je vais vomir.

— Vous souffririez bien plus si vous ne buvez pas.

— Oui, mon général, je le sais.

Il versa sur mon bras ce qui restait dans la bouteille, et je ne bronchai pas, même si j'eus la sensation d'être brûlée par le feu de l'enfer.

— Vous êtes coriace, Shurtliff !

Je posai ma main sur son épaule, tournée vers lui, et je lui remis l'aiguille que j'avais enfilée. Il réunit les deux côtés de la plaie en la pinçant de sa main droite et commença à coudre avec la gauche. Il n'hésita pas un instant, et ne prévint même pas. Il se lança tout simplement, tirant l'aiguille et le fil à travers ma chair, d'une main ferme et sûre.

Les mouvements de l'aiguille dans ma peau étaient le pire, mais je fermai les yeux et m'abandonnai à la peine et au plaisir de ce répit. Je n'avais qu'à subir au lieu de devoir agir, et mon soulagement était plus grand encore que ma souffrance. Je supportai ces soins sans me plaindre.

— Jimmy a été tué, murmurai-je.

— Oui, je sais.

— Il n'avait que seize ans.

— Trop jeune, tout comme vous.

Je ravalai mon démenti. Jimmy n'était pas comme moi, mais c'était sans importance. Je baissai les yeux vers les mains du général, vers la rangée de « x » descendant mon bras.

— Vous aviez raison, mon général.

Il avait presque terminé, et j'étais impressionnée par son travail. Je n'aurais pas fait mieux. Si la plaie ne s'infectait pas, elle serait très vite guérie.

— À quel propos ?

— Vous savez manier l'aiguille.

Il grogna.

— Et vous aviez raison à mon propos.

Son attention restait fixée sur mon bras, mais il m'écoutait.

— Je n'avais pas idée de ce dont je parlais. Pas idée de ce à quoi je m'étais engagé.

— Aucun d'entre nous ne le sait, dit-il avec douceur. Mais vous vous êtes bien battu aujourd'hui.

— Jimmy Battles et Noble Sperin étaient mes amis. John Beebe aussi, même s'il me rendait fou avec ses taquineries. Ils étaient mes compagnons de chambrée, les hommes que je connaissais le mieux. Et ils sont tous partis. Tous les trois sont morts aujourd'hui.

— Oui.

Il ne parla pas de tous les autres – j'étais certaine qu'il avait vu bien des soldats mourir au fil des années –, il ne chercha pas à combler le silence, et j'aurais voulu avoir le même stoïcisme.

— Qu'adviendra-t-il ensuite ? demandai-je.

Je serrai les dents pour empêcher mes lèvres de trembler. Je voulais savoir comment je pourrais endurer les horreurs à venir, mais il se méprit sur le sens de ma question.

— Nous les ramènerons à West Point, où ils seront enterrés.

Il noua le fil sous le dernier point et se servit de son couteau pour le couper près de ma peau.

— Devez-vous écrire aux familles ?

— Oui, pour les hommes de ma brigade. Passez-moi le bandage.

Je m'exécutai, il en enveloppa mon bras et noua solidement les deux extrémités.

— Mais… Et quand vous ne les connaissiez pas ?

— J'interroge leurs camarades. Leur capitaine. Leur colonel. J'arrive à les connaître. Puis j'écris la lettre que personne ne veut recevoir.

Aucun des fils Thomas n'avait été attaché à la brigade du général Paterson. Les lettres que nous avions reçues émanaient du général Howe.

— Je vous aiderai, proposai-je. J'aidais beaucoup d'entre eux à écrire à leurs parents.

— Merci, Shurtliff. C'est très aimable. Maintenant, allez vous reposer, soldat.

Il se leva et me tapota la tête de sa grande main, comme si j'étais un enfant ou un chien fidèle.

— Vous avez dû rire de mes jolis mots et de mes idées exaltées. Je suis un imbécile, bafouillai-je, le nez piqué par l'humidité.

Il hésita, puis se rassit et me dévisagea.

— Non. Pas du tout. Vous n'avez rien d'un imbécile. Que disiez-vous ? Que l'espoir est un foyer dont nous devons entretenir la flamme ? Je n'ai jamais rien entendu de plus vrai.

— J'ai tué deux hommes. Peut-être plus.

— J'en ai tué beaucoup.

— Je ne regrette pas.

Il soupira lourdement.

— Si, vous le regrettez.

— Ils essayaient de me tuer. Ils ont tué mes amis.

— Oui. Mais vous le regrettez quand même. C'est un terrible fardeau que de mettre fin à une vie.

— Pourquoi nous ont-ils attaqués ?

— Nous sommes en guerre.

Je secouai la tête.

— Non. Ce n'est pas la raison. Ils voulaient quelque chose.

Il ne répondit pas.

— Nous n'avions pas les provisions. Le capitaine Webb dit qu'ils voulaient nos victuailles, mais nous ne les avons pas reçues aujourd'hui.

— Ce n'est pas pour les provisions qu'ils sont venus. Sans doute plutôt pour moi.

J'eus le souffle coupé. Il frissonna.

— Pour vous ?

Il se releva et je le suivis, mon bras plaqué contre ma poitrine.

Il secouait la tête comme s'il se reprochait d'avoir parlé.

— Je suis fatigué, et vous aussi. Allez au lit, Shurtliff. Nous avons survécu à cette journée. Je suis certain que nous survivrons aussi à celle de demain.

Je le vis se retirer dans une petite tente que quelqu'un avait dressée parmi les arbres. Personne ne surveillait sa porte ou ne montait la garde à proximité, et j'eus soudain peur pour lui. Les gémissements des blessés et l'absence des morts souillaient la nuit, et je craignais de ne pas du tout pouvoir dormir. Je récupérai ma couverture et fis mon lit à côté de sa tente. Si DeLancey revenait chercher le général, je serais prête.

***

31 août 1781

Chère Elizabeth,

Nous sommes revenus à West Point pour repartir deux jours après vers Kingston. Le général Paterson avait organisé une autre livraison de ravitaillement, par chance, étant donné l'assaut donné par le colonel DeLancey et sa brigade. Les provisions du Connecticut ne sont jamais arrivées et le détachement chargé d'escorter les charrettes a disparu. Certains pensent que les soldats ont déserté, ou qu'ils ont été payés – ou menacés – pour abandonner les victuailles, mais les hommes ne sont plus là, et les provisions non plus.

Notre second voyage à Kingston ne s'est pas déroulé aussi bien que le précédent, et nous sommes partis avec moitié moins après deux fois plus de difficultés. L'hiver approche et la guerre continue, sans que personne ne sache vraiment pourquoi, je le crains.

Mon bras s'est vite remis, grâce au général, et pourtant mon cœur est à nouveau bouleversé. Mes compagnons me manquent. Je connaissais déjà la perte, mais pas encore la mort, et ce sont deux choses bien différentes. J'ai dit au général que je ne regrettais pas d'avoir tué des hommes, mais il a eu raison de ne pas me croire. Le chagrin est arrivé, me transformant à jamais.

Noble Sperin était un soldat courageux et discipliné. J'ai songé qu'il ressemblait fort à Nathaniel, et je les pleure tous deux d'autant plus intensément. Quel terrible gâchis ! Depuis que je suis dans l'armée, c'est la leçon qui me surprend le plus.

John Beebe était un adorable casse-pieds, mais par bien des côtés, ses bravades me faisaient progresser, et ses reproches aussi. Et comme Phineas, il me faisait rire. C'est quelque chose que je n'ai pas fait souvent dans ma vie. J'ai toujours eu l'esprit trop sérieux. Rire et jouer me détournaient des choses qui me motivaient, mais Beebe faisait ressortir le galopin en moi, et c'était une bonne chose.

Jimmy Battles et moi étions souvent considérés comme étant du même âge, et nous formions une sorte de couple, comme jadis Jeremiah et moi. J'ai dit au général que Jimmy ne se plaignait pas, qu'il nous encourageait et qu'il n'avait jamais peur, même à la fin. Ce sera une bénédiction pour sa mère de savoir qu'il est mort rapidement, en paix et sans souffrir. C'est aussi un réconfort pour moi.

Depuis Tarrytown, je rêve de Jeremiah presque toutes les nuits, et je redoute qu'il lui soit arrivé quelque chose à lui aussi. Ou bien je ne peux tout simplement pas séparer les fils Thomas de mes camarades tombés au combat, et dans mon sommeil ils ne font qu'un. Ils sont tous comme des frères pour moi.

Nous n'avons pas de nouvelles recrues. Personne n'est venu occuper le lit des morts, et puisqu'ils étaient mes camarades de chambrée, j'ai bien davantage de place, mais cet espace n'est pas le bienvenu.

L'automne est là. Comme une piqûre d'aiguille, une goutte de rouge sang est apparue sur la colline, puis une deuxième, et une troisième, suivies par un peu d'or et un saupoudrage d'orange. Maintenant toute la vallée est en feu. Je trouvais West Point superbe au printemps, mais l'automne échappe à la description. Je soupçonne que même l'hiver me laissera sans voix par sa beauté, mais la peur que j'ai au cœur m'empêche de dormir. Tant de choses seront plus difficiles quand le froid frappera.

RS

13

Tous les hommes

Je vis mourir des hommes à Tarrytown. Je les vis tomber autour de moi, c'était un bain de sang abominable, mais mon esprit n'en tenta pas moins d'évaluer l'horreur, ne serait-ce que pour déterminer ce que je pourrais encore endurer.

L'armée reçut l'ordre de se préparer à partir à tout instant, et beaucoup d'entre nous pensaient qu'une attaque contre New York était imminente. La prise de la ville, occupée par les meilleures troupes de l'arsenal britannique, fortifiée côté terre et côté mer, serait pour l'Angleterre un coup fatal qui mettrait fin à la guerre. Dans la caserne, les discussions allaient bon train pour savoir quand et comment cet exploit s'accomplirait.

À la mi-septembre, toute la brigade du général Paterson fut envoyée marcher sur New York. Nous franchîmes l'Hudson à King's Bridge, et longeâmes le fleuve au son des tambours et des fifres, étalant notre force et notre avantage numérique. Nous fûmes rejoints par une division de Français en grande tenue, en uniforme blanc à parements verts. Nous atteignîmes sans encombre le poste ennemi de Morrisania, mais il avait apparemment été abandonné.

— Ils se sont repliés vers New York en prévision de notre attaque, nous dit le capitaine Webb.

Nous repartîmes dès le lendemain matin, nous détachant de la masse de l'armée pour trouver du ravitaillement. Il fallut camper dans les bois près des lignes ennemies, avec l'espoir de provoquer un affrontement, mais tout était calme. Le jour suivant, nous nous remîmes en marche, passant sans obstacle par des points jusque-là contrôlés par les Anglais.

Nous traversâmes Princeton, parmi les immenses édifices de pierre autrefois remplis d'étudiants et non de soldats. Les nombreuses fenêtres nous virent passer avec lassitude, et la girouette en haut de la coupole ne bougea pas du tout. Le sol était jonché des vestiges d'une bataille, les bâtiments étaient noircis, souillés par des années d'occupation par les deux armées. Je comptai les fenêtres, désireuse d'explorer, alors même que nous continuions vers Trenton.

Quand nous arrivâmes à Philadelphie, il était clair que nous faisions partie d'une vaste entreprise. Nous parcourûmes les rues en tête d'un défilé long d'une demi-lieue, composé d'officiers en uniforme, de soldats, de canons, de caissons à munition et de charrettes remplies de tentes et de provisions. La procession soulevait un tel nuage de poussière que je ne voyais pas la foule venue nous acclamer, mais je l'entendais, et les drapeaux français suspendus aux plus hautes fenêtres et claquant au vent laissaient deviner ce qu'il s'était passé.

Trente-six vaisseaux français étaient arrivés dans la baie de Chesapeake. L'amiral de Grasse avait organisé le blocus de Yorktown, occupée par les Anglais. En prévision de sa venue, Washington déplaçait lentement ses armées vers le sud tout en appliquant une tactique trompeuse, conçue pour faire croire que New York était la véritable cible.

La tromperie avait fonctionné.

Enhardi par la flotte du comte de Grasse, et saisissant l'occasion d'encercler l'ennemi, le général Washington ordonna une rapide marche de toutes ses forces vers la Virginie.

Nous franchîmes des rivières, parfois en bateau, parfois sur des ponts, nous vîmes des villages florissants et des villes aux volets clos. Nous dûmes fuir l'une d'elles après avoir entendu dire que la petite vérole avait ravagé la population.

Aucun de nous ne l'attrapa, mais beaucoup tombèrent malades à bord du bateau qui nous fit descendre la rivière Elk, tant il y avait de tangage dans ce navire rempli de soldats.

J'avais toujours joui d'une constitution robuste ; Phineas prétendait que c'était mon tempérament. « Aucune maladie n'oserait s'en prendre à toi », disait-il. Pourtant, je succombai au mal de mer, comme la plupart de mes camarades.

Nous fûmes pris dans une bourrasque qui nous poussa impitoyablement jusqu'au port voisin de Jamestown, en Virginie, où nous pûmes débarquer et camper. Nous avions parcouru plus de cent trente lieues, le plus souvent à pied et à une vitesse épuisante, mais j'aurais préféré refaire tout ce chemin plutôt que d'être ballottée sur ce bateau. Je ne pouvais me mettre debout sans que le monde commence à basculer et mes jambes à trembler, et je ne pus rien garder dans mon estomac pendant une journée entière. Mais le pire restait à venir.

Les lignes furent tracées, tous les officiers adressèrent des discours passionnés à leurs hommes, et nous poussâmes à une demi-lieue de Yorktown, où nous retrouvâmes les trois mille fantassins français conduits par le comte de Grasse. On entreprit de creuser des tranchées et de former des batteries, le tout sous un incessant barrage d'artillerie britannique.

Ma réserve de misères augmentait, ma liste d'horreurs, mon assortiment d'atrocités inimaginables, mais je suis convaincue, après les avoir subies toutes, que l'enfer n'aurait pas été pire que ces semaines vécues sous une canonnade constante.

Ce n'était pas une escarmouche, ni une attaque rapide par une poignée d'ennemis. Ce n'était pas même comme la terrible nuit de Tarrytown. Ce fut le point culminant de six années de guerre.

Il est difficile d'imaginer qu'une telle horreur puisse être belle, ce fut pourtant le cas. Les lumières et les bruits percutaient le firmament comme des étoiles filantes, des dragons crachant le feu et à la queue brûlante. Peut-être était-ce le tremblement de la terre et du ciel à la fois, et le fait d'être plus en vie et plus près de la mort que je ne l'avais encore jamais été. Je vivais le livre de l'Apocalypse, et je ne pouvais détourner les yeux.

De grands voiles de feu pleuvaient sur nous, les flammes projetaient en l'air de hautes colonnes de fumée et de poussière, mettant nos nerfs à vif jusqu'à ce que j'en devienne sourde au vacarme, et que je me réfugie dans une complète hébétude. Nous dormions avec des fagots et des bêches à la main, le mousquet attaché dans le dos, faisions la sieste adossés à nos murs de terre. La nourriture – souvent guère plus que du pain sec et du porc salé – nous était livrée deux fois par jour, et des carrioles chargées de jarres pleines d'eau venaient remplir nos gourdes.

J'utilisais les latrines peut-être une fois par jour, et toujours aux heures les plus sombres de la nuit, mais personne ne se baignait, personne ne dormait et personne ne se souciait de moi, sauf le général, qui allait et venait d'un bout à l'autre de la ligne pour encourager les hommes. Je l'avais vu de loin, sur son cheval, dont j'avais appris qu'il s'appelait Lenox, en discussion avec Kosciuszko, qui supervisait la construction des batteries. Ce fut seulement aux premières heures du 10 octobre, quand nous eûmes fini de creuser notre tranchée et lancé notre propre canonnade, qu'il s'approcha et me héla. Nous étions tous pareils, le visage et l'uniforme barbouillé d'un mélange de terre et de sueur, et j'ignore comment il put me reconnaître.

Je tentai de saluer, mais je fus incapable de détacher mes doigts de la bêche. Quand je pus enfin lâcher le manche, une flaque de sang et d'eau se forma au creux de ma paume. Le général Paterson descendit de sa monture et s'accroupit près de la tranchée, me faisant signe d'avancer.

— Vous êtes ici tous les jours depuis notre arrivée. Je suppose que votre bras est guéri.

— Oui, mon général, guéri depuis longtemps. Grâce à vous. Et je préfère m'occuper, mon général.

— Montrez-moi vos mains, mon garçon.

— Tout va bien, mon général.

Il fronça les sourcils, et je plissai le front en retour, mais sans lui montrer mes mains. Cela m'aurait valu un séjour dans la tente hôpital, et si je cessais de travailler, je n'étais pas certaine de pouvoir reprendre. L'action était mon seul antidote à la peur.

— Votre regard est vraiment redoutable, Shurtliff.

Cela me fit sourire. Il se rappelait.

Il m'examina un moment, comme s'il n'avait rien de plus à dire.

— Bonne chance, soldat.

— Bonne chance, mon général.

Il se leva, remonta sur son cheval et continua son inspection. Je pris le temps de le regarder s'éloigner.

Je ne le revis pas avant d'être chargée d'une mission bien différente. Il avait été établi que, pour que notre artillerie puisse être efficace, nous devrions nous emparer de deux redoutes ennemies situées à environ neuf cents pieds des principales fortifications. Deux colonnes d'infanterie légère, les Français à droite, les Américains à gauche, reçurent l'ordre de prendre ces défenses. Mon unité en faisait partie.

J'avais les mains si couvertes d'ampoules que je ne pouvais ni tendre les doigts ni serrer les poings. Je découpai une bande de tissu en bas de ma chemise, en enveloppai mes mains, et passai les heures précédant l'assaut à faire la paix avec mon créateur, convaincue de ne pouvoir survivre à une telle expédition. J'avais déjà eu de la chance, je ne prévoyais pas que cela se reproduise.

Le général Paterson harangua les hommes avec le général Lafayette, chargé de concevoir le plan de l'assaut.

— Je n'ai pas le don des belles paroles, dit Paterson, même si ce n'était pas mon avis. Mais nous nous tenons au bord du précipice menant à la gloire. Finissons-en. Et rentrons chez nous.

Autour de moi, les hommes secouèrent leur mousquet et poussèrent des cris, rugissant pour eux-mêmes et pour leurs camarades, et je me demandai combien de fois le général Paterson s'était trouvé dans la même situation, combien de fois il avait pris la tête de ses troupes et regardé dans les yeux de jeunes gens qui vivaient leur dernier jour ici-bas... ou même leur dernière heure. Et je me demandai combien parmi les soldats qui m'entouraient avaient trompé la mort et étaient revenus du combat, en sachant fort bien que leur tour viendrait. Et comme à Tarrytown, je reçus une grande leçon d'humilité.

La nuit était si noire que nous dûmes marcher la main sur l'épaule de celui qui nous précédait, nous glissant jusqu'au lieu fixé où nous allions travailler en silence, pour tâcher de creuser un tunnel sans le moindre bruit.

Nous nous retirâmes avant l'aube et nous sûmes que les Anglais nous avaient repérés lorsqu'une fusillade éclata, mais nous étions déjà loin. Les obus des lignes opposées se croisaient dans le ciel, éparpillant la terre lorsqu'ils se plantaient dans le sol. J'ignore quels dégâts ils causèrent en ville, mais j'avais vu un cheval exploser, la tête et la queue projetées dans le ciel avant que son sang n'éclabousse les tranchées sur cinquante pieds à la ronde, piquetant le sol comme une grêle soudaine. Un capitaine du 7e régiment du Massachusetts fut également lancé en l'air, heureusement mort lorsqu'il retomba.

Une fois la nuit venue, nos colonnes se formèrent. Un colonel nommé Alexander Hamilton mena la charge, et nous attaquâmes par vagues. On nous avait enjoints de n'utiliser que nos baïonnettes pour éviter tout bruit. Dans mon état, je ne pouvais pas plus combattre que je ne pouvais voler, et je courus simplement quand on m'en donna l'ordre, m'attendant à être fauchée à chaque pas.

Les Anglais reculèrent après la deuxième vague, abandonnant leurs positions et fuyant l'assaut. Nos lignes se fermèrent, reliant les redoutes, nos canons et nos mortiers lancèrent l'attaque. Une balle avait troué mon tricorne, le revers de ma tunique pendait à un fil, déchiré par la pointe d'une baïonnette, mais j'étais encore debout, sans une goutte de sang sur ma baïonnette, et la redoute avait été capturée sans trop de pertes humaines.

Pendant plusieurs jours, mes oreilles sifflèrent et mon estomac rejeta tout aliment sous l'effet de la fatigue extrême. Mais je survécus une fois encore.

***

19 octobre 1781

Chère Elizabeth

J'ai vu s'affronter sur le champ de bataille deux armées composées de milliers d'hommes. Nous qualifions une victoire de « glorieuse » et une défaite de « terrible », mais ces mots ne reflètent pas du tout ce dont j'ai été témoin. Le monde a vacillé, secoué par une impitoyable tempête, et je n'ai toujours pas le pied marin. J'ai tout vu, tout entendu, tout senti, mais je ne suis pas capable de décrire véritablement ce que j'ai vécu.

Après la prise des deux redoutes et deux jours de bombardements dévastateurs, lord Cornwallis a hissé le drapeau blanc pour demander la cessation des hostilités. Il s'est rendu quelques heures plus tard, mais s'est fait représenter par son bras droit, le général O'Hara, sous prétexte qu'il était malade. Cela m'a paru lâche. Sept mille soldats britanniques, aussi dépenaillés que nous, sont arrivés au son du tambour et ont déposé leurs armes en tas, tête baissée, avant de repartir à pas lents et solennels. Eux n'avaient pas le droit d'envoyer quelqu'un d'autre à leur place. Pas plus que les hommes des deux camps qui sont tombés au combat.

Le général Washington était droit et superbe sur son cheval blanc, mais c'est le général Benjamin Lincoln, son second, qui s'est avancé pour accepter les articles de la capitulation. Les officiers français se tenaient d'un côté, les Américains de l'autre. Le général Paterson était parmi eux, magnifique avec son écharpe et ses épaulettes d'or – vous auriez été fière de lui.

Dans ma compagnie, beaucoup ont pleuré en contemplant la procession, mais je n'avais pas la force de verser des larmes. Ma lassitude et mon hébétude sont trop grandes, c'est comme un rêve dont je ne me suis pas encore réveillé. La guerre est terrible, et si je survis jusqu'au bout, j'en dénoncerai l'incompréhensible gâchis. Mais ce n'est pas d'horreur que je suis frappé, c'est de stupeur à l'idée d'être encore là.

Les Virginiens, libres ou esclaves, sont venus à Yorktown par charrettes entières assister au départ de l'armée britannique. La population de la Virginie compte cinq cent mille esclaves africains, soit trois fois le nombre de Blancs dans la colonie. Il ne m'a pas échappé que nous luttons pour notre propre émancipation cependant que cette situation existe. Cela n'échappe qu'à peu de gens. Alors que nous étions réunis en prière avant de prendre les redoutes, le colonel Kosciuszko a dit au prêtre : « Nous mettons notre vie en jeu pour défendre les droits des hommes, mais sans remédier à la contradiction présente dans notre pratique. Cela affaiblit notre cause et notre argumentation. »

Le pauvre pasteur fut bien décontenancé, et comme il se trouvait un peu trop près de la ligne, son chapeau fut emporté par une balle perdue.

« Voyez-y un avertissement, révérend Evans, a dit le colonel Kosciuszko en riant. Un rappel que l'esclavage est un péché et que nous devrons y remédier dès que nous aurons gagné cette guerre. Ajoutez cela à vos prières pour que nos âmes commencent à s'attendrir. »

Je m'attendris déjà. Mon cœur en a été très affecté, et je ne cesse de penser au verset 16 du chapitre XVIII des Proverbes : « Les présents d'un homme lui élargissent la voie, et lui donnent accès auprès des grands. »

J'ignore ce que l'avenir me réserve ou si je trouverai l'énergie de continuer. Mais si nous avons gagné la guerre, comme le croient certains, je me considérerai comme bienheureux d'avoir reçu les présents – ces dons que le diacre Thomas jugeait superflus pour une femme – qui m'ont fait rencontrer de grands hommes.

RS

***

La chaleur poisseuse qui avait ralenti notre marche depuis Philadelphie ne pesait désormais plus sur nos épaules, et l'exode depuis Yorktown s'accompagna d'une chute radicale des températures, annonçant l'hiver. Après la chaleur humide, nous fûmes confrontés à un froid humide, et l'ardeur qui nous avait portés au combat en septembre céda la place à de pénibles efforts, car il nous fallut quarante-cinq jours pour retourner dans les hautes terres.

Je ne pouvais calculer le nombre de lieues parcourues, mais mes chaussures, neuves quand je m'étais enrôlée, semblaient vieilles d'un siècle, et je ne me sentais pas plus jeune qu'elles. Quand nous nous arrêtions pour la nuit, j'étudiais mes malheureux compagnons, à demi vêtus, à demi affamés, les pieds en sang à force de marcher mal ou pas du tout chaussés. Ils faisaient tourner leur corps devant de maigres feux comme des lapins à la broche, tentant de se réchauffer, et ma stupeur augmentait.

Je n'avais jamais considéré comme un privilège le fait d'être une femme. Pas une seule fois. Je m'étais rebellée contre le mors de mon sexe, contre les rênes de la société, contre la selle de la tradition. Je n'avais pas songé que les hommes avaient leurs propres fardeaux, qu'ils étaient eux aussi bridés. Ce n'étaient pas les femmes qui mouraient sur le champ de bataille.

On m'avait refusé l'accès à un monde que je voulais découvrir, mais me l'avait-on refusé parce que l'on me méprisait ou parce que l'on m'appréciait ? Un peu des deux, je crois. Malgré tout, j'avais moins tendance à me plaindre de mon sort.

On nous avait promis que nous passerions l'hiver à West Point, en nous faisant miroiter de la chaleur et du repos. Mais le mouvement était mon ami – il l'avait toujours été – et je pris peur à l'idée de ces mois où nous serions enfermés dans une caserne.

La guerre n'était pas finie.

Si les négociations en vue d'un traité avaient commencé, le Congrès se faisait attendre et personne n'avait été démis de ses fonctions. Ce serait pour le printemps, disait-on. Ou pour l'automne. Les Anglais ne pouvaient manquer de savoir qu'ils avaient perdu la guerre. Pourtant, le général Washington se retira à New Windsor, nous fûmes de retour à la caserne à la mi-novembre, et je mis à implorer de Dieu une autre bénédiction. J'étais allée trop loin pour me laisser abattre par les quartiers d'hiver.

14

Certains droits inaliénables

Il faisait froid, la faim et les privations se faisaient constamment sentir. Je reprisais des bas et je raccommodais des tuniques bien plus souvent que je ne tirais sur des Anglais. Comme nous ne recevions pas le ravitaillement que le général Paterson ne cessait de réclamer au Congrès, nous nous livrions au maraudage. Chaque mission était approuvée par les autorités, mais il s'agissait de vol plus que d'autre chose.

Les groupes de maraudeurs rassemblaient des soldats à la moralité douteuse, même s'ils n'étaient probablement pas les pires. C'étaient des hommes – et je m'inclus dans le lot – auxquels rien n'avait jamais été offert, de sorte qu'ils n'avaient pas tant de mal à voler. Notre seule vertu était d'essayer de ne prendre qu'aux riches, et nous nous efforcions d'être assez discrets pour ne pas perdre la vie pour un peu de blé, de whisky et d'œufs. Je me portai volontaire simplement parce que cela me permettait de sortir du camp.

Lors de notre deuxième expédition, menée contre une ferme appartenant à un loyaliste, nous ne trouvâmes que quelques boisseaux de fruits pourris, un sac de farine et une marmite trop lourde pour que nous l'emportions. Le domaine avait été dépouillé ou abandonné bien avant notre arrivée. Nous allumâmes un petit feu, je fouillai parmi les fruits gâtés, découpai les morceaux encore comestibles et les mis dans la marmite avec un peu d'eau et ma ration de rhum. Je les fis bouillir jusqu'à obtenir une épaisse soupe sucrée, puis j'y ajoutai de la farine pour former une pâte jaune. Le résultat n'était pas trop mauvais, mais ne compensait pas le mal que nous nous étions donné.

Certains des maraudeurs n'avaient pas envie de retourner au camp. Un nommé Davis Dornan était le plus éloquent, et après quelques heures à manger mon gâteau et à se plaindre de la situation, lui et trois autres hommes de notre groupe de huit résolurent de déserter.

— Je rentre chez moi, déclara Dornan. Je ne vais pas passer tout l'hiver dans cette garnison. Nous n'avons pas touché un dollar depuis que nous nous sommes enrôlés. Il paraît qu'ils promettent des terres aux nouvelles recrues.

Cette information en convainquit quelques autres, et les récriminations devinrent plus véhémentes.

— Qu'en dis-tu, Shurtliff ? Tu viens avec nous ? demanda Dornan. Ce serait bien de t'avoir avec nous. Tu me surprends toujours.

Il détacha une miette de la marmite et se lécha les doigts. Je secouai la tête.

— Non, je reste à West Point. Je n'ai pas de chez-moi où rentrer.

— Tu peux venir avec moi, Robbie. Ma mère t'accueillerait, proposa un des soldats.

Cet Oliver Johnson était un bon garçon, qui me gardait parfois une place à l'heure des repas. C'était sans doute parce que je lui laissais tout ce que je ne mangeais pas, mais la gentillesse était toujours la bienvenue, quelle qu'en soit la motivation.

— Merci, mais non. J'ai signé pour toute la durée de la guerre.

Cette réponse déplut à Davis Dornan. Il avait signé comme moi, j'en étais sûre.

— S'ils n'honorent pas leurs engagements, pourquoi devrions-nous honorer les nôtres ?

Je ne pouvais contester ce genre de raisonnement, mais je n'avais aucune intention de déserter, et me contentai de secouer la tête alors qu'ils continuaient à me flatter.

— Il fait bien trop froid pour déserter. Je suis d'accord avec Shurtliff. Nous sommes à cinquante lieues d'Uxbridge, conclut un nommé Laurence Barton.

Quelques autres émirent un grommellement favorable. La majorité était maintenant hostile au projet.

Le lendemain matin, cette dangereuse conversation parut oubliée, et toute l'équipe des maraudeurs repartit pour Nelson's Point, face à Fort Clinton.

— Tu vas tout raconter à Webb ? s'enquit Dornan, tandis que nous prenions le bac pour traverser le fleuve.

— Il n'y a rien à raconter, répondis-je calmement. Il ne s'est rien passé.

— C'est vrai, il ne s'est rien passé.

Néanmoins, j'étais maintenant au désespoir. Il avait des soupçons à mon endroit, et je me méfiais de lui. Je décidai de ne plus me porter volontaire pour une autre mission avec lui ou aucun des autres. Déserter était un crime. Préparer sa désertion aussi.

Des déserteurs anglais ou hessois se présentaient parfois à West Point, promettant allégeance et nous suppliant de les accueillir, mais notre porte leur était fermée. Les espions étaient monnaie courante, et le général Paterson les renvoyait, souvent avec un détachement chargé de les raccompagner jusqu'aux lignes britanniques où ils seraient jugés pour trahison. Cela décourageait les déserteurs, et la rumeur circula bientôt que West Point n'hébergeait aucun d'entre eux, toute démarche étant vaine.

Les désertions et le manque de soldats désireux de se rengager avaient toujours été un problème, mais il s'aggravait de mois en mois. La monnaie continentale continuait à sombrer, et bien peu d'hommes restaient dans les rangs une fois leur terme échu, malgré toutes les cajoleries et les beaux discours sur notre cause glorieuse, si méritoire qu'elle soit. Certains prétendaient n'avoir jamais accepté les conditions de leur enrôlement, d'autres pensaient simplement avoir le droit de les enfreindre. J'avais entendu mes compagnons maugréer, surtout après Yorktown, quand au lieu de terminer la guerre nous nous étions installés en vue d'un long hiver. Mais ce n'étaient que de vagues récriminations, alors que cette conversation autour du feu était allée beaucoup plus loin.

Un jour plus tard, quand le capitaine Webb me prit à part, je crus d'abord qu'il avait été informé et que j'allais avoir des ennuis.

— Vous ne voulez jamais diriger une équipe, Shurtliff, et vous avez refusé chaque occasion, commença-t-il en me dévisageant. On pourrait croire que vous manquez de courage, mais ce n'est manifestement pas cela. Vous êtes volontaire pour les pires tâches, vous les accomplissez bien, et sans vous plaindre. Je pense ne jamais vous avoir entendu dire autre chose que « Oui, mon capitaine ».

Je retins ma respiration.

— Vous n'avez rien à répondre ?

— Non, mon capitaine.

Je secouai la tête, et il éclata de rire.

— J'ai donc été surpris quand le général Paterson a déclaré qu'après vous avoir parlé longuement, et à plusieurs reprises, il vous a trouvé tout à fait avisé et compétent dans de nombreux domaines. Il affirme que vous avez même été maître d'école.

Je ne savais pas s'il s'agissait d'un éloge ou d'une réprimande, aussi attendis-je la suite.

— Le lieutenant Cole, son aide de camp, est malade. Il souffre depuis quelque temps d'une toux qui l'affaiblit beaucoup, et un hiver de plus dans les hautes terres aurait eu raison de lui. Il est à Philadelphie depuis avant Yorktown, et le général se dispense de ses services. Mais il lui faut quelqu'un, et il m'a demandé de vous en parler.

— Quelqu'un ?

— Un nouvel aide de camp, Shurtliff. Un domestique, autrement dit. Vous servirez ses invités, porterez ses messages, vous ferez tout ce qu'il ordonnera. Mais c'est une promotion, et je ne sais pas si elle vous intéressera, puisque vous n'avez accepté aucune forme d'avancement jusqu'ici.

— Dormirai-je toujours à la caserne ?

— Non. Vous habiterez la Maison Rouge. Vous obéirez au général, et vous irez partout où il va. Je ne suis pas ravi de vous perdre, mais vous mangerez mieux, vous dormirez mieux, et je pense que vous me ferez honneur.

— Je pensais que les aides de camp étaient choisis parmi les officiers, balbutiai-je, croyant à peine ma bonne fortune.

— C'est ordinairement le cas. Je ne dis pas que le poste est à vous. Je dis simplement que le général souhaite vous parler. Vous l'avez impressionné. Considérez cela comme un entretien préalable.

— Maintenant ? couinai-je.

Le capitaine Webb tressaillit.

— Dieu que vous êtes jeune ! grommela-t-il. Oui, maintenant, Shurtliff.

— Ai-je l'air respectable, mon capitaine ? demandai-je en époussetant mon uniforme.

— Vous avez l'air aussi usé et fatigué que nous tous, mais on ne peut rien y faire. Lavez-vous le visage et les mains, ôtez la boue de vos chaussures. Le général semble savoir ce qu'il fait, donc ne vous inquiétez pas trop de votre apparence.

Je me rendis aussi présentable que je le pouvais en trois minutes, puis je courus jusqu'à la Maison Rouge, craignant que le moindre retard ne me prive de cette occasion.

Agrippa Hull ouvrit la porte, vérifia que mes chaussures n'étaient pas sales, puis me toisa de la tête aux pieds, et encore des pieds à la tête, avec une expression dubitative.

— Le général Paterson a demandé à me voir, insistai-je.

— Pour quelle raison ?

Il croisa les bras sur son gilet blanc immaculé. J'ignore comment il pouvait se conserver dans un tel état de propreté, mais il habitait cette maison et estimait clairement en être le gardien.

— Mon capitaine m'a dit qu'il cherchait un aide de camp.

Je tâchai de soutenir son regard, mais je voyais derrière lui le grand vestibule, avec son parquet luisant et son large escalier. C'était un autre monde, un univers bien différent du reste de la garnison, et mes jambes tremblaient tant j'étais intimidée. Le plus bel édifice où j'avais mis le pied était l'église du révérend Conant, qui n'était qu'une simple bâtisse aux murs blancs, remplie de bancs de bois, avec quelques vitres colorées.

Il y avait une salle à manger à gauche, un salon à droite, ornés de draperies et d'épais tapis, aux murs couverts de boiseries bleues et d'étagères abritant plus de livres que je n'aurais pu en lire même si je m'étais consacrée exclusivement à cette tâche pendant deux décennies. Des appliques et de lourds candélabres en or éclairaient ces pièces. Un énorme lustre trônait dans l'escalier, et un plus petit était suspendu au-dessus de la longue table où l'on prenait les repas.

— Comment vous appelez-vous ? demanda Hull.

Éblouie par tant de splendeur, je fus d'abord incapable de me souvenir de mon nom.

— Euh... le général m'a convoqué.

— Oui, vous l'avez déjà dit. Comment vous appelez-vous, soldat ?

Son ton acheva de me troubler l'esprit. Malgré son regard sombre et pétillant, je réussis à répondre :

— Robert Shurtliff, monsieur. Compagnie du capitaine Webb, 4e régiment.

— Le Joli Robbie ! s'exclama-t-il en m'identifiant. J'ai entendu parler de vous.

Je blêmis.

— Vraiment ?

— Oui, il y a peu de choses ici que j'ignore.

Il inclina la tête, intrigué. Je pus me retenir de me tortiller et de baisser les yeux, mais mon cœur battait à tout rompre.

— Vous n'avez pas très belle allure, fit-il remarquer, sourcils froncés.

— Non, monsieur.

Il sourit.

— Alors pourquoi vous appelle-t-on Joli ?

— J'imagine que c'est pour se moquer, monsieur.

Il sourit à nouveau.

— Très bien. Alors suivez-moi. Mais pas de trop près. Je ne veux pas que vous marchiez sur mes talons, je viens de cirer mes chaussures. Si le général est occupé, il faudra revenir.

— Si le général est occupé, je peux attendre, dis-je fermement, bien décidée à ne pas partir sans avoir obtenu le poste.

— Vous avez déjà servi un grand dîner ? questionna-t-il pour me mettre à l'épreuve. Parce que ça fera partie du travail. Le général Washington peut arriver n'importe quand. Il ne s'agirait pas de répandre la sauce sur ses genoux.

J'avais servi à table toute la famille Thomas, sans jamais trébucher dans une pièce remplie d'enfants. Servir des sommités ne devait pas être plus difficile, mais je ne mentis pas. Tout mensonge se retournerait contre moi si j'avais besoin de conseils. Et j'en aurais besoin.

— J'ai fait la cuisine pour beaucoup de gens et j'en ai servi beaucoup, mais jamais pour une grande occasion. Enfin, j'apprends vite. Vous n'aurez qu'à me montrer une fois.

— Hmm… Je ne n'en suis pas si sûr.

Il tourna à gauche dans le long couloir que dissimulait l'escalier. Sur les murs, des portraits d'enfants angéliques et d'adultes à perruque poudrée nous observaient, et je me demandai si la famille Moore comptait revenir un jour. Ils n'étaient pas bien beaux, mais je ne m'intéressais guère à ce genre de peinture. Tous ces gens se ressemblaient : gras, le menton fuyant, une minuscule bouche en cœur, les yeux larmoyants.

Agrippa Hull frappa à la double porte située au bout du couloir, et le général Paterson lui cria d'entrer.

— Je vous amène le Joli Robbie, mon général. Il prétend que vous l'avez convoqué pour le poste d'aide de camp. Il est un peu trop jeune et trop maigre pour ça, si vous voulez mon avis. (Il me taquinait, avec une étincelle dans le regard.) Mais c'est peut-être aussi bien. Il ne mangera pas beaucoup, et il ne prendra pas trop de place.

Je haussai le menton et carrai mes épaules, pour me donner l'air un peu plus redoutable.

— Faites-le venir, Agrippa, ordonna le général qui semblait soucieux.

Agrippa Hull s'écarta et ouvrit la porte pour me laisser passer, après quoi il la referma derrière moi.

Le général Paterson était assis à un bureau, la tête penchée sur quelque chose qui le préoccupait visiblement. Il avait le front plissé et les poings serrés, une plume dans sa main gauche. Le général était gaucher. Je l'avais remarqué lorsqu'il m'avait recousu le bras. Cela expliquait peut-être le caractère agressif de son écriture, dans les lettres.

— Mon général ?

Il redressa la tête, la désolation imprimée sur ses traits. Il ne s'était pas encore rasé, et sa barbe était plus rousse que blonde dans la lumière matinale filtrant par les fenêtres à sa gauche.

— Entrez, Shurtliff. Et ne vous inquiétez pas pour Grippy.

Je fis quelques pas en avant, les mains sur les côtés. Je ne les serrais derrière le dos qu'au milieu d'un groupe de soldats. Il me semblait préférable de ne pas mettre ma poitrine en valeur, malgré mes seins aplatis.

— Le capitaine vous a expliqué pourquoi vous êtes ici ?

— Oui, mon général. C'est un grand honneur pour moi.

Il grogna, son regard tombant sur la correspondance placée devant lui. Puis il se leva, repoussant sa chaise.

— Vous savez lire et écrire.

C'était une affirmation et non une question, mais j'acquiesçai.

— Oui, mon général, et très bien.

Je ne voulais pas me vanter, mais je n'avais aucune raison de taire un résultat pour lequel je m'étais donné tant de mal.

— Asseyez-vous. Je vais vous dicter une lettre, et je verrai si vos talents sont suffisants.

— Ils le sont, mon général.

Ses sourcils se haussèrent, mais il me désigna son fauteuil.

Je pris place, l'appréhension bouillonnant dans mon cœur. Reconnaîtrait-il mon écriture ?

Il avait déjà commencé à rédiger sa lettre, mais il la mit de côté et me fournit une nouvelle feuille. Je trempai la plume dans l'encrier, prête à écrire. Il se détourna, faisant les cent pas dans la pièce, et entreprit d'énoncer ses pensées en phrases courtes.

Messieurs,

J'estime qu'il est de mon devoir de vous signaler dans quel désarroi se trouve la brigade que je commande. Si l'ennemi découvrait à quel point nous sommes vulnérables, il lui serait aisé d'en profiter.

Notre garnison n'a plus que six jours de provisions de viande. En août dernier, nous nous en sommes passés pendant tout le mois, nos soldats étant réduits à leurs rations de farine et au peu que nous pouvions acheter ou marauder dans les fermes voisines, c'est-à-dire pas grand-chose, étant donné le manque de valeur de notre papier-monnaie. Nous manquons cruellement de liquidités. Nos réserves sont épuisées, les soldats n'ont pas touché leur solde et sont découragés.

Si cet état de fait devait se prolonger, je crains les conséquences. De nombreux officiers, irrités par ce traitement et par l'incapacité du Congrès à tenir ses promesses, sont prêts à quitter l'armée à l'issue de cette campagne, et je crains cet exemple pour le reste des troupes. Beaucoup sont en grande détresse et comptent sur les rations qu'ils n'ont pas reçues, tant en nourriture qu'en vêtements.

Je souhaite seulement voir l'armée bien ravitaillée ; cela contribuerait grandement à empêcher les démissions, les mutineries et les maraudes. J'ai honte de vous rebattre les oreilles de plaintes ; la crise est dangereuse, et si nous survivons à celle-ci, nous risquons une rechute à tout instant.

Je continuerai à faire tout ce qui est en mon pouvoir pour assurer l'approvisionnement, même si cela fait parfois courir de graves dangers à nos plus braves soldats. Les renégats locaux se montrent toujours plus violents envers nos hommes et envers les civils. Peut-être voient-ils leur fin approcher ou croient-ils précipiter la nôtre, mais la situation est terrible.

J'attends avec intérêt votre réponse et vos suggestions.

Le général Paterson revint à mes côtés, me laissant achever la dernière ligne.

— Vous écrivez bien.

— Merci, mon général.

J'osai à peine respirer tandis qu'il examinait mon travail, mais il se pencha simplement, prit la plume et apposa sa signature – que je connaissais bien – en bas. Puis il se redressa.

— Voilà à quoi je consacre mon temps, dit-il en désignant la lettre. J'avertis, je m'inquiète, j'écris des lettres auxquelles personne ne prête attention.

Il secoua la tête et passa ses paumes sur ses joues hérissées de poils.

— Il faut que je me rase.

— Je peux m'en charger, mon général, proposai-je en libérant son siège. Où est votre matériel ?

— Je peux le faire moi-même, Shurtliff.

— J'en suis certain, mon général. Mais c'est le travail d'un aide de camp, n'est-ce pas ?

— Oui, je suppose.

— Et cela vous permettra d'évaluer mes capacités, mon général.

Il haussa les épaules, m'apporta son nécessaire de rasage et une serviette pour protéger ses habits, puis se rassit dans son fauteuil. Je versai un peu d'eau dans la bassine que je portai jusqu'à son bureau, non sans avoir soigneusement rangé la lettre qu'il venait de me dicter.

Je drapai le tissu sur ses épaules, fis mousser le savon avec son blaireau, et entrepris de faire disparaître sa barbe de deux jours.

— Ce pourrait n'être que provisoire, et je devrai en parler au colonel Jackson. Il ne voudra peut-être pas perdre un bon soldat, murmura-t-il pendant que je m'activais.

— J'aimerais beaucoup occuper ce poste, mon général. Mes talents y seraient mieux employés.

Il fit la moue, et je dus me concentrer pour continuer à y voir clair, même si j'avais à nouveau les joues brûlantes. J'avais déjà rasé des dizaines de visages, mais je fus soudain frappée par une douloureuse prise de conscience de la situation. Je ne m'étais plus réellement baignée depuis des mois, et mes règles venaient de commencer ce matin-là. Le saignement n'était pas très important, j'avais plié un chiffon et l'avais attaché dans ma culotte, néanmoins je sentais l'humidité et l'odeur musquée de mon corps, et je redoutais que le général ne la distingue également. Je faisais de mon mieux pour rester propre, mais c'était pratiquement impossible.

De son côté, le général sentait l'huile de lin et le thé au miel, et son gilet était aussi irréprochable que celui d'Agrippa Hull. J'espérais que la mousse étalée sous son nez masquerait mon odeur, et je m'obligeai à rester calme. C'était un miracle qu'une telle occasion se soit présentée. Je ne devais ni insister ni supplier, mais je ne devais pas non plus me laisser dissuader parce que je craignais de me trouver à proximité du général.

Être son aide de camp signifiait avoir un lit à moi et une intimité dont je n'avais plus joui depuis mon enrôlement. Je pourrais me laver et me soulager sans devoir prévoir et comploter. Je pourrais dormir sans être entourée d'hommes de tous côtés.

Il me fallait ce poste.

— Vous êtes très doué, Shurtliff, dit le général quand j'eus rasé la première moitié de son visage.

— Oui, mon général, je sais.

Je ne songeais pas à mes propos, mais au savon sur sa pommette gauche et à la lame que j'avais à la main. Son corps fut secoué par un éclat de rire et je poussai un cri, braquant mes yeux alarmés sur les siens.

— Ne bougez pas, mon général !

— Désolé, grommela-t-il. Tant d'assurance me surprend, surtout chez quelqu'un d'aussi jeune.

Je serrai les dents et réprimai la gêne que je ressentais. Mes paroles avaient pu sonner comme une fanfaronnade, mais j'étais distraite et j'avais simplement dit la vérité.

— Si je suis compétent, c'est parce que je mets tout mon cœur dans ce que je tente d'accomplir. Pas parce que je suis particulièrement doué.

— Hmm.

— Tendez la lèvre, s'il vous plaît, mon général.

Il obéit, et j'appuyai mon pouce sur la pointe de son menton pour le maintenir en position. Il resta muet jusqu'à ce que j'aie terminé. Il garda les yeux clos, ses cils épais posés sur ses joues, son souffle régulier. Son immobilité me rendait plus nerveuse que ses propos, la proximité nécessaire au rasage créant une familiarité que je n'aurais pas dû ressentir.

Lorsque j'eus manié la lame une dernière fois, je reculai et inspirai profondément. Je me ressaisis alors qu'il battait des paupières, comme si j'avais failli l'endormir. Il était fatigué, et mon cœur fut pris d'une compassion presque aussi grande que mon espoir. Je serais un excellent aide de camp, je prendrais bien soin de lui s'il m'en offrait le loisir.

— Terminé ? demanda-t-il.

— Oui, mon général. Les hommes de ma compagnie témoigneront de mes compétences de barbier.

Il se passa les mains sur le visage, puis se leva pour aller s'admirer dans le petit miroir ovale accroché au mur.

— Pas mal. Vous avez la main fine et assurée.

— Merci, mon général.

Il contempla son reflet comme s'il réfléchissait à sa décision. Puis il rejeta les épaules en arrière et retira la serviette de son cou pour me la lancer.

— Eh bien, venez, Shurtliff.

J'attrapai le tissu, le secouai et le repliai.

— Où allons-nous, monsieur ?

Il sortit de la pièce à grands pas et je le suivis, docile. Il ouvrit la porte située en face de son bureau, identique à toutes les autres du couloir, et me fit signe d'entrer.

La pièce ressemblait beaucoup au salon par sa forme et sa couleur, mais était occupée par un grand lit à colonnes sculptées et au couvre-pied rouge sombre. Deux énormes fauteuils garnis de cuir flanquaient une cheminée de pierre ; une commode, une écritoire et une table supportant une cuvette et un broc complétaient l'ameublement. Le seul objet à caractère personnel était le portrait d'une femme aux cheveux bruns, suspendu au-dessus du lit.

— Ce sont mes quartiers, dit le général. Quand le général Washington est ici, ce sont les siens. Lorsqu'il sera à West Point, nous nous installerons à l'étage au-dessus, dans l'aile des serviteurs, vous et moi.

— Vous et moi, mon général ?

— Si vous voulez le poste, Shurtliff. Par cette porte, on accède à une chambre de domestique.

Il se dirigea vers une partie des boiseries qui était légèrement entrouverte. Une poignée discrète était cachée dans les moulures.

— Mon aide de camp dormait là. Cette pièce a été aérée, les draps retirés du lit. Il y a une petite fenêtre, une cuvette, des étagères et des patères, bien sûr. Cela suffira, je pense.

Il ouvrit la porte dérobée et je jetai un coup d'œil alentour, presque incapable de croire en ma bonne fortune. Ce « réduit » était plus grand que ma chambre chez les Thomas. Une banquette capitonnée de velours bleu s'étendait sous une haute fenêtre, et une alcôve étroite était ménagée dans le mur, sous les étagères. À en juger d'après les placards, le soin de la garde-robe de maître Moore avait été une occupation à plein temps. La tunique bleue du général Paterson, ses deux gilets, ses trois chemises et sa culotte de rechange semblaient bien maigres, en comparaison.

— Vous savez lire, écrire, et réciter la Déclaration d'indépendance. Vous savez raser. Vous savez monter à cheval…

— Je fais très bien la plupart des choses, l'interrompis-je. Et ce que je ne sais pas encore, je l'apprendrai. Immédiatement.

Ses sourcils se haussèrent et sa bouche se tordit. Je ne bronchai pas. Je voulais cet emploi, et je savais que jamais pareille occasion ne se représenterait.

— Oui, vous en avez fait la preuve. (Il s'éclaircit la gorge.) Mr Allen, l'officier d'état-major, répondra à toutes les questions que vous pouvez vous poser sur cette maison. Il est bougon, mais efficace. J'informerai le capitaine Webb que vous quittez ses rangs jusqu'à nouvel ordre.

— Vraiment ?

— Oui. Je ne crois pas être très exigeant… Mais moins j'ai à me soucier des menus problèmes, mieux cela vaut. Mes uniformes, mes bottes. L'ordre dans mes quartiers et la livraison des messages. Les tâches varient et vous paraîtront probablement infinies… et ingrates.

— Je connais les devoirs d'un aide de camp, mon général. Et je serai honoré de m'en acquitter.

— Bien. Surtout, je dois pouvoir vous faire confiance. Pas de commérages, pas de ragots. Pas question d'aller répéter ce que vous avez vu dans cette maison, ou quand vous m'accompagnerez. Puis-je me fier à vous, Shurtliff ?

Mon cœur frémit, mon estomac se retourna, mais je hochai fermement la tête, aussi laconique que lui.

— Oui, mon général, vous pouvez.

Et il le pourrait, en effet. Personne ne travaillait plus dur ou ne gardait mieux les secrets que moi. J'étais une femme, mais cela ne m'empêcherait pas de faire tout ce qu'il exigerait.

— Allez récupérer vos effets à la caserne, et je dirai à Mr Allen que vous faites désormais partie de la maison. Il vous attendra à votre retour.

— Merci, mon général.

Ma voix était assurée, mon regard droit, et il me congédia d'un signe de tête.

— Revenez me voir quand vous serez installé.

Il quitta ses quartiers avec moi et regagna son bureau. Je traversai le couloir, et quand je fus à nouveau dans le grand vestibule, je sortis de cette demeure à pas calmes et mesurés, alors même que j'avais envie de sauter, de courir, de foncer à travers les bois, de bondir par-dessus les buissons et de slalomer entre les arbres comme je l'avais fait quand j'étais petite.

J'étais à mi-chemin quand je cédai finalement. Joyeuse, forte et pleine d'une espérance nouvelle, je m'envolai.

15

La recherche du bonheur

JE NE M'AUTORISAI PAS À M'ATTARDER sur ma tromperie ou à me reprocher l'amélioration de mon sort. Le sergent d'état-major, Mr Allen, me fournit un nouvel uniforme, en me mettant en garde. Les soldats de la maison ne pouvaient pas sentir mauvais comme les soldats à la caserne. Il me donna une chemise de nuit ainsi que l'instruction suivante : je ne devais pas « dormir dans ma crasse ». La chemise était trop grande, et j'eus l'impression d'être un enfant quand je l'enfilai, mais elle me permettrait de maintenir mon lit propre et de ne pas froisser mon uniforme.

Agrippa, qui me donna la permission de l'appeler Grippy plutôt que « monsieur », occupait une chambre au premier étage, à côté du colonel Kosciuszko, ainsi que plusieurs autres officiers des régiments cantonnés dans la garnison. Au deuxième étage vivaient Mr et Mrs Allen, leur fille aînée, Sophronia, et son mari Joe, qui semblaient tous avoir été fournis avec le domaine.

Mr Allen s'occupait de la maison et du personnel, bien qu'Agrippa m'ait dit de toujours passer par lui. Joe veillait sur les animaux et les écuries, tandis que Mrs Allen et Sophronia se chargeaient de la cuisine et du nettoyage. Je les évitais autant que possible, craignant qu'elles ne me reconnaissent pour une des leurs.

Le deuxième jour, Agrippa me fit visiter la maison et la propriété, tout en énumérant une suite vertigineuse d'ordres et d'instructions, qu'il me faudrait accomplir avec exactitude. Je suis certaine qu'il dut bien rire à mes dépens lorsque je repassais les sous-vêtements du général, que je m'asseyais à terre pendant son sommeil, et que je testais chaque plat qu'on lui présentait pour y déceler d'éventuels poisons. Le général m'informa aimablement que rien de tout cela n'était nécessaire, et me signala que Grippy aimait beaucoup plaisanter ainsi.

Ce penchant se révéla entièrement quelques jours plus tard, quand le général Paterson et le colonel Kosciuszko quittèrent la garnison sans Agrippa ni moi pour aller rencontrer un petit contingent au camp de Newburgh. Ils ne seraient partis qu'une nuit, mais Grippy organisa une fête costumée où je ne fus pas conviée, dans l'une des casernes. Il assista à l'événement dans le rôle de Kosciuszko en personne, dont il arborait l'uniforme de gala, avec son écharpe et son tricorne à rubans. Ne manquait à ce costume que les hautes bottes noires du colonel, puisque Kosciuszko les portait alors.

Agrippa me fit jurer le secret, et me promit que je pourrais l'accompagner dès que j'aurais « fait mes preuves ». Il avait même composé une chanson au sujet de cet événement, qu'il fredonnait tout en sortant de la maison alors que le crépuscule hivernal tombait sur West Point avant cinq heures, rendant les soirées longues et ennuyeuses. Cela ne me dérangeait pas du tout, puisque j'avais désormais une bibliothèque à ma disposition.

Je n'avais eu le temps de lire qu'un chapitre d'un livre consacré à l'Apocalypse quand le général et le colonel revinrent inopinément, leur programme ayant été contrarié par un cheval blessé. Comme ils étaient encore loin de Newburgh, ils avaient décidé de revenir pour repartir le lendemain matin, avec une nouvelle monture pour le colonel.

Quand Kosciuszko demanda où était son aide de camp, je fis mine de n'en rien savoir mais proposai de le retrouver au plus vite. Je courus à travers les arbres, en direction des casernes, ignorant où Grippy était allé exactement ; néanmoins les éclats de rire que je perçus me permirent de localiser la fête secrète sans grande difficulté. Un soldat montait la garde à la porte, mais je n'eus qu'à prononcer le nom du colonel Kosciuszko avec toute l'urgence que je ressentais pour qu'on me laisse entrer.

Agrippa se tenait sur un lit servant de scène et il divertissait l'assemblée avec une imitation très convaincante, bien qu'assez exagérée, de son ardent employeur polonais. Je me frayai un chemin jusqu'à lui et lui saisis la jambe. Elle était recouverte, du pied au genou, d'une épaisse couche de peinture noire, pour donner l'illusion d'une botte, et ma main laissa une trace sur son mollet.

— Le colonel est de retour, lui criai-je.

Il fronça les sourcils et croisa les bras.

— Je suis en plein spectacle, monsieur Shurtliff !

— Oui, je sais… Mais le colonel est de retour, et il vous demande.

Il blêmit, sans toutefois descendre de sa tribune. Les spectateurs l'imploraient de continuer, et il ne voulait pas décevoir son public. Ses jambes peintes donnaient au costume un tour comique, son visage luisait de sueur et d'amusement. Il ôta son tricorne, exécuta une profonde révérence, et je tournai les talons.

J'avais transmis le message, accompli mon devoir, et j'avais hâte de rentrer. Ces réunions étaient dangereuses pour moi, même si j'étais sans doute la personne la mieux déguisée. Je sortis de la caserne et me baissai pour nettoyer dans la neige mes doigts maculés de peinture, quand je m'aperçus que Grippy se trouvait juste derrière moi. Il n'avait même pas pris le temps de remettre ses chaussures.

Il contemplait mon uniforme, et je devinai sa pensée avant que les mots ne franchissent ses lèvres. Je reculai de plusieurs pas, secouant mes mains humides.

— Non, dis-je.

— Donnez-moi votre tunique, Joli.

— Non ! répétai-je, inflexible. Vous ne m'entraînerez pas dans votre folie, monsieur Hull. Je vous ai aidé. Ne me remerciez pas de cette manière.

Et je partis en courant vers la Maison Rouge, creusant aussitôt la distance entre nous.

— Attendez !

Il se mit à trottiner lui aussi, mais je fonçai, avec toute la vitesse dont j'étais capable. Nous fîmes la course pendant quelques minutes, avant que Grippy ne lâche un juron et ne me supplie de m'arrêter. J'accélérai seulement.

— Enfer et damnation, vous êtes rapide, Joli, haleta-t-il.

Je sentais néanmoins que c'était la surprise plus que l'effort qui lui coupait le souffle. Le sol enneigé sous ses pieds nus devait y contribuer, mais il était lui aussi excellent coureur.

— Donnez-moi votre tunique. Rien que la tunique, exigea-t-il à nouveau.

Il tendit la main vers mon bras. J'entendis le tissu se déchirer, et je lui fis signe de ne pas avancer davantage.

— Je vais vous apporter vos habits. Ne bougez pas, je reviens. Je promets de vous les apporter.

Il s'était immobilisé. Ses yeux fixèrent les lumières qui brillaient à l'arrière de la Maison Rouge, puis se posèrent à nouveau sur moi. La lune nous éclairait bien, et je n'eus aucun mal à percevoir son indécision. Il était dans de beaux draps.

— Mon uniforme ne vous ira pas, raisonnai-je. Vous êtes nettement plus gros que moi. Et de toute façon, je ne pourrai moi-même pas rentrer si je ne l'ai plus.

— Je ne sais pas si je peux me fier à vous, Joli Robbie.

Il avait toutes les raisons de douter de moi, après les farces dont j'avais été victime pendant toute la semaine, mais la vengeance m'intéressait moins que la survie.

— Je reviens, promis-je. Vous avez ma parole. Donnez-moi l'uniforme du colonel...

— Pour que j'attende ici en chemise ? Il gèle !

— Cela me donnera une raison de m'introduire dans ses quartiers. Si le colonel me voit, je lui dirai que vous m'avez demandé de repasser sa tenue en même temps que celle du général.

Non sans récriminations, Agrippa commença à retirer l'uniforme de Kosciuszko, sautant d'un pied sur l'autre.

— Je vais attraper la mort.

— Je ferai vite, jurai-je, soulagée qu'il coopère.

— Ne m'obligez pas à vous courir après, soldat. La vie ici peut être facile, mais elle peut aussi être dure. Si vous me laissez dans le froid, je vous la rendrai dure.

— Oui, monsieur.

Je ne lui fis pas remarquer qu'il me l'avait déjà rendue considérablement plus dure qu'elle n'aurait dû l'être.

Il ne portait plus que son caleçon de laine, ses jambes peintes ne le protégeant en rien de la température glaciale, et il claquait déjà des dents lorsqu'il me remit l'uniforme du colonel.

Je courus, serrant les habits contre ma poitrine, je m'introduisis dans la maison par la porte de la cuisine, croisai Mrs Allen et grimpai l'escalier, sans réfléchir un instant, tendant l'oreille pour détecter la présence du colonel. Il était là. Du salon me parvenait sa voix, mêlée à d'autres que je ne connaissais pas.

Dans sa hâte à se déguiser, Grippy avait laissé ses vêtements dans la garde-robe du colonel. Je suspendis l'uniforme de gala à un cintre. Il y avait une trace de peinture noire sur une manche, et le gilet en avait été un peu éclaboussé. Agrippa devrait y remédier lorsqu'il ne serait plus à demi nu dans les bois.

J'avais retraversé la cuisine sans regarder à droite ou à gauche, et je croyais la voie libre quand le général Paterson se trouva sur mon chemin, sortant des écuries. Il voulut m'intercepter, mais j'avais les bras pleins, mon élan était trop grand, et je percutai sa large poitrine. Je reculai aussitôt et réussis à ne perdre aucun des habits. Cependant, j'étais prise sur le fait.

— Que signifie cela, Shurtliff ? demanda le général, plus étonné qu'indigné.

— Grippy a... un petit ennui... et je lui apporte ses habits.

J'étais convaincue que la vérité vaudrait mieux pour tout le monde, d'autant plus que l'uniforme du colonel avait retrouvé sa place.

— Nous parlons bien de cet Agrippa Hull qui vous joue des tours au moins une fois par jour ?

— Lui-même, mon général. Mais je ne lui en tiens pas rigueur car, à présent, il a grand besoin de ses habits.

Il gloussa, et le nuage formé par son haleine dans l'obscurité me rappela qu'il ne fallait pas tarder, même si le général choisissait de me suivre, ce qu'il fit.

Je partis vers les arbres, le général sur mes talons, et quand Agrippa se montra, penaud, je lui tendis ses vêtements sans aucun commentaire.

— Auriez-vous la bonté de vous expliquer, Agrippa ? s'enquit le général sur un ton de moquerie plutôt que de réprimande.

— Ne vous en faites pas, mon général. Ne vous en faites pas.

Il sautillait, les pieds gelés, tout en enfilant sa culotte. Il se chaussa sans mettre les bas que j'avais apportés. Inutile de les noircir de peinture eux aussi.

— Et ce sont là vos traces ?

Paterson désigna dans la neige les empreintes noires qui partaient des arbres.

— Oui, mon général, avoua Grippy.

— Ce n'était qu'une plaisanterie sans gravité, mon général, intervins-je. Rien de plus.

— Hmm. Agrippa ?

— Mon général ?

— Vous devez une fière chandelle à ce jeune homme.

— Oui, mon général.

— Cessez donc vos instructions et vos leçons ridicules. Plus question de goûter mes plats au cas où ils seraient empoisonnés.

— Bien, mon général.

— Maintenant, si vous permettez, j'ai d'autres sujets qui m'attendent. Seul. Je compte sur vous pour reprendre votre service.

— Oui, mon général, dis-je en repartant vers la maison.

— Bonne nuit, mon général, ajouta Grippy en claquant des dents, sans me regarder.

***

À son retour, le général voulut connaître toute l'affaire.

Je la lui contai, mais seulement après avoir obtenu de lui la promesse qu'il ne punirait pas Agrippa, ni n'indiquerait que j'avais divulgué les détails. John Paterson rit aux larmes lorsque je décrivis les bottes que s'était bricolées Agrippa et sa cocasse imitation de l'ingénieur polonais. Sa joie s'accrut encore quand je relatai notre course dans la forêt, et l'attente d'Agrippa uniquement vêtu de son caleçon et de sa peinture.

— Vous n'auriez pas dû aller lui chercher son uniforme. Vous l'aviez déjà sauvé. L'humiliation aurait été bien méritée, ricana le général. Il faudra que j'en parle un jour à Kosciuszko. Personne n'apprécie une bonne histoire autant que lui.

Curieusement, Grippy n'évoqua plus jamais cet épisode, et il parut ne pas m'en vouloir d'avoir informé le général, mais je pris bien soin ensuite d'envisager avec scepticisme tout ce qu'il disait, soupçonnant une farce à tout propos.

***

Depuis que je m'étais enrôlée, je m'étais habituée à voir des hommes plus ou moins dévêtus, mais si le général Paterson découvrait un jour mon secret, je pensais qu'il se sentirait trahi par tout excès de familiarité. Je m'efforçai donc de le servir en toutes choses, et de le servir bien, tout en observant une distance respectueuse.

Je n'avais jamais vécu dans le monde des chambrières et des laquais, mais par chance, le général Paterson n'exigeait pas ma présence lorsqu'il s'habillait, et il ne souhaitait pas que je lui lave le dos, comme Agrippa me l'avait d'abord fait croire. Tous les matins, je le rasai, je prenais soin de ses vêtements et de ses quartiers, mais il était accoutumé à se débrouiller seul, et j'étais plus garçon de courses et secrétaire que valet de chambre.

Deux fois par semaine, j'allais puiser de l'eau et je déposais les seaux dans la cuisine, où on les faisait chauffer dans la grande cheminée de pierre. Puis je les emportais dans le couloir menant aux quartiers du général, jusqu'à la salle de bains où l'on accédait par une petite porte voisine de sa chambre. Il fallait une heure pour remplir la baignoire, mais quand le général avait terminé, je pouvais profiter à mon tour de son eau. Après avoir poussé le verrou, je me récurais scrupuleusement, tout à fait nue, sans crainte d'être vue.

À la caserne, je m'étais tenue aussi propre que possible, mais mes vêtements étaient tachés, ma peau et mes cheveux étaient toujours un peu sales. Partout régnait une odeur de corps enfermés, de feu de bois et d'humidité. Être seule et nue pour se laver, c'était le paradis.

Au bout de quelques semaines à la Maison Rouge, je connaissais les horaires du général, ses humeurs, ses préférences et ses soucis. Je devançais tous ses besoins et je courais exécuter tous ses ordres. J'avais aussi appris que le portrait au-dessus de son lit était celui d'Elizabeth, comme je l'avais deviné. Son regard peint servait de constant rappel de mon secret, que je me sentais plus que jamais incitée à garder, mais cette obligation ne me coûtait aucune peine.

L'hiver aurait été insupportable à la caserne, avec la promiscuité, l'étang gelé, les longs mois de froid sans grand-chose à faire. Au lieu de quoi j'avais droit à des toilettes dont je pouvais barrer la porte, à un bain deux fois par semaine, à un lit personnel, et au général dont je m'occupais.

J'aimais travailler à la Maison Rouge, et j'adorais John Paterson.

Il était à tout point de vue le meilleur homme que j'ai connu. Je craignais que mon dévouement ne devienne trop évident, pour lui comme pour tous les autres, et je faisais de mon mieux pour garder les yeux baissés, la bouche close et l'attention en éveil. Mais je l'adorais.

Lorsqu'il n'avait plus de tâche à me confier ou qu'il me donnait congé, je me chargeais de corvées ou de commissions pour Mr Allen. Et, aussi souvent que possible, je m'instruisais dans la bibliothèque. Je ne pouvais résister à une telle abondance de livres, même si elle me privait de sommeil, car la plupart des nuits, je lisais jusqu'à ne plus pouvoir garder les yeux ouverts.

Le général dormait encore moins que moi. Il se promenait tard le soir, et j'essayais de rester éveillée jusqu'à son retour, au cas où il aurait besoin de moi. La première fois que je l'avais entendu sortir, j'avais tenté de le suivre comme un bon chien de garde, et il m'avait fermement renvoyée à la maison.

— Vous êtes infatigable. Et je vous en suis reconnaissant. Même Agrippa a fait votre éloge, et il ne se laisse pas facilement impressionner. Mais après le souper, votre temps vous appartient. Si nécessaire, je sais où vous trouver.

Ce soir-là, je lisais encore quand le général rentra. Il se lava, marcha dans sa chambre. Je l'entendis enlever ses bottes – il ne voulait sous aucun prétexte que j'accoure l'aider – et souffler sa chandelle quelques minutes plus tard. Il était plus tôt que d'habitude, et je repris ma lecture, car je n'avais pas encore envie de fermer mon livre ou de me mettre au lit.

— Shurtliff ?

— Oui, mon général ?

— Cette chandelle doit vous durer la semaine, grommela-t-il.

— Oui, mon général.

Il soupira.

— Tout va bien, Shurtliff. Je suis seulement de mauvaise humeur. Vous lisez ?

— Oui, mon général.

— Quel livre ?

— Un commentaire sur l'Apocalypse, mon général.

Il grogna, et je ricanai doucement.

— Voilà qui paraît épouvantable. Mais je dirai à Mr Allen de vous accorder une autre chandelle si vous lisez d'une voix assez forte pour que je vous entende.

— Cela ne vous causera pas de cauchemars, mon général ?

— Seriez-vous impertinent, Shurtliff ?

— Oui, mon général.

Il éclata de rire.

— Contentez-vous de lire. Commencez où vous voulez, cela m'est égal. Je ne peux simplement pas tolérer mes propres pensées, ce soir.

Je me levai de ma chaise, tirai de mon lit une couverture pour m'en envelopper par-dessus ma volumineuse chemise de nuit – dormir en culotte salissait les draps – et j'ouvris la porte séparant nos chambres pour ne pas avoir à porter la voix trop haut.

Il était couché dans son grand lit, la pièce était sombre, mais je tins ma chandelle un peu plus haut, afin de voir son visage. Il avait les bras croisés derrière la tête, et le feu que j'avais allumé dans sa cheminée n'était plus qu'une poignée de charbons. Il n'avait pas ajouté de bûche pour entretenir une chaleur agréable pendant la nuit. Il était frugal, et tout combustible, toute chandelle, tout morceau de nourriture était utilisé de manière à durer le plus longtemps possible. Il craignait toujours la pénurie pour les hommes placés sous son commandement.

— Avez-vous froid ? me demanda-t-il, baissant le menton vers la couverture que j'avais sur les épaules et les bas que j'avais aux pieds.

— Non, mon général, mentis-je. Je suis tout à fait bien avec cette couverture. Et je lirai jusqu'à ce que vous m'ordonniez d'arrêter… ou jusqu'à ce que la chandelle s'éteigne.

— Fort bien.

Je repartis vers ma chaise sur la pointe des pieds, glissant mes jambes sous moi pour ne pas geler, et je repris ma lecture là où je m'étais arrêtée. Je trouvais ce commentaire fascinant, et je lus au moins une demi-heure sans m'interrompre.

Ma chandelle vacilla, mourante, aussi, le chapitre fini, je reposai le livre, marquant la page avec une plume de dindon que j'avais ramassée ce matin-là en suspendant la lessive.

La respiration du général était régulière et profonde. Je fermai la porte entrouverte et je me glissai dans mon lit, avec plus de sérénité que jamais.

***

Le général Paterson réquisitionna pour mon usage l'alezan pris lors de l'embuscade de Tarrytown. La bête partageait les écuries de la garnison avec Lenox et les autres chevaux des officiers. Je la montais dans West Point et pour m'acquitter des diverses courses que me confiait le général. Comme c'était un animal doté d'un tempérament merveilleux, imperturbable, je le baptisai Sens Commun, nom qui lui convenait parfaitement et qui amusait le général.

Début mars, une chaleur inattendue pour la saison fit fondre en une semaine la glace de l'Hudson, et le général prévit avec le colonel Kosciuszko d'aller inspecter les fortifications le long du fleuve tant que le temps était clément. Grippy et moi dûmes préparer les chevaux pour quelques jours de voyage et remplir leurs sacoches, après quoi nous partîmes tous les quatre, avec un petit détachement de cavaliers qui regagnaient Verplanck's Point.

Même les chevaux avaient hâte de se mettre en route, et le beau temps se maintint, rendant le voyage à Stony Point extrêmement agréable. Nous devisions, Agrippa et moi, derrière le général et le colonel qui parlaient de consolider ceci et de construire cela, et de ce qu'il adviendrait de West Point une fois la guerre terminée.

— Kosciuszko veut que je le suive en Pologne lorsqu'il y retournera, dit brusquement Agrippa comme si cette question le tourmentait. Il n'a plus grand-chose à faire ici, et il a des ennuis dans son pays.

Je restai ébahie, enthousiasmée par cette perspective.

— En Pologne ? Il veut que tu ailles en Pologne ? C'est formidable. Moi, je rêve de voir le monde.

Grippy serra les lèvres et plissa le front, comme s'il ne jugeait pas cela formidable du tout.

— Tu n'as pas envie de voir le monde ? D'explorer ?

— Je veux explorer mon monde à moi. L'Amérique. C'est pour ça qu'on se bat, non ? Pour ces terres-ci. (Il montra du doigt le paysage que nous parcourions.) Je ne veux pas aller en Pologne. Je veux rentrer chez moi.

Avec le général Paterson. Il est avocat, tu sais. Il m'instruit. Il m'a même donné certains de ses livres de Yale. Je sais lire, je pourrais peut-être moi aussi devenir avocat. Pour connaître mes droits, et la loi.

Je me demandais si le général m'instruirait aussi ou si Grippy me laisserait regarder ses livres. Il poursuivit :

— Les Anglais ont fait circuler cette promesse parmi tous les Africains : « Si vous rejoignez notre camp, nous vous offrirons la liberté après la fin de la guerre. » Mais pourront-ils tenir parole ? Et s'ils ne gagnent pas, hein ? Si nous nous sommes battus contre nos voisins, si nous en avons tué ? Je n'irai ni en Angleterre ni en Pologne quand ce sera fini. Je reste ici. Je suis mieux ici que nulle part ailleurs. Ils ne peuvent pas me donner ce que Dieu m'a déjà accordé.

— « Certains droits inaliénables », citai-je.

— Tout à fait. Je suis un homme libre. Je suis né libre dans le Massachusetts, je mourrai libre dans le Massachusetts. Après la guerre, je retourne à Stockbridge.

— C'est près de Lenox ? Là d'où vient le général, non ?

— Exactement. J'ai un arpent de terre. J'en achèterai plus. Je bâtirai une maison. Je trouverai une femme qui me plaît, et à qui je plais aussi. J'aurai des enfants.

— Moi aussi, dis-je sans réfléchir.

J'en étais restée à l'idée d'être née libre et de mourir libre, mais Grippy pouffa, d'un grand rire qui secoua sa poitrine et ses épaules.

— Vous entendez ça, mon général ? Joli veut une femme et des bébés.

Grippy m'appelait toujours « Joli ». Le général Paterson et le colonel Kosciuszko ne bavardaient plus et nous regardaient. Je voûtai les épaules et baissai la tête, dans l'espoir que Grippy se tairait.

— Donc, il y a une fille qui t'attend à… où as-tu dit que tu habitais ? insista Grippy.

Je ne lui répondis qu'à moitié :

— Non, il n'y a pas de fille. Personne.

— Je crois que tu mens, Joli. Tu as les joues toutes roses, et tu bats des paupières comme si tu pensais à quelqu'un.

— Naître libre et mourir libre, comme tu as dit. Voilà ce que je veux. C'est pour ça que je suis ici.

— Ah. D'accord. Très bien… Un Blanc comme toi… ça ne devrait pas être un problème, si tu ne meurs pas de faim ou de pur ennui. Le gros des batailles est fini, à mon avis.

— Je ne suis pas né libre.

Il fronça les sourcils :

— Ah non ?

— Non.

— Qu'est-ce que ça signifie ?

Je ne pouvais lui révéler que j'étais née fille. Je livrai donc une autre vérité :

— J'ai été mis en servitude quand j'étais enfant.

Le colonel Kosciuszko désignait une partie de la redoute et le général Paterson hochait la tête.

— Tu es encore un enfant, s'exclama Grippy. Tu es toujours sous contrat ?

Je fis signe que non, mais il ne fut pas convaincu.

— Tu t'es enfui ?

C'était précisément le cas, mais pas dans le sens où il l'entendait.

— Nous fuyons tous quelque chose, n'est-ce pas ? Mais non, je n'appartiens à personne. Je ne dois rien à personne. Et personne n'est à ma recherche.

Cette dernière phrase n'était peut-être pas vraie, mais j'espérais qu'elle l'était.

***

Vers la fin de la journée, alors que nous approchions de Peekskill Hollow, un cavalier vint à notre rencontre, et même de loin, je pus identifier le colonel Sproat. Il accueillit le général avec un salut guindé, puis adressa un hochement de tête au colonel Kosciuszko. Ses yeux s'attardèrent un instant sur moi, et je retins mon souffle, mais il m'appela par mon nom et me complimenta pour la rapidité et le sang-froid dont j'avais fait preuve à Tarrytown.

— Le soldat Shurtliff est mon nouvel aide de camp, précisa Paterson.

— Votre visage m'est familier, Shurtliff, répondit Sproat. Il y a des Shurtliff à Taunton, je connais peut-être votre famille ?

— Je ne sais pas, mon colonel. Même moi, je ne connais pas ma famille. Mais je ne viens pas de Taunton.

C'était vrai pour l'essentiel, et je n'avais pu tenir ma langue.

Il acquiesça, et je fus oubliée. Il se mit à chevaucher au côté du général et, à voix basse, lui fit part d'informations qui redressèrent le dos et aiguisèrent le regard de son interlocuteur.

— Nous avons appris qu'une grotte souterraine près d'Eastchester abrite une réserve de provisions. Il s'agirait du ravitaillement que nous n'avons jamais reçu en août.

— Une grotte souterraine ? Cela ressemble à un piège.

Le colonel Sproat haussa les épaules.

— J'ai eu la même réaction, mais la source est fiable. L'homme affirme que très peu de gens sont au courant, et que l'endroit n'est pas bien gardé.

— Il prétend y avoir pénétré ?

— Oui, mon général. Deux frères, de simples gamins, surveillaient l'entrée. Ils n'ont pas compris que mon informateur ne faisait pas partie de leur bande. Il leur a demandé de le conduire à l'intérieur, et ils l'ont fait.

— Qui les paye ?

— Je ne sais pas. Mais personne de notre côté. J'imagine que le détachement porté disparu a été soudoyé pour déserter, ou que les soldats sont morts. Je penche pour cette deuxième hypothèse. DeLancey ne paye pas lorsqu'il n'a qu'à prendre.

— En effet.

— L'homme dit que la grotte est pleine. De vin, de jambons suspendus, de barils de farine, de riz, de pommes de terre, de mélasse, de lard, de bocaux de fruits…

— De quoi remplir combien de charrettes ?

Sproat émit un sifflement et secoua la tête.

— Il a l'air de penser que les tonneaux à eux seuls occuperaient toute une péniche.

— Et que proposez-vous ?

— De nous en emparer, mon général.

— Au premier mouvement de troupes ou de véhicules vers Eastchester, nous serons trahis. Rien ne reste secret en zone neutre.

— Ce n'est pas faux. Mais si nous envoyons une brigade, ils ne pourront pas faire grand-chose pour nous barrer la route.

— À moins qu'ils soient prévenus et qu'ils nous devancent.

Sproat se gratta la tête.

— Nous avons besoin de ces victuailles, mon général. Nul ne le sait mieux que vous. Mes hommes ont vécu tout l'hiver de demi-rations. Nous sommes bloqués. Pas d'incursions, pas de marches, pas de combats. Cela ne peut pas continuer.

— Je sais.

— DeLancey n'a pas revendiqué l'attaque de Tarrytown. J'aimerais beaucoup confisquer ces vivres.

— Quelle est la distance, aller et retour ?

— Dix lieues, peut-être un peu moins. Quatre depuis White Plains.

— Nous partirons demain à l'aube. Je vous accompagnerai.

— Vous, mon général ?

Sproat semblait abasourdi.

— Je ne puis concevoir un plan de saisie de ces provisions si j'ignore les détails. J'ai besoin de voir où elles sont stockées, combien d'hommes et combien de charrettes il nous faudra pour les déplacer, et s'il vaut la peine de risquer des hommes qui seront pris dans une fusillade si mon plan n'est pas bon.

Sproat approuva lentement, un sourire fendant ses grosses joues.

— Je serai prêt.

16

Pour garantir ces droits

NOUS ÉTIONS DÉJÀ EN ROUTE vers White Plains quand le ciel s'étira et repoussa les ténèbres de la nuit. Sproat avait choisi une poignée d'hommes dignes de confiance, dont l'éclaireur qui lui avait fourni l'information. J'en reconnus certains que j'avais vus à Tarrytown, mais j'ignorais leur nom. Kosciuszko était resté à Peekskill, néanmoins Grippy était avec nous, attiré par cette histoire de grotte et de trésor. En début d'après-midi, il leva les yeux vers les nuages gris. La température avait à nouveau chuté, et notre dégel printanier semblait avoir changé d'avis.

— Vous pensez qu'il pourrait neiger ? s'inquiéta Agrippa. J'ai horreur du froid, j'ai encore plus horreur d'avoir froid à cheval, et j'ai horreur d'être à cheval dans le froid quand je vais en territoire ennemi.

— Si ce qu'on nous a dit est vrai, vous reviendrez à West Point avec un jambon pour vous tout seul, promit le général Paterson. Mrs Allen pourra vous le préparer, et il sera tout à vous, jusqu'à l'os.

— Je vous le rappellerai en temps voulu.

— Je suis un homme de parole.

Grippy hocha la tête en souriant.

— En effet, donc j'espère bien qu'il y aura du jambon. Et un autre pour Joli aussi. Il faut l'engraisser un peu.

La chevauchée se déroula sans encombre, et nous pûmes rapidement avancer sous les nuages amoncelés, constamment à l'affût, contournant les points chauds et évitant les sentinelles. Notre éclaireur, un nommé Williby, semblait savoir où il allait, et lorsqu'il suggéra un arrêt pour que Sproat et lui aillent vérifier si le dépôt était gardé, nous descendîmes de cheval auprès d'un ruisseau qui serpentait à travers les arbres, laissant nos montures se reposer et s'abreuver. Sproat et Williby revinrent bientôt, le premier très enthousiaste.

— Je ne sais pas si l'orage approche, mais il n'y a personne. L'entrée de la grotte n'est qu'unc dépression dans la roche, il est facile de ne pas la voir. Cependant, tout est exactement comme il l'a dit. Je n'ai fait que jeter un regard, mais les tonneaux portent la marque des continentaux. Il y a au moins une centaine de barils de haricots et de viande salée, de farine et de lard, de beurre, de mélasse, et tout le reste.

Sproat ordonna à cinq hommes de rester avec les chevaux et à cinq autres de surveiller l'entrée, tandis que nous pénétrions dans la grotte. Williby nous attendait, une lanterne à la main, son sac déjà gonflé par le butin. Sproat ne fit aucun commentaire, et je supposai que l'homme avait déjà obtenu son propre jambon… ou quelque autre récompense qu'il convoitait.

De l'extérieur, la grotte semblait petite, avec son ouverture à peine assez haute pour que je la franchisse sans me baisser, et pas plus large que mes bras écartés. Le général Paterson et le colonel Sproat durent se baisser également, mais très vite, la grotte s'élargit et se changea en caverne au trésor, comme promis.

— Comment ont-ils pu apporter tout cela ici sans être vus ? s'étonna Grippy. Et comment allons-nous tout emporter ?

— Ils ont fait diversion, répondit Paterson. Voilà à quoi a servi l'attaque de Tarrytown. Pendant que les uns donnaient l'assaut, les autres détournaient le ravitaillement. Ils n'ont eu qu'à décharger les tonneaux…

— … et à brûler les charrettes, termina Williby. Il y a un ravin derrière ce rocher. L'été dernier, tout l'endroit a été éclairé par les flammes. J'ai retrouvé les moyeux et les attelages. Mais c'est tout, il ne restait rien d'autre.

— À combien sommes-nous du fleuve ? demanda le général.

— Une bonne lieue, répondit Williby.

— Comment est le terrain ?

— Facile. Un homme peut le parcourir en une heure s'il va vite.

— À quoi pensez-vous, général ? intervint Sproat. Ces tonneaux sont trop lourds à porter.

— Nous descendrons la North River avec des charrettes à bras. Sur des péniches.

— Trente hommes pourraient vider cette grotte en moins d'une heure, déclara Sproat. Une heure ici, une heure pour tout charger, peut-être deux pour regagner la rivière avec les charrettes pleines. Cela nous laisse beaucoup de temps pour tout hisser sur les péniches.

Le général approuva.

— Nous arriverons au milieu de la nuit, nous chargerons, et nous ferons coïncider notre retour avec le changement de marée.

— Comme nous le faisons à Kingston, dis-je.

— Comme nous le faisons à Kingston, répéta le général.

— Ça pourrait marcher, opina Sproat.

Grippy était radieux.

— Je peux avoir mon jambon, maintenant ?

***

Nous ne voulions pas dormir près du dépôt, mais le vent hurlait et la nuit était froide. Williby nous conduisit un peu plus loin, vers la grange d'un « ami » où nous pûmes nous installer en nous régalant de victuailles trouvées dans la grotte, œufs au vinaigre et pêches en conserve. Sproat fit passer une bouteille de vin chapardée, mais j'y mouillai à peine mes lèvres avant de la tendre au général. J'avais désespérément besoin de vider ma vessie et je devrais attendre que tout le monde soit endormi. Les hommes n'avaient qu'à sortir, mais moi, je devrais faire quelques pas de plus.

Comme cette grange était immense, nous y avions aussi fait entrer les chevaux, pour les protéger du mauvais temps et les dérober aux yeux d'éventuels curieux. Je m'adossai à ma selle et sortis mon livre et ma plume ; je n'avais pas envie d'écrire, mais il me fallait une excuse pour ne pas me coucher à la même heure que les autres. Grippy et le général s'étendirent sur le sol et, comme les soldats, rabattirent leur chapeau sur leurs yeux, tandis que j'écrivais à la lumière de la lanterne de Williby. Ma lettre à Elizabeth ressemblait surtout à une liste de toutes les provisions aperçues dans la caverne.

Je ne voulais pas que le général me voie sortir. Il serait le seul à remarquer mon absence, puis mon retour. Sproat avait envoyé un homme monter la garde, mais tout le monde semblait égayé par le vin et assez indifférent à notre sécurité.

— Je connais le fermier à qui appartient cette grange. C'est un patriote. Nous n'avons rien à craindre, nous avait rassurés Williby.

— Pas de livre, ce soir, Shurtliff ? demanda le général, d'une voix lourde.

— Peut-être. Je ne suis pas si fatigué que ça.

Il grogna et releva son tricorne pour me regarder.

— Menteur. Vous avez le plus grand mal à garder la tête droite.

Je rangeai mon journal intime dans ma sacoche, m'allongeai comme les autres et fermai les yeux, convaincue que l'inconfort m'empêcherait de dormir.

Ce ne fut pas le cas.

Je me réveillai quelques heures plus tard, alors que les hommes s'agitaient déjà, la lumière du matin se faufilant par les fentes des murs.

Je me mis debout, ébahie d'avoir dormi aussi profondément, et je faillis faire dans ma culotte, tant mon besoin était pressant.

Le général et les autres sellaient leurs chevaux, parlant calmement, et je me précipitai à l'extérieur, en direction des arbres. Quelqu'un gloussa, et Grippy me héla.

— Rien qu'une seconde, balbutiai-je. J'ai l'estomac qui se vide. Mangé trop de fruits !

Les rires augmentèrent, mais personne ne me suivit.

Je marchai, les dents serrées, jusqu'à ce que je sois certaine qu'on ne pouvait me voir et que personne n'avait décidé de m'accompagner. Je m'accroupis derrière un buisson, dos à un arbre, et je baissai ma culotte tout en me contorsionnant pour que le jet d'urine n'atteigne pas mes chaussures ni ne mouille mes habits. Ces derniers mois, à la Maison Rouge, j'avais été gâtée par un perchoir privé et une porte à verrou, et je m'étais amollie. Je restai accroupie beaucoup plus longtemps que je n'osais le faire d'habitude, et j'attendis d'être sûre d'avoir terminé avant de m'essuyer avec le carré de tissu que j'avais toujours en poche en cas de menstrues inopinées.

L'orage s'était dissipé, l'air était frais et vif. Dans le jour naissant, sans rafales pour me perturber, le cadre m'était familier. La cerisaie d'où mon détachement avait été délogé n'était pas loin, de même qu'un grand domaine appartenant à un certain Jeroen Van Tassel. Le capitaine Webb nous avait fait courir, affirmant que cette zone était pleine de loyalistes hollandais. Je n'avais aucune raison de ne pas le croire, compte tenu du dépôt secret et du ravin plein de chariots brûlés.

Je dénouai mes cheveux, les lissai avec mes doigts, puis les rattachai. J'avais laissé mon chapeau dans la grange et ma gourde près de ma selle. Je ne pouvais rien faire de plus pour me rendre plus présentable, mais je redoutais un retour embarrassant après ma folle course vers les arbres. Ce matin, je n'avais pas été un bon aide de camp.

Ils m'attendaient, tout le monde à cheval, quand je surgis de mon abri, à l'ouest de la grange. Grippy tenait ma monture par les rênes – lui aussi était en selle – et mon chapeau était accroché au pommeau. Très gêné, je pris mon courage à deux mains. Personne ne me regardait. Leur attention était fixée vers une petite éminence à l'est du large champ désert. Des bois se dressaient de part et d'autre, et on devinait une cabane à travers les arbres.

Les chevaux s'agitèrent, soudain nerveux, l'éclair gronda et crépita. Un moucheron vola près de mon oreille, puis un autre. Je les chassai avec la main, tout en contestant cette idée. Nous étions en mars, pas en juillet, et l'orage n'était plus là. Ce n'était pas un essaim d'insectes mais de balles.

Les hommes se dispersèrent alors vers le champ, et je poussai un cri, ne voulant pas qu'ils m'abandonnent.

— Shurtliff ! cria le général. Courez, mon garçon !

Mais j'étais pétrifiée. Le cheval de Grippy fonçait vers la forêt située au nord, et Sens Commun le suivait. Sproat essayait d'imposer un peu d'ordre à ses hommes, mais eux aussi galopaient vers les arbres, quelques-uns tirant en même temps, la plupart cherchant simplement à s'abriter. Le colonel renonça et éperonna sa monture, couché sur l'encolure et tirant sur nos assaillants inconnus. Un cheval fut atteint, et le cavalier tomba de sa selle. Williby roula à terre avant d'être parvenu au bois. Le général, retenant Lenox, tira un coup avec son mousquet, puis prit le pistolet qu'il portait à la hanche.

Un coup de feu retentit et lui fit perdre son chapeau. Je hurlai, arrachée à ma stupeur. Il s'effondra, sans lâcher son arme, et Lenox fila tout à coup, se sentant la bride sur le cou. À mi-chemin du champ, le général glissa mollement au sol.

Je courus vers lui, remuant bras et jambes, mais je ne pus aller très loin. Deux détonations fendirent l'air comme un fouet percutant mon mollet, puis ma cuisse. Je titubai, tombai et restai à plat ventre, la joue contre la terre.

Je n'avais pas mal. Une étrange pression avait gagné mon entrejambe, et j'avais à nouveau besoin de me vider la vessie. Mais c'était la peur, pas la douleur.

« Rien de cassé », me réconfortai-je. J'en étais à peu près sûre. Je me mis à ramper vers le général Paterson, m'attendant à ce qu'une nouvelle balle siffle près de ma tête ou s'enfonce dans ma chair, mais rien de tel ne se produisit.

Il ne bougeait plus, mais il respirait encore, et son cœur battait régulièrement sous ma paume. Je palpai son crâne, glissant mes doigts dans ses cheveux. Le sang voilait son visage et maculait le devant de son uniforme, mais le sillon tracé dans sa chevelure et une bosse de la taille d'un œuf d'oie à l'arrière du crâne étaient ses seules blessures flagrantes. Malgré ses membres droits et intacts, il était inerte comme un mort, serrant toujours son pistolet ; je ne pouvais le déplacer, même si je n'avais pas reçu une balle, peut-être deux, dans la jambe gauche. J'avais encore tout le membre engourdi, mais je sentais le sang dans ma chaussure quand je remuais les orteils. À quatre pattes, j'examinai la hauteur d'où venaient les coups de feu. Impossible d'aller par là.

Mon cheval avait disparu. Celui du général aussi, et j'étudiai les bois alentour, pour tâcher de concevoir un plan. J'ignorais si nos attaquants reviendraient, si Sproat et les autres pourraient faire marche arrière, et je n'avais pour m'aider que ce que je portais sur moi.

Si je ne me trompais pas, le domaine de Van Tassel se trouvait juste après le virage. J'irais donc de ce côté, la route n'était pas longue.

Elle me fit pourtant l'effet de mesurer mille lieues. Faire dix pas serait un défi.

— Elizabeth ! m'écriai-je. Elizabeth, aidez-moi.

Je ne sais à quoi je m'attendais, mais je n'avais personne d'autre à implorer. Je scrutai à nouveau les bois et suppliai le général de se réveiller, vérifiant une fois de plus son souffle et les battements de son cœur. Le pas d'un cheval et un hennissement triste se firent entendre à ma gauche. Prévoyant le pire, je rechargeai le pistolet vide du général. Un instant après, je vis s'avancer Lenox, la tête basse, l'air penaud.

— Oh, merci !

Je me levai, sans songer que ma jambe ne me soutiendrait pas. Lenox s'approcha du général et frotta son museau contre lui, en manière d'excuses. Je saisis ses rênes, le priai de se tenir immobile, hissai mon pied valide dans l'étrier et je me balançai sur son dos en un mouvement désespéré.

— Je reviens, promis-je au général.

Puis, d'un vigoureux coup d'éperon, je fis partir le cheval au galop, m'accrochant à son dos et à mon faible plan.

Tout était comme je pensais, même si chaque minute semblait une éternité. Le grand bâtiment blanc au milieu des arbres, avec des dépendances et des champs à l'arrière, était tel que je me le rappelais. Lors de notre première marche vers West Point, mon régiment s'était arrêté pour boire et se reposer au bord d'un large cours d'eau qui se jetait dans le fleuve un peu plus au nord.

Une jeune femme, sa robe telle une tache de couleur sur le ciel terne, était juchée sur un poney pommelé comme si elle venait de se mettre en route. Lorsqu'elle me vit, elle repartit vers la maison, annonçant à grands cris mon apparition. Une plume dansait contre sa joue pâle et ses boucles brunes flottaient dans son dos tandis qu'elle criait « Papa ! ».

C'était une aubaine, là encore. Si je descendais de cheval, il était peu probable que je sois capable de me remettre en selle.

Un homme en habit écarlate et culotte ocre sortit de la maison, son gros ventre tressautant à chacun de ses pas inquiets. La jeune femme qui avait proclamé mon arrivée se tenait à son côté, me souriant comme si elle vivait une prodigieuse aventure. Il exigea qu'elle rentre dans la maison, mais elle ne l'écouta pas. Je m'arrêtai et fis de mon mieux pour redresser mon dos et projeter ma voix.

— Monsieur, je suis un soldat de l'armée continentale. Mon commandant a été blessé et gît dans le champ voisin. Nous avons été attaqués à coups de fusil et dispersés. Je suis incapable de le soulever sans secours, et je voudrais que vous l'hébergiez jusqu'à ce qu'il soit en état de voyager.

J'ignorais s'il fallait révéler le nom ou le grade de Paterson. Un général était un prisonnier de valeur. En 1776, le général Lee avait été encerclé par un régiment britannique dans une auberge de campagne du New Jersey, pour la plus grande joie des loyalistes. Les Américains avaient été démoralisés. Mais nous étions en territoire neutre, où les civils étaient censés respecter les règles d'engagement, indépendamment de leurs opinions politiques.

— Je requiers votre assistance, insistai-je. Une charrette, un cheval et un homme pour m'aider à y installer l'officier blessé.

— Je n'ai rien de plus à donner, répliqua l'homme en pointant le menton et en croisant les bras par-dessus sa bedaine. J'aide l'armée depuis sept longues années. J'en ai fait assez.

Je braquai sur son visage le pistolet du général. Je n'avais pas peur de lui. Je craignais que le général Paterson ne soit mort avant mon retour.

— Votre nom, monsieur ?

— Partez d'ici tout de suite, exigea-t-il, le visage devenant aussi rouge que son habit. Je ne me laisserai pas intimider par le premier vaurien qui passe.

— Vous vous appelez bien Van Tassel ?

L'homme fronça les sourcils, les commissures de sa bouche s'enfonçant dans ses lourdes bajoues.

— Nous sommes en territoire neutre. Vous ne pouvez pas refuser votre aide à un officier. Si vous refusez, je confisque votre propriété.

— À vous tout seul ? ricana-t-il.

— Il suffira d'une balle pour vous rendre plus docile. Et si cet officier meurt, vous aurez une armée à votre porte, je vous le jure.

Il me dévisagea un instant de plus, mettant ma résolution à l'épreuve. Ma blessure était visible, j'étais aux abois et il le savait. Mais le désespoir rend les gens dangereux.

— Morris ! rugit-il.

Un serviteur africain était sorti de la maison quand la fille s'était mise à couiner. Il portait des habits déchirés et avait le visage luisant de sueur, comme si je l'avais interrompu en plein travail. Van Tassel pointa le doigt vers moi.

— Morris, aide cet homme. Utilise la grange. Et dépêche-toi, j'attends des invités.

Le serviteur hocha la tête et disparut dans la direction d'où il était venu. Van Tassel repoussa sa fille vers l'intérieur de sa demeure et claqua la porte derrière eux, rendant manifestes son déplaisir et ses réserves.

Je m'écroulai sur le cou du cheval, tremblant si violemment que je ne pus remettre le pistolet dans son étui. Je pris le temps de me ressaisir, je respirai à travers mes dents sans tenir compte du sang qui avait noirci ma jambière gauche et qui suintait d'un trou dans ma chaussure. Je m'en occuperais quand ce serait possible.

Morris ressortit quelques minutes plus tard, avec un cheval et une carriole. Un garçon de neuf ou dix ans était assis sur la bête, un chapeau de feutre sur la tête et les pieds enveloppés de haillons pour les protéger du froid. Ses habits n'étaient pas si différents de ceux que portaient la moitié des soldats à West Point.

— Amos pourra monter votre cheval pendant que nous allons chercher votre homme, dit Morris en désignant l'enfant. On tient à deux dans la carriole, et on dirait que vous allez tomber de votre selle.

Je ne prêtai aucune attention à cette remarque, aussi Morris s'assit-il derrière Amos, me laissant ouvrir la voie.

Le général était étendu là où je l'avais laissé, les yeux fermés, les membres écartés. Je descendis de Lenox, serrant les dents, et je rampai jusqu'à lui. Il respirait, son cœur battait, mais il était inconscient.

— C'est le général Washington ? demanda Amos.

— Non. Mais c'est un général, marmonna Morris en contemplant l'uniforme. Vous êtes sûr que vous voulez coucher chez Van Tassel, soldat ? Ce n'est pas un ami de la cause.

— Je n'ai pas le choix. Aidez-moi à l'installer dans la carriole. S'il vous plaît.

Je tentai de l'aider, mais Morris me repoussa et s'accroupit à côté du général. Il se releva en le soulevant sur son dos comme un sac de grain. Le général était un homme bien bâti, mais Morris était encore plus robuste.

Je grimpai dans la carriole, et Morris déposa son fardeau dans mes bras, plaçant sa tête endolorie contre ma poitrine. Les jambes du général étaient trop longues, et Morris les replia pour qu'elles ne pendent pas dans le vide. Je glissai une main autour de la ceinture de Paterson et l'autre autour de son torse pour l'empêcher d'être soulevé par les cahots de la route. De son côté, Morris aida Amos à monter sur Lenox.

Le trajet retour jusque chez Van Tassel fut le plus long et le plus pénible que j'aie jamais fait. Je perdais connaissance, ma fièvre se transformait en sueurs froides. Morris avançait lentement, avec précaution, et je tâchais de rassembler ce qui me restait de force pour la suite.

Quand nous arrivâmes, il hissa le général sur son dos et je titubai derrière lui. Me tenir debout exigeait toute ma concentration.

— Ce n'est pas chaud, mais c'est sec, dit Morris en couchant le général dans la paille. On va vous fournir de l'eau, des bandages, et un peu d'onguent de Maggie pour vos blessures.

J'ignorais qui était Maggie, mais j'acquiesçai avec gratitude.

— Je m'occupe du cheval, et j'irai demander à la demoiselle de vous donner ce que je ne peux pas vous offrir. Elle a le cœur plus tendre que son père.

Il retira la selle de Lenox et les sacoches de ses flancs, puis m'aida à fouiller dans les affaires du général, à la recherche de ce qui pourrait nous être utile. Je trouvai sa gamelle, un petit flacon de brandy, et des messages que je replaçai aussitôt dans le sac en cuir.

Morris apporta de l'eau, des chiffons déchirés en bandelettes, ainsi qu'une boîte de crème qui sentait l'écorce de noyer cendré et autre chose que je ne pus identifier. La fille de Van Tassel marchait sur ses pas, munie de deux couvertures, la mine curieuse.

— Cela évitera que la pourriture entre dans vos plaies, et ça endormira même un peu la douleur, promit Morris.

— Il est mort, dit la fille, tâtant la botte du général avec son pied. Regardez-le !

Ses paroles me glacèrent les veines, mais je pus constater qu'il était bien en vie.

— Il s'est simplement cogné la tête. Il va reprendre connaissance et nous partirons.

Elle haussa les épaules et jeta les couvertures à terre.

— J'essaierai de vous apporter à manger tout à l'heure. Papa donne un dîner, ce soir. Je ne pourrai peut-être pas m'échapper.

La fille était jolie, elle pouvait avoir dix-sept ans, et elle devait en avoir vu de toutes les couleurs, en grandissant au milieu d'un champ de bataille, mais si elle avait le cœur tendre, je n'en vis aucun signe. Elle quitta la grange dans un froufrou de jupes, en agitant ses boucles brunes.

— Vous feriez mieux de rester caché, m'avertit Morris, comme s'il craignait que je ne brandisse mon pistolet pour entrer dans la maison. J'ouvrirai l'œil et je veillerai à ce que personne ne s'aventure ici, mais si le général ne se réveille pas, vous devrez vous en aller, et le plus tôt sera le mieux. Les gens d'ici ne sont pas les amis des militaires.

— Merci, Morris.

Il acquiesça et, m'ayant laissé une lanterne, il referma la porte derrière lui.

Je nettoyai la plaie du général, l'enduisis d'onguent, puis étalai sur lui une couverture, ne pouvant accomplir davantage. Puis je sortis le couteau de sa gamelle et l'arrosai de brandy, comme j'avais vu d'autres le faire. Il était plat, à bout pointu, bon pour racler et pour piquer. C'était le seul ustensile dont un soldat était équipé.

Je vidai le sang de ma chaussure et ôtai mon bas, redoutant ce que j'allais découvrir en retirant ma culotte. Elle me collait à la peau, et la peur était pire que la douleur.

Mon estomac se souleva, ma vision se troubla, mais je détachai le tissu et baissai les yeux vers le trou noir percé dans le gras de ma cuisse gauche. Il n'avait pas l'air trop affreux, même si je savais que la balle était encore là, logée quelque part.

Une chose à la fois. La blessure qui avait rempli ma chaussure de sang avait été causée par une autre balle. Celle-là avait frôlé la chair de mon mollet, créant un sillon assez semblable à celui que le général avait sur la tête. La plaie était laide mais peu profonde. Je refis couler du brandy, frottai un peu d'onguent sur l'entaille, et l'enveloppai dans un morceau de tissu, certaine qu'un médecin n'aurait pas pu faire plus.

Je palpai d'un doigt terrifié le trou de ma cuisse, dans l'espoir de détecter la balle juste sous la surface et de la faire sortir sans avoir à aller plus loin. Creuser pourrait être problématique.

Ma respiration sifflant à travers mes dents, je gardai dans ma poitrine le gémissement que je m'interdisais d'émettre. Je versai un peu de brandy dans la plaie, luttant pour ne pas perdre conscience. Je ne pouvais m'évanouir tant que je ne portais pas de culotte. Je pliai ma ceinture et la plaçai entre mes dents, afin d'avoir quelque chose à mordre quand j'aurais envie de hurler. Si un homme était capable de retenir ses cris, je serais capable de retenir les miens.

Je dus m'y reprendre à plusieurs fois. Le petit couteau en forme de cuiller me glissait dans la main, la sueur me piquait les yeux. J'eus la nausée et je dus m'interrompre, mais à la cinquième tentative, les joues ruisselant de larmes de souffrance, je recrachai la ceinture et éjectai de ma cuisse le plomb intrus.

— Oh, merci. Merci, Seigneur. Merci, murmurai-je.

Le sang bouillonnait dans la plaie, mais mon soulagement était si grand que je faillis éclater de rire. Je l'arrosai à nouveau de brandy, vidant la bouteille pour soulager ma douleur, et j'enduisis la blessure d'onguent de Maggie. Je la pansai d'une main tremblante, avant de remonter sur mes hanches ma culotte encroûtée de sang, la serrant autour de ma taille avant de sombrer dans la torpeur, blottie contre mon général.

17

Leur juste pouvoir

JE FUS TIRÉE DE MON SOMMEIL par des voix de l'autre côté du mur. La nuit était tombée, et un clair de lune glacé s'insinuait par une haute ouverture au-dessus de nos têtes.

La souffrance de ma jambe me rappela immédiatement où j'étais et quel danger nous courions, moi et l'homme contre lequel j'étais étendue.

Les voix s'éloignèrent – sans doute celle de Morris et de son fils – et je bondis, terrorisée à l'idée que le général aurait pu mourir pendant que je dormais. Sa peau était encore chaude, mais pas excessivement, et ses lèvres entrouvertes. Il faisait assez froid dans la grange pour que son haleine soit visible, et je trouvai un réconfort dans ce signe de vie, malgré son immobilité persistante.

Je m'obligeai à dresser le bilan de notre situation, alors que j'aspirais seulement à somnoler. J'allumai la lanterne, bus un peu d'eau, soulageai ma vessie dans la terre, et étalai un peu d'onguent sur mes blessures. Elles semblaient hideuses et je souffrais davantage, mais je ne saignais pas, je n'avais pas de fièvre, et après avoir remonté ma culotte, je retournai auprès du général.

Il semblait dormir, son grand corps étendu dans la paille, mais il était totalement sans réaction. J'avais passé la nuit recroquevillée près de lui, partageant la chaleur de mon corps et puisant à la sienne, mais je repoussai la couverture que j'avais déployée sur lui, afin d'examiner ses membres et son buste avec plus de soin que je ne l'avais fait initialement. Quelque chose m'avait sûrement échappé. Quelque chose de terrible.

La plaie à la tête était gonflée, affreuse, mais ce qui me glaçait le sang, c'étaient les blessures que je ne pouvais voir. Je passai les mains sur ses épaules et le long de ses bras. Ses doigts ne se plièrent ni ne se déplièrent quand je lui touchai les paumes. Je déboutonnai son gilet et soulevai sa chemise, cherchant sur sa peau ce que j'avais pu négliger. Il était chaud, un peu trop maigre – nous étions tous trop maigres –, ce qui le faisait paraître encore plus long que large ; les larmes me vinrent aux yeux et me chatouillèrent le nez alors que je promenais mes mains sur son corps, tout en lui demandant pardon tout bas. Malgré toute ma témérité, je ne découvris pas même un bleu. Sa tête blessée était seule en cause, et je ne pouvais rien pour lui.

— Réveillez-vous, John Paterson, suppliai-je en rajustant ses habits et en ravalant mes larmes. Nous devons partir d'ici.

Je le fis rouler sur le côté pour soulager la pression sur la grosse bosse qu'il avait à l'arrière du crâne, et je glissai sous sa tête la sacoche de son cheval en guise d'oreiller. Je me recouchai à côté de lui, épuisée par cet effort, et je remontai la couverture sur nous, blottie contre lui, ma joue sur sa sacoche. Nos visages étaient tout près l'un de l'autre, son souffle était régulier, le mien haché, mais je ne fermai pas les yeux. Je n'osais pas. J'étais bouleversée par la peur, la culpabilité et la douleur, et je me mis à prier, à implorer l'attention de Dieu.

Mrs Thomas avait dû prier ainsi pour ses dix fils.

Cette idée n'avait rien pour me réconforter.

La mort avait rendu plus d'une visite à la famille Thomas, malgré les supplications désespérées de parents bons chrétiens.

Je n'étais pas bonne chrétienne, mais j'étais tenace. J'étais comme Jacob dans l'Ancien Testament. Jacob qui était devenu Israël. Jacob l'usurpateur. Jacob l'intrus. Jacob qui avait lutté avec Dieu, refusant de céder jusqu'à ce qu'il reçoive Sa bénédiction, bénédiction qu'il ne méritait pas. Jacob qui avait volé le droit d'aînesse de son frère.

Ce n'était pas le droit d'aînesse de mon frère que j'avais pris, mais son nom.

— Prends-moi, Seigneur. Prends-moi à sa place, suppliai-je.

Dieu nous prendrait peut-être tous les deux, le général et moi. Les blessures de ma jambe pourraient s'infecter. C'était plus que vraisemblable, mais je n'avais jamais eu l'intention de survivre.

Je ne pouvais rien de plus pour John Paterson. Je ne pouvais ni me battre ni courir, je pouvais à peine marcher. Jacob devenu Israël s'insinua à nouveau dans mes pensées. Quand Dieu en eut terminé avec lui, il était presque estropié.

Je priai jusqu'à ce que mes mots se brouillent et que mon esprit se vide. Avant de dériver dans le sommeil, j'implorai Dieu une dernière fois, m'offrant à la place de John Paterson – marché terrible, je le savais, mais sincère.

Puis je suppliai Elizabeth de le renvoyer s'il tentait de la rejoindre.

— Nous avons besoin de lui, Elizabeth. Je sais qu'il préférerait rester avec vous. Mais renvoyez-le si vous le voyez. S'il vous plaît, Elizabeth.

***

Ce fut sa voix râpeuse, à peine plus qu'un grommellement, qui me réveilla plusieurs heures après, et je sursautai, contemplant son visage. Le jour s'était levé, et je n'avais aucune notion du temps qui s'était écoulé. Ma vessie était pleine, j'avais des élancements dans les jambes, mais John Paterson était éveillé.

À un moment, il avait dû rouler sur le dos, et il battit lentement des paupières, comme si ses paupières étaient lourdes, mais son regard bleu resta focalisé sur moi.

— Mon général ? Pouvez-vous me parler ?

— Y a-t-il une raison pour que vous me teniez la main, soldat ? chuchota-t-il, ses mots fissurés par l'effort.

J'étais trop transportée de joie pour sentir de l'embarras.

— Oui, mon général. J'avais peur que vous mouriez pendant mon sommeil. Et je ne pouvais plus rester éveillé. Donc je vous tenais la main pour vous retenir ici-bas.

— Cela semble avoir été efficace.

Sa main enveloppa la mienne, et je me surpris à la serrer d'autant plus fort.

— Je croyais que vous ne reprendriez jamais connaissance.

Ma voix se brisa, et je m'éclaircis la gorge pour tâcher de me ressaisir.

— Où sommes-nous ?

— Dans une grange. Elle appartient à un loyaliste nommé Jeroen Van Tassel. Il possède une maison d'au moins douze pièces et, à en juger d'après son teint et sa panse, ses caves sont remplies de vin et de victuailles. Je demande la permission d'accompagner une descente sur sa demeure lorsque nous regagnerons West Point.

— Permission accordée.

Il battit à nouveau des paupières, avec une lenteur douloureuse, et tressaillit.

— Et pourquoi… sommes-nous dans sa grange ?

— De quoi vous souvenez-vous, mon général ?

— Les provisions. La grotte.

— Nous avons été attaqués lors du retour. J'ignore pourquoi, et par qui. Ce fut la panique. Les soldats et les chevaux se sont dispersés. Le colonel Sproat et Agrippa étaient encore en vie quand je les ai vus pour la dernière fois, tous deux encore en selle. Quant aux autres, je ne sais rien.

— Les hommes de DeLancey ?

— Je ne sais pas. Probablement. Mais nous les avons surpris… et ils nous ont surpris. Je ne crois pas que l'attaque ait été prévue.

Il grogna et porta la main gauche à sa tempe, tâtant les bandages.

— J'ai l'impression que ma tête est clouée au sol.

— Vous avez pris une balle de mousquet à travers votre chapeau. Elle a tracé un sillon dans vos cheveux, mais sans entrer dans votre crâne. Elle vous a fait tomber de cheval, néanmoins. Vous avez le front enflé, ainsi qu'une grosse bosse à l'arrière de la tête, c'est pourquoi j'ai essayé de vous tourner sur le côté.

— Devant et derrière ? Comment ai-je bien pu faire ça ?

— Je ne suis pas sûr, mon général. Le talent, je suppose.

— Ne me faites pas rire, Shurtliff !

Ses lèvres se tordirent de douleur, et je me mis à verser des larmes pour de bon.

— Alors vous vous souvenez de moi ? demandai-je.

Sa bouche se ferma, et ne se rouvrit pas.

— Mon général ?

Il ne répondit rien, et je crus à nouveau qu'il avait été happé par la mort.

— Mon général ?

Je lui tapotai la joue, paniquée.

— Mon général !

Ses yeux se rouvrirent, son regard me sembla plus clair.

— Vous avez prié. Tout haut. Vous avez dit son nom.

— Le nom de qui ?

— De ma femme. Vous avez supplié Elizabeth de me renvoyer.

Ses doigts remuèrent entre les miens, et je m'aperçus que je serrais encore sa main droite dans ma main gauche. Je n'osais pas lâcher prise.

Je hochai la tête, craignant de trahir mon émotion si je parlais. Beaucoup de mes prières tourmentées avaient été muettes, mais elles avaient été entendues.

— On gèle ici, s'exclama-t-il. Votre main est trop chaude.

— Je vais bien, mon général.

— Non. Vous êtes couvert de sang, vous pleurez, et votre peau est brûlante.

Je me forçai à desserrer mes doigts pour libérer les siens.

— Ce sang est surtout le vôtre, mon général, mentis-je. Et mes larmes étaient pour vous aussi.

— Vous n'avez pas été blessé ?

— Si. Ma jambe gauche a été touchée, mais elle s'en remettra. Aucun dégât durable. (Je l'espérais.) Mon cheval s'est enfui.

— Et le mien ?

— Votre monture est dans l'écurie de Van Tassel.

Il poussa un lourd soupir de gratitude, et nous nous tûmes.

— Depuis combien de temps sommes-nous ici ?

— Je n'en suis pas certain. Une journée entière... peut-être davantage. Mais nous devons partir. On m'a prévenu que Van Tassel n'était pas un ami de la cause, même si je n'avais pas besoin de cet avertissement. Les seuls à s'être inquiétés de notre sort, ce sont un serviteur nommé Morris, et la jeune fille de la maison, et dans son cas à elle, il doit s'agir de curiosité plus que de sollicitude. J'ai demandé de l'eau et des couvertures. Elle les a apportées, mais pas grand-chose de plus.

— Comment savez-vous que c'est un loyaliste ?

— Il est plus gras, plus riche, plus à l'aise. Il n'a pas l'air rongé par les soucis.

— Ah.

— Je pourrais partir seul, mon général, maintenant que vous avez repris connaissance. Maintenant que je sais que vous n'allez pas mourir sans moi. Et je reviendrai avec des renforts.

Il roula sur le côté et se redressa, évaluant l'état de sa tête. Je m'empressai de l'aider, m'asseyant moi aussi.

Il vacilla mais se rattrapa aussitôt.

— Je sens un martèlement sous mon crâne, mais le reste va bien. J'ai soif... et envie de pisser.

Je lui tendis la gourde, et après avoir bu avidement, il me la rendit vide.

— Pour le reste, y parviendrez-vous seul, mon général ? demandai-je, me préparant au pire.

— Si je n'y arrive pas, je ne serai sûrement pas capable de chevaucher non plus.

— Je ne crois pas que vous soyez en état, mon général.

— Vous pourrez m'aider à rester en selle.

Un frisson d'alarme me parcourut le dos. « Tu ne me fais pas l'effet d'un garçon, Rob. »

Je serais incapable de rentrer à West Point à pied. Je le savais. Mes plaies ne s'étaient sans doute pas envenimées, mais elles étaient encore loin d'être refermées. Je devrais m'accrocher à lui avec mes bras et prier pour que ma poitrine contre son dos ne me trahisse pas.

Je hochai la tête et me levai, pour tester ma jambe. Elle n'était ni mieux ni pire qu'auparavant. Mais à présent le général m'observait.

— Votre culotte est imbibée de sang. Où avez-vous reçu une balle ?

Je baissai mon bas, révélant le bandage sur mon mollet, et le remontai en hâte. Même bandées et éclaboussées de sang, mes jambes étaient décidément féminines. Mes poils étaient trop fins et trop clairs, mes mollets trop étroits.

— Cela n'explique pas le sang au-dessus.

— J'avais votre tête sur mes genoux lorsqu'on vous a amené ici.

Songeur, il ne répondit rien, et je crus qu'il allait se recoucher.

— Je vous dois la vie, Shurtliff, n'est-ce pas ?

— Oui, mon général. C'est vrai. Je vous remercierai donc de ne pas la perdre de sitôt.

Il renifla et se leva avec précaution, s'appuyant au mur. Il ferma les yeux comme si toute la grange tournait.

— Je vais chercher le cheval, mon général.

— Je préfère ne pas demander comment.

— Je me débrouillerai.

— J'en suis persuadé.

Je le laissai, encore vacillant mais debout, se tenant d'une main à un poteau. Je l'entendis avoir un haut-le-cœur et recracher l'eau qu'il venait d'avaler. « Damnation ! » jura-t-il, mais je sortis de la grange, heureux que ses misères le distraient des miennes.

Tandis que je m'avançais en boitillant, Morris s'approcha, un seau dans une main et un pain dans l'autre.

— Nous partons. J'ai besoin du cheval du général.

Il s'arrêta, l'eau débordant du seau, puis il me remit tout ce qu'il apportait.

— Van Tassel n'aimera pas que vous partiez sur ce cheval. Il croit qu'il est à lui, désormais. Il a déjà trouvé un acheteur.

— Alors je lui évite une grossière erreur.

— Je vous l'amène et je vous aiderai à le seller. Mais dépêchez-vous. Van Tassel est sorti il y a moins d'une heure, mais il n'allait pas loin.

— Dès que nous aurons le cheval.

Le général Paterson m'attendait. Son teint était d'un gris inquiétant, mais ses yeux étaient clairs, son regard attentif. Il prit une bouchée de pain, puis me regarda remplir la gourde et rassembler les deux ou trois choses que j'avais tirées des sacoches.

— Vous pouvez à peine marcher, fit-il remarquer.

— J'ai mal au mollet.

Je ne mentionnai pas ma cuisse.

Morris revint, guidant Lenox. Il le sella et rattacha les sacoches sans un mot. Soulagée, je faillis pousser un gémissement. Je n'aurais pas eu la force de les ramasser à terre. Morris tint les rênes pendant que Paterson montait en selle et attrapa sa tunique lorsqu'il vacilla. Pendant un instant, je crus que le général allait basculer de l'autre côté, mais il n'en fut rien.

— Venez, Shurtliff, ordonna-t-il.

Morris s'avança, prêt à m'aider, et je le laissai faire, me posant sur la croupe du cheval, derrière la selle. Lenox protesta et je glissai, incapable de serrer les cuisses pour rester en place.

— Accrochez-vous à votre officier, soldat, conseilla Morris.

Je suivis son conseil, passant les bras autour de la taille du général. Il était raide et respirait comme s'il allait vomir à nouveau.

— Vous savez où vous allez ? me demanda Morris, les yeux sur le visage de cendre du général.

— Nous sommes à une lieue à l'est du fleuve. Peekskill est au nord.

Morris hocha la tête.

— Ne prenez pas la route. Pas encore. C'est par là que reviendra Van Tassel, et Dieu sait avec qui. Suivez l'eau jusqu'à la fourche, puis vous trouverez la route. Il y a un pont juste à l'est, là-bas.

Il désigna les bois, et le général le remercia.

— Si vous avez… besoin de quelque chose… venez me voir, déclara Paterson. Nous accueillons les hommes braves. Tous les hommes braves.

— J'ai une femme et un enfant, répondit Morris. Nous avons de la chance d'être ensemble. Van Tassel pourrait nous vendre s'il le décidait. Je ne peux pas devenir soldat.

— Dites la vérité à Van Tassel. Nous avons pris le cheval, rappelai-je à Morris, soudain inquiète pour lui. Il n'a pas besoin de savoir que vous nous avez aidés. Dites-lui que j'ai menacé de vous tuer, comme je l'ai fait avec lui.

— Vous devriez partir. Maintenant.

— Merci, Morris.

— Ne me remerciez pas. Partez, simplement. Et allez-y lentement, sinon vous n'y arriverez jamais.

Il passa les rênes autour du pommeau de la selle et plaça par-dessus les mains du général. Puis il poussa Lenox en avant.

Je ne me retournai pas, mais je sentis son regard sur nous tandis que nous disparaissions parmi les arbres.

Nos souffrances combinées étaient loin d'être négligeables. Le général s'accrochait au pommeau et je m'accrochais à lui, les bras tremblants, les jambes torturées par l'effort de me tenir droite. La distance que j'avais cru pouvoir observer entre nos deux corps était inexistante.

— Notre Père qui êtes aux cieux, murmurai-je.

— Vous priez encore, Shurtliff ?

— Oui, mon général. Vous êtes lourd. Et je suis... faible.

— Nous irons lentement, comme a dit l'homme. Et nous nous fierons tous deux au cheval.

— Oui, mon général.

Lenox avançait à pas réguliers, les nuages couraient dans le ciel, et je priais en silence.

— Vous avez menacé Van Tassel avec un pistolet ? demanda tout à coup le général.

— Il refusait de m'aider.

Paterson grogna, mais j'ignorais si c'était de rire ou de douleur.

— Parlez-moi, exigea-t-il.

— Mon général ? Si je parle, je ne peux pas écouter.

Je craignais de croiser du monde à chaque virage, et nous avions des lieues à parcourir avant d'atteindre un territoire ami.

— Le cheval tendra l'oreille.

Sa voix était nerveuse, et ses mains se crispaient sur le pommeau. Je resserrai mon étreinte. Dans son état, je n'étais pas sûre qu'il le remarque.

— J'ai la tête qui tourne. Je ne peux pas distinguer le sol du ciel, avoua-t-il.

— Fermez-les yeux, ordonnai-je. Si le cheval peut écouter, il peut aussi voir.

— Parlez-moi.

— Hmm… Aimez-vous Shakespeare, mon général ?

Son grommellement ressemblait à un assentiment.

— *Le Roi Lear, Beaucoup de bruit pour rien, Roméo et Juliette* ?

— Cette dernière pièce ne m'a jamais intéressé.

— Non, moi non plus. Je n'en ai jamais compris l'attrait.

— Vous n'êtes pas un romantique, Shurtliff ?

— Non, mon général. Je préfère *Hamlet. Le Marchand de Venise. Othello.*

— Pourquoi ?

Il faisait de son mieux pour entretenir cette conversation.

— Je comprends le Maure, son besoin de faire ses preuves. Je n'apprécie pas vraiment la façon dont il traite la femme de sa vie, mais même cela est compréhensible.

— C'est notre malédiction, à nous, les hommes.

— Quoi donc, mon général ?

— Le besoin de faire nos preuves.

Je grognai, sans le contredire. Je considérais que c'était un trait commun aux deux sexes, mais je savais qu'il valait mieux ne pas discuter.

— J'ai toujours su ce que voulait mon père, poursuivit-il. Je savais exactement ce que l'on attendait de moi.

Courage, force, intégrité. Ces qualités qu'il exigeait de moi, j'en suis venu à les exiger de moi-même. Il voulait que j'étudie, que je fasse mon droit. Que je veille sur ma mère et mes sœurs, que j'aie ma propre famille. Dieu, la famille, la patrie. C'était sa devise, même si pour lui, la patrie ne signifiait pas… ce que ce mot signifie pour moi. Je me demande souvent ce qu'il penserait de notre cause.

— C'était un militaire ?

Je connaissais la réponse.

— Oui. L'armée nous l'a emporté. Tout comme elle m'a emporté.

— Emporté où, mon général ?

— Il est mort à Cuba, de la fièvre jaune, quand j'avais dix-huit ans.

— Je suis désolé, mon général.

— C'était un homme bon. Du moins… je le crois. Je l'espère.

— Qu'est-ce qu'un homme bon ? demandai-je pour qu'il continue à parler.

— Mon père m'a dit un jour que la vaillance est la qualité qui définit la vraie grandeur. Ni le talent ni la puissance, mais la vaillance. C'est devenu mon objectif. Certains jours, mon seul objectif. Je crains que mon manque d'ambition personnelle ait beaucoup déçu Elizabeth.

Il marmonnait presque, mais notre entretien avait pris un tour surprenant. Je souhaitais désespérément qu'il poursuive.

— Je ne serai pas le genre d'homme dont l'Histoire se souvient. Au point où nous en sommes… mes enfants ne se souviendront pas de moi.

— C'est pour les femmes que la guerre a été le plus éprouvante. L'Histoire ne se souviendra d'aucune d'entre elles.

— Quel drôle de personnage vous êtes, Shurtliff. (Il soupira.) L'âme d'un vieux sage dans le corps d'un gamin.

Mon rire fut presque un sanglot.

— Je suis né vieux, mon général.

— Oui, je le crois. Parlez-moi de votre père.

— Je n'ai pas connu mon père.

— Et votre mère ?

— Elle m'a envoyé vivre chez une parente après le départ de mon père. (J'avais choisi mes mots avec soin.) Je ne l'ai que très peu vue après l'âge de cinq ans.

— Quand tout cela sera fini, je rentrerai à Lenox, Massachusetts. Où irez-vous ?

— Je ne sais pas trop. Je ne me pose pas ce genre de questions.

Je ne m'*autorisais* pas à me les poser.

— Je ne vous crois pas. Vous réfléchissez constamment.

— Oui, mon général. Mais je ne pense pas à l'avenir. Le présent est bien assez difficile.

J'enfonçai mon front dans son dos, pour le redresser sans le renverser. Je sentais les moments où il se trouvait à la limite de l'inconscience. C'était peut-être l'épuisement, mais il s'affaissait parfois, et le fait que nous soyons restés en selle pendant cette dernière heure tenait du miracle.

— Mon général, si l'on nous attaque, notre compte est bon, haletai-je.

— Continuez à parler, Shurtliff. Si vous vous taisez, mon compte est bon.

— Je ne sais quoi vous dire, mon général.

— Parlez-moi de vous.

— Je ne me suis jamais permis de désirer trop les choses.

Il s'avachit, et je le secouai, épouvantée.

— Je suis là, mon garçon. Je suis là. Continuez. Vous n'osez rien désirer trop…

— J'aimerais avoir une famille un jour.

Je faillis éclater de rire en m'entendant. Je n'avais aucune envie de trouver un mari. Je voulais seulement des enfants.

— Avez-vous une fille en vue ? demanda-t-il, la voix un peu pâteuse.

— Je ne veux pas me marier.

— Non ? Alors vous aurez du mal à avoir des enfants.

L'humour, même dans la souffrance. J'aimais cela, et je ris.

— Je veux être aimé à la folie ou pas du tout. Je ne vois pas qui pourrait m'aimer à la folie.

Je débitais des inepties, mais j'étais sûre qu'il oublierait tout.

— Pourquoi ?

— Parce que cela n'est jamais arrivé.

— Vous êtes encore jeune.

Son menton s'affaissa un peu plus sur sa poitrine.

— Parlez-moi de vos enfants, mon général.

— J'ai des filles. De petites filles, toutes des princesses. Comme leur mère. Hannah, Polly et Ruth.

Je savais tout d'Hannah, Polly et Ruth, mais je l'incitai à continuer.

— Hanna et Polly sont brunes, comme Elizabeth. Ruth me ressemble, jusqu'à la fossette au menton et au pli sur le front. La pauvrette.

— Parlez-moi de Mrs Paterson. Ressemblait-elle à la peinture qu'il y a dans vos quartiers ?

— Elle était petite et… ronde, aurait-elle dit, même si elle savait qu'elle était ronde comme la plupart des femmes veulent l'être. Peau claire, cheveux foncés, grands yeux… bruns. Le portrait est assez ressemblant.

Petite et ronde. Comme Mrs Thomas. C'était exactement ainsi que je me l'étais représentée. Seul John Paterson ne correspondait pas à l'image que je m'étais faite de lui. Il poursuivit, comme s'il reconnaissait qu'elle méritait cet éloge, même s'il en était à peine capable.

— Elizabeth était... facile... à aimer. Elle était intelligente..., bonne... et belle. C'était le genre de femme qu'il... faut conquérir vite, et je n'ai pas hésité. Dès qu'elle a eu l'âge requis, je suis allé voir son père et lui ai soumis ma demande. Jamais je n'ai douté que ce soit la bonne décision. Elle m'a donné trois enfants, elle m'a donné la paix de l'esprit, elle m'a donné amitié et soutien. Elle a donné, donné... et elle n'est plus. Et moi je suis là, à mener cette guerre sans fin, dont je me demande à quoi elle sert.

— Je suis désolé, mon général.

— Moi aussi.

— Tenez bon, mon général. Nous n'avons plus très loin à aller. Plus très loin, mentis-je.

Il nous restait plusieurs lieues.

— Continuez à parler, Rob. Continuez simplement à parler.

Il m'avait appelée « Rob », et cela m'encouragea, comme si les frères Thomas faisaient cercle autour de moi, me mettant au défi de poursuivre.

Je me mis à réciter tout ce que j'avais appris au cours de ma vie, extrayant les mots des recoins de mon esprit, livre des Proverbes, catéchisme, scènes entières du *Marchand de Venise*, pour nous tenir éveillés. Le général grommelait et vacillait, mais il resta en selle, et moi aussi.

Nous arrivâmes à Peekskill Hollow un peu avant l'aube, et nous fûmes accueillis par un garde qui reconnut le cheval du général avant de comprendre que c'était nous. Un clairon sonna, des pas se firent entendre, et une vingtaine d'hommes accoururent, Grippy en tête.

— Oh, Dieu soit loué, gémit le général. Est-ce vous, Agrippa ?

— C'est moi, mon général. C'est moi. Le Seigneur soit loué.

— J'ai pensé ne jamais vous revoir, mon ami.

Le général chancelait mais souriait, et des larmes ruisselaient sur mes joues. Moi aussi j'avais craint le pire, et je perdis toute retenue en voyant Agrippa Hull en vie et en bonne santé.

— Le général Paterson a besoin de secours, criai-je en essuyant mon visage à son dos voûté. Il est blessé.

Des bras se tendirent pour nous aider à descendre, mais je fus incapable de lâcher prise, tant j'avais les bras crispés. Je ne pouvais que secouer la tête, impuissant.

— Lâche donc, Joli, insista Grippy.

— Je ne peux pas.

Le général se baissa pour détacher mes bras, et je me laissai glisser à terre, en essayant de faire reposer mon poids sur ma jambe valide. Au lieu de quoi je m'écroulai lamentablement.

— Allez chercher le Dr Thatcher.

— Non, je vais bien, protestai-je en me laissant relever. Occupez-vous du général. Je suis simplement fatigué.

— Tu as bien agi, Joli. Tu as bien agi, murmura Grippy en me redressant.

Paterson réussit à contrôler ses jambes tandis qu'on l'aidait à quitter la selle. Je glissai un bras autour de sa taille, Grippy en fit autant de l'autre côté, et nous titubâmes vers l'hôpital tandis qu'il nous expliquait tout ce qui s'était produit en notre absence.

18

Du consentement des gouvernés

Le Dr Thatcher examina les pupilles du général et nettoya la plaie qui divisait ses cheveux, puis déclara qu'il lui fallait un tonique pour apaiser la tempête sous son crâne et quelqu'un pour le réveiller toutes les heures.

— Votre tête a enflé, général, cela ne fait aucun doute. Mais à part une migraine et une cicatrice intéressante, vous devriez vous en remettre sans peine.

Je m'attardai à la porte, soucieuse d'aider et désireuse d'être seule. Grippy était parti nous chercher de quoi souper et panser le cheval du général, le véritable héros du moment. Il était trop malin, et il avait aussitôt remarqué mon état. Il fallait que je me nettoie avant qu'il ne revienne.

— Le soldat Shurtliff a besoin de soins, dit le général.

Refuser éveillerait les soupçons, et quand le médecin me fit signe d'avancer, je me montrai docile. Je m'assis et baissai mon bas, tout comme auparavant.

Le Dr Thatcher nettoya la plaie, déclara que j'avais de la chance, et appliqua une nouvelle couche d'épais onguent sur le sillon creusé dans mon mollet par la balle.

— Il y a dans votre culotte un trou de la taille d'une balle de mousquet, et vous êtes en sang de la hanche aux orteils, dit-il en scrutant ma cuisse.

— C'est le sang du général, monsieur, et le trou n'est qu'une déchirure faite en chemin.

D'un air dubitatif, il finit de me bander la jambe.

— L'aide de camp d'un général doit être irréprochable. Il faut y remédier au plus vite.

Le général Paterson renifla :

— Doucement, Thatcher. Ce garçon a eu d'autres soucis qu'un accroc à son uniforme.

— Il ne faut rien céder à ces soldats, Paterson. Vous le savez mieux que quiconque.

— J'ai des habits propres dans mes sacoches. Grippy ira les chercher, et il trouvera quelque chose pour Shurtliff. Mon aide de camp mérite des compliments, et non une réprimande.

J'avais perdu mon cheval, ma selle, ainsi que tout le contenu des sacs, et je ne pouvais rien y faire. J'avais d'autres raisons de m'inquiéter.

— Pourrais-je avoir un autre bandage, docteur Thatcher ?

— Pour quoi faire ? me demanda-t-il en fronçant les sourcils.

Il ressemblait beaucoup à sa tante lorsqu'il me regardait ainsi.

— J'aimerais me laver, monsieur, et mon bandage risque d'être mouillé.

— Nous n'en avons pas à gaspiller, soldat.

— Pour l'amour du ciel, Thatcher ! s'exclama le général.

— Je reviendrai vous voir dans un moment, Paterson. Vous pouvez tous les deux dormir ici, à l'hôpital. (Il désigna deux lits vides, contre le mur, puis me regarda.) N'oubliez pas de le réveiller toutes les heures.

Je boitillai vers une pièce déserte, traînant un seau d'eau, et je fermai la porte derrière moi. Je me déshabillai, me lavai de mon mieux, remis un peu d'onguent de Maggie sur le vilain trou de ma cuisse, et le bandai serré, en priant pour que Dieu me garde et guérisse aussi le général. Puis je me servis du seau comme d'un pot de chambre, vidai le contenu par la fenêtre, et me préparai à toute éventualité.

***

Tandis que le général dormait, Agrippa nous avait apporté du linge propre pour tous les deux. Je paniquai d'abord, sachant que m'isoler pour me changer semblerait étrange – les soldats n'avaient pas besoin d'intimité pour cela – mais Agrippa repartit presque aussitôt, me laissant un instant pour ôter ma chemise souillée et enfiler une culotte trop grande pour moi. Je poussai mon lit vers celui du général, afin de n'avoir qu'à tendre la main pour le toucher pendant la nuit.

— Ne t'en fais pas, soldat. Je veillerai sur lui. Toi, repose-toi, dit Grippy en entrant, une bouteille de rhum à la main, traînant dans la pièce un fauteuil à bascule trouvé je ne sais où.

— Le Dr Thatcher dit que je dois le réveiller toutes les heures.

— Oui, mais tu souffres plus que tu ne veux le laisser paraître, donc tu vas te reposer et moi je resterai assis ici.

Je bus une longue rasade à la bouteille qu'il me proposa, dans l'espoir que l'alcool calmerait ma douleur, puis je la lui rendis, me soulageant par un grognement à peine étouffé.

— Ne le laisse pas dormir trop longtemps, Grippy. J'ai eu si peur qu'il ne se réveille plus.

— Je m'occuperai bien de lui. Tais-toi, maintenant.

Grippy posa la bouteille à terre. Il étendit une couverture sur le général et une autre sur moi.

— Tu as pris bien soin du général, Joli, et je ne l'oublierai pas. Je veille sur les miens, tu n'as plus de raison d'avoir peur.

Il se mit à se balancer doucement. Sa présence et le lent grincement du fauteuil m'apaisèrent plus que le rhum. Sa gentillesse me picotait la gorge et me faisait battre le cœur, mais je gardai les yeux secs et la voix ferme.

— Merci, Grippy. Mais je n'ai pas peur.

Pas de la façon qu'il croyait. Pas de la façon dont les autres avaient peur.

— Ah non ? Je pense que si. C'est pour ça que tu te donnes tellement de mal. De ma vie entière, je n'ai jamais vu personne se donner autant de mal. Et je ne suis pas le seul à l'avoir remarqué. Ta réputation t'a précédé, Joli, avant même que tu te présentes à la Maison Rouge. Tu caches bien ton jeu.

— Je n'ai pas peur, répétai-je alors que je me sentais décliner, trop fatiguée pour avoir peur. Mais moi aussi, je veille sur les miens. Simplement, je… je n'ai plus beaucoup de gens sur qui veiller. Presque tous ceux que j'aime… sont ici.

— C'est pour ça que tu as peur. Je comprends. Tu as peur de perdre ceux qui restent. (Il émit un son comme s'il voyait clair en moi.) Mais tu es des nôtres, à présent.

Il se pencha pour me tapoter le bras. Je tentai de ne pas sursauter à ce contact, réaction involontaire, mais il sembla comprendre cela aussi.

— Le général et moi, nous veillerons sur toi.

Je suppose qu'il avait tout compris, en un sens. Je craignais plus de perdre mon poste que de perdre la vie. Mais avec Grippy auprès de moi, je n'avais plus peur de rien. Je fermai les yeux, renonçai à rester éveillée, et je le laissai me relayer un moment.

***

Agrippa et le colonel Ebenezer Sproat étaient tous deux revenus avant nous. Avec les soldats, ils avaient pourchassé les hommes qui nous avaient tirés dessus, tuant deux d'entre eux et capturant les autres. Les tireurs prétendirent nous avoir pris pour des loyalistes, mais Sproat ne fut pas convaincu, et les obligea à marcher sous la menace de son fusil jusqu'à Peekskill Hollow, où ils étaient encore emprisonnés. Quand ils revinrent nous chercher après l'échauffourée, nous avions disparu, le général et moi, et ils ignoraient entièrement si nous étions morts ou vifs, captifs ou cachés.

Le colonel Sproat fut presque aussi soulagé de nous voir qu'Agrippa l'avait été, et il émit un long sifflement lorsqu'il apprit notre histoire.

— Jeroen Van Tassel est depuis le début une épine dans notre flanc. Vous avez de la chance d'en être revenus. Il vous aurait livré à DeLancey sans hésiter s'il en avait eu l'occasion, même s'il a déjà dû être grassement payé. Je ne serais pas étonné qu'il ait aidé à organiser l'attaque du ravitaillement. Le dépôt se situe sur ses terres. Si nous voulons mettre la main sur ces provisions, mieux vaudrait le faire vite.

Nous ne repartîmes pas tout de suite pour West Point. Le général Paterson envoya deux schooners transporter une douzaine de charrettes à bras et cinquante hommes en aval, jeter l'ancre à Eastchester et vider le dépôt qui avait failli nous valoir la mort. Le colonel Sproat choisit les soldats et prit la tête de la mission. Tout se déroula sans encombre, et trois jours plus tard, les victuailles étaient déchargées à bon port.

Sens Commun n'avait pas été retrouvé, et l'on me confia un cheval si vieux et au dos si creux que le retour fut bien long, mais ni le général ni moi n'étions en état de nous presser. Le Dr Thatcher aurait voulu lui percer un petit trou dans le crâne pour s'assurer qu'il n'y avait pas de saignement au cerveau, mais le général Paterson déclina cette proposition. Il exigea que le médecin examine à nouveau mon mollet, que Thatcher déclara en bon état après l'avoir palpé, mais il était prêt à me saigner si je pensais que cela évacuerait les humeurs mauvaises de ma plaie.

— Les sangsues évitent-elles l'infection ? demandai-je.

Je m'inquiétais pour ma blessure à la cuisse. Elle ne semblait pas infectée, cependant elle me faisait très mal, comme une dent gâtée.

— Oui, mais je ne crois pas que votre mollet soit infecté. Il n'est pas beau à voir, et la cicatrice sera aussi épaisse que sur le crâne du général. Néanmoins les deux plaies guérissent très vite.

Je me demandais si c'était grâce à l'onguent de Maggie, que je continuai à appliquer sur la tête du général et sur ma jambe jusqu'à ce que le petit pot soit entièrement vide. Malgré tout, le général Paterson se rétablit beaucoup plus vite que moi, en dépit de mon vaillant effort pour feindre le contraire. Par quelque miracle, ma jambe ne suppura pas, mais je m'affligeais de ne plus jamais pouvoir courir sans douleur.

— Vous boitez davantage ce matin, constata le général quand je vins le raser, près d'un mois après l'avoir échappé belle avec lui.

— Ma jambe est juste un peu raide. Plus je bouge, mieux elle se porte.

Il ne contesta pas, mais garda une mine soucieuse pendant son rasage. J'appuyai le pouce sur son front plissé et le frottai.

— Vous semblez souffrir, mon général. Avez-vous mal à la tête ?

— Non.

Mais il se pencha contre mon doigt, ferma les yeux, et je me sentis inondée par une vague d'affection. Je lui redressai le menton et terminai ma tâche. C'était mon moment préféré de la journée.

— Voilà, j'ai fini, mon général. Vous êtes très beau, m'exclamai-je comme si j'étais sa mère et non un serviteur dévoué.

— J'ai été scalpé par une balle, répliqua-t-il, comme si cela faisait la moindre différence.

Je touchai l'épaisse cicatrice qui partait du côté gauche de son front et disparaissait au sommet de son crâne. Lorsqu'ils pendaient, ses cheveux la masquaient presque complètement, mais lorsqu'ils étaient rattachés en arrière, la marque était impressionnante.

— Cela vous donne du caractère, mon général.

— Cessez de me lécher les bottes, Shurtliff. Je vous en aime d'autant moins.

— Très bien, mon général. Vous êtes affreux. Prenez soin de porter votre chapeau.

Il gloussa, et ses lèvres très fines chassèrent l'air devant elles.

— Je me rends au parc à bétail. Je traverserai à Stony Point. Grippy chevauchera avec moi. Vous resterez ici.

Reposez votre jambe. J'ai besoin de voir de combien d'animaux nous disposons, et je tâcherai de vous trouver un nouveau cheval. Un qui n'ait pas le dos en cuvette.

— Je devrais vous accompagner, mon général.

— Ne bougez pas. Restez les pieds en l'air. Lisez votre commentaire sur l'Apocalypse.

— Je l'ai terminé, mon général.

— Il y a une étagère pleine de commentaires du même genre. Le Livre des Juges est horrible, il devrait vous plaire.

***

Le général avait raison. Le commentaire sur les Juges était fascinant, et je le lus toute la journée, bien installée dans mes quartiers. Je m'endormis de bonne heure, bercée par mon inactivité. Je me réveillai beaucoup plus tard, tirée du sommeil par une présence dans ma chambre et par une chandelle qui tremblait sur ma table de chevet.

Le général Paterson était assis sur ma chaise, les mains jointes entre ses genoux. Ses cheveux lui tombaient sur les épaules, ses manches étaient retroussées et son gilet déboutonné comme s'il avait commencé à se préparer pour la nuit et s'était impatienté.

— Mon général ! Avez-vous besoin de moi ?

Je n'étais pas effrayée. Il ne m'avait jamais donné la moindre raison de l'être. Mais j'étais déconcertée par cette visite surprise. Je ne l'avais pas entendu rentrer et je ne m'attendais pas à le voir avant le lendemain.

Il prit la chandelle et la tint devant mon visage, l'éclairant d'un côté, puis de l'autre, comme s'il avait besoin de s'assurer que c'était bien moi.

Mes yeux ne s'étaient pas encore adaptés, et je détournai la tête.

— Mon général ? Quelle heure est-il ? Quelque chose ne va pas ?

— La première fois que nous nous sommes parlé, j'ai remarqué que vous sembliez déjà me connaître. Et... j'ai eu l'impression de vous connaître aussi, même si j'étais certain que nous ne nous étions jamais rencontrés. Vous avez une physionomie bien particulière.

Il avait l'air si peiné que la glace commença à se former dans tous mes membres.

— J'ai cru que nous avions simplement le genre de relation qui se noue entre deux esprits semblables. Il était facile de converser avec vous, vous étiez intéressant, et même sage. Et d'une telle bravoure ! Chez un garçon de seize ans, cela m'impressionnait.

Il s'interrompit, et à la lueur dansante de la flamme, son visage paraissait dur, creusé.

— Mais vous n'êtes pas un garçon de seize ans, Shurtliff ? Vous devez en avoir au moins vingt-deux... ou vingt-trois. Et vous n'êtes pas du tout un *garçon.*

Il avait prononcé ce dernier mot avec une note d'incrédulité.

Je me taisais, résolue à ne pas avouer quoi que ce soit tant que je ne saurais pas exactement dans quel pétrin je m'étais fourrée.

— Quand vous avez écrit cette première lettre pour moi, le jour où vous êtes devenu mon aide de camp, j'ai à nouveau été frappé par un sentiment de familiarité, mais je n'y ai ensuite plus pensé. Plus du tout. Vous me rappeliez Elizabeth, mais beaucoup de choses me faisaient penser à elle.

— Que s'est-il passé ? murmurai-je.

— Il y a un capitaine de navire, originaire de New Bedford. Il transporte des troupes, des canons, tout ce qui se présente. Je ne lui fais pas confiance. Il travaille pour les deux camps, mais je lui ai plusieurs fois acheté des provisions. Il était aujourd'hui à King's Ferry avec son bateau quand nous avons franchi le fleuve, Grippy et moi. Je lui ai acheté quelques tonneaux de vin. Il avait une histoire intéressante à raconter. Sa fille voulait devenir soldat. Il pensait qu'en tant que commandant à West Point, j'avais pu entendre parler d'elle. Que j'avais pu la voir.

— Sa fille ? demandai-je, hébétée.

— Il s'appelle Samson. Son regard a quelque chose de spécial, qui m'a rappelé le vôtre.

— Mon général ?

— L'alezan que vous appelez Sens Commun a été retrouvé et remis dans le parc à bétail. Je vous l'ai ramené. La selle aussi. Votre livre était encore dans les sacoches.

Il posa mon journal intime sur le petit bureau à côté de la chandelle, et pendant un moment, je crus que j'allais pouvoir me tirer de ce guêpier. J'avais été si prudente dans tout ce que j'y notais. Même s'il avait tout lu – Seigneur Dieu ! –, je n'avais jamais trahi mon identité ni ma plus grande crainte.

— Grippy l'a ouvert, pour être certain que ce volume était bien à vous. Mais en le feuilletant, il a cru qu'il était à moi, car les entrées étaient toutes des lettres à… Elizabeth.

Je déglutis.

— J'ai une amie très chère qui se prénomme ainsi.

— Oui, je sais.

J'avais grand-peur, mais il continua.

— Je garde toutes mes lettres. Cela m'aide plus que je ne saurais dire dans mes affaires personnelles comme dans celles de la guerre. Je ne détruis jamais aucune correspondance. Cela peut sauver des vies. J'ai toutes les lettres que vous m'avez écrites. Même celle que m'avez envoyée il n'y a pas longtemps. L'écriture est la même.

Il marqua une pause et leva les yeux vers les miens. Je ne pouvais détourner mon regard.

— Êtes-vous une espionne, Deborah Samson ?

— S'il vous plaît. S'il vous plaît, mon général. Je ne... Je n'ai...

Je ne trouvais pas les mots nécessaires. Pourquoi les mots me manquaient-ils ? Pourquoi n'avais-je rien prévu ?

— Pourquoi êtes-vous ici ? Pourquoi avez-vous fait cela ? demanda-t-il, soudain en colère. Je veux tout savoir. Chaque pas, chaque souffle, chaque mensonge qu'il a fallu pour arriver jusqu'ici. Ensuite, je déciderai de votre sort. Dieu sait que cette comédie a assez duré.

Je sortis de mon lit et cherchai ma culotte. Quand je m'étais couchée, ma chemise de nuit n'était pas encore sèche après la lessive, et j'avais donc revêtu ma chemise de rechange. Les pans m'arrivaient presque aux genoux, mais le général jura comme si j'avais été nue.

— Qu'avez-vous donc à la jambe ?

Il saisit le tissu, le soulevant de ma cuisse. Je poussai un cri et fis un pas en arrière. Je faillis tomber, mais son poing agrippé à ma chemise me retint.

— C'est une vieille blessure.

Je me libérai de son emprise.

— Pas du tout. Vous mentez !

J'avais besoin de mes habits. Je devais me couvrir, et je repartis vers mon lit, fébrile. Le corset transformé avec lequel je me comprimais les seins était plié sous mon oreiller. Du temps où je dormais dans une chambrée, j'avais pris l'habitude de ne jamais l'enlever. Mais j'avais oublié cette précaution maintenant que j'avais mon propre espace, et je n'avais pu résister au plaisir de dormir sans avoir la poitrine pincée, oppressée.

Il était trop tard, maintenant.

Je ramassai ma culotte, mais il me prit le bras et me fit pivoter sur mes talons.

— Pourquoi êtes-vous ici ?

D'un haussement d'épaules, je me dégageai à nouveau. Je n'avais qu'une envie : me cacher, m'enfuir, me réveiller de ce cauchemar. Je rassemblai mes cheveux, tentai de les recoiffer en catogan, de me ressaisir, mais je n'avais rien pour les attacher. J'étais dénouée, déboutonnée, défaite. Et il savait absolument tout.

Il se frottait le visage comme s'il pensait lui-même rêver.

— Je ne peux pas le croire. Je ne peux pas le croire. Vous devez vous en aller. Tout de suite. Ce soir. Mon Dieu, je commence à croire que je suis un bien piètre juge des personnes.

Je tombai à genoux, la réalité de ma situation étant trop lourde à supporter.

— Je vous en supplie, mon général. Je vous en supplie, ne me chassez pas.

Je n'avais aucune fierté, je ne pensais plus qu'à survivre, et je me prosternais devant lui, désespérée.

— Couvrez-vous, miss Samson !

Ma chemise ouverte et ma posture humble dévoilaient cette gorge que j'avais réussi à lui dissimuler, ainsi qu'à tout le monde. Avec un hoquet de stupeur, je serrai le tissu contre ma poitrine, mais trop tard.

Notre horreur à tous deux emplit l'air et, pendant un instant, nous ne pûmes ni parler ni bouger. Je restai à genoux, les bras croisés sur la poitrine, et il demeura plaqué contre la porte reliant nos chambres.

— Veuillez vous lever.

Je me mis debout, mes jambes tremblant tellement que je me crus sur le point de tomber à nouveau.

— Renvoyez-moi dans les rangs avec mon régiment, implorai-je. Je partirai tout de suite, sans attendre une minute.

— Je ne peux pas. C'est impossible.

— Pourquoi ? Je suis un bon soldat. J'ai toujours accompli mon devoir sans me plaindre.

— Vous êtes une femme ! cria-t-il.

Je me jetai sur lui et lui collai mes mains sur la bouche, horrifiée, voulant le faire taire. Quelqu'un risquait d'entendre. Quelqu'un allait l'entendre, et c'en serait bel et bien fini.

Il me prit les poignets, un sentiment de trahison inscrit sur les traits de son visage.

— « Si nous nous battons, ce n'est pas pour celui qui a tout et qui veut davantage, mais pour celui qui n'a rien », ripostai-je, le citant avec toute la ferveur de mon cœur, comme si je le priais de me laisser en vie.

— Quoi ?

— « Nulle part, aucun homme ne peut espérer vraiment échapper aux circonstances dans lesquelles il est né. Notre sort se décide dès l'instant où nous commençons à habiter dans le ventre maternel, dès l'instant où nous respirons. Mais peut-être cela pourrait-il changer dans notre pays. »

Il secoua la tête sans comprendre, et cependant l'étonnement commençait à succéder à la fureur.

— Ces mots sont les vôtres, général Paterson. Ne reflétaient-ils pas votre pensée ?

— Mes mots ?

— Oui, vos mots. Vous les avez écrits dans une lettre que j'ai reçue le jour de mes dix-huit ans. J'y ai vu un signe de Dieu.

— Vous les avez appris par cœur ?

— Oui. J'ai usé votre lettre à force de la relire. Ces phrases m'ont inspirée. N'était-ce donc que des mots ?

Il secoua la tête, décontenancé.

— Je les ai écrits il y a des siècles. Une vie entière s'est écoulée depuis. Je m'en souviens à peine.

Je répétai ces lignes, détachant chaque syllabe.

— Miss Samson…

— Je ne voulais pas de mon sort. Alors je me suis enrôlée, l'interrompis-je.

Je ne pouvais supporter de redevenir miss Samson. Pas ici. Je m'étais donné trop de mal, j'en avais trop supporté.

Il fixa ses yeux sur les miens, et quand je baissai la tête pour recouvrer mes esprits, il aboya :

— Regardez-moi !

Mes cheveux pendaient devant mon visage, et il libéra mes poignets pour me recoiffer grossièrement, relevant mon menton pour m'examiner. Il me contempla comme s'il me voyait vraiment pour la première fois.

— Dieu me protège, quelle petite sotte, quelle fichue petite sotte ! Deborah Samson, mon Dieu.

Et il fit alors ce à quoi je m'attendais le moins.

Il m'attira contre lui et m'étreignit.

J'eus le souffle coupé et mes genoux se dérobèrent, mais il me soutint.

Je n'avais jamais été ainsi étreinte. Pas une seule fois dans mes souvenirs je n'avais été bercée dans les bras de quiconque, mais John Paterson me serra contre son cœur comme si j'étais le fils prodigue de retour dans la maison de son père.

Je ne l'enlaçai pas, j'en étais incapable. Mes bras étaient repliés sur mes seins, pour maintenir mon cœur dans ma poitrine, pour protéger le secret qu'il connaissait déjà.

— Je vous en prie, ne me chassez pas ! Je retournerai dans les rangs. Je jouerai du fifre ou du tambour. Mais ne me chassez pas.

— Savez-vous jouer du fifre, miss Samson ? demanda-t-il d'une voix aussi tremblante que la mienne.

— Non. Mais laissez-moi un jour ou deux pour apprendre, mon général. Je suis sûre d'y parvenir.

J'étais sincère, désespérément sincère, et sa poitrine se souleva sous ma joue. Mon ton bravache l'avait fait rire.

Pour ma part, j'étais hors d'état de rire. Et même de respirer.

— On m'a tiré dessus. J'ai été blessée et j'ai tué. Mais j'ai servi vaillamment – la vaillance n'est-elle pas la qualité essentielle ? Et j'ai bien servi mon pays. J'ai gagné le droit d'être ici. Ne me refusez pas cela, je vous en supplie. Ne me retirez pas cela. Quand cette guerre sera finie, si Dieu veut que je survive, alors je devrai trouver ma place dans le monde. Mais pour le moment, ma place est ici. À vos côtés. Grippy a dit que j'étais des vôtres, désormais. Veuillez me laisser finir ce que j'ai commencé. S'il vous plaît, laissez-moi aller jusqu'au bout.

J'avais mal à la gorge tant j'avais besoin de pleurer, mais je restai encerclée par ses bras, attendant son verdict. Il me tint encore un moment, me serrant, sa joue contre mes cheveux. Puis il me relâcha et quitta la pièce, refermant la porte derrière lui.

***

Je me corsetai les seins, m'habillai et fis mon lit. Puis je m'assis sur ma chaise, trop effrayée pour me risquer hors de ma chambre, l'esprit trop embrouillé pour concevoir un plan. John Paterson n'avait pas exigé que je parte. Il n'avait pas dit que je pouvais rester. Je ne parvenais pas plus à interpréter son étreinte qu'à comprendre sa brusque sortie.

Il avait laissé mon journal intime à côté de la chandelle qui brûlait encore. La flamme tremblotait, à bout de forces, la mèche n'étant plus qu'un long trait calciné.

J'ouvris mon livre et vis mes mots sous un jour nouveau. Je lus chacune des entrées comme John Paterson devait les avoir lues. Ce n'était pas ce que j'y disais qui me condamnait, même si j'avais sottement mentionné Nat, Phin et Jeremiah sur une des pages. C'était l'adresse à Elizabeth, de la main de Deborah Samson, qui avait dû lui mettre la puce à l'oreille. Une fois le lien établi, chaque mot devait avoir renforcé cette prise de conscience.

— Oh, Elizabeth, chuchotai-je en m'efforçant de ne pas pleurer. Que dois-je faire ?

Je devais rassembler mes affaires et partir. Mais... j'étais enrôlée. Je ne pouvais simplement pas m'en aller. Si je partais, je serais considérée comme un déserteur. Je n'avais pas été démobilisée. Le général Paterson devrait s'en charger, et sans doute me présenterait-il mes papiers dès le matin, en me renvoyant. Je ne croyais pas qu'il en parlerait autour de lui ni qu'il intenterait de poursuites. Il me libérerait simplement, et je m'en irais. Et je ne le reverrais plus jamais.

C'était bien là le pire.

Pire que la honte privée, pire que la réprobation publique, pire que de n'avoir ni avenir ni maison. Ne jamais revoir John Paterson serait intolérable.

Je tournai une nouvelle page, préparai ma plume et me mis à écrire, sans rien dissimuler, même à moi.

2 avril 1782

Chère Elizabeth,

Vous devez me pardonner. Je ne voulais pas l'aimer. Pas de cette manière. Je l'admirais – je l'admire depuis si longtemps – et il me plaisait tant. Mais il ne s'agit ni d'affection ni d'admiration. Il y a de la souffrance dans mon cœur et du feu dans mes entrailles. Vous êtes son épouse. Aimée de lui et aimée de moi. Mes sentiments m'inspirent honte et crainte, mais je ne peux les nier.

La souffrance de mon cœur est la même que le jour où j'ai appris votre mort. L'incrédulité, la trahison, la perte de mon espoir, et surtout le vide béant d'un monde où vous n'êtes plus. Mais tout cela est à présent amplifié par le reproche de vous avoir trahis, vous et John, non seulement par mes actes, mais aussi par mes sentiments.

Je voudrais que vous puissiez me donner un conseil comme autrefois. Me rappeler la puissance et les privilèges de notre sexe – ne sont-ce pas les mots que vous avez utilisés ? Je dois retourner à la condition de femme, et je ne suis pas prête. Il est merveilleux d'être un homme, c'est incontestable, mais je n'en suis pas un, n'en serai jamais un, et n'ai pas même envie d'en être un. Je n'ai jamais voulu me transformer. J'ai toujours voulu me libérer. Me voilà liée corps et âme à un homme qui ne m'aime pas, qui ne peut m'aimer – comment le pourrait-il ? – et que je ne reverrai sans doute jamais quand je partirai d'ici.

J'ai regardé avec moquerie ces filles qui ne pensaient qu'à se marier, qui rêvaient d'un homme comme s'il avait le pouvoir de leur offrir le monde au lieu de simplement régir leur monde. Me voilà maintenant l'une d'elles. Je ne veux plus maintenant que rester auprès de lui. Le servir et l'aimer. Et j'en suis mortifiée. Je regrette que vous ne soyez pas ici, et pourtant je m'en réjouis. Comment puis-je écrire une chose pareille ? Comment puis-je ressentir une chose pareille ?

Je ne signai ni de mon nom ni de mes initiales. Je n'étais pas prête à redevenir Deborah, et Robert Shurtliff m'avait été ravi. Grippy disait que j'étais des leurs, mais ce n'était pas vrai. Je ne l'avais jamais été.

Mon journal intime n'avait plus aucune importance. Je partirais, et rien de ce que je dirais sur cette page n'y changerait quoi que ce soit. Je laissai le volume ouvert pour que l'encre sèche, contemplant chacun de ces mots affreux. Contemplant le chaos que j'avais créé.

Écrire à Elizabeth, comme je l'avais toujours fait, m'avait semblé parfaitement innocent. Si l'un de mes compagnons de chambrée avait lu ce que j'écrivais, rien ne m'aurait accusée.

Mais c'était compter sans John Paterson.

J'aurais dû jeter ce livre au feu le jour où j'étais entrée dans la Maison Rouge, mais je n'avais pas réfléchi. Et maintenant tout était perdu.

19

La changer ou l'abolir

Le général n'avait pas dormi dans son lit. Après notre confrontation, je l'avais entendu quitter ses quartiers, et il n'était pas revenu. Je sortis le matériel de rasage et rangeai sa chambre. Comme j'ignorais s'il avait revêtu des habits propres, j'en préparai aussi et j'alimentai le feu dans la cheminée. Le mois de mars avait d'abord été ensoleillé et chaud, mais se terminait avec deux pieds de neige fraîchement tombée. Voyager serait désagréable et difficile. Surtout seule.

Peut-être le général me permettrait-il de rester tant que je n'aurais pas pris d'autres dispositions. Je pouvais écrire à ma mère, mais j'étais sûre qu'elle avait été informée de ma première tentative de m'enrôler. Elle avait subi plus d'humiliations publiques qu'aucune femme n'aurait dû en subir, toutes causées par d'autres. Je ne pouvais me tourner vers elle. Je ne le voulais pas.

J'avais un oncle et une tante à Stoughton qui m'accueilleraient peut-être. Ils avaient une ferme, et leurs enfants étaient grands.

Je pouvais retourner chez les Thomas, à Middleborough, et supplier les anciens de l'église de me laisser revenir. Peut-être la communauté me pardonnerait-elle si je rampais à ses pieds.

Je secouai la tête, dispersant les idées qui ne me servaient à rien. La décision était entre les mains du général, et je respecterais ses vœux.

Je restai tapie dans mes quartiers pendant près d'une heure après le réveil au clairon, puis je pris mon courage à deux mains et j'allai à la cuisine demander si le général avait déjà mangé ou si je pouvais lui porter un plateau.

Agrippa était seul à table, savourant son déjeuner avec un plaisir visible. Il leva les yeux quand j'entrai et répondis à ma question comme si de rien n'était.

— Il a dit que nous devions te laisser te reposer. Il est parti avec le colonel Jackson, ils allaient rctrouver le colonel Sproat à Peekskill.

— Pourquoi ?

J'avais bien du mal à parler d'une voix ferme.

— Van Tassel, le loyaliste qui vous a laissés dormir dans sa grange, a été découvert mort. Le général l'a appris, et il s'est aussitôt mis en route. Je l'aurais volontiers accompagné, mais le colonel Kosciuszko a besoin de moi ici.

Il continua à dévorer son petit déjeuner, visiblement indifférent au brusque départ du général et au fait qu'il ne m'avait pas emmenée avec lui.

Je me laissai tomber sur une chaise, et il me fallut tout ce qui me restait de bravoure pour ne pas m'effondrer. Je n'avais aucune sympathie pour Van Tassel – bon débarras – mais c'était une mission à laquelle j'aurais dû participer.

— Le général Paterson n'a pas dit… n'a rien dit sur… ma position ?

Mon cœur battait à tout rompre, et j'appuyai à deux mains sur ma poitrine, pour lui ordonner de ralentir.

— Comme quoi ?

— Ma jambe est lente à guérir. J'ai bien peur qu'il ne faille au général un nouvel aide de camp.

— C'est à lui d'en décider.

— Quand doit-il rentrer ?

Agrippa haussa les épaules.

— Il se tracassait pour un esclave nommé Morris. Il sera de retour quand il aura pris ses dispositions. Quelques jours, sans doute pas plus.

— Morris, répétai-je, honteuse.

Qu'allait devenir Morris, son enfant et la femme prénommée Maggie ? Je n'en saurais probablement jamais rien.

— Je ne peux pas rester ici. Je vais devenir fou.

C'était vrai. Mieux valait connaître mon sort immédiatement que d'attendre le retour du général. Peut-être pensait-il que je m'en irais discrètement en son absence. Cette idée suscita en moi une nouvelle angoisse, et je me pris la tête entre les mains, repoussant le petit déjeuner que Mrs Allen avait placé devant moi.

— Ça ne va pas, Joli ? demanda-t-elle en mettant une main sur mon front.

Le surnom inventé par Grippy était employé par tout le personnel de la maison.

— Non, madame, marmonnai-je.

Elle répondit par un « tsss » et haussa les épaules.

— Le général m'a prévenue et m'a dit de te ménager pendant qu'il serait parti. Mais si tu te sens mieux, j'ai bien de quoi t'occuper.

Grippy continuait à engloutir son petit déjeuner, sans lever les yeux de son écuelle. Contrairement à moi, il semblait avoir passé une excellente nuit ; ses habits étaient impeccables, et ses cheveux coupés court mettaient son visage en valeur.

— On a retrouvé ton cheval. Et le général t'a rendu ton livre ? demanda-t-il tout à coup, comme s'il venait de se rappeler les événements de la veille.

Je tirai mon assiette vers moi mais je ne pus rien avaler. Je n'avais pas envie de mentir, je ne pouvais tout avouer, aussi je restai là à contempler la solide portion de saucisse et de pommes de terre, preuve du succès de notre expédition au dépôt de victuailles.

— Et qui est Elizabeth ? Tu disais qu'aucune fille ne t'attendait dans ton village. Ton livre est plein de lettres à Elizabeth, reprit Grippy. Je pense que ça a dû faire un coup à Paterson, ce prénom… Ça lui aura rappelé son Elizabeth à lui, tu ne crois pas ?

— Mon Elizabeth est la sienne, dis-je tout bas.

C'était une autre vérité que je révélais à Agrippa Hull. Cela n'aurait sans doute aucune importance. J'aurais bientôt disparu.

Grippy cessa de dévorer et leva lentement les yeux vers moi.

— L'oncle d'Elizabeth était pasteur dans la ville où j'ai grandi. Il veillait sur moi, expliquai-je. Elizabeth aussi veillait sur moi, à sa manière.

— Donc tu as connu le général Paterson… avant la guerre ?

— Oui. J'avais entendu parler de lui.

— Et lui de toi ?

— Je ne l'avais jamais rencontré.

Ce n'était pas exactement ce qu'il m'avait demandé, et Grippy s'en rendit compte.

— Le général n'aime pas les secrets, Joli.
Je hochai bêtement la tête.
— Tu caches quelque chose au général, mon garçon ?
— Non, non.
Plus maintenant. Le général savait tout.
— Benedict Arnold était son ami. Je lui avais signalé que cet homme n'était pas fiable. Trop coquet, trop obsédé par sa silhouette et son visage. Il dépensait son argent et vivait comme un roi, pendant que nous manquions de tout. Le général disait qu'il n'était pas toujours comme ça, il prenait sa défense... Et Arnold l'a trahi, il nous a tous vendus. Paterson est rentré chez lui enterrer sa femme, et Arnold a vu là une occasion de livrer West Point aux Anglais. Tu connais la suite.
— Arnold s'en est tiré, mais son plan a été dévoilé.
— Et le général Paterson a dû revenir réparer les dégâts, même si rien n'était de sa faute à lui. Il se reproche de ne pas l'avoir pressenti. Personne ne lui reproche rien, mais le général croit avoir entraîné tout le monde dans cette histoire.
« Mon Dieu, je commence à croire que je suis un bien piètre juge des personnes. »
La phrase prononcée la veille par le général prenait un autre sens, et l'abîme se creusait dans ma poitrine.
— John Paterson répare toujours les dégâts causés par les autres, soupira Agrippa. Et jamais, jamais il ne demande quoi que ce soit en contrepartie.

***

Le général ne revint ni le lendemain ni le jour suivant, et je ne partis pas. Je ne pouvais pas. Je n'étais pas officiellement démobilisée et je n'avais nulle part où aller. Mais surtout, je ne pouvais supporter l'idée de reculer ou de céder, même si c'était sans doute ce qu'espérait le général.

Tous les jours, je m'abrutissais de travail, chaque nuit je m'écroulais dans mon lit, puis je me levais pour recommencer, au grand ravissement de Mrs Allen et du reste du personnel de la Maison Rouge. Je tentai d'imaginer un plan, mais comme je répugnais à la simple idée de m'en aller, je repoussai toute introspection ou décision jusqu'au retour du général Paterson, lorsque mon renvoi deviendrait officiel.

Au sixième jour de son absence, je travaillai toute la journée au mess ; en rentrant le soir, je vis Joe brosser Lenox devant l'écurie et Mrs Allen préparer le souper du général.

— Le général a demandé de vos nouvelles, mais le malheureux doit être affamé, dit-elle.

Mrs Allen n'était pas insensible à la beauté et au charme de John Paterson. Elle l'adorait autant que moi, et elle avait empilé dans son assiette une bonne quantité de pommes de terre et de jambon. Elle traversa le couloir, tenant à le nourrir elle-même. Je la suivis, muni du plateau à café, hébétée par l'appréhension.

— Général Paterson ? chantonna Mrs Allen après avoir frappé à sa porte. Voici votre souper.

— Où est Shurtliff ? aboya-t-il.

Mrs Allen fit la moue. Il n'était jamais aussi sec avec elle – il était rarement sec avec quiconque.

— Il est là aussi, général. Il apporte votre café.

— Entrez, alors.

Il nous tournait le dos quand nous obéîmes en hâte pour déposer son souper à côté de la pile de lettres auxquelles il répondait. Il avait la même chemise et le même gilet que la dernière fois que nous nous étions vus, et sa mâchoire montrait une barbe de plusieurs jours.

Je n'osai pas placer la cafetière fumante ou le petit plateau là où ils auraient pu être renversés sur des papiers importants, et je restai plantée là, attendant ses instructions.

— Laissez-nous, madame Allen. Merci, mais vous ne devez pas me nourrir ainsi. Mes rations doivent être les mêmes que celles de mes hommes, ce n'est que justice. Il y en a au moins pour deux, dans cette assiette.

— Eh bien, Joli pourra peut-être manger avec vous. Il n'a pas encore soupé non plus.

Le général redressa le menton et la foudroya du regard.

— Comment avez-vous appelé le soldat Shurtliff ?

— Eh bien… Joli. C'est Agrippa qui lui a donné ce nom-là. C'est le nom que tout le monde utilise. Il est joli garçon, c'est vrai.

— Laissez-nous, madame Allen. Je préférerais que nous appelions mon aide de camp par son véritable nom. Veuillez faire savoir que si j'entends quelqu'un le désigner avec cette familiarité, je retiendrai une journée de ration.

Elle sortit, visiblement moins charmée par le général Paterson. Il ne dirigea pas ses yeux vers moi, mais l'espoir faisait battre mon cœur. Pourquoi se serait-il soucié de la façon dont les autres m'appelaient s'il s'apprêtait à me chasser ?

— Ce surnom idiot ne me dérange pas. Ce n'est pas méchant.

— Oui… La plupart des femmes aiment qu'on les trouve jolies, rétorqua-t-il.

Le plateau se mit à tinter entre mes mains tremblantes, le café déborda, me brûlant le pouce. Je posai le tout bruyamment sur le bureau, les larmes aux yeux – de douleur ou d'humiliation, je l'ignorais – et je mis mon pouce dans ma bouche.

Le général se leva précipitamment, m'entraîna vers le broc et la cuvette qui se trouvaient sur le buffet. Il tint mon pouce sous l'eau froide, puis immergea ma main entière dans la cuvette. Une marque rouge apparaissait déjà. Je retirai ma main et reculai.

— Tout va bien, mon général.

— Cela ne va pas bien du tout, miss Samson.

— Je vous en prie, ne m'appelez pas ainsi.

— C'est pourtant votre nom ! (Il secoua la tête, abasourdi, et pressa ses paumes contre ses yeux.) Je viens de passer ces derniers jours à essayer de l'admettre.

— Oui, c'est mon nom. (« Oh, devoir l'avouer à haute voix ! ») Et je… je regrette infiniment de vous avoir mis dans cette situation. Je vais m'en aller. Si vous pouviez seulement veiller à ce que je sois démobilisée, avec honneur, afin que je ne sois pas considérée comme un déserteur, je vous en saurai gré.

Il tourna alors vers moi ses yeux bleu clair.

— C'est ce que vous souhaitez ?

Je secouai la tête.

— Non, mon général. Je souhaite rester. Je souhaite être votre aide de camp. Je souhaite aller jusqu'au bout de cette guerre. Tout comme vous.

Il ne répondit pas, mais continua à m'examiner. Encouragée, je me permis d'insister.

— Nous ne sommes pas obligés d'en reparler, mon général. Je suis soldat depuis près d'un an. Il n'y a aucune raison que je ne continue pas. Personne n'est obligé de savoir.

— Moi, je sais. Et c'est contre la règle.

— Oui, vous savez. Mais n'ai-je pas… ne me suis-je pas acquittée de tous mes devoirs, n'ai-je pas accompli toutes les tâches, et été un bon soldat, malgré cela ?

— Si. Et j'ai une dette envers vous.

— Vous ne me devez rien.

— Ce n'est pas vrai. Nous le savons tous deux. Mais ce n'est pas pour cette raison que je vous autorise à rester.

— Vous m'autorisez à rester ?

Mon cœur fit un bond et j'eus le souffle coupé. Il ferma les yeux comme s'il avait besoin de toute sa force.

— Oui.

— Dois-je rentrer dans les rangs ?

— Non. Vous serez toujours mon aide de camp.

Il était si raide, si irritable. J'aurais voulu retrouver le général d'avant, celui qui me faisait confiance et me mettait à l'épreuve, qui me parlait sans choisir chaque mot, sans surveiller ses actes. Il gardait les mains serrées derrière le dos comme s'il venait de les arracher du feu.

— Vous devez me permettre de faire tout ce que vous attendiez de moi auparavant.

— C'est hors de question.

— Alors je retournerai à la caserne.

Il resta bouche bée, le visage écarlate.

— Je suis le commandant, et vous devriez être prudent, soldat.

— Je ne demande aucun traitement de faveur. Je ne suis pas ici pour ça, répliquai-je, furieuse.

Je ne pouvais m'en empêcher. La tension de cette dernière semaine m'avait vidée, et derrière ma gratitude se cachait la colère d'avoir été laissée aussi longtemps dans l'incertitude quant à mon sort.

— Vous n'êtes pas en position d'exiger quoi que ce soit, martela-t-il.

— Je n'exige rien du tout, mon général. Je cherche à faire mon travail !

Nous partîmes dans des directions opposées, car chacun avait besoin d'espace, mais nous revînmes à notre point de départ, sans que ces quelques pas nous aient calmés.

— Vous êtes exactement la même, s'écria-t-il en agitant un doigt sous mon nez. Je ne comprends pas comment j'ai pu ne m'apercevoir de rien.

— Je suis exactement la même, en effet. Exactement la même que la semaine dernière et la semaine précédente. Quand j'avais le droit de faire mon devoir. Rien n'a changé.

— Ce n'est pas ce que je veux dire. Vous êtes exactement la même que dans vos lettres. Si assurée, si opiniâtre, si… agaçante ! (Il serra les poings.) Mais cela ne m'amuse plus du tout.

L'idée que j'avais pu l'agacer fut comme une gifle, et l'affront me brûla les joues.

— Je vous *agaçais* ?

Il exhala une puissante bouffée d'air.

— Non, pas à cette époque-là. Mais à présent, vous m'agacez prodigieusement ! Vous avez donc intérêt à vous faire discrète et à… garder vos distances jusqu'à ce que nous en ayons terminé.

— Garder mes distances ? Comment le pourrai-je si je suis votre aide de camp ?

Nous étions à présent tout près l'un de l'autre. Il passa les deux mains dans ses cheveux en désordre et s'effondra dans son fauteuil, visiblement en proie au désarroi. Il n'avait pas touché à son repas.

Je quittai la pièce et revins avec le matériel de rasage. Il était encore assis, morose, ses longues jambes étendues devant lui. Sans demander sa permission, je disposai une serviette sur ses épaules, fis mousser le savon à barbe et l'étalai délicatement sur ses joues.

— Toute cette situation a quelque chose d'indécent, murmura-t-il.

— Comment ça, mon général ? Vous avez toujours été au-dessus de tout soupçon.

— Je vous ai traité avec une incroyable familiarité.

— La familiarité n'est pas l'indécence.

— Et vous faites exprès de ne rien comprendre.

C'était vrai, et je laissai le silence s'installer entre nous tandis que je rasais la première moitié de son visage, puis la seconde. J'avais presque fini, et il avait les yeux fermés quand je repris la parole.

— Ne pouvez-vous... simplement oublier tout cela ? Je n'attends aucun traitement spécial. Je n'ai jamais rien demandé.

— Mais vous le méritez, répondit-il avec lassitude. C'est votre droit.

— Mon droit ? (En m'entendant rire, il rouvrit ses yeux fatigués.) J'ai bien peu de droits, mon général, mais être traitée comme une femme dans ces circonstances n'est pas un droit que je réclame. Si c'est réellement mon droit, j'y renonce, et je vous demande de me laisser accomplir le travail pour lequel j'ai été choisie.

— Vous y renoncez ?

— J'y renonce.

Je terminai de le raser, lui tamponnai les joues et retirai la serviette. Quand je voulus le coiffer, il me chassa et rattacha lui-même ses cheveux. Je lui versai une tasse de café, et il partagea son souper en deux, dans l'assiette.

— Mangez, Samson, dit-il tout bas.

Je m'assis sur la chaise placée de l'autre côté du bureau.

— Vous êtes-vous enrôlée pour me chercher ?

— Non. Dans votre dernière lettre, où vous m'appreniez qu'Elizabeth n'était plus, vous disiez être rentré chez vous. Je ne m'attendais pas à vous trouver ici. Ce fut vraiment un choc. Mais vous ne m'aviez jamais vue, je ne vous avais jamais vu. Rien dans mon apparence ne vous était connu.

— Je devine pourquoi vous vous êtes fait appeler Robert, mais pourquoi pas Samson ?

— Je ne voulais pas que l'on m'associe à Deborah Samson, je ne voulais rien qui rappelle son existence.

Il hocha la tête lentement, d'un air méditatif.

— Nous n'en reparlerons plus.

— Très bien, mon général.

— Si la chose est découverte, je nierai en avoir eu connaissance. Vous affronterez seule les conséquences...

— Bien sûr. Comme je l'ai toujours fait.

— Je ne pourrai pas vous protéger, comprenez-le bien.

— Personne ne m'a jamais protégée, mon général. Je n'ai jamais pu compter que sur moi-même.

Il tressaillit, et ses épaules se voûtèrent légèrement.

— C'est une tragédie, miss Samson.

— Appelez-moi Rob, je vous en prie. C'est ainsi que m'appelaient les frères Thomas. Et non, ce n'est pas une tragédie. C'est une victoire, et j'en suis fière.

Il se tut ensuite, et nous pûmes manger dans un silence serein.

— Qu'est-il arrivé à Morris ? demandai-je.

— Il est ici.

Mon cœur fit un bond.

— Maggie et Amos aussi ?

— Vous connaissez leur nom ?

— Oui, mon général. Maggie a fabriqué l'onguent qui a guéri votre blessure et qui a empêché ma jambe de s'infecter.

— Hmm. C'est donc une bonne chose qu'elle soit employée à l'hôpital chez Robinson. L'enfant aussi. Morris a une expérience de forgeron et il travaillera là-bas également. Ils n'ont pas été séparés. Comme je lui ai dit, nous avons grand besoin d'hommes braves. De tous les hommes braves. Et de... toutes les femmes braves.

Je faillis pleurer, accablée par la générosité du général et par la bonté de Dieu, mais je préférai m'attaquer à mon repas, ravalant mon émotion en même temps que les morceaux de jambon et de pommes de terre, ravalant ma gratitude avec le café dont je ne sentais pas le goût.

— Que disiez-vous l'autre jour, « Si nous nous battons, ce n'est pas pour celui qui a tout et qui veut davantage... » ?

— « ... mais pour celui qui n'a rien », terminai-je en luttant à nouveau contre mon trouble. Et c'est vous qui l'avez dit. Je n'ai fait que vous rappeler vos propres paroles.

Il soupira lourdement, mais termina son repas sans un mot de plus. Après avoir entièrement vidé mon assiette et mis en cage tous mes sentiments rebelles, je voulus clarifier la situation :

— Je resterai votre aide de camp sans que rien ne change ?

Il parut prendre une résolution et hocha la tête une seule fois, le regard froid.

— Sans que rien ne change.

***

Il avait dit que rien ne changerait, mais tout changea. Les relations détendues dont nous jouissions auparavant avaient souffert. Notre conversation était guindée, et le général semblait ne plus savoir par quel nom me désigner. Il m'appelait le plus souvent « soldat », et « Shurtliff » lorsqu'il le fallait absolument, mais il évitait surtout de s'adresser à moi, ou même de me regarder. Un jour, il se trompa et m'appela Samson. Pas « Deborah », par chance, mais Samson. Agrippa l'entendit et s'en étonna aussitôt.

— Samson ? D'où ça vient, ça ? Je peux connaître l'histoire ?

Le général se raidit, et je me pétrifiai. Il haussa les épaules, et offrit cette explication :

— Shurtliff m'a maintenu en selle pendant six heures. Il est plus fort qu'il ne paraît. Un vrai Samson déguisé. Ce n'est qu'un surnom.

— Ah, le vigoureux Samson ! plaisanta Grippy en me dévisageant. J'aime bien.

Je fléchis les bras comme les pugilistes qui se battaient à la caserne pour récolter quelques pièces et pour divertir les soldats. Cela fit rire Grippy, mais le général nous renvoya tous deux sans esquisser un sourire.

Il était également réticent à me confier toutes les missions que j'accomplissais autrefois. Durant mes premiers mois en tant qu'aide de camp, j'étais allée à cheval porter des lettres vers Newburgh ou Stony Point. J'avais traversé King's Bridge et délivré seule des messages à des officiers dispersés dans les hautes terres, mais cela cessa du jour où il découvrit mon identité.

— C'est dangereux, trancha-t-il quand je l'interrogeai à ce propos.

— Mais, mon général… Les autres aides de camp s'en sont aperçus, et ils se plaignent. Vous avez trois fois envoyé Grippy à ma place à King's Ferry.

— Vous êtes encore en convalescence, vous boitez toujours. Et qui se plaint ? Vous en faites plus que tout le monde. Rien que ce matin, vous avez rasé tous les hommes de la maison, ciré toutes les bottes, fait la lessive de toute la maisonnée. Qui se plaint ?

Il était indigné. Je me mordis la lèvre, si vivement que le chagrin me piqua les yeux. Je saignais à nouveau. Mes règles étaient peu abondantes, je n'avais eu à me soucier que d'une ou deux petites taches depuis le mois qui avait suivi mon engagement. J'y avais vu une grâce du Seigneur miséricordieux, mais je savais que ce devait plutôt être le résultat des épreuves physiques liées à la vie militaire. À présent, au bout de quelques mois comme aide de camp, avec un lit chaud et le ventre plein au moins une fois par jour, mes menstrues avaient repris avec régularité, me renvoyant à ma condition.

— La dernière fois que j'ai envoyé Agrippa à votre place, vous avez fendu assez de bois pour garnir les fours et les cheminées, tout en nous servant à table lors d'un grand dîner auquel j'avais convié trois officiers supérieurs et un général en visite.

— Il suffisait d'être présentable, d'apporter les plats et de rester à disposition, mon général. Les Allen avaient tout préparé et ont tout nettoyé ensuite.

— Ce que je veux dire, Samson, c'est que vous en faites bien plus que votre part. Je pense que cela ne dérange ni Agrippa ni le colonel Kosciuszko.

— Cela me dérange, moi, mon général.

Il tourna brusquement la tête et plissa les yeux.

— *Cela vous dérange ?* répéta-t-il avec sarcasme.

— Oui, mon général.

Mon cœur battait à tout rompre. Je n'aimais pas cet affrontement, mais j'aimais encore moins le mur qui se dressait désormais entre nous.

— Fermez la porte, Samson.

Je pivotai sur mes talons, obéis et revins à son bureau. Il me regardait d'un air lugubre.

— Asseyez-vous.

Je pris place sur une chaise face à lui, le dos droit, les mains sur les genoux.

— J'ai dit que nous ne reparlerions plus de cette affaire, commença-t-il avant que je l'interrompe.

— Vous avez également dit que rien ne changerait.

— Eh bien, pardonnez-moi, madame, si j'ai du mal à m'y retrouver entre vos différentes identités. Pardonnez-moi de faire de mon mieux pour gérer une situation impossible.

— Vous n'osez même pas me regarder. Vous me parlez à peine. Et cette situation n'a rien d'impossible !

— Je ne vous parle pas, je ne parle pas de vous, parce que j'ai peur de me tromper et de dire « elle ». Et je suis désormais incapable de vous appeler Robert, Robbie, Shurtliff ou ce satané... Joli (il éructa mon surnom) comme tout le monde le fait. Je ne sais pas pourquoi je ne vous ai pas d'emblée démasquée. Vous êtes plus grande que la plupart des femmes. Vous êtes longue et mince, et vous portez l'uniforme. Mais c'est à peu près tout. Vous n'avez pas l'air d'un homme. Plus à mes yeux. Plus maintenant.

— Vous ne pouvez pas m'appeler Samson.

— Grippy a accepté mes explications, répliqua-t-il, sur la défensive.

— Tous ceux qui vous entendront penseront que vous vous moquez de moi. Ils y verront une plaisanterie, comme lorsqu'on appelle « Petit » un homme grand, ou « mon gros » un homme maigre.

Il secoua la tête.

— Ce nom vous convient pourtant à merveille. Votre force est stupéfiante.

Le compliment m'étonna, et je me contentai de le dévisager.

— Vous êtes fâché... et froid, dis-je calmement. Et vous me manquez.

Il poussa un bruyant soupir.

— Moi, ce qui me manque, c'est le garçon pour lequel je vous prenais, et je ne sais que faire de la femme que vous êtes.

— Je suis toujours Shurtliff.

— Non, vous êtes Deborah Samson, et je dois me montrer prudent avec elle.

— Elle ? Vous parlez de moi, mon général. Vous devez vous montrer prudent avec moi ? Vous ne me faites plus confiance ?

— Ce n'est pas une question de confiance.

Il avait réduit le volume de sa voix qui n'était plus qu'un bourdonnement, un bruit de canon au loin et d'ennuis à venir.

— C'est comme si les écailles étaient tombées de mes yeux. Je ne vois plus un jeune soldat, je ne vois plus que vous, m'accusa-t-il en jetant les bras au ciel.

Je le foudroyai du regard, mais je n'avais rien à riposter. J'étais une femme, après tout.

Il secoua la tête.

— Sauf quand vous me fixez ainsi. Alors je me rappelle le regard redoutable de Shurtliff.

— Ce n'était pas le regard de Shurtliff, c'est le mien.

— Vous me le présentez maintenant, vous séparez la femme du jeune garçon. Il n'est pas si facile de s'y repérer.

— Je vous sers de tout mon cœur. Et je continuerai à le faire si vous m'y autorisez.

— Je suis sûr que vous êtes sincère.

Sa voix avait à nouveau changé. Après les cris, puis le bourdonnement, c'était maintenant le drapeau blanc de la capitulation. Je retins ma respiration. Je ne savais pas encore devant quoi il capitulait.

— Je n'ai pas connu un instant de répit depuis que j'ai compris que vous n'êtes pas Robert Shutliff, avoua-t-il.

— Mais je suis Robert Shurtliff.

— Deborah ! me mit-il en garde.

Mon nom prononcé par ses lèvres me choqua à nouveau.

— S'il vous plaît, ne me privez pas de lui. S'il vous plaît, laissez-moi être Shurtliff jusqu'à la fin de la guerre.

— Et si vous mourez ici ? Vous auriez aisément pu mourir à Tarrytown. Ou à Yorktown. Ou à Eastchester, crénom ! Et si vous mourez en soldat, sous le nom de Robert Shurtliff ? Deborah Samson mérite mieux.

— Mais ne voyez-vous pas que tout cela vaut mieux ?

Il ne comprit pas et me regarda, perplexe.

— Je fais cela pour elle. Pour moi, dis-je en me frappant la poitrine. Et si je meurs, alors je mourrai en soldat, ce qui était refusé à Deborah Samson.

Il haussa les sourcils, ébahi.

— Ce n'est pas parce qu'elles nous sont inférieures que nous tenons les femmes à l'écart de la guerre.

— Ah non ?

— Non. Les hommes ne mettent pas leur trésor sur le champ de bataille. Ils le protègent, énonça-t-il en détachant chaque mot.

— Je ne suis pas un trésor. Je n'ai donc besoin d'aucune protection.

Nous en avions déjà discuté.

— Mais si. Vous étiez un trésor pour Elizabeth. Vous êtes un trésor pour moi.

Je baissai la tête, rendue humble par cet aveu sincère. Le silence se prolongea un moment.

— Il y a si peu de choses que nous avons le droit de faire, insistai-je. Je ne parle pas que des femmes, je le sais. Je ne suis pas assez sotte pour croire que les hommes n'ont pas leurs propres contraintes. Je me suis enrôlée parce que je n'osais pas m'embarquer sur un navire. Je me suis enrôlée parce que je ne pouvais pas partir seule vers l'ouest. Je n'avais pas les moyens de traverser la mer ou de parcourir le monde. Une culotte et des seins comprimés, ça ne suffit pas. Il faut aussi de l'argent. La guerre était sur le pas de ma porte, et c'était la seule issue possible pour moi.

Il eut un soupir pesant, les épaules tombantes.

— Allez-vous me dénoncer ?

— À qui ? À qui pourrais-je vous dénoncer ? Je suis le commandant, pour le moment. Je pourrais aller à New Windsor dire au général Washington que mon aide de camp excelle dans l'art du déguisement. Après la débâcle causée ici à West Point par Benedict Arnold, juste sous mon nez, il risquerait de croire que c'est moi, le traître. Et il pensera que vous êtes une espionne.

— Vous savez que ce n'est pas vrai.

— Je ne sais rien de tel.

— Ah bon ? Vous ne parlez pas sérieusement, mon général ?

— Vous n'avez aucune idée de la dépravation et de la cruauté des hommes. Surtout de ceux que la guerre enrichit.

— Je vous jure sur ma vie et sur mon bien le plus sacré, l'honneur, que je ne suis pas une espionne, déclarai-je en usant délibérément des termes de la Déclaration d'indépendance. Je suis patriote, totalement patriote, et je me battrai à vos côtés, sous vos ordres, jusqu'à ce que cette guerre s'achève. Vous n'aurez jamais aucune raison de vous méfier de moi ou de remettre en cause ma loyauté. Je le jure sur mon affection et mon amitié pour Elizabeth.

— Je ne veux pas que vous m'offriez votre vie ou que vous vous battiez à mes côtés. Je veux que vous restiez en vie. Je veux que vous m'obéissiez afin que je ne sois pas constamment inquiet pour votre bien-être. Et si cela signifie envoyer à King's Ferry Agrippa ou qui je juge bon, au lieu de vous (il pointa son doigt vers mon visage), cela ne vous *dérangera* pas.

Il se rassit dans son fauteuil et referma son registre d'un coup de coude. Il avait la mâchoire serrée, les yeux en feu, aussi je baissai la tête, pleine de remords.

— Très bien, mon général.

— Vous ferez comme je dis ?

— Oui, mon général.

— Et vous ne contesterez aucun de mes ordres ?

— Je ne contesterai aucun de vos ordres, promis-je.

Il souffla bruyamment.

— Dieu nous garde, vous et moi.

J'avais bien l'intention de tenir parole, mais certaines promesses sont impossibles à tenir.

20

Des causes légères et passagères

Lorsque j'étais arrivée à West Point après m'être enrôlée, seize soldats accusés de désertion et de crimes contre la population locale avaient été conduits dans le champ où se trouvaient les potences et les piloris, non loin de la prison de la garnison.

Un par un, douze d'entre eux avaient été déshabillés jusqu'à la taille, attachés à un piquet et, au son du tambour, le châtiment leur avait été infligé. La plupart l'avaient bien supporté, encouragés par leurs camarades, frémissant à peine tandis que le fouet ouvrait des entailles sanglantes sur leur dos nu.

Deux hommes, convaincus d'avoir fomenté une mutinerie, furent menés au gibet pour y être pendus, mais à la dernière minute, Agrippa Hull s'était avancé pour déclarer qu'ils étaient graciés par le général Paterson. Les témoins avaient applaudi, et les deux hommes avaient été décrochés, à peine capables de tenir debout, les larmes ruisselant sur leurs joues après le pardon qui leur était accordé.

Deux autres avaient pris leur place, la corde au cou, la liste de leurs péchés ayant été lue à la cantonade. L'un avait tué un fermier à coups de fourche, violé sa femme et incendié sa maison. L'autre avait assisté à la scène, avait mangé la nourriture du fermier et s'était enfui chaussé des bottes du fermier. Eux ne bénéficièrent d'aucun pardon. Le bruit de la trappe s'ouvrant sous leurs pieds avait suscité parmi les témoins des hoquets de ravissement et des gémissements de terreur. Rester sain et sauf pendant que d'autres mouraient, voilà qui créait un bref instant de transcendance.

J'avais vu tout cela avec effroi, non parce que la punition me paraissait injuste – je n'avais aucune raison de croire que ces hommes n'étaient pas coupables – mais parce qu'elle existait, parce qu'elle était nécessaire. Je pris conscience, une fois de plus, de ma propre vulnérabilité. Si l'on découvrait mon véritable sexe, je serais fouettée. Mais ce ne fut qu'une partie de ma prise de conscience. Je baignais dans la révolution, j'avais appris le langage de la liberté et j'étais animée d'un objectif clair. Je savais, jusqu'à la plante de mes pieds et dans les profondeurs de mon esprit, que la lutte était juste et que la cause était bonne. J'avais mes propres motivations, mes propres raisons personnelles de vouloir participer au conflit, néanmoins je croyais en ce combat.

Ce n'était pas le cas de tous.

Certains soldats étaient des animaux.

La guerre les avait peut-être rendus tels, mais je soupçonnais que la guerre avait simplement révélé leur groin et leurs sabots.

Sous l'ordre de la garnison couvait un désordre à peine contenu. Il y avait toutes sortes d'individus dans les casernes et dans le logis des officiers, des meurtriers, des voleurs, des menteurs et des tricheurs se mêlaient aux hommes courageux, honnêtes, droits et fidèles. Tous avaient été jetés dans la grande marmite que formait l'armée continentale, et le résultat était un ragoût bouillonnant.

À Yorktown, j'avais vu les soldats anglais se rendre et se laisser mener dans les navires-prisons, et j'avais alors résolu de me suicider plutôt que d'être capturée par l'ennemi. Mieux valait la mort que la captivité.

Les crimes de la brigade de DeLancey n'avaient fait que renforcer ma conviction. Les Anglais et DeLancey, c'était une chose ; redouter ses propres compagnons d'armes, c'en était une autre. La discussion sur la désertion lors de ma mission de reconnaissance m'avait ébranlée pour plusieurs raisons. Premièrement, je n'avais aucune envie de m'enfuir. Deuxièmement, je n'avais aucun désir de créer un conflit parmi mes compagnons. Troisièmement, et surtout, un châtiment risquait de dévoiler ma vraie nature, et j'aurais préféré mourir.

Afin d'éviter une mutinerie à West Point, le général Paterson avait eu la main lourde mais le cœur généreux. Ses efforts pour défendre ses troupes n'étaient pas passés inaperçus, pourtant les mécontents citaient encore la réussite de certains soulèvements.

Au cours de l'hiver 1780-1781, quelques soldats étaient partis de leur camp en bon ordre et avaient marché vers Philadelphie avec une liste de conditions très claires. Ils n'étaient ni espions ni renégats, et ils ne se considéraient pas comme des déserteurs. Ils voulaient simplement être écoutés. La plupart s'étaient enrôlés après la bataille de Saratoga, et ils s'étaient engagés pour « trois ans ou jusqu'à la fin de la guerre », mais la guerre ne semblait pas près de finir et ils voulaient qu'on les libère, affirmant que trois ans étaient plus qu'assez. Leurs conditions furent acceptées, et beaucoup d'hommes furent démobilisés. Ce fut seulement après les négociations que l'on vérifia les registres : la grande majorité de ceux qui venaient de quitter l'armée avait servi moins de trois ans.

Soudain, des mutineries éclatèrent partout, mais avec des conséquences plus désastreuses. Lorsqu'on le laissait fermenter, ce même esprit qui encourageait l'héroïsme et enhardissait les hommes pouvait causer une émeute. Un officier qui tentait d'apaiser ses hommes fut tué par un soldat auquel on avait pardonné d'avoir pris la tête d'un soulèvement semblable quelques mois auparavant. Cette fois, le châtiment fut plus sévère. Les mutins furent encerclés et désarmés, les meneurs furent abattus. Après quoi, le nombre de rébellions diminua.

Mais il y avait toujours des protestations. Selon une rumeur qui s'était propagée d'un bout à l'autre des hautes terres, on avait promis aux nouvelles recrues deux fois plus de terres et de récompenses qu'aux précédents enrôlés, et le mécontentement était vif.

Qu'il s'agisse d'une fièvre printanière ou du sentiment que la fin était proche, le général Paterson était convaincu que l'annonce d'une grande fête en l'honneur du dauphin de France n'arrangerait rien. Nous avions passé la veille chez Robinson, du côté est du fleuve, à une demi-lieue de West Point, là où le général Robert Howe avait ses quartiers. Le Dr Thatcher et plusieurs autres médecins avaient établi un hôpital dans l'aile opposée, et c'est dans ce domaine qu'étaient régulièrement conçues les opérations militaires les plus ambitieuses.

La maison avait jadis appartenu à un riche loyaliste nommé Beverley Robinson, devenu colonel dans l'armée britannique. Lorsqu'il avait fui vers New York en 1777, après avoir refusé de prêter allégeance à la cause coloniale, sa maison et ses terres avaient été confisquées par les Américains. On prétendait que Washington et lui avaient jadis été amis, et que tous deux avaient été profondément blessés par leurs divergences, chacun estimant que l'autre commettait une terrible erreur.

La maison de Robinson était une vaste construction bâtie dans une clairière, au pied du mont Sugarloaf. Bien qu'elle soit entourée de hauteurs escarpées et de zones inhospitalières, un verger y prospérait et le domaine constituait un village en soi, avec plusieurs dépendances, dont une forge, une cuisine d'été, et des arpents de terre réservés à la chasse et à l'agriculture, loin des promontoires rocheux.

À deux reprises, j'avais accompagné le général Paterson à des réunions chez Robinson, mais jamais en aussi illustre compagnie. Quarante officiers étaient rassemblés dans la grande salle à manger, dont le général Washington et le baron prussien von Steuben, le chef d'état-major de Washington, qui avait parcouru à cheval, ce matin-là, les cinq lieues nous séparant de New Windsor.

Washington et Paterson étaient tous deux grands et minces, larges d'épaules, ils avaient les membres longs et conservaient une posture strictement militaire. Ils avaient aussi la même attitude, la même présence, mais mon général – je me corrigeai – mais Paterson était plus jeune et plus beau. Washington portait toujours une perruque poudrée. Je demandai à Agrippa s'il lui restait des cheveux par-dessous, car Grippy avait toujours l'air de tout savoir, et il me répondit qu'il avait de longs cheveux blancs que son valet brossait et tressait tous les jours, mais que la perruque masquait son crâne un peu dégarni au sommet. Avec ou sans perruque, il était resplendissant dans son uniforme bleu et or. Je fis de mon mieux pour ne pas ouvrir grand la bouche ou glousser comme la femme que j'étais, et me contentai d'observer le début de la réunion, adossé au mur comme les autres aides de camp.

— Nous devons tout à l'armée française, déclara le général Washington d'une voix ferme et résolue.

Grippy prétendait aussi que Washington avait des problèmes de dents, et que son élocution lui permettait de maintenir son dentier en place. Les mauvaises dents expliquaient pourquoi il souriait si peu, mais je voyais là une gravité naturelle plutôt qu'un signe de coquetterie.

— Nous n'avons pas pu les remercier ou les honorer correctement après Yorktown, poursuivit-il, mais sans eux, nous ne serions pas ici.

Personne ne pouvait contester ce fait, aussi toutes les têtes s'inclinèrent en un chœur d'acquiescement.

— Il faut aussi rendre honneur à notre armée. L'anniversaire de notre Déclaration d'indépendance approche à grands pas, et pour la première fois depuis que nous nous sommes lancés dans cette entreprise, je n'ai aucun doute que notre nouvelle nation puisse survivre et s'épanouir. Cela mérite d'être célébré. C'est l'occasion d'honorer nos amis et de commémorer une vie nouvelle. Celle de notre pays et celle du monarque français.

Le général Paterson parut horrifié et exprima aussitôt ses réserves – qui concernaient l'état des réserves alimentaires et le fait que les soldats n'avaient pas touché leur solde –, toutefois Washington ne se laissa pas abattre.

— Je vous confie le commandement, Paterson, pour les raisons précises que vous citez. Vous êtes désormais responsable, et nous vous soutiendrons tous. Mais nous devons organiser cette fête, qui se déroulera dans deux semaines.

— Une fête ? avait murmuré le général Paterson alors que je le rasais, le lendemain matin. Les hommes n'ont pas été payés, les magasins sont dangereusement vides, le moral est au plus bas, et je suis censé donner une fête pour le fils du roi Louis ?

Le général avait si peu l'habitude de se plaindre – surtout de son commandant en chef – que j'écoutais simplement avec sympathie, tout en lui passant la lame sur les joues.

— Kosciuszko construit un pavillon dans la plaine depuis un bon moment. Le major Villefranche, l'ingénieur français, arrivera demain pour l'aider. J'espère qu'ils ne vont pas s'entretuer. Ils doivent avoir terminé dans dix jours. Nous prenons tout le bois dans les environs, ce qui contribuera à réduire le coût, mais il faudra mille hommes qui travaillent sans arrêt pour y parvenir. (Il soupira avec lassitude.) Au moins ils seront occupés. Ils seront moins susceptibles de se révolter s'ils sont actifs.

— Je vous aiderai.

J'avais voulu le rassurer, et il ricana.

— Je sais bien. Vous êtes mon arme secrète. Qui mieux qu'une femme qui porte un déguisement depuis plus d'un an pour transformer une garnison en salle de bal ?

Le printemps avait fleuri les hautes terres et dissipé la grisaille d'un hiver morose, mais la garnison n'avait jamais accueilli une telle fête, et le travail nécessaire serait énorme. Des listes furent établies, les tâches furent attribuées aux divers régiments ; le général et moi, souvent seuls parce que personne d'autre n'était disponible, arpentions les hautes terres, de New Windsor à Peekskill Hollow, pour faire pression sur tel ou tel et pour réunir des ressources.

Seuls seraient conviés les officiers, français et américains, ainsi que leurs épouses, mais il faudrait bien nourrir les autres aussi. Les barriques de vin et de rhum rapportées de la grotte avaient déjà été bues, et il était pratiquement impossible de se procurer de la nourriture convenable pour un banquet, mais le général fit en sorte que cela se concrétise.

De longues tables furent construites, des lampions suspendus, des caisses de drapeaux américains et français achetées auprès d'un fabricant de voiles de Philadelphie. Il s'était mis à produire des bannières tricolores en grande quantité après l'éblouissant défilé français avant Yorktown, et il fut ravi de nous les revendre en masse.

Un portraitiste à succès, qui avait déjà peint toutes les célébrités de Washington à Thomas Paine et avait ajouté Lafayette et l'amiral de Grasse à sa collection, avait accepté de présenter une exposition près du pavillon, à condition qu'il fasse beau, en échange de commandes ultérieures. Une fanfare militaire fut réunie en puisant parmi les officiers comme parmi les soldats, et les répétitions quotidiennes commencèrent, non sans d'étonnants résultats.

Les préparatifs se poursuivaient de l'aube au crépuscule, l'érection du pavillon progressant très vite. Toute la charpente était confectionnée à partir d'arbres des vallons boisés entourant West Point. Sur la longueur, les troncs étaient espacés comme des colonnes, la largeur étant laissée ouverte. Le plafond était entièrement composé d'arceaux entrecroisés. À la fin, le bâtiment mesurerait six cents pieds de long et trente pieds de large ; le major Villefranche et le colonel Kosciuszko n'en étaient pas encore à échanger des coups de poing, ce qui semblait prometteur pour l'achèvement du projet.

Quelques jours avant la fête, le capitaine Webb se présenta à la Maison Rouge et sollicita une audience, en précisant que cela ne pouvait attendre.

Mr Allen l'introduisit dans le bureau du général, et quand je me levai pour les laisser seuls, comme c'était l'usage lors des débats entre officiers, le capitaine me pria de rester.

— Cela vous concerne aussi, soldat Shurtliff. J'avais espéré vous parler à tous les deux.

Le capitaine Webb était visiblement mal à l'aise, et le général me fit signe de me rasseoir. Son regard inquiet croisa le mien un instant.

— De quoi s'agit-il, Webb ?

— Un des hommes de ma compagnie, le soldat Laurence Barton, est venu me signaler un soulèvement dans la ligne du Massachusetts ainsi que dans la ligne du Connecticut, au campement de Nelson's Point. Il semble penser que les mutins pourraient être deux cents.

— Connaissez-vous ce soldat Barton ? me demanda le général.

Il était bien sûr soulagé que le problème ne soit pas lié à ma tromperie, mais j'avais un nœud à l'estomac.

— Oui, mon général. Nous partagions la même compagnie, la même caserne, et il a participé à deux expéditions de reconnaissance pour lesquelles j'étais volontaire.

— Le soldat Barton affirme qu'en une occasion, les membres du groupe ont sérieusement parlé de déserter. Il dit que vous avez refusé et convaincu les autres de retourner à la garnison.

— Dans mon souvenir, le soldat Barton n'était pas non plus favorable à la désertion. Il n'avait pas encore pris la parole, mais lorsqu'il fut interrogé, ce fut son opposition qui fit pencher la balance.

— Qui étaient les autres membres du groupe ? interrogea le général d'un air sévère.

— Je connaissais seulement Oliver Johnson, Laurence Barton et Davis Dornan. Les autres n'étaient pas de notre compagnie. Je pense que l'un d'eux s'appelait Jones. Il y avait aussi Sharpe, et un nommé Chuck, mais l'expédition fut un échec. Je me tenais à l'écart, comme à mon habitude, et cette expérience ne s'est pas reproduite.

— Racontez-nous mot pour mot ce qui s'est dit, si vous le pouvez.

Je m'éxécutai.

— Vous auriez dû venir me trouver, Shurtliff, s'exclama Webb quand j'eus terminé mon récit. Aussitôt après. Vous auriez dû m'en parler.

— J'aurais dû, mon capitaine.

Je n'avais aucune excuse. La peur des représailles n'était pas une raison de ne pas accomplir mon devoir, mais se plaindre n'était pas la même chose que se rebeller. Nous avions tous nos moments de découragement, même le général Paterson.

— Si Shurtliff était allé vous voir, qu'auriez-vous fait ? lança le général au capitaine Webb.

— Je les aurais tous fait fouetter.

— Et Shurtliff ?

Le capitaine fronça les sourcils.

— Auriez-vous fait fouetter Shurtliff ?

— Non, mon général.

— Alors tous les membres de cette compagnie auraient su que Shurtliff les avait dénoncés.

— C'est vrai, mon général, concéda Webb. Mais à présent, nous faisons face à un problème bien plus sérieux.

— Davis Dornan était l'instigateur, ce soir-là ? me demanda le général.

— Oui, mon général. Il avait lancé la conversation et la ranimait sans cesse. Il était aussi celui qui craignait le plus que je les dénonce.

— C'est ce qu'a dit Barton, confirma le capitaine Webb. Et il soutient que Dornan est l'un des meneurs de cette nouvelle tentative. Il pense que la fête leur servira de diversion. Quand tout le monde se dispersera le lendemain, ils prévoient de partir eux aussi.

— Selon vous, comment devrions-nous réagir, Webb ?

Le général était fâché, mais je ne pouvais déterminer s'il était déçu par moi ou contrarié par cette nouvelle crise qui lui retombait sur les épaules.

— Je pense que vous devriez le convoquer, mon général. Lui dire que vous savez ce qui se trame. Voir s'il nous livre le nom des autres, puis les mettre sous les verrous. Il pourra alors faire l'objet d'un procès, et être condamné comme il convient.

— Les hommes de votre compagnie savent-ils que Shurtliff est désormais mon aide de camp ?

— Oui, mon général. Je suppose. Il n'y a pas de secret à la caserne.

La bouche du général fut déformée par une grimace, alors que ses yeux avaient pris un bleu terne, malheureux.

— Avez-vous parlé de cette affaire au colonel Jackson ?

— Oui, mon général. Il m'a conseillé de me tourner vers vous, car les autres régiments devront être informés.

Le général se leva tout à coup et mit son chapeau.

— Venez avec moi, capitaine.

Quand je voulus les suivre, il me lança un regard d'avertissement.

— Restez ici, Shurtliff.

***

Lorsqu'il revint, quelques heures plus tard, il était de mauvaise humeur, les fesses endolories par la selle, son uniforme trempé de sueur. Je puisai de l'eau pour son bain, puis déposai son dîner sur la table de ses quartiers et me retirai dans ma chambre jusqu'à ce qu'il décide s'il voulait me gronder ou me dire ce qu'il s'était passé.

— La baignoire est à vous, Samson, me cria-t-il. La prochaine fois, vous souhaiterez peut-être l'utiliser avant moi.

Je le remerciai et me barricadai dans la pièce, trop anxieuse après les événements de la journée pour profiter du bain. Je me lavai rapidement de la tête aux pieds et me rhabillai, alors que mes cheveux mouillés s'égouttaient sur mon col. J'avais hâte d'enfiler une chemise de nuit et de tout oublier.

Le général était déjà au lit et une unique chandelle vacillait sur sa table de chevet. Les mains croisées derrière la tête, il contemplait les poutres visibles au-dessus de lui, se mordant la lèvre inférieure. Je connaissais cette mine. Il était pensif et inquiet, et il m'attendait.

— Nous avons prévenu du risque de soulèvement tous les colonels et tous les capitaines jusqu'à Nelson's Point. Toutes les compagnies vont être rassemblées, tous les hommes vont être interrogés.

— Et Dornan ?

— Il a disparu.

Mon cœur se mit à battre plus fort.

— Comment ?

— Il a dû deviner qu'il était démasqué. Il n'était pas à son poste, ni à la caserne. Une vingtaine d'hommes ont passé la garnison au peigne fin pendant une heure au lieu de travailler à la construction du pavillon. Mais il n'est plus là. Il a déserté. Tous les régiments sont désormais au courant de son statut.

— Je suis devenue votre aide de camp seulement deux jours après cette expédition de reconnaissance. C'était une réponse à mes prières, par bien des côtés. Aurais-je dû tout raconter au capitaine Webb ?

Il se redressa dans son lit, très sérieux.

— Non. Mais vous auriez dû m'en parler.

Je soupirai, après avoir retenu ma respiration toute la journée.

— Il est parfois bien difficile de savoir quelle est la meilleure chose à faire.

— En effet. Et un homme – ou une femme – capable de garder les confidences et de tenir sa langue mérite toujours des éloges. Mais avec moi, inutile de tenir votre langue.

J'inclina la tête.

— Êtes-vous certain de désirer cela, mon général ?

Sa physionomie prit un air de regret, mais l'incident était clos.

— Qu'avez-vous fait cette après-midi ? Si je puis me permettre de le demander.

— J'ai relu le menu du banquet avec Mrs Allen et les domestiques. Toutes les victuailles nécessaires au banquet ont été commandées et décomptées – même les oies, les poulets et les pauvres porcs, si gras qu'ils ne peuvent plus marcher. Le boucher a lui aussi reçu ses instructions. J'ai récuré le sol de la salle à manger et épousseté les lustres. Agrippa tenait l'échelle. Vous saviez qu'il a le vertige ?

— Je le savais, répondit-il, narquois.

— J'ai également décidé de laver les vitres de l'entrée. Et aussi d'épousseter les rayonnages les plus hauts de la bibliothèque.

— J'ai remarqué qu'on a commencé à suspendre les drapeaux au mur de la garnison.

— Oui… Et tant que l'échelle était sortie… J'ai pensé… Agrippa et moi avons commencé par l'extrémité nord…

— Mon Dieu, Samson, ricana-t-il en se couvrant le visage avec les mains avant de retomber sur les oreillers. Allez vous coucher, malheureuse !

Je me retirai, un petit sourire aux lèvres, mais quelques instants plus tard, ayant mis ma chemise de nuit et arrangé mes cheveux pour la nuit, je le hélai.

— Aimeriez-vous que je vous fasse la lecture un moment ? J'ai besoin de m'apaiser l'esprit.

Il soupira, mais ce son trahissait le soulagement et même la satisfaction.

— Oui, j'aimerais beaucoup cela.

***

Les drapeaux français et américains claquaient au vent, et des régiments de toutes les brigades de l'armée continentale bordaient les collines sur les deux berges du fleuve, créant l'illusion d'une mer de bleuets au milieu de la verdure. L'artillerie avait été déployée au bord de la plaine surplombant l'eau, et le pavillon était achevé. Le général Paterson avait transmis ma suggestion au colonel Kosciuszko : de vieilles armes brisées – il y en avait des milliers à l'arsenal – avaient été attachées aux colonnes en guise de décoration. Au lieu de vouloir faire passer la garnison pour le lieu élégant qu'elle n'était pas, nous avions mis en valeur ce qu'elle était vraiment. Une forteresse, une conquête, une réussite fabriquée de toutes pièces. Et le résultat était magnifique.

Tout ce qui pouvait être fait l'avait été, et le matin du 31 mai, les dignitaires commencèrent à arriver.

La Maison Rouge était pleine à craquer ; chaque pièce était remplie de généraux, de leurs épouses, de leurs aides de camp et de leurs domestiques. Il en allait de même chez Robinson, et des bâtiments situés dans l'intervalle. De grandes tentes blanches avaient été dressées pour accueillir le surplus, mais la plupart des gens ne resteraient qu'une nuit.

— Votre aide de camp a fort belle allure, Paterson. Si mince et droit, si élégant. L'ensemble de la garnison est en grande forme, dit le général Henry Knox en donnant à John une tape sur l'épaule.

Les deux hommes faisaient la même taille, mais Knox était beaucoup plus massif, même si son portrait dans notre exposition lui donnait l'air d'un gros chausson aux pommes plutôt que d'un bœuf. Il était jeune, sans doute à peine plus âgé que le général Paterson, et il était l'un de mes héros. Son père, capitaine de navire, était mort, laissant sa femme et ses dix enfants dans un dénuement complet, et Henry avait quitté l'école pour nourrir sa famille. Il était devenu l'employé d'un libraire de Boston et avait fini par ouvrir son propre magasin, alors qu'il était autodidacte – Elizabeth m'avait raconté son histoire dans une de ses lettres.

Malgré sa corpulence et son visage de paysan, Henry Knox avait l'esprit agile et une énergie sans fin ; lors des premiers jours de la guerre, il avait réussi à déplacer cinquante canons sur des traîneaux de Fort Ticonderoga jusqu'à Boston, juste à temps pour la bataille de Dorchester Heights, qui avait mis fin au siège et sauvé la cause.

Son épouse, Lucy, était un personnage au même titre que lui. Elle avait été reniée par sa riche famille loyaliste lorsqu'elle s'était mariée avec Henry – ils s'étaient rencontrés dans sa librairie – et elle ne l'avait plus quitté depuis le début de la guerre, l'accompagnant d'un camp à l'autre. Elle m'impressionnait peut-être encore plus que son époux.

Elle portait une robe bleu poudre et ses cheveux formaient une masse de boucles au-dessus de son visage rebondi de Cupidon, mais Lucy Knox était plus intimidante que son aspect physique ne l'indiquait. Dès qu'elle eut posé son regard sur moi, je me crus perdue.

— Votre nom, jeune homme ? demanda Mrs Knox d'un air plein de sagacité.

— Robert Shurtliff, madame, répondis-je avec une révérence polie. Aide de camp du général Paterson.

— Il paraît qu'un portrait de mon mari est exposé ici. J'aimerais le voir. Voulez-vous m'accompagner ?

Le général croisa mon regard terrifié et haussa un sourcil, mais je tendis mon bras à la dame. Henry et le général Paterson nous suivirent de loin, déjà en grande conversation à propos de l'artillerie déployée dans la plaine.

— Parlez-moi de vous, monsieur Shurtliff, insista la dame.

Ce n'était ni une question banale ni une requête polie. Je résolus de ne lui dire que des choses vraies.

— J'étais dans l'infanterie légère, régiment du colonel Jackson, et je suis devenu aide de camp du général Paterson quand le lieutenant Cole est tombé malade.

— Vous n'êtes pas officier ?

— Non, madame.

— Samson est le meilleur aide de camp que j'aie jamais eu. Intelligent, extraordinairement compétent, et souvent sous-estimé, intervint le général Paterson.

— Samson ? s'étonna Henry Knox.

Il me fallut un puissant effort pour ne pas me trahir.

— Je pensais que vous vous appeliez Shurtliff, dit Mrs Knox, penchant la tête avec surprise.

— C'est un surnom, madame. Le général dit que je suis… plus fort que je n'en ai l'air.

Lucy Knox sourit.

— Ah ! J'adore ça. J'ai moi-même souvent été sous-estimée.

— Nous y voici ! s'exclama Henry Knox.

Il s'était arrêté devant l'effigie le représentant dans tout son embonpoint. Il tourna la tête à gauche et à droite, baissa même les yeux sur sa panse enveloppée dans un gilet avant de se diriger vers les autres tableaux, le général Paterson à son côté. Ils en admirèrent certains, détaillant leur propre connaissance du sujet de chaque portrait. Un soldat assigné aux cuisines circulait avec un plateau et des verres de vin. Henry Knox se servit et en tendit un à son épouse, qui prit le verre tout en s'accrochant fermement à mon bras. Je commençais à transpirer, si vive était mon envie de fuir.

— Aimez-vous les portraits, Shurtliff ? me demanda aimablement Henry Knox.

Je ne pouvais imaginer pourquoi mon opinion lui importait, mais lui, le général Paterson et Mrs Knox guettaient tous ma réaction.

— Non, mon général.

Ce n'était pas une réponse diplomatique, toutefois cette franchise me donna l'impression d'atténuer mon imposture.

Knox ne devait pas s'attendre à une telle sincérité, car il s'étrangla en buvant et reposa son verre sur un plateau à proximité.

— Et pourquoi ?

— Je ne comprends pas qu'un artiste veuille ajouter de la douceur là où il n'y en a pas.

Le général Paterson écoutait, impénétrable.

— Veuillez développer, dit Mrs Knox.

— Un artiste ambulant est venu dans notre ville avant la guerre et a disposé ses toiles dans le champ communal pour les montrer à la population. Ses portraits ne m'intéressaient pas non plus. Il avait pourtant du talent, c'est certain.

Comme je sentais que je m'emballais, je marquai une pause avant de poursuivre :

— Tous les portraits avaient un certain style, mais tous les modèles se ressemblaient : de grands yeux expressifs, la peau claire, les lèvres petites, les joues rondes et le menton arrondi. La mode est apparemment de donner à tous les hommes et à toutes les femmes l'air de chérubins, mais je préférerais immortaliser les gens tels qu'ils sont et non tels que la mode l'impose. Les visages que je connaissais – les visages que je connais – sont anguleux et émaciés, les traits sont variés, la peau est tannée. Je trouve cela plus attrayant.

— Mais ce n'est pas souhaitable, déclara Mrs Knox, l'œil pétillant.

— Ah ?

— Non. Un visage rebondi est signe de richesse et de prestige.

— Oui, je sais. Mais nous sommes américains. J'aimerais mieux que l'artiste mette en valeur la force et le tempérament.

Elle sourit, et le général Knox acquiesça :

— Bien dit, mon garçon.

Le général Paterson se contenta de hocher la tête.

Je tirai ma révérence et tentai de m'esquiver tant que j'étais encore dans leurs bonnes grâces.

— Vous devez me réserver une danse, monsieur Shurtliff. J'insiste. J'aimerais connaître votre opinion sur d'autres points, déclara Lucy Knox, libérant enfin mon bras.

Je saluai à nouveau, sans rien promettre, et je pris congé, quittant l'exposition à pas mesurés, le cœur battant. Je veillerais à ne plus croiser le chemin de Mrs Knox.

21

Disposés à tolérer des maux

Le dîner fut servi aux officiers et à leurs épouses, les tonneaux furent ouverts, le vin coula à flots, l'orchestre se mit à jouer, et l'univers fut transformé. Treize toasts, ponctués par le tir de treize canons, furent suivis par une démonstration militaire de part et d'autre du fleuve ; le simple nombre des soldats vous remuait l'âme.

Quand le bal démarra, le général Washington escorta Mrs Knox jusqu'au pavillon et, avec vingt autres couples, dont sa femme et Henry Knox, dansa plusieurs fois, en changeant régulièrement de partenaire. Je restai toute la soirée tapie à l'autre bout du pavillon. Le général Paterson ne voulait pas ou n'avait pas besoin de suivre mes pas et, contrairement à lui, je cherchais à éviter Mrs Knox.

Il dansa avec une douzaine de dames, dont quelques-unes m'étaient connues. Je n'avais jamais assisté à un bal, mais j'avais appris les pas de la plupart des danses. J'étais la seule partenaire possible pour les dix fils

Thomas et j'avais même enseigné à mes élèves quelques gigues pour les divertir lors des récréations, néanmoins je tenais alors toujours le rôle du cavalier. Même si j'étais convaincue de pouvoir faire face à Mrs Knox elle-même si elle me mettait le grappin dessus, je n'avais aucune intention d'attirer l'attention sur moi.

Le général ne semblait pas apprécier la danse autant que le commandant en chef, mais il maîtrisait l'exercice, et je pris plaisir à le regarder. J'étais fière de sa prestance, même si je n'aurais pas dû. Je n'étais que son aide de camp. Son uniforme était impeccable et amidonné, ses bottes luisaient, et ses cheveux sans poudre dégageaient habilement son front viril.

Si je n'avais pas épié Mrs Knox, au lieu de me féliciter de la beauté du général et du bon déroulement de la soirée, j'aurais davantage prêté attention à mon entourage. Lorsque mon nom fut prononcé, je me retournai, surprise, et me retrouvai face à un revenant.

— Rob ? répéta le soldat, les yeux écarquillés, la voix enrouée.

Ni « Shurtliff », ni « Joli », ni « Robbie », mais Rob.

Je le dévisageai, comme acculée, sans savoir qui je regardais. Je ne connaissais pas cet homme.

— Rob, c'est bien toi ? insista-t-il.

Je secouai la tête et reculai, alors même que mon cœur reconnaissait ce personnage.

Il n'était pas devenu plus grand ou plus fort, mais son visage s'était creusé, ses cheveux s'étaient clairsemés. Une épaisse cicatrice traversait sa joue gauche et il avait perdu quelques dents, cependant le sourire qui frisait sur ses lèvres n'avait pas changé.

— Phineas ?

Je n'aurais pu feindre l'ignorance même si j'avais eu un pistolet sur la tempe. Il aurait fallu pour cela un talent d'acteur que je ne possédais pas. J'étais trop heureuse de le revoir.

Il voulut m'embrasser, mais je plaquai un bras contre sa poitrine pour le repousser. Il me serra donc la main avec une intensité qui me broya les doigts, avant de me les lâcher très vite.

— Maman m'a écrit que tu étais partie. Personne ne sait où tu es. Mais ils soupçonnaient quelque chose dans ce goût-là, après ta première tentative. Ta mère est venue nous poser des questions, disant que ton père t'avait vue à New Bedford, mais il n'était pas certain que ce soit toi.

Je tressaillis. J'avais été si bête ce jour-là.

— C'était il y a plus d'un an. Je suis soldat depuis plus d'un an.

Il secoua la tête, la stupeur éclairant son visage transformé.

— Je te cherchais. Sinon, je ne t'aurais pas reconnue. Tu fais un beau gars.

— Tu me cherchais ?

Cette idée ne me plaisait pas. Mon cœur n'avait pas cessé d'accélérer et ma gorge se serra sous ma cravate. Il haussa les épaules.

— Je me demandais si tu étais vraiment entrée dans l'armée. En un sens, je le savais déjà. Je savais que tu en étais capable. Donc je te cherchais.

— Tu n'en parleras à personne ?

C'était comme si j'avais à nouveau dix ans, prise en faute alors que je portais ma culotte magique. Je sentais que nous n'étions pas seuls, je sentais le mouvement, les yeux et les oreilles autour de nous. Je savais que je ne devais surtout pas donner l'impression que j'avais quelque chose à cacher, mais ma crainte avait dû être évidente. Il fit un pas en arrière, m'entraînant dans l'ombre.

— Je ne dirai rien, Rob. Je ne t'ai jamais dénoncée.

Il sourit, laissant à nouveau entrevoir le petit garçon qui m'incitait toujours à aller plus loin, qui me voyait comme un adversaire digne de lui.

— Non, jamais.

Pendant un instant, nous nous regardâmes simplement, les vieux souvenirs se heurtant à une réalité nouvelle, impossible. Pris de vertige, nous dûmes tourner les yeux ailleurs, nous réorienter.

— Où étais-tu, Phin ?

— Ici, là, partout. À Rhode Island dernièrement. Je suis dans le régiment du colonel Putnam. Nous sommes à Nelson's Point, de l'autre côté du fleuve. Je ne pouvais pas rater la grande fête. Ma compagnie a fait une démonstration sur le champ. Mes camarades se saoulent quelque part, mais j'ai préféré me promener un peu.

— Et tu as eu bien raison, murmurai-je.

Il carra ses épaules, fit passer son poids d'un pied sur l'autre comme s'il ne savait que dire ni que faire. Trop de temps s'était écoulé, nous avions trop changé, tous les deux.

— Ils organisent une soirée pour ce fichu dauphin de France alors que les hommes n'ont pas été payés de toute l'année. Qu'y a-t-il à fêter ? persifla-t-il tout bas.

Je n'étais pas sûre de ce que je devais dire, je ne savais même pas s'il attendait une réponse, mais nous avions travaillé trop dur, le général et moi, pour que je ne prenne pas la défense de cet événement.

— On fête la vie ? l'amitié ?

Il éclata d'un rire sans joie.

— Ah, oui, ça compte, ça.

— Nous devons beaucoup à la France, énonçai-je.

— Ils doivent beaucoup aux hommes qui me ressemblent. (Il désigna la cicatrice sur son visage.) Et même à ceux qui te ressemblent.

Il soupira et se détourna.

— Le général se tracasse pour les soldats, lui aussi, mais Washington a pensé que ce serait bon pour le moral des troupes.

— Le général ? interrogea Phin.

J'hésitai, ne voulant pas trop en divulguer.

— Le général Paterson. Je suis son… aide de camp.

Autrefois, Phin aurait pouffé, m'aurait donné une claque dans le dos, ou bien il aurait fait la tête en affirmant que ce poste lui aurait mieux convenu à lui. Phineas ne fit rien de tel, même si l'ombre d'un sourire avait réapparu.

— Et il est au courant ?

— Non. Bien sûr que non, mentis-je.

Il n'était pas question que j'entraîne John Paterson dans ma chute.

— Aide de camp au bout d'à peine un an, et sans grade. Comment as-tu réussi ?

— Pure chance. Et sans doute aussi parce que je travaille dur.

Il hocha lentement la tête, comme s'il se représentait la chose.

— Tu n'as jamais arrêté de courir. Tu cours toujours jusqu'à ce que tu gagnes, pas vrai, Deborah Samson ?

Mon nom n'était qu'un chuchotement sur ses lèvres, mais je frissonnai, craignant qu'on ne l'entende.

— Oui, je suis comme ça. Nous sommes tous les deux comme ça, Phineas Thomas.

— Pas moi. Je ne cours plus. Je suis fatigué.

J'eus le cœur navré par ce triste aveu.

— Tu es dans l'armée depuis bien longtemps.

— Je suis lieutenant au 5e régiment.

— Lieutenant ! Bravo, lieutenant Thomas.

— C'est uniquement parce que tous les autres sont partis… ou sont morts. J'ai perdu tant de mes frères, qui valaient tous mieux que moi. Les meilleurs ne durent pas aussi longtemps, même si, au point où nous en sommes, je ne suis plus sûr de compter encore parmi les vivants.

Ne sachant comment réagir, je cherchai une parole encourageante. Une parole d'espoir.

— Benjamin et Jacob… ils sont revenus, non ?

— Oui. Jake a épousé Margaret.

— Et Jeremiah ? Qu'est-il devenu ?

Il se raidit, fouilla mon regard. Puis il haussa les épaules et détourna la tête.

— Aux dernières nouvelles, il était marin. Comme il le voulait.

— Oh, Jerry. Il m'a tellement manqué.

D'une voix peinée, Phin se remit à parler.

— Quand j'ai quitté la maison, Jeremiah était un petit garçon. Je n'arrive même pas à revoir son visage.

— Il ressemble encore à Jerry. Tu le reconnaîtrais. Tu m'as bien reconnue, moi.

Il acquiesça, et ses yeux chassieux se focalisèrent à nouveau sur mon visage.

— Mais toi, je te cherchais.

Il était si différent, et sa morosité me faisait dresser les poils de la nuque. Je ne comprenais pas ce Phin-là. C'était un soldat usé, aux bords effilochés, qui avait perdu des dents, et je ne savais que dire ou comment renouer contact avec mon vieil ami. Peut-être nous aurait-il fallu plus de temps, ou plus d'intimité, que nous n'aurions pas.

Son inconfort était aussi manifeste que le mien ; il s'était mis à s'agiter, scrutant les alentours, observant les soldats de tout grade qui admiraient le feu d'artifice tiré au-dessus de l'eau. Il tressaillit et baissa la tête lorsqu'une fusée particulièrement bruyante éclata.

Je lui touchai le bras en signe d'adieu, lui donnant la permission de s'esquiver. Depuis Yorktown, je n'aimais plus beaucoup le son du canon, moi non plus.

— Je suis ravie de t'avoir vu. J'espère que nous pourrons nous reparler. Je n'ai pas pu écrire à tes parents… ni à personne… et j'aimerais t'écrire, à toi.

— Tu as toujours été douée pour les mots. Mais ne fais rien qui pourrait te démasquer. Je n'en vaux pas la peine, et ta carrière a l'air bien lancée.

— Tu en as toujours valu la peine, Phineas Thomas.

Il sourit, comme le petit garçon que j'avais connu, et me salua, malgré son grade supérieur.

— Au revoir, Rob.

Ces mots sonnaient comme un adieu.

— Au revoir, Phin.

J'étais étouffée par une grosse boule dans la gorge.

— Je suis content que tu n'aies pas attendu. Je ne retournerai jamais à la maison. Je suppose que ni toi ni moi nous n'y retournerons.

Il salua à nouveau et partit, avec un dernier regard par-dessus son épaule avant de se fondre dans la foule.

Le général était en joie quand je le trouvai dans son bureau après minuit. Tout s'était déroulé à la perfection, depuis les démonstrations sur l'esplanade jusqu'au dernier crépitement du feu d'artifice au-dessus de l'eau.

La Maison Rouge était enfin silencieuse, nos invités s'étant installés dans leurs quartiers, et le général fredonnait un air joué par la fanfare, étendu dans son fauteuil, le visage détendu. Il avait ôté ses bottes, jeté sa tunique et son gilet sur un autre siège, sa cravate et son écharpe également. La bouteille de brandy que j'avais placée sur son bureau était ouverte, et il avait à la main un verre à moitié plein.

J'étais lasse, usée, j'avais passé la journée à parcourir la garnison d'un bout à l'autre pour satisfaire des besoins infinis et accomplir des corvées innombrables, et les élancements de ma jambe blessée coïncidaient avec les tourments de mon cœur endolori. Je ne m'étais pas remise de mon entrevue avec Phin. Je ne craignais pas qu'il me dénonce, mais je n'en étais pas moins ébranlée.

La bonne humeur du général m'apaisa beaucoup.

— Ah, vous voici !

— Me voici, soupirai-je. Avez-vous tout ce qu'il vous faut, mon général ?

— Je me suis aperçu il y a une heure que je n'avais rien prévu pour mon couchage… ou pour le vôtre. J'étais tellement occupé à tout organiser pour les autres que j'ai oublié ce détail : ce soir, le commandant dort dans mes quartiers.

— Vous n'avez pas à vous soucier de moi, mon général.

Il roula les yeux au ciel.

— Bien sûr que si, Samson.

— Je m'en suis chargée, mon général.

J'avais placé deux paillasses sur l'épais tapis et j'avais emporté quelques habits de ses quartiers avant l'arrivée du général Washington. La cruche était remplie d'eau pour qu'il puisse se laver, et j'avais veillé à ce qu'il y ait un plateau de jambon, de fromage, de pain et de fruits, au cas où il aurait eu faim. Je les avais chapardés lors du festin, craignant qu'il n'ait pas le temps de manger. Pour ma part, je n'avais pas été assise un seul instant.

— Oui, je vois que vous y avez pensé. Et je vous en remercie, ainsi que pour le brandy, dit-il en levant son verre. Vous êtes remarquable. Un excellent aide de camp, même si la disposition de ces deux lits n'est pas… idéale. Vous devriez avoir un peu d'intimité.

— J'ai l'habitude, mon général.

— Je le sais, grommela-t-il.

Il n'ajouta rien, et j'y vis le signe qu'il acceptait cet arrangement malgré tout. Je me laissai tomber sur le petit canapé près de la porte et j'ôtai mes chaussures, en réprimant un gémissement de gratitude. Mes cheveux avaient commencé à s'échapper du ruban censé les retenir, et je les dénouai. Je retirai ma tunique et détachai ma cravate.

— Vous êtes fatiguée.

— En effet.

J'étais allée aux toilettes et m'étais lavée à la pompe, et j'aspirais uniquement à me coucher pour reposer ma jambe douloureuse.

Le général se leva et prit le plateau, mais au lieu de goûter les provisions, il s'assit à côté de moi et le posa entre nous.

— Mangez, ordonna-t-il.

Je m'exécutai sans un mot.

— Vous devez être épuisée, pour m'obéir sans discuter !

Je lui répondis par un piteux haussement d'épaules. Il étala une tranche de jambon sur un morceau de pain et mordit à pleines dents. Nous dévorâmes en silence cet excellent repas.

— Tout s'est bien passé, mon général. Vous pouvez être fier, commentai-je, ranimée par la nourriture et par sa compagnie. Tout était parfait. Les couleurs, la musique, le temps. Tout était merveilleux.

— C'est vrai.

— Et vous avez même dansé, conclus-je avec un petit sourire.

— Il est impossible de dire non à Mrs Knox, et elle ne parvenait pas à vous trouver. Je comprends pourquoi

Henry et elles s'entendent bien. Ils ont tous les deux une volonté de fer.

— Vous vous en êtes très bien tiré. Et oui, Mrs Knox est effrayante. J'aimerais beaucoup être son amie, un jour.

Le général éclata de rire.

— Je n'ai jamais beaucoup aimé les bals. Elizabeth adorait cela, donc je dansais pour elle, et elle ne manquait jamais de cavaliers. Savez-vous danser, Samson ?

— Bien sûr, même si je n'avais jamais participé à une fête comme celle-ci.

Il se frotta les mains et se leva.

— Eh bien, debout, alors. Je vous ai fait manger, maintenant je vais vous faire danser.

— Mon général ? Nous n'avons pas de musique.

Mais je me levai, enthousiasmée à cette perspective.

J'avais les cheveux dénoués, mais je ne pris pas la peine de les rattacher. À une heure aussi tardive, alors que nous étions seuls derrière une porte close, nous pouvions braver l'étiquette. Et le général était aussi en désordre que moi. L'air embaumé et les heures passées à tournoyer dans la salle de bal avaient transformé ses boucles naturelles en frisettes retombant sur son front. Nous étions pieds nus et, en baissant les yeux, je vis combien ils étaient différents. Les miens étaient étroits, mes chevilles minces ; les siens étaient grands et couverts de poils. Je remuai les orteils et détournai mon regard, mais pas avant qu'il n'ait lui aussi remarqué le contraste.

— Vous devriez toujours porter vos chaussures, Samson. Même vos pieds vous trahissent.

— Mais vous savez déjà qui je suis.

Il s'éclaircit la gorge.

— Oui. Eh bien… donnez-moi votre main.

Je plaçai ma paume contre la sienne. Mes mains étaient grandes, mais les siennes étaient énormes.

— Aucune mélodie ne me vient à l'esprit. Chez les Thomas, on ne chantait que des cantiques.

— Ah, mais moi je connais un cantique qui fera l'affaire.

Il se mit à fredonner *Peuples, criez de joie et bondissez d'allégresse*, sur une mesure à trois temps, comme une valse.

Je chantonnais en même temps, pour trouver notre rythme et assortir nos pas.

— Vous essayez de mener, Samson. Arrêtez. Vous devez être la femme, ou bien nous allons nous cogner.

— Je me laisse mener, c'est vous qui êtes parti du mauvais côté. Est-ce parce que vous êtes gaucher ?

— Vous ne tenez pas le rôle de la femme. Vous faites les mêmes choses que moi. Je vais vous marcher sur les pieds.

Des pas se firent entendre dans le couloir. Nous nous arrêtâmes, craignant d'avoir été trop bruyants. Une porte s'ouvrit et se referma, et les pas s'éloignèrent.

— Réessayons, exigea-t-il.

En chantant tout bas « Peuples, criez de joie », et en comptant une-deux-trois, une-deux-trois, main dans la main, nous nous efforcions de rire sans bruit.

— Vous jouez encore le rôle de l'homme, protesta-t-il, moqueur.

— J'avais peur de devoir faire danser l'épouse d'un des officiers, et je me suis entraînée un peu. À présent, je m'embrouille et je ne sais plus qui je suis.

— Nous devrions choisir une autre musique. Pourquoi pas *Yankee Doodle* ? C'est entraînant.

Nous attaquâmes aussitôt une version beaucoup plus vigoureuse des mêmes pas, pleins d'énergie, et je réussis à aller jusqu'au bout de la chanson sans me tromper. À la fin, j'oubliai de saluer, il se pencha en même temps que moi et nous nous cognâmes.

— Aïe ! Sapristi.

Le général rit en se tenant le crâne. Il me frottait la tête d'une main, massant la sienne de l'autre.

— Désolé, Samson, vous devez avoir mal.

J'avais seulement voulu le taquiner, lui faire une farce comme cela se pratique entre amis, mais lorsque je titubai, prévoyant de m'écrouler sur ma paillasse comme si cette collision m'avait vraiment blessée, il tendit le bras pour ralentir ma chute, palpant ma tête du bout des doigts et me tapotant les joues, tout en me soutenant contre sa poitrine.

— Deborah, nom d'une pipe ! Ma mère disait que j'avais la tête la plus grosse et la plus dure qu'elle ait vue chez un enfant : c'était un miracle qu'elle ait survécu à ma naissance. Si j'avais été l'aîné, mes sœurs ne seraient jamais venues au monde. C'est une grosse massue en pierre, voilà ce que c'est.

Il s'inquiétait, me tenant dans ses bras, me dévisageant comme s'il attendait à ce que je m'évanouisse à tout instant.

Je lui tirai la langue.

— Tout va bien, John. Je vous taquinais simplement.

Il s'accroupit, sans me lâcher.

— Vous me… taquiniez simplement, répéta-t-il d'une voix monocorde.

— Oui. Mais à présent je suis tout à fait à mon aise. Pensez-vous que vous pourriez me bercer pour m'endormir… et peut-être me chanter quelque chose ? Vous avez une belle voix.

Je lui souris, car j'avais désespérément besoin de rire encore un peu, mais il plissait les yeux et, pendant un instant, je crus que l'atmosphère avait changé. À moins que je n'aie voulu voir en lui ce que je sentais en moi.

— Vous m'avez appelé John, marmonna-t-il.

C'était vrai. Était-il en colère ?

— Oui, je suis désolée, mon général. Je me suis oubliée un instant.

Ni l'un ni l'autre ne souriait plus. Mais il ne me lâchait pas.

— Il est tard.

— Oui.

Il me libéra soudain et se leva. Il alla se servir un verre d'eau, puis remplit à nouveau le gobelet pour me l'apporter.

Je bus quelques gorgées et le lui rendis. Je savais que je ne devais pas me remplir la vessie car j'aurais dû sortir alors que des visiteurs occupaient la garnison tout entière – le coteau tout entier.

Il reposa le gobelet, souffla les chandelles et s'allongea sur sa paillasse. J'en fis autant, j'avais trop chaud pour m'enfoncer sous les couvertures, et j'avais trop conscience de cette présence virile pour envisager de dormir.

Je songeai à lui dire que j'avais vu Phineas, mais j'y renonçai immédiatement. Le général s'agiterait et menacerait de me renvoyer chez moi. Et je ne voulais pas parler de Phineas. Pas encore. Je ne voulais même pas penser à lui. Pourtant, Phineas avait posé une question à laquelle je n'avais pas de réponse.

— Mon général ?

— Oui ?

— Pourquoi avez-vous fait de moi votre aide de camp ? D'ordinaire, ne sont-ils pas choisis parmi les officiers ?

Il resta d'abord muet, et je me demandai si j'obtiendrais la vérité, ou même une quelconque réponse.

— J'étais impressionné par vous. Et intrigué, aussi.

Ce fut mon tour de garder le silence, dans l'espoir qu'il continuerait.

— Je le comprends maintenant… Vous m'avez toujours intrigué. Même quand vous n'étiez qu'une voix sur une page, vous ne ressembliez à personne. Elizabeth vous trouvait merveilleuse. Elle lisait à haute voix des passages de vos lettres en secouant la tête. « Comment puis-je répondre à cela, John ? » disait-elle.

— Je ne lui confiais jamais d'histoires de fillette.

— Non, c'est vrai, approuva-t-il d'une voix rieuse.

— J'étais censé m'entraîner à l'art de la correspondance et de la conversation. Mais je désirais surtout m'instruire, et quand j'ai compris qu'Elizabeth était prête à aborder des sujets sérieux et profonds, j'en ai été ravie.

— Elle affirmait qu'elle avait l'impression d'être interrogée par un esprit avisé et elle me faisait lire vos lettres. C'est ainsi que… que j'ai été mêlé à vos échanges. Cela ne me déplaisait pas. Vous décrire les événements ayant conduit à la guerre m'a même aidé à y voir plus clair dans mes pensées.

— Vos lettres étaient celles que je préférais. Je pense que… si je n'étais pas née fille, et servante, j'aurais aimé étudier le droit. Des femmes suivaient-elles les cours avec vous, à Yale ?

— Non. Mais je suis certain que vous n'auriez eu aucun mal à le faire.

— Les femmes sont-elles acceptées dans les universités ?

— Non.

— Après la guerre, peut-être… Si je reste Robert Shurtliff, je pourrais étudier.

Mon cœur se mit à battre très fort. Je n'osais pas rêver à ce qui suivrait les jours que nous vivions. Mais je pourrais peut-être vivre indéfiniment en homme. Ou du moins, tant que je n'aurais pas accompli tout ce que je voulais faire, et qui nécessitait une culotte et des seins comprimés.

— Voulez-vous continuer cette comédie ? N'y a-t-il rien qui vous attire dans la condition de femme ?

— Si, bien des choses, murmurai-je.

Mais je n'en dressai pas la liste. J'aspirais à sentir le froufrou d'une jupe autour de mes jambes et le poids de mes cheveux quand je les peignais. Et bien des choses qui m'intéressaient à présent ne me tentaient pas avant que je le rencontre. Cette simple idée me donnait mal aux seins et au ventre. Je tâchai néanmoins d'oublier ces désirs impossibles, en m'étourdissant par la conversation.

— Nathaniel m'a dit un jour que je devais cesser de vouloir être ce que je n'étais pas. Pourtant, ce n'est pas ce que je fais.

— Ah non ?

— Non, j'essaye d'être… ce que je suis.

Comme il ne réagissait pas, je poursuivis :

— Elizabeth m'avait écrit que je deviendrais un jour une femme qui susciterait beaucoup d'admiration. Elle était très bonne envers moi.

— Elle était bonne envers tout le monde.

— Hmm.

— Comment ? Que signifie ce *Hmm* ?

— Cela ne me réconforte guère. Si elle était bonne envers tout le monde, alors sa bonté envers moi n'avait rien d'exceptionnel.

— Ah, mais je ne connais personne à qui elle écrivait comme à vous. Vous lui étiez chère.

L'émotion me piqua le nez. Quelle journée que celle-ci.

— Elle a répondu à mes lettres pendant près de dix ans. Et vous aussi. Mais… vous étiez très différent dans votre correspondance.

Ce n'était pas tout à fait exact, mais j'avais découvert que j'aimais le taquiner. C'était un bon moyen d'évacuer mon affection, d'oublier la souffrance que je sentais dans mon cœur.

— Je l'espère bien. Je n'écrivais pas à un soldat. J'écrivais à une jeune fille précoce.

— Vous étiez bon envers moi, vous aussi.

— Bien sûr.

— Mais je pensais que vous deviez ressembler au révérend Conant, ou au diacre Thomas. Ou même à… George Washington.

Il renifla.

— Peut-être à Benjamin Franklin ?

Il se mit à ricaner.

— Avez-vous rencontré Mr Franklin ? demandai-je.

— Oui. Il a beaucoup de succès auprès des dames.

— Grâce à son intelligence.

— Vraiment ?

— Un homme d'esprit est toujours attirant. Quelle vie il a menée !

— Vous avez raison.

Le général bâilla, et je l'imitai.

— Bonne nuit, Samson. Je suis fier de vous.

Mon émotion monta à nouveau et déborda, cette fois, ruisselant sur mes joues. Je me détournai de lui pour qu'il n'en voie rien.

— Bonne nuit, John.

Ce fut seulement alors que je dérivais dans le sommeil que je me souvins de l'avoir fait une fois encore. Je l'avais appelé John.

22

Une longue suite d'abus

PENDANT DEUX SEMAINES PARESSEUSES, la garnison de West Point resta somnolente et satisfaite, auréolée par sa réussite. Les drapeaux furent retirés, l'artillerie rangée, et l'on en revint lentement à la routine. Il ne faisait pas trop chaud, il ne faisait pas froid. Un calme paisible régnait, mais cela ne dura pas. La chaleur et l'ennui sont presque aussi redoutables qu'une marche dans la neige, et les esprits oisifs sont prompts au mécontentement.

Les températures se mirent à grimper durant la première semaine de juillet, et une centaine d'hommes de la brigade du général Paterson décidèrent qu'il était temps de donner leur propre fête. Las de l'inactivité et des mois sans solde, ils avaient abandonné leur poste en pleine nuit pour se réunir à White Plains, non sans informer le général qu'ils reprendraient leur travail lorsqu'ils toucheraient ce qui leur avait été promis.

West Point était en plein chaos, aussi le général Paterson envoya Agrippa à New Windsor porter un message au commandant en chef, tandis qu'il rassemblait une force issue des différents campements le long de la North River afin de calmer la situation.

Le général Washington voulait éviter toute attaque ou provocation, mais plus vite cette rébellion serait réprimée, mieux cela vaudrait, et il accorda au général Paterson pleine autorité pour gérer la situation comme bon lui semblerait. Le même jour, à la nuit tombée, toute l'infanterie légère de la garnison avait été réunie, un plan mis en place, et nous étions partis.

Nous venions de traverser le fleuve et de débarquer au campement de Peekskill quand le ciel gronda et que le vent s'amplifia. Le général prévoyait de lever encore deux cent cinquante hommes dans les campements, ce qui aurait doublé nos effectifs, afin d'intimider les insurgés pour qu'ils se rendent sans tarder. Au lieu de quoi il donna aux hommes déjà rassemblés l'ordre d'alléger leur paquetage, de boutonner leur cape et de se mettre en route immédiatement.

— Allons-y. Ni charrettes, ni chevaux, ni tambours, ni avertissement. Ils ne sauront pas que nous approchons. Surtout par une nuit comme celle-ci. Et nous pourrons peut-être terminer l'affaire sans que personne ne soit blessé.

Il voulait que je suive, montée sur Sens Commun, avec Agrippa et un autre détachement plus lent. Eux viendraient avec les charrettes, les chevaux, les provisions.

— Votre jambe vous fait encore souffrir. Vous le cachez bien, mais elle n'est pas guérie.

Je fronçai les sourcils, offensée.

— Me connaissez-vous un peu ?

— Je ne vous connais que trop bien.

— Je tiendrai bon, mon général. Je suis votre aide de camp, je dois participer.

Il secoua la tête et se résigna, mais je sentais qu'il aurait voulu discuter. Le colonel était arrivé au campement une heure avant nous, et en quelques minutes, il avait trouvé dans son régiment vingt-cinq hommes habitués à ce genre d'adversité, qu'une mission désagréable ne rebuterait pas. Personne n'aimait les mutineries.

Nous parcourûmes résolument six lieues, la pluie fouettant notre visage, la terre aspirant nos pieds. Mes chaussures devinrent si lourdes que j'envisageai à un moment de m'en dispenser, mais je craignis de prendre du retard si je m'arrêtais pour les enlever. Le général m'avait conseillé de garder mes pieds couverts, et aucun autre soldat ne s'était déchaussé.

Je parvins à suivre le rythme, mais non sans souffrances. Le général resta à mon côté, sans que nous échangions un mot – l'orage rendait toute conversation impossible – et il ne me proposa aucune aide. J'aurais refusé, de toute manière.

Peut-être à cause des pluies torrentielles et du vacarme du vent, peut-être parce que les mutins ne s'attendaient pas à voir le général fondre sur eux aussi vite, nous pûmes former un périmètre autour du camp des insurgés tandis qu'ils se cachaient dans des tentes qui ne les abritaient guère.

Nous étions couverts de boue et trempés jusqu'aux os lorsque nous fîmes connaître notre présence, mais quand le soleil se leva, après l'orage, les mutins étaient entièrement encerclés.

Le colonel Sproat et ses vingt-cinq soldats délogèrent les habitants de chaque tente, baïonnette au clair, pendant que nous maintenions un cercle serré autour du campement. Personne ne tenta de fuir ou de se battre, mais personne ne demanda pitié.

Le général Paterson leur ordonna de s'aligner par rangs de dix et ordonna aux responsables d'avancer.

— Qui est le chef de cette rébellion ? lança-t-il d'une voix forte.

Aucun ne remua ou ne parla, sachant que les meneurs seraient vraisemblablement exécutés avant la fin de la journée.

Le général avait la mine sévère, le visage éclaboussé de boue, les cheveux dégoulinant sous son tricorne gorgé d'eau. Quand je l'avais rasé la veille, il avait envoyé chercher le révérend Hitchcock, le chapelain attaché à sa brigade, pour qu'il prie avec lui.

— Inclurez-vous les mutins dans vos prières ? s'était enquis Paterson. Demandez à Dieu d'attendrir leur cœur et de faire que nous n'ayons pas à verser le sang. Et demandez-Lui de me montrer ce qui est juste.

S'il était habile à trouver un équilibre entre justice et miséricorde, il était perplexe. Le révérend Hitchcock n'était plus avec nous, et les mutins à l'œil dur, sans une once de repentir, étaient presque aussi mouillés et lamentable que nous. Aucun cœur n'avait été attendri, aucun d'entre eux n'avait de chaussures ou de chapeau. La plupart portaient une culotte et rien d'autre. Un orage venait de faire rage, mais l'on était en juillet, et ils s'étaient sans doute déshabillés pour la nuit.

C'est alors que je vis Phineas. Il était en chemise, contrairement à beaucoup d'autres, et ses cheveux noirs tombaient sur ses épaules, masquant son visage couturé. Je ne savais pas s'il m'avait aperçue, sale et dégoulinante comme je l'étais. Ses yeux fixaient le général, menton dressé, l'air morose.

— Vous tous avez souffert pour une cause qui a perdu de son éclat, déclara le général Paterson en haussant la voix, avant de désigner les soldats armés qui encerclaient le camp des mutins. Eux aussi ont souffert. Et ils souffrent à présent de devoir se battre contre vous, qui êtes des soldats, des frères, des patriotes. C'est ce que j'ai le plus de mal à pardonner. Ils ne devraient pas avoir à se battre contre vous, ce n'est pas normal. Nous sommes allés trop loin au service de notre cause. Et si je ne punis pas les responsables, cela se reproduira. Et des hommes comme eux... (Il montra les soldats, les yeux dans l'ombre et le mousquet prêt à tirer, qui avaient marché dans la nuit et sous la pluie pour infliger un châtiment auquel ils ne voulaient pas être associés.) Des hommes comme eux souffriront.

— Alors qu'ils se joignent à nous ! hurla quelqu'un depuis le milieu du campement.

— Avancez, soldat, ordonna le général.

Les hommes remuèrent, se regardèrent, mais le contestataire resta caché.

— Je vous demande, en tant que soldats, en tant qu'hommes chargés de défendre leur patrie, de faire ce que vous vous êtes engagés à faire.

— Vous, vous n'avez pas fait ce que vous vous étiez engagés à faire, lança une autre voix. Aucun d'entre vous !

Le général opina du chef, la bouche serrée, et posa à nouveau la question :

— Qui est responsable de ce soulèvement ?

Toutes les têtes se baissèrent, tous les mutins se turent. Puis, du fond des rangs, Phineas s'avança et dit :

— Je suis responsable.

Ma jambe blessée se déroba et la bile de mon estomac devint glacée. Phineas me toisa et secoua la tête, d'un geste presque imperceptible, mais que le général remarqua.

— Votre nom, soldat ?

— Lieutenant Phineas Thomas. Régiment du colonel Putnam, brigade du général Paterson.

Sa bouche fut déformée par la moquerie, et quelques hommes ricanèrent lorsqu'il ajouta :

— Nous sommes tous dans votre brigade, mon général.

Le front du général se baissa, puis s'illumina quand il reconnut ce nom.

— Phineas Thomas, murmura-t-il.

— Oui, mon général.

— Et vous êtes le responsable ?

— En effet.

— Qui d'autre ? Le lieutenant Thomas parle-t-il pour les quatre-vingt-dix-huit autres ?

Nouvelle agitation dans les rangs.

— Laisserez-vous punir le lieutenant Thomas à votre place ?

Personne ne s'avança.

— Mon général, m'exclamai-je, puis-je parler au nom du lieutenant Thomas ?

Mon cœur battait si fort que j'entendais ma voix dans ma tête uniquement, mais tous les hommes s'étaient tournés vers moi, donc ils devaient avoir entendu. Phineas secouait la tête et le général Paterson était parfaitement immobile.

— Le lieutenant Thomas s'est enrôlé en 1775. Il vient d'une famille de dix garçons, qui se sont tous engagés. Quatre d'entre eux sont morts, aucune famille n'a donné davantage que la sienne. Je sollicite votre clémence.

Phineas continuait à secouer la tête avec violence.

— Je n'ai pas besoin de clémence. Je demande justice.

— Je ne peux pas vous offrir la justice, dit le général. Je ne peux offrir la justice à aucun d'entre vous.

— Alors pourquoi êtes-vous ici ? Pourquoi sommes-nous ici ? cria Phineas.

Derrière lui, les mutins grommelèrent leur assentiment.

— Pourquoi ? riposta le général. C'est une question que je me pose tous les jours depuis que ce conflit a commencé. Pourquoi suis-je ici ? À quoi bon tout cela ? Chacun doit répondre lui-même à cette question.

Les hommes se regardèrent, puis se tournèrent vers Phineas, et le général s'adressa directement à lui :

— Je ne peux rien faire pour vous dédommager, lieutenant. Rien ne pourrait compenser ce que vous avez donné et ce que vous avez perdu. Aucune justice ne peut y remédier. Mais je vais vous tendre mon dos et vous laisser vous venger.

Il ôta sa tunique, la jeta à terre, puis déboutonna son gilet, enleva sa chemise. Il ne portait plus que sa culotte et ses bottes.

— Confiez le fouet au lieutenant Thomas, ordonna le général au colonel Sproat.

Le silence était total, mais l'horreur qui se lisait sur mon visage se reflétait sur celui de chaque soldat.

— Mon général ? tentai-je d'intervenir.

Ce fut comme s'il ne m'avait pas entendue, et je réprimai le hurlement qui voulait franchir mes dents.

— Confiez le fouet au lieutenant Thomas ! répéta-t-il.

Le colonel Sproat fit signe à l'un de ses hommes. Un instant après, une lanière de cuir fut apportée.

— Ce n'est pas vous qui m'avez fait du tort, général Paterson, protesta Phineas, abasourdi.

Toutefois, il prit le fouet en main.

— Si ce n'est moi, qui, alors ? Je dirige votre brigade. Je veille à ce que vous soyez payé, nourri, écouté. Et vous n'avez été ni payé, ni nourri, ni écouté. Aucun d'entre vous ne l'a été. Vous n'avez pas été remerciés comme il convenait. Et vous êtes fatigués.

Phineas hocha la tête, le menton tremblant, les yeux brillants.

— Oui, mon général, je suis las.

— Alors vengez-vous, lieutenant. Vous avez pris vos responsabilités, à mon tour de prendre les miennes.

Le général Paterson se retourna et présenta son dos nu aux quatre-vingt-dix-huit hommes alignés ainsi qu'à un Phineas pétrifié.

La terreur semait le trouble et l'aigreur dans mon estomac, et je me rapprochai du général, mon mousquet chargé, craignant que sa position vulnérable ne soit perçue par les mutins comme une occasion de se disperser ou d'attaquer. Le colonel Sproat avait apparemment eu la même idée que moi ; nous étions prêts à tirer.

— Reculez, Shurtliff, exigea le général. Vous aussi, Sproat.

Phineas évalua le poids du fouet et le fit claquer d'une main experte. Tout homme ayant grandi dans une ferme avait appris à se servir d'un fouet.

— À quel point êtes-vous coupable, mon général ? demanda-t-il tout bas. Combien d'hommes avez-vous abandonnés ?

— Au moins quatre-vingt-dix-huit.

— Il n'y a pas de poteau auquel vous attacher. Comment puis-je savoir que vous n'allez pas vous enfuir ?

— À vous de jouer, lieutenant, ordonna le général.

Phineas fit un pas en arrière, montrant les dents, et laissa le fouet claquer contre le dos du général.

— Un ! cria-t-il.

Je fermai les yeux. Il recommença.

— Deux !

Lorsqu'il en fut à dix, je frissonnais, mon visage était trempé de sueur et de larmes, mais le général ne l'avait pas arrêté, et Phineas semblait inconscient de tout, sauf du pouvoir de sa main et du plaisir du geste.

— C'en est assez, lieutenant Thomas ! rugit le colonel Sproat en levant son mousquet.

Phineas n'en tint aucun compte et frappa à nouveau. De là où je me tenais, je ne voyais pas les dégâts infligés au dos du général, mais tous les rebelles sans exception avaient baissé la tête, écœurés par le spectacle. Les soldats qui les entouraient étaient aussi désemparés que moi.

— Assez, Thomas, répéta Sproat. Posez ce fouet.

— Il lui en reste quatre-vingt-sept, dit Phineas. Je veux la justice pour ces hommes aussi.

— Je ne laisserai pas un homme innocent se faire fouetter à ma place, s'exclama un des mutins. J'en veux ma part.

Il s'avança et vint se placer devant le général.

Le menton de Phineas s'enfonça dans sa poitrine et ses épaules s'affaissèrent, comme s'il était tout à coup redevenu lui-même.

— Justice a-t-elle été faite, lieutenant Thomas ? demanda le général.

— Oui, mon général, répondit Phineas.

Le général se redressa et se retourna face aux rebelles. Il avait le dos lacéré, en sang, mais il ne semblait nullement affaibli.

Il s'adressa à celui qui s'était avancé :

— Êtes-vous responsable de ce soulèvement, soldat ?

— Je suis responsable de la part qui m'incombe, mon général, et j'assume la responsabilité des cinq hommes de ma compagnie qui sont ici à cause de mon exemple. Voilà des mois que je n'ai pas touché ma solde. Le papier-monnaie qu'on m'a donné est une insulte… c'est une insulte pour nous tous, il n'est bon qu'à me torcher le cul. J'ai une femme et cinq filles qui sont depuis trop longtemps seules. J'ai servi mes trois ans, mais mon colonel dit que j'ai signé pour jusqu'à la fin de la guerre.

— Comment vous appelez-vous ?

— Capitaine Christian Marsh, mon général.

— Quelle justice puis-je vous rendre aujourd'hui, capitaine Marsh ?

— Je subirai dix coups de fouet pour mes hommes. Non, onze. Comme vous. Puis je reprendrai mon poste et je me battrai jusqu'à la fin de ce maudit conflit. Je resterai jusqu'au bout si vous en faites autant, mon général.

— Marché conclu.

Le capitaine Marsh se mit torse nu. Mâchoire serrée et mains jointes, il endura onze coups portés par Phineas Thomas avec le même stoïcisme que le général. D'autres officiers parmi les mutins négocièrent leurs propres conditions, assez similaires : onze coups de fouet, la reprise immédiate de leurs fonctions, et la promesse de rester aussi longtemps que le général resterait.

Phineas était en nage et vacillait sur ses jambes, mais il ne voulait pas lâcher le fouet. C'est seulement quand plusieurs autres hommes eurent pris la parole, prêté serment et obtenu du général un serment identique en contrepartie, que Phineas remit enfin la lanière de cuir au colonel Sproat. On lui donna de l'eau et il reprit sa place dans les rangs.

Chacun des rebelles inscrivit son nom ou une croix sur une feuille, et le général Paterson apposa sa signature à côté de chacun. En milieu d'après-midi, tous les mutins avaient été vus, entendus et punis selon leur propre jugement. Tous avaient accepté d'accomplir leur devoir, rassurés par la promesse que le général Paterson continuerait à se battre pour eux.

Tous ceux qui avaient pris part au soulèvement devraient être ramenés à leur poste et livrés à leurs commandants ; jusque-là, ils seraient surveillés comme des mutins. Leurs armes ne leur furent pas restituées, ils furent répartis selon leur compagnie et leur campement, et mis sous bonne garde.

La chaleur et l'humidité étaient insupportables, surtout pour ceux qui avaient des plaies ouvertes sur le dos, et les soldats qui avaient parcouru six lieues sous la pluie et dans la boue pendant la nuit étaient recrus de fatigue. Le détachement composé de charrettes, de chevaux et de provisions n'était pas encore arrivé, mais on tomba d'accord pour repartir vers Peekskill Hollow, dans l'espoir de l'intercepter avant longtemps et de se reposer sitôt après s'être ravitaillé.

J'avais observé Phineas pendant toute cette après-midi, et je l'avais plus d'une fois surpris à m'observer lui aussi. Les mutins avaient été autorisés à récupérer leurs affaires et à démonter leurs tentes ; la plupart attendaient maintenant calmement de repartir. Phin avait défait sa tente, mais l'effort semblait l'avoir vidé de ses forces. Je lui avais rempli sa gourde ; quand je la lui tendis, il me demanda ma ration de rhum, mais je m'en étais servie pour laver les blessures du général.

— Je pourrais dire à tout le monde qui tu es, Rob, murmura-t-il d'un air songeur. Je pourrais te dénoncer au général. Mais je crois qu'il le sait déjà. Il ne te regarde pas comme les autres soldats. Et quand tu as pris ma défense… ça ne lui a pas plu.

— Pourquoi ferais-tu cela, Phin ?

Ma voix était douce, mais mes yeux étaient durs.

— Pour te sauver.

— Me sauver pour quoi ?

Il plissa le front.

— Te sauver *de quoi*, tu veux dire ?

— Je suis ici, Phin. Si je voulais qu'on me sauve de cette situation, je ne serais jamais venue. Et si tu me dénonces… où irai-je ?

— Je n'ai peut-être pas non plus envie d'être sauvé.

Et il me fixa d'un air lugubre. Ses affaires étaient éparpillées autour de lui, sa couverture en un tas, ses pieds nus. Il tira de son sac un long couteau de chasse et s'approcha du général.

— Phin ? Laisse ce couteau dans ton sac, ordonnai-je en vain.

— Je n'ai pas signé votre papier ni accepté votre serment, mon général ! hurla Phin.

Le général Paterson avait remis sa chemise, mais les lanières de son équipement auraient frotté ses plaies, et j'avais donc chargé un autre soldat de porter son sac et sa cartouchière, ainsi que son mousquet et la ceinture qui lui serrait la taille. Il était sans arme et ne prêtait aucune attention à Phineas.

— J'ai dit que je n'attendais aucune pitié ! cria celui-ci.

Le général se tourna enfin vers lui. Phineas avait le souffle court, mais le regard assuré. Le colonel Sproat braqua son mousquet vers lui et recula légèrement. J'en fis autant.

Phineas voulut mesurer nos intentions, et il tira lentement le couteau de son étui, la main ferme, la mine hardie.

— Vous êtes dans l'armée depuis assez longtemps, lieutenant Thomas, déclara le général Paterson d'une voix mesurée. Rentrez chez vous. Ou continuez. Vous serez démobilisé avec les honneurs. À vous de décider.

— Je n'ai pas été fouetté comme les autres.

— Non. J'ai reçu les coups pour vous.

— Lieutenant Thomas, avertit le colonel Sproat, posez ce couteau.

— Je n'en ferai rien, Ebenezer, répondit Phin. Tu n'en parleras pas à ma mère, n'est-ce pas ? Tu lui diras que j'étais un héros. Que je suis mort courageusement. Comme mes frères.

— Phineas Thomas, pose ce couteau ! lui ordonnai-je, comme la sœur que j'avais toujours été pour lui.

— Je ne voulais pas te l'apprendre, Rob, mais Jerry aussi est mort. Lui aussi. De nous tous, il ne reste peut-être plus que toi.

Il s'élança, brandissant son couteau, les yeux fixés sur le général, et je poussai un cri de déni et de rage. Mais j'appuyai aussi sur la détente. Le coup de feu le fit rouler à terre, serrant toujours le couteau dans sa main, ses pieds sales quittant un instant le sol, et je me remis à lui courir après, comme je l'avais fait toutes ces années auparavant, pour m'efforcer de le rattraper, de le rejoindre avant qu'il tombe. Mais il gagna cette course-là.

Je m'écroulai auprès de lui, espérant l'avoir simplement effleuré, espérant que ma balle avait manqué sa cible. Malheureusement, ce n'était pas le cas. Et Ebenezer Sproat n'avait pas non plus manqué sa cible.

Je lui saisis la main ; elle était déjà froide, et il était en train de perdre connaissance.

— Je ne cours plus, Rob. Tu as gagné.

Le général aboya des ordres au Dr Thatcher qui venait d'arriver avec le second détachement. Un instant après, le colonel Sproat s'agenouilla à côté de moi, muni de bandages et de rhum, mais il était trop tard. Phineas mourut les yeux ouverts, sourire aux lèvres, comme s'il savait exactement ce qu'il avait fait et ce qu'il voulait.

Sproat lui ferma délicatement les yeux.

— Tu ne l'as pas tué, et moi non plus. Il s'est donné la mort. Tu le sais, n'est-ce pas, Deborah Samson ?

Je n'eus aucune réaction. J'étais trop brisée, trop hébétée. Mais Sproat continua avec douceur, et même avec bonté :

— Il m'a fallu un moment pour te resituer. Je n'aurais peut-être jamais compris si tu n'avais pas pris la défense de Phineas tout à l'heure. Il t'a appelée Rob, et je me suis souvenu de la servante famélique qui vivait chez les Thomas. Je me suis souvenu de l'histoire que mon père m'avait racontée dans une lettre, selon laquelle Deborah Samson avait tenté de s'enrôler et avait été emmenée hors de sa taverne par les diacres de l'église afin qu'elle cuve son vin.

Il gloussa comme si nous ne venions pas de tuer un garçon que nous connaissions tous deux depuis l'enfance. Ebenezer Sproat était depuis trop longtemps dans l'armée, ou bien il avait vu trop d'atrocités. Mon apparition ne l'étonnait même pas.

— Est-ce vraiment arrivé ? demanda-t-il.

Je ne pus ni l'admettre ni le nier. Je contemplais simplement le visage mort de Phin, ses pieds nus, et j'attendais le verdict de Sproat, complètement extérieure à la situation.

— À mon avis, tu es un bon soldat. Un fichtrement bon soldat. Et les soldats qui ont envie d'être ici, moi, j'ai envie de les garder. Dieu sait qu'on en a assez qui ne veulent pas y être. Je ne dirai rien à personne. Même à mon père, qui adorerait pourtant connaître toute l'affaire. (Il me tapota l'épaule.) Peut-être un jour, quand même ?

***

— Dormez-vous déjà, Deborah ? s'enquit le général lorsqu'il revint enfin.

Le Dr Thatcher s'était occupé de son dos, mais il avait passé la soirée parmi les mutins, et à en juger d'après le calme du campement, il devait être le dernier à se coucher.

En l'entendant prononcer mon prénom, je ne pus résister davantage. Cela me rappelait ma vie d'autrefois, ceux que j'avais aimés et qui m'avaient aimée, même si cela n'avait jamais été suffisant. Je m'étais promis de ne pas pleurer, pourtant je me décomposai.

Je déglutis et me ressaisis pour répondre :

— Non, mon général.

J'avais lavé mes mains souillées par le sang de Phin, et j'avais changé de chemise. Puis j'avais planté la tente du général et nous avais préparé un repas léger. Comme il ne restait rien d'autre à faire, je m'étais glissée sous ma couverture en espérant trouver l'oubli. Sans succès.

Le général ne s'étendit pas sur le lit que je lui avais fait. Son dos large était voûté par la défaite. Il s'assit, les coudes sur les genoux, la tête baissée, ombre noire dessinée sur la paroi pâle de la tente.

Il avait besoin d'être rassuré, réconforté. Il avait besoin que je lui parle, comme je l'avais fait quand je chevauchais derrière lui sur Lenox, pour l'empêcher de tomber. Mais j'avais le cœur trop déchiré ; je ne pouvais que serrer les dents dans le silence étouffant, et m'effondrer aussi discrètement que possible.

— Il voulait mourir, murmura-t-il.

Je n'étais pas certaine qu'il me parle, mais j'éructai une réponse.

— Oui, mon général, je sais.

— Je lui offrais mon indulgence, mais il cherchait une issue.

— Oui, mon général.

Je ne pouvais en dire davantage, mais il semblait tellement souffrir, comme s'il subissait la torture, que je me redressai et plongeai la main dans l'un des sacs rangés contre la toile de la tente. Je pris un gobelet en métal, le remplis à moitié de grog et m'accroupis devant lui.

— Buvez, mon général. Vous vous sentirez mieux.

— Ce n'est pas moi qui pleure, répliqua-t-il en me regardant de ses yeux vides.

— Vous devriez peut-être.

— Cela m'aidera-t-il ?

— Cela soulagera votre chagrin.

Il me rendit le gobelet sans y avoir bu.

— Si je commence… je ne m'arrêterai plus.

— Si vous commencez à boire, mon général ? Ou à pleurer ?

Il me dévisagea, usé par le combat, mais je lui tendis à nouveau le gobelet.

— Je ne vous laisserai pas en boire trop.

Il haussa un sourcil, comme pour dire : « Vous ne pourriez pas m'en empêcher. » Néanmoins il accepta le gobelet et le vida, secoué par la brûlure de l'alcool, puis insista pour que j'en boive la dernière gorgée. Je consentis, pour éviter toute discussion. Je me levai et remis le gobelet dans le sac.

— J'ai placé votre gourde à la tête de votre lit, si vous en avez besoin. Elle est pleine, l'eau est fraîche.

— Merci.

Je me recouchai, mais face à lui.

— Il vous a reconnue. Il vous a appelée Rob.

— Oui. Il savait que j'étais… ici. Il m'a vue le soir de la fête du dauphin.

— Et vous l'avez vu aussi.

— Oui. Je lui ai parlé.

— Et vous ne me l'avez pas dit.

Mes larmes devinrent un torrent, et je ne pus répondre. Il attendit, tête baissée comme si je l'avais trahi, et cela ne fit qu'aggraver mon angoisse.

— Je souffrais trop, dis-je en luttant contre les vagues qui se soulevaient en moi.

— Pourquoi ?

— Il avait… tellement changé.

— Nous avons tous changé. Et pas en mieux, précisa-t-il d'une voix plaintive. Est-il si difficile de me faire confiance, Samson ?

— Ce n'est pas une question de confiance, mon général, mais de peur.

— Peur de quoi ? Je sais qui vous êtes.

— Peur de cela, avouai-je en touchant mes joues. Peur de céder, de pleurer, de me chagriner. J'ai en moi une vie entière de chagrin, dans ma poitrine et dans mon ventre, dans ma tête et dans mes bras. Mes jambes sont percluses de chagrin, mes pieds aussi. Il est sous ma peau et dans mon sang, et je… n'en… peux… plus.

— Oh, Samson, murmura-t-il.

Il se rapprocha, me caressa les cheveux et me sécha les joues, comme si c'était lui qui était blessé. Je tentai de me lever, mais il m'obligea à me recoucher, m'apportant la gourde que j'avais remplie pour lui.

Je bus et pleurai, bus à nouveau. Il ne me quitta pas. Quand mes frissons cessèrent et que j'eus soulagé mon cœur, il rapprocha sa paillasse de la mienne et s'étendit sur le côté, sa poitrine contre mon dos, me protégeant de tout son corps.

— Souffrez-vous beaucoup, mon général ? chuchotai-je, si lasse que je ne pouvais relever la tête.

— Chut. Tout va bien. Dormez.

Je crus qu'il m'embrassait le haut du crâne, mais ce n'était peut-être que sa respiration qui agitait mes cheveux.

— J'ai peur de dormir. Peur de rêver. Quand je ferme les yeux, je le revois toujours tomber.

— Parlez-moi du jeune Phineas.

J'obéis d'une voix pâteuse ; je retraçai nos premières années en me limitant à de brèves anecdotes. La peur recula face à ces souvenirs si chers.

— Phineas Thomas, le garçon vaincu par la culotte magique, dit John. Voilà ce qu'il faut vous rappeler.

— Il a dit que la mort était comme un envol, murmurai-je en m'abandonnant au sommeil. Il a dit que Jerry était mort lui aussi. Je le crois. Je le sentais depuis un bon moment, depuis Tarrytown, mais je ne voulais pas l'admettre.

— Oh, Samson, souffla à nouveau John, sachant ce que je ressentais pour le plus jeune des frères Thomas, la moitié de mon âme, mon meilleur compagnon.

J'étais au-delà des mots. Je voulais seulement me reposer dans le confort de ses bras.

Je rêvai de routes, de fleurs sauvages, de courses parmi les arbres, et Phineas les survolait, mais je ne vis pas Jeremiah. Il avait déjà fait ses adieux.

***

Quand je m'éveillai le lendemain matin, j'étais vidée, mais au lieu de me sentir épuisée, je me trouvai purifiée, et même revigorée. Mon chagrin avait peut-être fait de moi quelqu'un d'autre, et j'avais enfin recouvré ma forme initiale. J'étais néanmoins un peu engourdie.

Le pauvre général Paterson n'éprouvait rien de tel.

Il n'était pas à mon côté, et je doutais qu'il ait beaucoup dormi. Chaque mouvement rouvrait ses plaies, car le baume appliqué par le Dr Thatcher ne valait pas celui que Morris m'avait donné. J'en étalai toutefois avec soin sur les entailles qui quadrillaient son dos et refis un bandage serré, puis nous entreprîmes la longue marche qui nous ramènerait au campement de Peekskill, même si nos chevaux étaient arrivés avec les charrettes et le second détachement.

Il avait déclaré qu'il préférait marcher et j'avais insisté pour l'accompagner. Nous avancions tant bien que mal, laissant les autres nous devancer.

— Vous devriez être à cheval, Samson. Votre présence à mes côtés n'arrange rien.

— Je marcherai avec vous, mon général. Jusqu'au bout.

— Vous êtes une forte tête, c'est lassant.

— Le diacre Thomas disait la même chose. Mais je ne suis pas une forte tête, j'ai la tête forte.

Il rit, comme je le souhaitais.

— Quelle est la différence, s'il vous plaît ?

— L'une est une qualité, et pas l'autre.

— Ah ! C'est donc ainsi qu'il faut procéder : il suffit de reformuler ses défauts. C'est intelligent.

— C'est une distinction cruciale. Vous, mon général, vous n'êtes pas dur, vous êtes austère. Vous adhérez strictement aux règles. Vous le devez, vos hommes souffrent quand ce n'est pas le cas.

— Comment cela ?

— Le rationnement sauve des vies en hiver. Tout comme la propreté, l'économie, et les gardes qui ne sont pas ivres. (Je déglutis.) Et le fait d'être sévère mais juste, parce que l'indulgence ne ferait qu'encourager les loups.

— Je n'ai pas l'impression que ma tentative d'indulgence hier se soit vraiment si bien déroulée.

Après quoi nous nous tûmes, plongés dans nos pensées pour démêler la justice de l'indulgence.

— C'est toujours vous qu'ils envoient, n'est-ce pas ? Quand il y a une rébellion, un traître ou un conflit à régler. C'est vous qu'ils envoient.

— Curieusement, c'est l'histoire de ma vie. Devoir et loyauté avant tout. Le Vieux Fiable. Savez-vous que mes camarades m'appelaient ainsi à Yale ? J'étais toujours celui qui tirait les autres du pétrin. J'étais le sérieux, le strict. Quand ils mijotaient un mauvais coup, ils ne m'en parlaient pas, parce qu'ils savaient que j'aurais tenté de les en dissuader. Mais c'était toujours vers moi qu'ils revenaient quand cela tournait mal.

— Elizabeth disait que vous vous laissiez entraîner dans la mêlée partout où vous alliez, même quand vous vouliez l'éviter. Elle disait : « Il a les épaules larges, la tête solide et le cœur d'un patriote. » Comme Salomon, mais sans désir de couronne. Je pense qu'elle avait raison.

— C'est trop d'honneur qu'elle me faisait. Comme vous.

— Non. Non, vous êtes l'homme le meilleur que j'aie connu, John Paterson.

— Et vous, la femme la plus remarquable qui soit.

23

De nouvelles sauvegardes

En mars, un certain capitaine Huddy du New Jersey avait été chargé de garder, à Monmouth, une casemate qui fut attaquée par un régiment de loyalistes. Une fois ses munitions épuisées, Huddy fut pris en otage et conduit à New York. Quelques semaines plus tard, sans procès ni avertissement, il fut amené sur la côte du New Jersey, en pleine nuit, et fut pendu à un arbre.

Sur une lettre épinglée à la poitrine du capitaine Huddy, on pouvait lire :

Nous, les loyalistes, depuis longtemps témoins du cruel massacre de nos frères, avons résolu de ne plus souffrir sans nous venger de ces meurtres nombreux. Nous utilisons le capitaine Huddy afin de faire connaître notre opinion, nous pendrons un homme pour chacun de nos morts, tant qu'il restera un loyaliste. Huddy meurt pour Phillip White.

Une enquête révéla que Phillip White, soldat loyaliste, avait été fait prisonnier lors d'une escarmouche alors que le capitaine Huddy était déjà entre leurs mains. Alors qu'il s'était rendu, Phillip White avait pris un mousquet et abattu le fils d'un colonel avant de s'enfuir. Rattrapé et réincarcéré, il s'était à nouveau évadé. L'un de ses poursuivants, après lui avoir intimé plusieurs fois l'ordre de s'arrêter, lui avait porté un coup de sabre à la tête, et il en était mort aussitôt.

La mort du capitaine Huddy avait suscité de la part des habitants du New Jersey une telle protestation auprès du Congrès que le général Washington avait rassemblé ses officiers dans la demeure de Robinson, cette fois afin d'évoquer la situation regrettable où ils se trouvaient.

J'en profitai pour aller voir Morris et Maggie, devenus mes amis malgré leur réserve et leur réticence. Je n'avais pas grande expérience de l'amitié, et tous deux semblaient en avoir encore moins, mais une entente tacite était née entre nous, sans que je cherche trop à la comprendre. Je m'en réjouissais simplement et prenais de leurs nouvelles aussi souvent que possible.

Le général Paterson avait passé la matinée en réunion, mais il était brusquement sorti de la maison pendant une pause, ayant désespérément besoin de respirer et de se dégourdir les jambes. L'ayant vu sortir, je courus vers lui.

— Dois-je seller nos chevaux, mon général ?

— Non. Le général Washington m'a demandé de rester. Il a besoin de moi pour une autre affaire, mais il est pour le moment en conversation avec le général von Steuben. Je pars me promener.

— Dois-je vous accompagner ?

— Si vous voulez.

La voix du général était sèche, il avançait à grandes enjambées, mais je m'empressai de le suivre.

— Vous boitez davantage depuis cette marche jusqu'à White Plains, marmonna-t-il. Vous auriez dû m'écouter. Les deux fois.

Le jour de la mort de Phineas, notre relation avait changé, même si je ne m'étais autorisée à tirer aucune conclusion de l'intimité que nous partagions. Il n'en était jamais question entre nous, et je fus surprise qu'il y fasse allusion.

— Maggie va me donner de son onguent. Cela devrait calmer la douleur.

Il s'arrêta soudain.

— Vous ne m'avez pas dit que vous aviez mal.

— Pas constamment. Je peux tenir, mon général.

— Oui. Mais vous ne battriez personne à la course. Même avec votre culotte magique.

Je repoussai mon chapeau en arrière pour mieux voir ses yeux.

— Vous connaissez la fable du lièvre et de la tortue, mon général ?

— Oui, Samson, bien sûr.

— Qui gagne à la fin ?

— La tortue.

— Exactement. Je ne cours plus aussi vite, mais je n'ai rien perdu de mon énergie.

Son regard s'adoucit et il me laissa choisir le rythme quand nous commençâmes à gravir la colline derrière la maison. Dans la montée, il me résuma ce dont ils avaient parlé durant cette réunion tendue.

— En juin dernier, sans qu'il y ait eu débat, chacun de nous a mis par écrit son opinion sur l'affaire Huddy et l'a soumise au général Washington. Il ne voulait pas que nous soyons influencés par les sentiments des autres. Hélas, le consensus pencha en faveur de représailles, par la pendaison d'un prisonnier britannique du même grade.

Je laissai échapper un cri de surprise. Je connaissais le sort du pauvre Huddy, mais j'ignorais tout de ce vote.

— Est-ce ce que vous souhaitiez ? demandai-je, en tâchant d'éviter tout jugement.

— Non. Comme d'habitude, j'étais la voix dissidente. Le capitaine Huddy était innocent. Pendre un autre innocent en représailles pour sa mort semblait absurde, et même immoral. Je l'ai dit.

J'aurais dû m'en douter.

— Qu'avez-vous suggéré ?

— De punir les criminels si nous pouvions découvrir qui avait participé à la pendaison du capitaine Huddy. En attendant, j'ai recommandé de ne rien faire. Personne n'a aimé cette idée. J'ai proposé de consacrer tous nos efforts et toute notre attention à mettre un terme à ce maudit conflit, au lieu de commettre de nouvelles atrocités.

— C'était en juin. Où en sommes-nous à présent ?

— À présent, le général Washington est dans de beaux draps.

— Comment donc ?

— Tous les officiers anglais détenus à Lancaster, du même grade que le capitaine Huddy, ont été rassemblés dans une pièce où on leur a expliqué l'affaire. Il y a eu un tirage au sort. (Le général marqua une pause.) Un capitaine de vingt ans, un nommé Asgill, doit être la malheureuse victime. Il est issu d'une famille noble et fait partie de la garde britannique. (Il soupira et secoua la tête.) Le général Washington est hors de lui. Il croit voir se reproduire l'exécution de John André.

Le major John André avait servi d'agent de liaison entre le traître Benedict Arnold et sir Henry Clinton, le commandant anglais à New York, quand Arnold avait comploté la reddition de West Point en octobre 1780.

Arnold avait échoué et s'était enfui, alors que John André avait été capturé, puis pendu. L'un était un traître, l'autre un patriote, même s'il combattait pour le camp adverse. Le fait que l'on ait pendu le patriote et que le traître soit resté libre au sein de l'armée britannique demeurait une épine douloureuse dans la conscience américaine.

— Mais j'ai exprimé ma pensée, soupira le général. Hier comme aujourd'hui. Le général Washington n'a pas besoin de mon « Je vous l'avais bien dit ».

Le général s'assit sur un rocher qui semblait à peine accroché au flanc de la colline, même s'il était sans doute là depuis des lustres. Il était assez gros pour que je puisse prendre place à côté, les mains sur mes genoux, les yeux fixés sur la vue en contrebas.

— Il fait trop chaud pour ce genre d'exercice, dit-il.

Pourtant, il n'était pas du tout hors d'haleine, et la tension était moindre autour de sa bouche et de ses yeux pâles. D'après moi, l'effort en valait la peine. Son dos s'était vite remis après les coups de fouet, mais la pression qu'il subissait n'avait pas diminué.

— Selon vous, à quoi songeait Beverley Robinson lorsqu'il a fait construire sa résidence ici ? demandai-je. Ce n'est pas l'endroit le plus accueillant, même si le paysage est superbe.

On voyait l'arrière de la maison, les dépendances et les vergers à présent chargés de fruits. J'y avais passé une heure, à remplir un boisseau. Je tirai une poire de ma poche et l'offris au général, qui y mordit à belles dents. Nous continuâmes à bavarder tout en partageant le fruit.

— Cette terre faisait partie de la dot de Susanna, l'épouse de Robinson. Son nom de famille était Philipse avant son mariage. Elle et sa sœur Mary avaient hérité de milliers d'arpents.

— Une héritière. Elle avait bien de la chance, murmurai-je en me léchant les lèvres.

— La rumeur prétend que Washington était épris de Mary Philipse, qui a préféré se marier à un autre que lui.

— Et maintenant Washington est ici, et cette propriété lui appartient.

— Le connaissant, je suis sûr qu'il aurait préféré avoir la femme. Et cet endroit ne lui appartient pas vraiment.

Le général jeta le trognon de la poire aussi loin qu'il le pu, le vit s'élever dans les airs puis rebondir, comme s'il regagnait le verger d'où il provenait.

— En tout cas, la propriété n'est plus à la demoiselle, conclus-je.

Je penchai ma gourde afin de pouvoir nous rincer les doigts et le visage. Le général se mouilla le pouce et me le passa au coin de la bouche, sans attendre ma gourde. Je lui léchai le doigt, et il retira aussitôt sa main, détournant les yeux.

— Non. Mais elle l'a perdue le jour où elle s'est mariée, dit-il en se levant.

J'inspirai profondément, prête à tempêter contre cette injustice, le menton en avant, quand John demanda :

— De quoi s'agit-il, à votre avis ?

Il désignait Billy Lee, le valet africain de Washington qui s'éloignait rarement de son maître, même sur le champ de bataille. Lee avait surgi à cheval du bois situé au coin de l'immense étendue de pelouse qui avait jadis été un parc à cerfs ; le gros gibier avait été décimé par l'armée affamée, mais il avait pris au piège un animal.

Il tenait d'une main un pistolet et ses rênes, de l'autre une corde. La corde entourait le torse d'un homme qui le suivait bien malgré lui, le visage luisant de sueur, sa tunique déboutonnée par-dessus sa poitrine nue, sa culotte ensanglantée.

— C'est Davis Dornan ! m'exclamai-je.

Le général se mit à descendre la pente que nous venions d'escalader, courant et glissant pour atteindre le bas, et je tâchai de l'imiter, mon mousquet me frappant le dos.

On avait sonné l'alerte, et deux dizaines d'officiers sortirent bientôt de la maison avec leurs aides de camp, le général Washington parmi eux.

— Cet homme a essayé de me tuer, mon général, déclara simplement Lee, les yeux sur son maître.

Il se pencha et libéra Dornan. L'homme lança des regards de tous côtés, comme s'il envisageait de prendre la fuite.

— Il a tiré une balle de mousquet dans mon chapeau, ajouta Lee en présentant l'objet du délit.

— C'était un accident, gémit Dornan. Vous m'avez surpris.

Lee continua sans en démordre :

— Apparemment, il vit dans un ancien pavillon de concierge, en bordure de la propriété, à l'arrière du Sugarloaf. Je faisais une simple balade à cheval. Il m'a fallu une heure pour le ramener ici.

— Il m'a tiré dessus ! gémit Dornan en se prenant les fesses à deux mains.

Il marchait sans difficulté, la balle n'avait dû que l'effleurer, mais le côté gauche de sa culotte était imprégné d'une jolie couleur rouge.

— Je n'ai pas eu le choix, riposta Lee.

— Êtes-vous Davis Dornan ? demanda le général Paterson.

L'homme fronça les sourcils et nous regarda tour à tour, puis baissa les yeux vers ses chaussures usées. Trois de ses orteils nus étaient visibles au-dessus de la semelle.

— Le soldat Dornan a déserté en mai dernier, nous expliqua le général. Il est dans la compagnie du capitaine

Webb, régiment du colonel Jackson. On le soupçonne d'avoir été l'un des meneurs de la mutinerie qui devait suivre la fête du dauphin.

— Je n'ai jamais comploté, mon général, protesta Dornan en secouant vigoureusement la tête. Je me suis enfui parce que j'avais peur d'être injustement accusé. Je savais que Shurtliff était bavard.

Il tourna son attention vers moi, et sa peur se changea aussitôt en moquerie.

— Vous êtes un menteur, Shurtliff. Je sais que c'est vous qui m'avez dénoncé. Il ne faut pas se fier aux jolis garçons. Vous pensez qu'on ignore comment vous avez obtenu votre promotion ?

— Avez-vous déserté, soldat Dornan ? demanda Washington, interrompant ces accusations.

La voix du général ne s'élevait jamais au-dessus d'un murmure qui obligeait son entourage à se pencher pour l'entendre.

— Je ne suis pas allé loin, pleurnicha Dornan, cherchant à nouveau vers où s'enfuir.

— Avez-vous tiré sur Mr Lee ?

— Oui, mais je ne savais pas que c'était votre valet.

Le général Washington fit signe aux soldats de sa garde d'appréhender Dornan. Celui-ci paniqua et se jeta sur moi, estimant sans doute que je serais le plus facile à doubler. Son poing effleura mon visage alors que je plongeais à terre – comme je l'avais fait cent fois lors des manœuvres – et j'assenai un bon coup de la crosse de mon mousquet sur son crâne.

Il s'écroula comme un acteur de tragédie, ses genoux s'affaissant, la tête à mes pieds, et je me revis à Tarrytown, contemplant le premier homme que j'avais tué.

Autour de moi, tous restèrent d'abord muets.

— Bravo, Shurtliff. Bien joué, gloussa von Steuben.

Mais le général Washington s'interposait déjà.

— Paterson, nous venons d'être informés d'un problème à Philadelphie. Si nous avons terminé ici, il y a d'autres déserteurs dont il faudrait s'occuper.

— Je veillerai à ce que Mr Dornan soit escorté jusqu'à West Point, proposa le colonel Jackson.

Dornan fut soulevé par les aisselles et conduit vers l'hôpital installé de l'autre côté de la maison, la tête pendante, les pieds traînant dans la poussière.

Le général Paterson avait deux taches rouge vif sur les pommettes, et ses yeux pâles brillèrent lorsqu'il me regarda.

— Vous saignez du nez, Samson, dit-il, impassible. Allez chercher cet onguent chez Maggie, et demandez au Dr Thatcher s'il a de la glace pour votre joue. Vous en aurez besoin.

Les officiers se dispersèrent immédiatement, regagnant la demeure avec le général Washington, et ils me laissèrent seule, les deux mains encore crispées sur mon mousquet, les articulations blanches sur le canon et la crosse.

***

— Vous aurez un œil au beurre noir, commenta le général quand nous sortîmes de la maison une heure après.

— Oui, mon général.

J'avais de légères palpitations dans la pommette, et la peau commençait à se teinter, mais cela ne me préoccupait guère.

Paterson voulut formuler une remarque, puis se ravisa. Un petit détachement voyageait avec nous, dont le colonel Jackson, qui nous avait appris que Davis Dornan devrait passer une nuit à l'hôpital, mais serait ensuite ramené à West Point, sous bonne garde, dès qu'il serait en état d'être jugé. Les circonstances n'étaient pas propices à une conversation, surtout de nature privée, et le général ne m'adressa plus la parole.

Le général Washington nous envoyait à Philadelphie, et le général Paterson s'impatienta alors que nous attendions le bac qui nous conduirait vers l'autre rive du fleuve. Un détachement de la ligne de Pennsylvanie, composé de nouvelles recrues, s'était barricadé à l'intérieur du bâtiment de l'assemblée de Philadelphie ; il menaçait de le détruire et d'attaquer les membres du Congrès si leurs exigences n'étaient pas satisfaites. Pour aggraver encore la situation, une épidémie de fièvre jaune avait frappé cet été, et la ville n'avait pas besoin d'une épreuve supplémentaire. Le général Paterson, le général Howe et mille cinq cents soldats étaient envoyés étouffer la rébellion et restaurer l'ordre.

— Ma brigade tout entière partira pour Philadelphie demain à la première heure, annonça le général à Joe, le maître d'écurie, tandis que nous quittions nos selles, de retour à la Maison Rouge. Agrippa et le colonel Kosciuszko feront le voyage avec nous, mais Kosciuszko et sa monture ne reviendront pas. Nos chevaux devront être prêts avant l'aube.

Joe hocha la tête, car ces instructions lui suffisaient, et il mena Lenox et Sens Commun à l'écurie, tout en leur parlant à l'oreille.

— Que voulez-vous que je fasse en premier lieu, mon général ?

— Venez avec moi, Samson.

Il marchait à grands pas, dénouant sa cravate comme s'il succombait enfin à la chaleur de cette journée. Il finit de la détacher avant d'atteindre son bureau, et il la jeta sur le côté en même temps que sa tunique, puis se retroussa les manches.

Alors que je lui versais un verre d'eau, j'aperçus mon reflet dans le miroir surmontant la commode. Je ne paraissais pas trop mal en point. Ma joue n'était ni enflée ni décolorée. Le bleu ne durerait pas plus d'un jour ou deux. J'avais connu pire.

Le général reçut le verre sans un mot et le but avant de s'avancer vers la cuvette pour se mouiller le visage. Il me donna son assentiment lorsque je demandai la permission d'aller me rafraîchir moi aussi. Il s'assit dans son fauteuil et ouvrit son registre. Quand je revins quelques minutes plus tard et m'assis en face de lui, il continua à regarder par la fenêtre, appuyé aux accoudoirs, les mains croisées sous le menton.

— Mon général ?

— Oui ?

— Vous semblez soucieux.

Il inhala profondément.

— Je n'aime pas ce qu'a insinué le soldat Dornan, dit-il d'une voix dure.

Inutile de demander des précisions, je savais de quelles insinuations il parlait. Moi aussi, elles m'avaient gênée, mise mal à l'aise. Elles m'avaient aussi inspiré cet élan de colère sous l'effet duquel j'avais frappé Dornan. Je m'étonnai cependant que le général avoue ainsi son sentiment. En temps normal, j'aurais dû lui tirer les vers du nez, mais il continua, toujours tourné vers le crépuscule. Le soleil se couchait et les nuages étaient pourpres devant les falaises vertes, pourtant ce n'était clairement pas le ciel violacé qui fascinait le général.

— Le général Washington se désintéresse totalement de la façon dont ses officiers choisissent leurs aides de camp.

— Mon général ?

— Les penchants de von Steuben sont bien connus, mais c'est un militaire brillant, et je suis persuadé que Dieu nous l'a envoyé depuis sa lointaine Prusse. C'est tout ce qui compte pour le général Washington.

— Alors pourquoi vous tourmenter ?

Les soucis tourbillonnaient autour de lui, semant la confusion. Il se tourna vers moi, et son regard me transperça.

— Comptez-vous survivre à cette aventure, Deborah ?

Je fus si déconcertée que je pus seulement le dévisager, mais il me fournit sa propre réponse.

— Je crois que non. Fichtre, je crois que c'est la raison pour laquelle vous faites preuve d'une telle bravoure, d'une telle compétence. Je vous observe depuis plus d'un an, vous ne cessez d'accomplir des choses qui terroriseraient n'importe qui, et encore plus une femme qui n'avait encore jamais vu une bataille. Mais vous semblez n'avoir peur de rien. Ce doit être parce que vous pensez mourir, et que vous êtes en paix avec cette fin.

— J'ai survécu jusqu'ici parce que j'ai bénéficié de votre protection la plupart du temps.

Il rejeta cette réponse.

— Non, ce n'est pas vrai. Vous négligez vos propres mérites, et ce n'est pas une réponse.

Je réessayai, en tâchant d'être aussi sincère que possible.

— J'ai résolu d'emblée – en voyant des hommes dénudés au pilori et enchaînés pour être conduits vers les navires-prisons – que je mettrais un terme à ma vie avant de me laisser capturer ou exposer en public. J'aimerais mieux mourir. Quant à une fin… je n'y pense même pas. Je ne veux pas y penser. Je suis simplement ici, maintenant. Et je fais de mon mieux pour ne penser à rien d'autre.

Il secoua la tête, d'abord lentement, puis de manière plus résolue, sans jamais me quitter des yeux.

— Je ne peux pas continuer.

— Mon général ?

— Vous prenez trop votre vie à la légère, vous ne songez pas un instant à votre propre sécurité. (Il plaqua ses mains sur son bureau.) Eh bien, ce n'est pas acceptable. J'ai perdu Elizabeth, je ne veux pas vous perdre. Et je ne peux plus continuer, répéta-t-il en insistant sur chaque mot.

— Vous êtes en colère contre moi, résumai-je, désolée.

Il se couvrit la bouche avec sa paume, bloquant ses joues comme s'il se retenait. Quand il reprit la parole, je pus à peine l'entendre.

— Je suis en colère parce que je ne devrais rien éprouver de tel. Je suis en colère parce que je ne devrais pas avoir besoin de vous. Je suis en colère parce que vous êtes ici, alors que vous ne devriez pas y être. J'aurais dû vous envoyer à Lenox depuis longtemps. Au lieu de quoi je vous ai gardée ici avec moi.

— Je veux être ici avec vous, avouai-je précipitamment.

— Cela n'arrange rien, rugit-il. Nom de Dieu !

D'un geste d'ours furieux, il balaya tout ce qui était sur son bureau. Son encrier se brisa contre le mur et son registre tomba à terre comme un ivrogne, toutes pages ouvertes.

Je me levai et me dirigeai vivement vers la porte, estimant préférable de me retirer. Ma présence n'arrangeait rien, de toute évidence.

— Arrêtez tout de suite ! Je ne vous ai pas donné congé, ordonna-t-il, contournant son bureau comme un boulet de canon.

Je ne l'avais encore jamais vu dans cet état. John Paterson faisait toujours preuve d'un parfait sang-froid, et il s'exprimait avec précision, non avec passion.

Je m'immobilisai, la main sur la poignée. Il traversa la pièce en trois enjambées et plaqua ses mains sur la porte, sa poitrine contre mon dos.

— Je ne veux pas que vous sortiez.

Sa colère était tout à coup devenue de l'anxiété.

— Alors je ne sortirai pas, murmurai-je.

Pendant un instant, se respiration et la mienne montèrent et descendirent à l'unisson, dures et râpeuses, alors que nous étions collés à la porte. Puis il dénoua le ruban qui retenait mon catogan et le jeta à terre. Prenant ma tête entre ses mains, il enfonça ses doigts dans les cheveux qui m'arrivaient aux épaules, à pleines poignées.

Je ne protestai, ni ne respirai, ni n'osai même espérer.

— Comment peut-on ne pas le voir ? demanda-t-il, hagard, en laissant son front reposer sur ma tête.

— Voir quoi, mon général ?

J'étais calme, sereine, comme si de rien n'était.

— Comment peut-on ne pas vous voir ? Vous, Deborah. Votre peau. Vos yeux. Votre bouche. La longueur de votre cou, la sagesse de vos paroles. Vous êtes une *femme adulte*. Comment peut-on ne pas le voir ?

Il était si proche. Ses lèvres et ses mains étaient dans mes cheveux, tout son corps s'appuyait à mon dos, et je fermai les yeux, pour tâcher de trouver mon bouclier, ma vigueur. Je ne trouvai que le seul désir.

— Je ne veux pas qu'on me voie… qu'on voie la femme. Je suis un soldat de l'armée continentale de Washington, je suis aide de camp d'un grand général.

— Quoi d'autre ?

— Que voulez-vous dire ?

Il inhala profondément, comme s'il rassemblait ses propres forces, puis dit en exhalant :

— Avez-vous des sentiments pour moi, Samson ?

Il ne m'aurait servi à rien de le nier. Elle était là entre nous, cette tension où j'avais d'abord vu une parenté d'esprit. Cette familiarité que j'avais voulu prendre pour de la confiance. Cette intimité dont je m'étais convaincue qu'elle venait des souffrances partagées et de la mort à laquelle nous avions échappé ensemble. Elle s'enroulait dans ma poitrine, brûlait dans mon ventre, et il le savait.

— Oui, mon général. Je suis amoureuse de vous.

Le frisson dont il fut ébranlé me parcourut aussi. C'était comme de l'eau froide dans mon gosier desséché, et je savourai le soulagement de ma confession.

— Toujours tellement courageuse…

Il lâcha mes cheveux et je me retournai vers lui, levant mon visage vers le sien. Le triomphe et la torture se disputaient dans ses yeux. Il colla son front au mien, le pressa au mien comme s'il voulait me chasser de ses pensées, mais sa bouche se baissa ensuite, et ses lèvres s'emparèrent des miennes.

Ce ne fut pas la douce étreinte de deux bouches, ce ne fut pas le sceau d'approbation que j'avais reçu de Nat. Ce ne fut pas un baiser dérobé ou l'alignement soigneux de nos deux nez. Ce fut une déclaration de guerre à effet immédiat, et peu importait que je ne me sois encore jamais battue ainsi. Le baiser – si l'on pouvait l'appeler ainsi – avait été aussi instinctif et guttural que le premier cri d'un nouveau-né. Nous nous affrontions avec nos lèvres, c'était le duel désespéré de deux bouches, de désir pantelant, de poursuite haletante, s'accrochant l'une à l'autre, ployant et fléchissant, jusqu'à ce que ma tête heurte la porte, ce qui nous déconnecta.

J'eus un hoquet, il jura, et nous fûmes aussitôt séparés. Le général fit un pas en arrière comme si je l'avais giflé, comme s'il m'avait fait mal sans le vouloir. Je ne souffrais pas, je n'avais pas de nom pour ce que j'éprouvais.

— Nous partirons demain matin pour Philadelphie.

Il essuya ses lèvres, et j'aspirais seulement à les mouiller à nouveau. J'étais terrassée par ce baiser. Terrassée et blessée.

— Et je vous accompagnerai, affirmai-je.

— Oui, acquiesça-t-il. Oui. Vous viendrez à Philadelphie avec moi… comme mon aide de camp. Vous quitterez votre poste dès que la situation sera réglée, et vous n'aurez pas à revenir dans les hautes terres. Vous serez démobilisée avec les honneurs. La guerre est pratiquement terminée. Il est temps, Samson.

— Mais… je veux être avec vous.

Il secoua la tête avec véhémence.

— Non. Non. Je ne peux vous avoir près de moi. Je n'aurais jamais dû vous permettre de rester.

Il m'avait trompée. Il m'avait demandé si j'avais des sentiments pour lui, j'avais avoué sans détour. Et maintenant il m'en punissait.

— Je ne peux plus… vous avoir ainsi… près de moi, murmura-t-il. Clairement, je ne peux rester près de vous.

— Vous m'avez demandé ce que je ressentais, m'écriai-je, horrifiée. Et je vous ai mis dans l'embarras.

— Non, pas du tout. Je me suis mis moi-même dans l'embarras.

Une tache rouge s'étalait sur ses joues, sa mâchoire était crispée.

— J'ai l'impression de devenir un être lubrique, expliqua-t-il avec urgence. Et je n'aime pas cela. Je ne me fais plus confiance. D'un côté, quand je vous regarde, je vois la bravoure, la compétence et la force. Je vois un compagnon que j'apprécie. Un soldat courageux.

Il s'étrangla sur ces derniers mots, et la tache vira au rouge foncé. Il se passa les mains sur le visage.

— D'un autre côté, je ne vois que Deborah. Je vois le contour de votre joue et la fraîcheur de votre peau. Je vois les couleurs changeantes de vos yeux, et j'ai envie de… de…

Il s'interrompit et prit une grande respiration. Lorsqu'il recommença, ce fut d'une voix presque désespérée :

— J'adorais ma femme. J'aimais tout en elle. Elle était l'élue de mon cœur, à tout point de vue. Et vous ne lui ressemblez absolument pas.

Je restai bouche bée, il tressaillit. Cette façon de me repousser était la pire possible, car je savais qu'il disait vrai. Je me drapai aussitôt dans ma réussite, mes triomphes, comme je l'avais toujours fait. Comme j'avais toujours été contrainte de le faire. J'avais dû m'apprécier et m'améliorer parce que je savais que personne d'autre ne s'en chargerait.

— Je suis intelligente comme Elizabeth l'était. Je suis capable… et je suis forte. (Je cherchais toutes les qualités énumérées dans mes interminables listes.) Je suis…

Ma voix se bloqua et je m'arrêtai, mortifiée.

— Oui, vous êtes tout cela, répondit-il aussitôt, contrit. Mais je ne vous aurais jamais regardée comme… comme je vous regarde à présent. Vous n'auriez pas été le type de femme qui attire mon attention. Vos yeux sont trop perçants. Vous êtes trop maigre, trop grande. Trop… téméraire. Et cependant… je suis…

Sa phrase resta en suspens comme s'il cherchait les mots justes, mais je ne voulais pas en entendre davantage.

— Pourquoi me dites-vous cela ? Vous ne m'apprenez rien.

J'étais au bord des larmes, et je me méprisais pour cela. Je voulus sortir et attrapai la poignée de la porte. Comme auparavant, il repoussa cette porte, il me prit contre sa poitrine et posa sa joue sur ma tête baissée. Je ne me retournai pas dans ses bras. Je ne pouvais pas. Mon amour hurlait, mon dos se hérissait, et le besoin de me dégager l'emportait sur tout.

— Pardonnez-moi, Samson. Pardonnez-moi, je suis un homme qui pleure encore une épouse qui méritait bien plus que je ne lui ai offert. Je l'aimais, je l'aimerai toujours. Voilà pourquoi, quand je vous regarde et que je ressens ce que je ressens, je suis… troublé.

— Je voudrais m'en aller, mon général.

Mes paupières se fermèrent, mes poings se serrèrent. De toutes les forces qu'il me restait, je m'accrochais à mon sang-froid.

— Deborah, regardez-moi, je vous en prie. J'essaye… d'expliquer.

Il m'obligea à lui faire face. Je gardai les yeux baissés.

— D'expliquer quoi ?

— Que je vous trouve impossiblement, indéniablement, irrésistiblement belle. En fait, vous êtes la plus belle femme que j'aie jamais vue. Et je ne peux plus continuer ainsi.

Peut-être voulait-il que nous riions ensemble. Il voulait plaisanter, j'étais censée hausser les épaules, mais je n'étais pas d'humeur à être la victime de cette farce. D'autant plus que j'avais subi les mêmes quolibets de la part des frères Thomas pendant bien des années. Mais lorsqu'il laissa les mots se déposer autour de moi, fermes et définitifs, je relevai mon regard vers lui. Il ne sourit pas, il ne retira pas ce qu'il venait de dire. Nous nous admirions l'un l'autre, simplement.

— Ces satanées hautes terres vous ont fait perdre la raison, mon général.

Pourtant mon cœur était parti au grand galop, et le besoin de pleurer s'était intensifié pour différentes raisons.

— Peut-être. Parce que je suis fou de vous. Frappé de démence.

— De démence ?

— Incurable. Mais ce que j'essaye de dire, de façon si maladroite, c'est que je vous aime, moi aussi.

— Vous êtes amoureux de moi ? demandai-je, tremblante.

— Je suis amoureux de vous. Désespérément. Et j'ai peur que tout le monde le remarque.

S'il n'avait pas avoué ses sentiments – si torturés et emmêlés qu'ils soient –, je n'aurais jamais osé faire ce que je fis. Je m'approchai de lui, me hissai sur la pointe des pieds et appuyai ma joue à la sienne. Je ne tentai pas de parler, je ne cherchai pas ses lèvres ; je ne survivrais pas à un second baiser. Pas tout de suite.

Le visage collé au sien, j'étais à l'abri de ses yeux mais pas de mon cœur battant, et je l'enlaçai, m'accrochant à lui avec tout le dévouement que je ne m'étais jamais autorisée à exprimer. Envers personne. Et ses bras m'enlacèrent en retour.

Il n'y eut pas de conversation. Pas de mains vagabondes. Nous étions debout, joue contre joue, son souffle chatouillant mon cou, nos bras entremêlés dans une étreinte farouche. Et ce fut seulement quand un bruit de bottes se fit entendre dans le couloir qu'il prit mon visage dans ses mains, pressa ses lèvres contre les miennes une fois de plus, puis me lâcha.

Il se retira vers son bureau, et lorsqu'on frappa à la porte quelques secondes plus tard, je fis entrer le colonel Jackson, qui s'avança sans m'accorder un regard, malgré mes cheveux en désordre.

— Nous partirons demain matin pour Philadelphie, Shurtliff, m'indiqua le général Paterson. Veillez à ce que nous soyons prêts. Je ne sais pas combien de temps ce voyage durera.

— Bien, mon général.

Quand je me retournai, le général était assis, dissimulé par le colonel Jackson, et je sortis.

24

Les souffrances endurées avec patience

LE TRAJET DE QUATRE JOURS À CHEVAL, nécessaire pour couvrir les cinquante lieues nous séparant de Philadelphie, fut tout à fait différent de la marche à laquelle j'avais participé l'année précédente. Le soleil était le même, ainsi que les couleurs qui éclairaient les vallées, transformaient les feuilles et réchauffaient les collines, mais cette fois je chevauchais au côté du général Paterson, et je ressentais une tension entièrement nouvelle. Le général veillait à ne jamais me regarder dans les yeux quand nous n'étions pas seuls, mais Agrippa devina aussitôt son trouble. Il accompagnait le colonel Kosciuszko, mais il lui arrivait de traîner un peu en arrière ou d'éperonner son cheval vers l'avant, selon son désir de telle compagnie ou de telle conversation. Quand le général Paterson se rapprocha du général Howe pour un bref entretien, Agrippa fit aller son cheval au même pas que le mien.

— As-tu encore une fois contrarié le général ? me demanda-t-il, sourcils froncés. Il n'est pas comme d'habitude.

— C'est à cause de ces mutineries incessantes.

Agrippa fit la moue.

— Non, il y a autre chose. Il est à cran. Et c'est toujours quand tu es dans les parages, je l'ai remarqué. Je lui ai demandé s'il voulait faire un échange.

— Pardon ?

— Un échange. Je m'occupe de lui et tu t'occupes du colonel. Il a répondu que ce n'était pas nécessaire. Mais je me pose des questions.

Le choc me réduisit au silence, incapable de protester, et Grippy vit ma détresse.

— Tu le sers très bien, s'empressa-t-il d'ajouter. Si ce n'était pas le cas, je n'insisterais pas. Le général est mon meilleur ami. Il veille sur moi, je veille sur lui. Tu fais du bon travail, Joli. Mais il y a parfois des gens qui ne se mélangent pas, comme l'huile et l'eau.

— C'est ma jambe, prétendis-je. Il essaye de me donner moins de tâches pour qu'elle guérisse. Nous avons eu une discussion à ce sujet. Je vais bien, mais il ne veut pas l'entendre.

— Ah. (Il se mordit la lèvre.) C'est tout lui. Cela explique peut-être bien des choses. (Il me regarda d'un air soucieux.) Tu ferais mieux de ne pas discuter avec lui. C'est un gentleman jusqu'au bout des ongles, mais il est très attaché aux règles. Dès qu'il a pris sa décision, il faut l'exécuter.

Je savais qu'Agrippa disait vrai. John Paterson était bien un gentleman, et je l'avais placé dans une situation intenable. Je brisais toutes les règles, et il me soutenait. Le pire – et le plus merveilleux, en même temps – était qu'il se déclare épris de moi, et je passai les heures de ce voyage à son côté partagée entre l'effroi et un frisson de bonheur.

La première nuit, j'installai ma paillasse aussi loin que possible de la sienne, et je posai ses sacoches près de l'ouverture de la petite tente. J'étais à moitié terrorisée à l'idée qu'il marcherait toute la nuit pour m'éviter, que cela indiquerait à Agrippa et aux autres que quelque chose n'allait pas, mais il se glissa à l'intérieur quand le camp devint silencieux et ôta ses bottes avant de s'allonger sur le lit que je lui avais préparé.

Le lendemain matin, je le grondai à l'heure du rasage, lui transmettant ce que m'avait appris Agrippa.

— Il croit que je vous ai contrarié. Il dit que vous êtes à cran dès que je suis dans les parages.

— Il a raison.

Il leva ses yeux bleu pâle vers les miens, et j'éloignai la lame de sa peau, au cas où mon trouble ferait trembler ma main.

La deuxième nuit, il dîna avec le général Howe et s'en revint au clair de lune. J'avais attendu que le camp s'endorme et que la nuit soit plus noire pour me glisser entre les arbres et aller me baigner dans le fleuve. Sous ses yeux, je me levai et voulus sortir.

— Samson ?

— Je dois me laver. Et il y a d'autres besoins qu'il vaut mieux satisfaire dans le noir.

— Je vous accompagne et je monterai la garde.

— Mon général…

Il dressa un doigt et siffla entre ses dents pour m'imposer le silence.

— Je vous accompagne.

Je me montrai docile, serrant mon chiffon et mon savon contre ma poitrine tandis qu'il remettait ses bottes. J'avais retiré le corset qui me comprimait les seins afin de mieux pouvoir me nettoyer, et je ne portais que ma culotte et ma chemise. Je ne prévoyais pas de m'immerger ; mes habits n'auraient pas le temps de sécher si je les lavais.

Je n'avais pas besoin de lui préciser qu'il paraîtrait bien étrange qu'il monte ainsi la garde, mais il croisa les bras et patienta tandis que je m'enfonçais parmi les arbres pour me soulager, et il était encore là, exactement dans la même position, quand je revins.

— Je ne cesse de m'étonner que vous ayez tenu aussi longtemps, dit-il tout bas. Je frémis à la pensée de ce que ces dix-huit derniers mois ont dû représenter pour vous.

— J'ai choisi d'être ici. Tout est plus facile lorsque l'on choisit.

Nous marchâmes jusqu'à la rive, nous déchaussâmes, et je retroussai mes manches. Le général enleva sa chemise et l'envoya rejoindre ses bottes. Il avait manifestement décidé de se laver lui aussi. Je m'accroupis au bord de l'eau et mouillai mon chiffon. Tout à coup j'eus chaud et me sentis à bout de souffle. Je procédai avec soin, me nettoyant sous ma chemise tandis que le général, torse nu, s'éclaboussait généreusement. Il était musclé, longiligne, la poitrine légèrement velue, sans une once de gras. Je jetai un coup d'œil dans sa direction alors qu'il terminait et reprenait ses habits, tout en s'ébrouant.

— Je n'en ai plus que pour une minute, dis-je.

— Je vous attends.

— Voudriez-vous vous éloigner un peu ?

J'avais besoin de laver mes parties intimes, et je ne pouvais supporter qu'il soit témoin d'un acte aussi peu digne, même accompli sous mes vêtements.

Je l'entendis remonter la berge, chasser un moustique et déplier sa chemise. Après un printemps humide et un été chaud, l'eau attirait les insectes. Je détachai ma culotte et réussis, sans la lâcher, à me nettoyer en dessous de la taille. Ce n'était pas un bain, mais cela suffirait. Quand j'eus fini et que mon chiffon fut essoré, je me retournai pour voir s'il m'attendait encore. J'aperçus sa silhouette immobile, et il vint à moi dès qu'il m'entendit gravir le talus.

Mes habits humides adhéraient à ma peau, et mes cheveux s'étaient répandus sur mon visage. Ma chemise était trempée au point de devenir transparente par endroits, et je me couvris la poitrine d'une main, tenant mes chaussures de l'autre. Je les laissai choir dans l'herbe et y insérai mes pieds, sans prendre la peine de rattacher les boucles, mais quand je me redressai, il avait le dos raide et regardait ailleurs. Je tirai sur ma chemise afin de la décoller de mon corps. J'avais perdu le ruban pour mes cheveux.

— Personne ne doit vous voir, murmura-t-il, la voix tendue.

Je n'avais pas besoin de demander pourquoi.

Il me suivit dans la tente et, les mains tremblantes, en ferma le rabat.

Puis il s'approcha de moi.

La férocité de son étreinte me souleva du sol, cuisse contre cuisse, ventre contre ventre, poitrine contre poitrine. Mes chaussures glissèrent de mes pieds et tombèrent bruyamment.

Sa bouche sur la mienne fut immédiatement familière et inconnue. Je connaissais la forme de ses lèvres et le son de sa voix, le côté râpeux de son souffle et l'odeur de sa peau. J'avais maintes fois étudié ses traits en détail, mais embrasser était une autre affaire, et nous nous rencontrâmes comme nous l'avions fait auparavant, avec frénésie et fureur.

— Bon Dieu, Samson, que vais-je faire de vous ? Que diable suis-je censé faire ?

Ce gémissement avait été chuchoté contre mes lèvres, et il baissa la bouche vers ma gorge, comme s'il avait besoin de respirer ou luttait pour se maîtriser, mais comme je ne pouvais supporter de partager son attention avec cette partie de moi-même, je me saisis de son visage et ramenai ses lèvres vers les miennes.

— Je ne sais pas comment faire, mais je veux apprendre, dis-je en resserrant mon étreinte pour qu'il m'enseigne la méthode.

Je sentis sa mâchoire se durcir sous mes paumes, en un effort pour ralentir, pour savourer.

— Vous voulez apprendre ?

— Oui, je veux que vous me montriez.

Il émit un faible grognement, et ce son me transporta.

— Faites ce qui vous plaît.

— Je ne sais pas ce qui me plaît.

Mais il secoua la tête, rejetant mes paroles, et je fus ravie par la caresse de sa bouche, si douce et si légère.

— Si, vous le savez.

Sa chaleur me plaisait. Sa texture, sa présence même me plaisait, et je touchai ses lèvres avec ma langue pour voir si cela me plaisait aussi. Puis il me goûta comme je l'avais goûté, sa bouche chercha et se régala, j'oubliai de compter les sujets d'émerveillement et je lui rendis coup pour coup.

Rien n'est aussi intime qu'un baiser, j'en suis convaincue, pas même l'union de la chair ou les serments que l'on prononce. Quand deux bouches sont en communion, elles ne peuvent rien cacher, et je n'avais plus aucun désir de cacher quoi que ce soit. Pas à lui.

Ses mains soulevèrent ma chemise, ses poings se replièrent, ses doigts dansèrent sous le tissu, caressant la peau lisse de mon dos. Il palpa la courbe de mes hanches, l'arrondi de mes fesses et promena ses pouces sur la pointe de mes seins, mais quand je songeai que nous allions peut-être nous agenouiller et céder à la palpitation croissante de notre chair, le général détacha ses lèvres de ma bouche, enserra mes poignets dans ses mains et appuya sa joue piquante contre la mienne.

— Deborah, je vous en prie. Aidez-moi, s'il vous plaît. Je ne peux pas, je ne veux pas faire cela.

Je hochai aussitôt la tête et reculai, peinée mais obéissante, sans savoir précisément ce qu'il ne pouvait pas faire. Nous nous tenions dans l'obscurité poisseuse, haletant et luttant, et lorsqu'il lâcha mes poignets, nous nous séparâmes pour regagner nos paillasses respectives. Mais lorsque nous fûmes allongés, les yeux fixant le néant, chacun tendant l'oreille vers l'autre, je parlai, d'une voix plus grave que le murmure du camp.

— Qu'est-ce que vous ne pouvez pas faire, mon général ?

— Deborah, ne m'appelez pas « mon général ». Pas maintenant.

Je ravalai le « Oui, mon général » que j'avais sur les lèvres.

— Je refuse de vous mettre sur le dos pour vous labourer comme une fille à soldats, promit-il d'une voix presque inaudible. Voilà ce que je ne veux pas faire.

Il cherchait à me choquer et à nous punir tous les deux, et cela fonctionna, l'espace d'un instant.

— Il y a des filles à soldats ? demandai-je.

— Oui. Vous n'avez pas participé au genre de combats où l'on en fait venir. La marche vers Yorktown fut trop rapide. Et vous êtes de l'infanterie légère, qui est toujours en tête de l'armée. Les catins sont à l'arrière. J'en suis même à me soucier de ce qu'elles deviendront quand tout cela finira. Cette guerre dure depuis si longtemps qu'elles se sont habituées à cette existence. Certaines ont des enfants qui ont à présent six ou sept ans. Eux aussi suivent l'armée. Ils n'ont nulle part où s'en retourner.

— Tout comme moi. Je suppose que je suis déjà une fille à soldats.

— Ne dites pas cela.

Nous nous tûmes un moment, mais sans pouvoir nous endormir.

— Avez-vous jamais… eu besoin de leurs services ?

— Besoin ? Oui. Profité ? Non. Je n'aurais pas infligé cela à Elizabeth.

Je me sentis coupable, tourmentée par ma conscience.

— John ?

— Oui ?

Il semblait apprécier que j'use de son prénom.

— Qu'est-ce qu'Elizabeth penserait… de nous ?

— Ah, Samson. Cela vous tracasse ?

— Oui, mon général.

Un moment s'écoula avant qu'il en dise davantage, et lorsqu'il parla, ce fut d'une voix songeuse, détendue.

— Je me tourmente pour beaucoup de choses, mais pas pour cela. Je n'ai pas trahi Elizabeth, et vous non plus. Elizabeth approuverait. Elle vous adorait.

— C'est vous qu'elle adorait. Je pense que je vous aime depuis longtemps, simplement parce qu'elle vous aimait. Son amour pour vous éclatait dans chaque ligne, dans chaque mention de vous, dans chacune de ses lettres.

Il ne tenta pas de discuter, mais attendit simplement que je continue.

— Et si elle n'était pas morte ? Et si elle était ici ? demandai-je.

— Elle n'est pas ici, répondit-il avec douceur. Et elle ne vivra plus jamais. Rien de ce que nous ferons – ou ne ferons pas – ne la ramènera.

Je méditai si longuement sur cette vérité que je finis par le croire endormi.

— Je ne devrais pas vous aimer de cette manière, n'est-ce pas ?

— De quelle manière ?

— J'aimais Sylvanus. Il m'était très cher. Le diacre Thomas m'était cher, lui aussi, même si je ne l'aimais pas toujours. J'aimais Nat, Phineas et Jeremiah. Je les aimais, je les aime tous. Je les aimais différemment, en grande ou en petite quantité. Je ne vous aime pas de la même manière. Ce sentiment est neuf. C'est une montagne qui s'est abattue sur moi. Je ne savais pas que l'on ressentait cela quand on aime.

— Pas toujours, murmura-t-il. Dieu me pardonne, mais c'est loin d'être toujours ainsi.

***

Je n'avais pas été dégoûtée par l'évocation des filles à soldats.

J'étais fascinée.

La vulgarité avec laquelle il avait décrit l'acte aurait probablement dû refroidir mon ardeur romantique. C'est ce qu'il recherchait, je le savais. Au lieu de quoi j'en étais curieusement affectée. Être désirée de cette manière était une chose que je n'avais jamais envisagée pour moi. Et il y avait quelque chose de miraculeux dans l'idée que je puisse être désirée par le général, par cet homme que j'aimais si désespérément. Je ne pouvais penser à rien d'autre.

Le lendemain soir, le général sortit et je tremblai en attendant son retour. Quand la tente se rouvrit, bien après que le silence se fut établi dans le camp, je me levai pour l'accueillir, guidée par l'envie de le toucher et craignant qu'il ne reparte aussitôt.

— Vous ne dormez pas, m'accusa-t-il.

— Non, mon général. Non, John.

Son menton heurta sa poitrine, mais il me prit la main comme s'il ne pouvait s'en empêcher.

— J'ai envie de vous embrasser à nouveau, avouai-je sans vergogne, dans la nuit.

— Moi aussi, j'ai envie de vous embrasser à nouveau. J'ai envie de bien davantage. C'est pourquoi je ne peux pas commencer.

— Vous pouvez. Enfin… J'en ai envie.

— Deborah.

— Je ne suis pas… physiquement… très féminine, balbutiai-je. Cela vous gêne ?

Son grognement fut presque un rire.

— Je pense que mon corps avait deviné que vous étiez une femme, bien avant mon esprit.

Je restai bouche bée.

— Vraiment ?

— Je suis entouré d'hommes de toutes les tailles, de toutes les formes, de toutes les beautés… ou laideurs. Pas une seule fois ma chair ne les a remarqués. Mais vous, je vous ai remarquée. Je trouvais cela étrange, et cela m'a poussé à vous examiner afin de comprendre pourquoi. (Il secoua la tête, penaud.) J'ai connu le froid, la faim, le manque de sommeil tel que j'aurais pu fermer les yeux et dormir debout. Mais pas une seule fois un homme n'a fait tressaillir mon corps. Vous ne m'avez pas berné très longtemps, simplement je ne voulais pas l'admettre. Mon corps savait, mais mon esprit refusait de l'accepter.

— Ce tressaillement se produit-il en présence de toutes les femmes ?

— Non. Mais là encore… Pas une seule fois cela ne m'est arrivé en présence d'un homme. J'ai beaucoup d'admiration pour certains hommes. Beaucoup d'affection. J'en idolâtre même quelques-uns. Henry Knox, le général Washington, Nathanael Greene. Je les contemple avec respect, avec crainte, un peu comme lorsque l'on tombe amoureux. Mais pas une seule fois je n'ai eu envie de leur passer sur le corps ou de voir quel goût avait leur bouche sous la mienne.

Je faillis pousser un gémissement, et il fit mine de vouloir sortir.

— Je pensais que vous détestiez embrasser, avouai-je.

Il s'immobilisa.

— Pourquoi ?

Je secouai la tête. C'était impossible à expliquer.

— Parce que… parce que… Je pensais que c'était une façon d'être enchaîné. Prisonnier. Je ne savais pas que l'on éprouvait cette sensation.

— Quelle sensation ?

— La sensation de voler… de se transformer… de se libérer. Et je n'aurais jamais cru que j'aurais envie…

Je m'éclaircis la gorge, cherchant le mot juste.

— Envie de quoi ?

— Envie de… vous. De vous tout entier. Mon corps a envie du vôtre. Ma peau a envie de votre peau. Ma bouche a envie de votre bouche. Cela ne me repousse pas, ne me dégoûte pas. En vérité, je n'ai jamais autant eu envie de quoi que ce soit.

Un sourire s'épanouit sur ses lèvres, si large et si fou, que je crus qu'il se moquait de moi. Je me couvris le visage avec les mains, il les détacha, les joues encore fendues par ce sourire radieux. Il m'embrassa à nouveau, la bouche fervente, les mains plaquées contre mon dos, mes hanches contre les siennes, et la gêne que je ressentais se dissipa. Nous nous allongeâmes sur nos paillasses voisines l'une de l'autre, et il m'embrassa jusqu'à ce que mes yeux refusent de s'ouvrir, que mes lèvres refusent de se fermer, jusqu'à ce que mon corps vibre comme un luth à une corde et que j'implore un répit.

— Qu'est-ce que ce désir ? haletai-je, tremblante. Vous devez m'aider, John.

Je ne pouvais plus remuer, et je ne pouvais cesser de remuer. Je ne pouvais inhaler, et je ne pouvais exhaler. Il trouva la palpitation sous mes habits, le lieu d'où partait tout mon désir, et lorsque je me contorsionnai de stupeur, il me tint fermement, sa bouche sur ma bouche, ses mains sur mon corps, jusqu'à ce que l'ascension entamée par son baiser devienne une chute libre, une dégringolade en apesanteur, et un atterrissage miraculeux.

Puis il me lâcha, inerte et invertébrée, et se précipita hors de la tente, dans la nuit.

***

La veille du jour où nous allions atteindre Philadelphie, le général était si las que nous jurâmes de rester dans nos lits respectifs, mais il ne put tenir parole.

— Je sens votre regard, murmura-t-il.

— C'est impossible.

— Je le sens. Et il me perturbe.

— Je vais fermer les yeux.

— Cela n'y changera rien. C'est vous qui me perturbez.

Il roula sur le côté et traça mon profil dans le noir, le bout de son index allant de la racine de mes cheveux jusqu'à mon cœur. Lorsque ses doigts dérivèrent vers la pointe de mes seins, il retira sa main avec un sifflement et se remit sur le dos, nerveux comme un serpent enroulé sur lui-même.

— J'ai un plan, annonça-t-il.

— Voilà pourquoi vous êtes général. Vous êtes très doué pour les plans.

J'essayais de l'apaiser, mais il grinça des dents comme si je l'avais provoqué.

— Nous n'avons d'intimité nulle part. À tout instant, un aide de camp ou un officier pourrait faire irruption. Et je suis dans un état permanent de… d'inconfort… quand vous êtes près de moi. Ma sœur Anne et son mari habitent Society Hill, non loin du centre de la ville. Nous logerons chez eux quand nous serons à Philadelphie.

J'écarquillai les yeux dans le noir.

— Son mari est le révérend Stephen Holmes, de l'église de Pine Street. (Il inspira profondément.) Ils n'ont pas enfants et leur maison est grande. Anne est seule la plupart du temps. Je demanderai à Stephen de nous marier pendant notre séjour. Et vous resterez avec eux jusqu'à la fin de la guerre, en attendant que je puisse revenir vous chercher.

De tout ce qu'il aurait pu proposer, le mariage était le plus imprévisible. Je me redressai lentement et il en fit autant, se tournant face à moi, les yeux brillants, la bouche résolue.

— Mais je n'ai pas été démobilisée, chuchotai-je comme si c'était l'essentiel.

— Je m'en chargerai. C'est dans mes attributions.

— M-mais je me suis enrôlée pour trois ans ou jusqu'à la fin de la guerre. Cela fait à peine dix-huit mois. Et je… je veux être où vous êtes.

— Non, fit-il d'un ton sans réplique. Vous ne pouvez pas être où je suis. Pas de cette façon. Plus maintenant.

J'avais cru qu'il se laisserait attendrir comme auparavant. Surtout alors qu'une séparation serait aussi douloureuse. J'étais si certaine qu'il me laisserait rester à ses côtés jusqu'au bout.

— Vous êtes un soldat sous mes ordres. Vous êtes mon aide de camp. Et peu importe que je sache qui vous êtes. Ce qui compte, c'est qui vous êtes pour *eux*.

Il désigna le camp, les hommes qui dormaient au-delà de nos parois de toile.

— Pour eux, je suis Robert Shurtliff.

— Oui. Et j'ai autorité sur vous. C'est une responsabilité, pas une occasion à saisir. Je n'ai jamais recherché les positions de pouvoir ou de gloire, et je pourrai m'en dispenser jusqu'à la fin de mes jours, si longue que soit ma vie. Mais cela ne signifie pas que je n'aie aucune fierté. Ou que je me moque de ce que les autres pensent de moi… ou disent de vous.

Il s'interrompit, et lorsqu'il reprit, sa voix était chargée de remords.

— Surtout… si quelqu'un me voyait avec vous, ainsi, avec un jeune *homme* qui est mon aide de camp, qu'est-ce que cela signifierait pour ma relation avec mon épouse ?

Je ne pensais pas que cette conversation nous mènerait là. J'eus le souffle coupé, envahie par la culpabilité.

— Cela suggérerait… (Sa voix se brisa.) Cela suggérerait, reprit-il sur un ton plus perçant, que je suis resté loin d'Elizabeth pendant toutes ces années et qu'elle est morte sans moi parce que je préférais un autre genre de compagnie. Cela amoindrirait son sacrifice, et le mien. Je ne me suis pas engagé dans cette lutte pour fuir Elizabeth. Je refuse de la déshonorer, ou de déshonorer la cause, en donnant aux gens des raisons de le croire.

Bien qu'ils aient été prononcés avec douceur, ces mots retentirent comme un tir de canon, et pendant un moment je ne pus que rester muette, le temps de me remettre, ne sachant si je recouvrerais un jour la faculté d'entendre. Je craignais de crier au lieu de parler, incapable d'évaluer mon propre volume sonore, je craignais que ma voix résonne dans tout le camp.

— Donc vous voulez m'épouser. C'est votre solution.

— Oui.

— Mais… nous serons séparés.

— Oui. Pendant un temps.

Je me laissai retomber sur ma paillasse et contemplai toutes les ombres qui masquaient les étoiles. Pendant un moment, je regrettai de ne pouvoir flotter, comme je le faisais dans mes rêves, afin de quitter tout cela. De voir ce que j'avais envie de voir, d'aller où j'avais envie d'aller. Et de ne rien sentir d'autre que ce vaste silence, sans commencement ni fin.

— Je ne veux pas que cela s'arrête.

J'avais prononcé cette phrase à haute voix, car c'était la vérité, au cœur de tout.

— Si vous m'épousez, il n'y aura aucune raison que cela s'arrête jamais.

— Je ne veux pas que la guerre s'arrête !

Et je m'obligeai à rencontrer son regard. Il me dévisagea, abasourdi. Blessé. Mais il ne comprenait pas. La femme qu'il croyait aimer n'existait nulle part ailleurs qu'ici.

— Pardonnez-moi, je sais que c'est égoïste. Il y a eu bien trop de souffrances. Vos enfants ont besoin de vous. Et vous avez besoin d'eux. Mais… Mais je ne retrouverai jamais cela, cette liberté, cette vie. Et je redeviendrai Deborah Samson.

— Je suis amoureux d'une femme qui n'a aucune envie d'être une femme, s'étonna-t-il, presque pour lui-même. Grand Dieu, quel désastre.

— Ce n'est pas vrai. Je désire être une femme.

Ma voix était faible, et il ricana, sceptique.

— Je le désire, répétai-je plus fort. Je veux être une femme. Je ne veux plus comprimer mes seins, je veux mettre une robe élégante. J'adore les jolies choses et les beaux tissus. Je veux me promener à votre bras, danser avec vous, et… et… baiser vos lèvres et m'étendre à vos côtés. J'aimerais porter vos enfants.

Mes joues s'étaient enflammées, mais ma voix s'amplifiait à chaque mot.

— Je désire tout cela. Je ne déteste pas être une femme. Je déteste simplement le fait qu'une femme ne puisse étudier à Yale, participer au gouvernement ou aider à rédiger une constitution. Je déteste le fait que je ne puisse aller en France sans un mari, ou même sortir seule dans la rue. Je déteste les limites que la nature m'impose, les limites que la vie m'impose. Mais je ne déteste pas être une femme, et je ne détesterais pas être votre femme.

Il vint soudain vers moi, me dominant, ses mains entourant mon visage, renonçant à nouveau à son serment.

— Alors vous m'épouserez. Et nous mettrons un terme à cette comédie.

— Mais… ce n'est pas une comédie. Pas pour moi.

Il se flétrit, le dos voûté comme si je l'avais fouetté, puis il posa son front contre ma poitrine, vaincu. Je plaçai mes bras autour de sa tête et nous restâmes ainsi en silence pendant plusieurs longues minutes, mon cœur battant contre ses lèvres. Mon envie de ce qu'il proposait était aussi véhémente que ma perte imminente.

— Et Robert Shurtliff devra simplement… disparaître ? murmurai-je, capitulant.

Il releva la tête et me regarda.

— Oui. Ma sœur nous aidera. Robert Shurtliff entrera chez elle. Et il n'en sortira plus jamais.

— Dissimulé.

Ses mains se plaquèrent sur ma mâchoire, ses pouces parcoururent mes lèvres comme s'il voulait effacer toutes mes réserves.

— Je ne vous cache pas parce que j'ai honte de vous. Je vous cache parce que je veux vivre avec vous. Je ne peux pas vivre avec Robert Shurtliff.

— Et ensuite ? Quand vous m'aurez fait disparaître... qu'arrivera-t-il ensuite ?

Il serra les dents en signe de protestation, mais il ne contesta pas.

— Quand je serai libéré de mes obligations militaires, nous irons à Lenox.

— Oh, John !

— Quoi, Deborah ? Quoi ?

Il devenait de plus en plus contrarié.

— Je crois que vous ne comprenez pas.

— Qu'est-ce que je ne comprends pas ? Croyez-vous que je ne sache pas exactement qui vous êtes ?

Je fermai les yeux et le humai un moment, m'autorisant à jouir de son affection avant de le mettre en garde.

— À Middleborough, et sans doute à Taunton et Plympton également, Deborah Samson est un objet de moqueries. Personne ne sait ce que j'ai fait, mais ils savent ce que j'ai tenté de faire. Ils savent que j'ai mis des vêtements d'homme et que j'ai voulu m'enrôler. Ils savent que j'ai trop bu à la taverne de Sproat, et que mon nom a été rayé des registres des deux églises.

Il sourit et rejeta en arrière sa tête magnifique, riant sans bruit, mais son sourire s'estompa lorsqu'il vit mon angoisse.

— C'est peut-être vous qui ne comprenez pas, murmura-t-il. Vous n'aurez pas à y retourner. Jamais. Vous viendrez avec moi. Vous serez Deborah Paterson. Vous serez mon épouse.

— Mais je serai toujours Deborah Samson. Un jour, quelqu'un fera le lien. Il s'agit de la même colonie, après tout. Les gens parleront de Deborah Samson, la femme qui s'est déguisée en homme et qui a voulu s'engager dans l'armée. Les hommes aux côtés desquels vous vous êtes battu l'apprendront. Les gens de Lenox l'apprendront, et ils m'éviteront. Ils vous éviteront peut-être aussi. Ils éviteront peut-être vos enfants.

Il réfléchit. Il me dévisagea, soudain dépossédé.

— N'ai-je pas donné assez pour mon pays ? Dois-je ne rien avoir pour moi ?

— Vos enfants n'ont-ils pas donné assez ? Voulez-vous qu'ils m'aient pour mère ? Voulez-vous que votre famille m'ait pour sœur ?

— Oui, je le veux.

— Oh, John, vous n'êtes pas obligé de faire cela. Vous n'êtes pas responsable de moi.

— C'est donc là ce que vous pensez ? Vous me croyez altruiste ? Vous croyez que je me sens responsable de vous ?

Il s'étendit sur moi, son grand corps couvrant le mien, ses bras de chaque côté de ma tête. Je ne pouvais plus respirer, je ne pouvais plus m'échapper, et je n'en avais pas envie. Il m'embrassa alors, aspirant mes lèvres comme s'il devait absorber la soumission venant de mon gosier.

— Oui, haletai-je contre sa bouche. Vous vous sentez responsable.

— Deborah, dit-il en s'écartant juste assez pour secouer la tête. Arrêtez tout de suite.

— C'est une qualité admirable, et que je comprends.

Je l'enlaçai et enfouis mon visage dans sa gorge, dans ce creux que j'avais cent fois eu envie d'embrasser. Il avait un goût de cuir et de sel. Il avait le goût de John Paterson, et je l'aimais tant que je pouvais à peine me retenir d'enfoncer mes dents dans son corps pour l'avaler tout entier.

Il gémit dans mes cheveux.

— Donc tout va bien tant que les responsabilités sont toutes de votre côté. Il vous paraît normal de vouloir toujours en endosser plus que vous ne devriez pouvoir en porter, parce que vous l'avez fait toute votre vie, et bien fait. Je vous aime, désespérément, mais j'ai tort de me sentir responsable de vous ?

— Il me suffit que vous m'aimiez.

Il se redressa sur les genoux, brisant mon étreinte, me privant de son poids, de sa pression, de son goût et de sa chaleur. Et il me regarda d'un air menaçant.

— Cela ne devrait pas. Cela ne devrait pas vous suffire, Samson. Cela ne me suffit certainement pas.

Je tendis la main vers lui, mais il secoua la tête.

— Restez là, nom de Dieu.

Il empoigna ses cheveux et ferma les yeux. J'étais convaincue qu'il priait, même si ses lèvres ne remuaient pas, même s'il n'avait pas la tête baissée.

— Nous nous marierons, dit-il avec décision lorsqu'il eut terminé.

— Mon général…

— Vous m'épouserez, Deborah Samson. Avec la volonté de Dieu.

La joie et le ravissement m'emplirent la poitrine.

— Est-ce vraiment ce que vous souhaitez ? Réellement ?

— De toute ma vie, je n'ai jamais rien souhaité davantage.

25

La nécessité qui les force

Nous arrivâmes le 3 octobre au matin, mille cinq cents hommes issus de quatre régiments, avec le général Howe et ses aides de camp, pour apprendre que les mutins avaient été dispersés et que le conflit était terminé. Nous entrâmes dans la ville pour inspecter les dégâts, non sans laisser les troupes camper à l'extérieur. J'aurais aimé explorer, mais le général fut aussitôt pris par des réunions, auxquelles j'assistai à ses côtés, m'émerveillant de sa patience et du respect qu'il imposait.

— Le commandant vous demande de rester à Philadelphie, Paterson, pour diriger les audiences et condamner les plus coupables, lui apprit le général Howe lors du déjeuner. Vous êtes juriste, après tout, et nous estimons tous votre prudence. La tâche ne sera pas aussi difficile que la dernière fois. Ces soldats ne méritent pas autant de compassion que les autres. Ce sont tous de nouvelles recrues, dont pas une n'a connu les années de labeur et de privation. Il faut les écouter, les châtier rapidement, et s'en débarrasser.

« Pour ma part, je regagnerai West Point avec nos hommes après-demain. Plus tôt nous partirons, mieux cela vaudra. La fièvre jaune est partout, la caserne de la ville a été convertie en hôpital provisoire, et nous n'avons pas besoin d'ajouter mille cinq cents soldats à un système déjà débordé.

Le colonel Kosciuszko habitait Philadelphie, et il nous invita chez lui pendant tout le temps de ces audiences. Le pavillon de la fête du dauphin avait été son dernier travail architectural, son enrôlement avait expiré, et il était enthousiaste à l'idée de regagner la ville qu'il considérait comme la sienne depuis vingt ans. Il avait demandé à Agrippa de continuer à le servir comme valet personnel, mais celui-ci hésitait encore.

— Kosciuszko vit à Society Hill, m'expliqua Grippy. Un quartier chic, avec des gens chics. Le colonel vient d'une famille riche en Pologne, même si on ne s'en douterait pas. Quand les Anglais ont pris la ville en 1777, il a eu peur qu'ils brûlent tout son quartier, mais il a retrouvé sa maison, moins quelques trésors, et il a de grands projets. J'imagine qu'il m'inclut dans ses projets.

Il soupira et frotta ses joues brunes, ruminant sa décision.

— Le général Paterson dit que c'est à moi de choisir. Je suis allé une fois chez le colonel, mais je n'ai pas vraiment envie de m'y établir, même s'il me traite bien, même s'il veut à tout prix que je sois son valet. C'est mieux que la caserne, c'est sûr, et c'est mieux qu'une tente tant qu'on est ici. Il a aussi invité le général à s'installer chez lui.

Mais comme prévu, le général Paterson déclina poliment l'invitation.

— Ma sœur aînée habite également Society Hill. Elle m'attend, ainsi que le soldat Shurtliff. Nous resterons chez elle jusqu'à ce que soit réglée l'affaire qui nous appelle à Philadelphie. Mais le Dr Thatcher doit travailler à l'hôpital provisoire de la caserne jusqu'à notre retour à West Point. Je suis sûr qu'il apprécierait une invitation, colonel, ajouta le général.

Il tapota simplement l'épaule de Grippy et lui rappela qu'il était seul à pouvoir décider.

— Il y aura toujours chez moi une place pour vous, Agrippa Hull. Votre chambre à la Maison Rouge est à vous tant que vous voudrez l'occuper.

— Vous avez Joli, grommela Agrippa en lançant un regard vers moi. J'ai besoin de me sentir utile.

Le général ne dit rien de plus, même s'il sembla se retenir. Nous nous mîmes en selle et, avec la promesse de revenir le lendemain matin, nous empruntâmes les rues qui menaient aux rangées colorées de commerces et de maisons de marchands bordant les quais. Nous croisâmes une charrette remplie de malades présentant différents degrés de détresse. Une femme, écarlate et gémissante, tenait un enfant déjà mort, tandis qu'un homme vomissait sur le côté, le contenu de son estomac se répandant sur les pavés.

Un boutiquier se plaignit sur leur passage et jeta un seau d'eau sur le vomi avant de vaquer à ses occupations. La ville ne se laissa pas impressionner, et poursuivit ses affaires. Le fait que la fièvre jaune n'était pas contagieuse aidait peut-être, mais Philadelphie avait subi une épidémie après l'autre, et aucun endroit du pays n'était mieux préparé à voir tout cela se terminer.

Le général descendit de cheval devant l'échoppe d'un tailleur, dans Elfreth's Alley, et attacha nos rênes à un poteau tandis que je glissais à bas de Sens Commun.

— Mon général ? demandai-je, étonnée.

— Vous ne pouvez vous marier en uniforme, dit-il tout bas. Je dirai que ces achats sont pour ma femme.

J'eus le souffle coupé.

— Je m'attends toujours à ce que vous me pinciez comme les frères Thomas jadis, en affirmant que c'est une bonne blague.

Il m'adressa un regard de défi.

— Vous devez acheter tout ce qu'il vous faut. Des souliers, des bas, une robe – plusieurs robes, je pense. Une garde-robe entière. (Il plissa le front.) Je ne sais pas exactement ce que cela implique.

Je ne le savais pas non plus. Je m'y connaissais en tissu, et en qualité, mais je n'avais jamais rien acheté chez un tailleur, Mrs Thomas et moi cousions nos propres tenues. Néanmoins, je suivis le général dans le magasin.

— Je n'accepte pas les dollars continentaux, monsieur, nous prévint le boutiquier alors que nous entrions.

John hocha la tête, comme s'il s'y attendait, mais cette mise en garde l'irrita. Ce n'était pas la faute du commerçant si le papier était sans valeur, mais cela renforçait l'injustice consistant à payer les soldats avec cette monnaie.

— J'ai besoin d'une garde-robe pour une femme grande et mince, indiqua le général.

— Grande et mince comment ? Il faudrait procéder à des essayages, monsieur.

Le général se tourna vers moi en fronçant les sourcils, et je l'imitai.

— Ce n'est pas possible. Nous ne sommes en ville que pour peu de temps. Sa femme de chambre pourra opérer de petites modifications, mais il lui faut au plus vite une robe du soir. Et peut-être aussi deux robes à porter à la maison.

Le boutiquier se caressa le menton, comme s'il cherchait une solution. Ses yeux étincelèrent.

— Un capitaine de navire a commandé un trousseau pour sa future épouse. Il m'a laissé une somme en dépôt. Il est venu avec la demoiselle pour un essayage. Elle était grande et mince, mais avec un peu de poitrine.

Il plaça les mains sous son buste, comme pour juger du poids de seins imaginaires. J'étais toujours surprise de constater à quel point les hommes parlaient différemment entre eux lorsqu'ils pensaient qu'aucune femme n'était présente. Le général rougit, et l'homme baissa les mains.

— Mais le capitaine et sa fiancée sont morts de la fièvre jaune. Son bateau est encore dans le port. (Il secoua la tête tristement, sans pourtant que ses yeux perdent leur éclat.) Je vous revends le tout, monsieur. Pour votre dame. Et je procéderai gratuitement aux retouches.

— Nous n'avons pas le temps pour vos retouches. Je paierai quelqu'un d'autre pour s'en charger, répliqua le général. Et mon épouse est une dame très exigeante.

Je faillis éclater de rire, mais je parvins à me maîtriser.

— Nous devrons voir les robes, conclut le général.

Le commerçant haussa les épaules, et le marchandage démarra. Le coffre fut ouvert, le contenu étalé – velours, dentelles, rayures et rubans – et un prix fut convenu. Peu après, je suivis le général Paterson hors du magasin, propriétaire d'une garde-robe digne de l'épouse d'un capitaine de navire. Le tout serait livré dans l'heure à une adresse de Society Hill.

***

Dès notre arrivée à Philadelphie, John avait envoyé une lettre à sa sœur, le porteur du message ayant l'ordre d'attendre un retour de courrier. Selon le général, Anne Holmes avait répondu avec effusion et enthousiasme.

— Que lui avez-vous écrit ? m'enquis-je.

Seules quelques minutes – et beaucoup d'argent – séparaient des boutiques des quais la colline que nous gravissions, avec ses demeures majestueuses et ses voitures élégantes.

— Je lui ai dit que j'étais à Philadelphie et que j'allais me marier avec une jeune femme que je connais depuis de nombreuses années. Une amie de la famille. Je voulais savoir si Stephen pourrait célébrer notre union. Il a l'habitude de ce genre de choses. Au début de la guerre, il était aumônier militaire.

— Et lui avez-vous demandé si nous pouvions rester ?

— Je n'ai pas eu à demander. Elle a insisté.

— Oh, John, je ne me sens pas bien.

— Courage, Samson. Et j'aime beaucoup que vous m'appeliez John.

Anne Holmes n'attendit pas que nous ayons frappé à sa grande porte noire, elle s'élança dans l'allée et se jeta dans les bras de son frère avant que j'aie quitté ma selle. Je réunis les rênes de nos deux montures, jusqu'à ce qu'un domestique sorte de la maison, amusé par l'euphorie de Mrs Holmes, et emmène les chevaux à l'écurie, en promettant de leur ôter nos sacoches et de les faire porter dans les quartiers du général. Il ne me demanda pas mon nom ni ne contesta mon statut, et je suivis le général, que sa sœur entraînait vers la maison tout en bavardant.

— Je ne tiens plus en place depuis que j'ai reçu ton message, mon frère. Tout est en ordre. Stephen a l'église à sa disposition, comme tu le sais. Tu dormiras ici cette nuit, bien sûr, et aussi longtemps que tu voudras. J'ai prévenu les domestiques, mais je vois que tu as ton aide de camp. Le révérend et moi, nous partons demain à la première heure pour Trenton. Je suis si heureuse que tu sois arrivé aujourd'hui ! Je t'aurais manqué de peu. La maison sera tout à toi… mais quand verrons-nous miss Samson ? Elle connaissait Elizabeth, c'est charmant. Cela sera mieux pour tes filles. Sont-elles au courant ?

— Non, je n'en ai encore parlé à personne. Tu es la seule, Anne. Je te raconterai tout. Mais entrons.

Il attendit que nous soyons assis dans le salon, où le thé venait d'être servi. J'étais affamée et terrorisée, et je m'assis à un bout du canapé. La tasse que me donna Mrs Holmes cliquetait dans mes mains, et je la posai aussitôt. Elle ne remarqua rien, apparemment. Je mordis dans un biscuit qui se réduisit en poudre dans ma bouche. Je fis une nouvelle tentative avec le thé et réussis à éclabousser ma tunique.

— Deborah ? dit calmement John.

Je levai les yeux et m'aperçus qu'il avait prononcé mon nom plusieurs fois.

— Oui, mon général ?

— Deborah Samson, je vous présente ma sœur Anne Holmes. Anne, voici Deborah.

Sa sœur me dévisagea, déconcertée, et sa tasse se mit elle aussi à cliqueter dans sa soucoupe.

— As-tu perdu la tête, petit frère ? murmura-t-elle. Tu as dit que tu amenais une femme. À épouser. Qui est ce garçon ?

— C'est Deborah Samson, mon aide de camp, et ma future épouse.

J'ôtai mon tricorne et dénouai mes cheveux, mais cela ne suffit pas. Comme tout le monde, Anne Paterson Holmes ne voyait qu'un garçon efflanqué en uniforme. Il était impossible de croire que je puisse être autre chose.

La pauvre femme poussa un gémissement.

— John, je ne comprends pas. Dois-je habiller en femme ton aide de camp... Ou bien cette personne est-elle habillée en homme ?

Je ne bronchai pas. J'avais appris à ne pas me formaliser, mais pour la première fois depuis que j'avais entrepris ma quête, je regrettai de ne pas pouvoir être reconnue.

— Je suis Deborah Samson, madame Holmes. Je suis ravie de vous rencontrer. Je manque peut-être d'un peu d'entraînement, mais je suis bien une femme. Je vous saurais gré pour toute l'assistance que vous pourrez m'apporter. Il y a bien longtemps que je n'ai plus porté de robe, et je n'ai jamais été très habile pour me coiffer.

Sa bouche forma un « o » incrédule, et ses regards allaient et venaient entre son frère et moi.

— Que mijotes-tu, John Paterson ? Cela ne te ressemble pas du tout.

— Non, cela ne me ressemble pas. Je te demande donc, Anne chérie, de me faire confiance. Je n'ai pas beaucoup de temps, et encore moins pour mes affaires personnelles. J'aimerais épouser Deborah avant la fin de la journée. Et le révérend Stephen Holmes, Dieu garde ce saint homme, ne célébrera pas la cérémonie si ma future épouse est en culotte.

Elle gémit à nouveau.

— Stephen ! Qu'est-ce que Stephen va dire ?

Le général prit une voix sévère et se pencha en avant pour obtenir toute l'attention de sa sœur.

— Anne, aide-nous. Je suis venu te voir pour une raison précise. Tu as vu bien des choses et il n'y a personne à qui je me fie davantage. Tu es une vraie patriote, depuis le début.

Elle exhala lentement, ses yeux accrochés au visage de son frère, puis au mien.

— Et peux-tu te fier à elle ? demanda-t-elle.

— Je la connais depuis qu'elle est enfant.

— Ce n'est pas une réponse, John. Tu sais ce que beaucoup d'entre nous ont subi dans cette ville, avec Benedict Arnold et l'épouvantable miss Shippen. Je la connaissais depuis qu'elle était enfant. Cela ne veut rien dire.

Quand les Anglais s'étaient retirés de Philadelphie en 1778, Benedict Arnold avait été nommé commandant militaire de la ville. Peu après, il avait épousé Peggy Shippen, jeune mondaine issue d'une riche famille loyaliste, soupçonnée de l'avoir encouragé et même aidé à déserter.

— Arnold était ambitieux, arrogant et égoïste, mais cette enfant gâtée n'était qu'un vil serpent, poursuivit Anne Holmes avec violence. Ils ont poussé la ville à la faillite et nous ont vendus. Donc je te repose la question : peux-tu te fier à cette femme ?

— Oui, je peux me fier à elle, répondit John. Et il faut que tu te fies à moi.

***

— Qu'est-ce que c'est que ça ? s'exclama Anne Holmes, fronçant les sourcils.

Elle avait mis le doigt sur la bande de tissu que j'utilisais pour me comprimer les seins. Ce vêtement s'effilochait, les bords étaient sales, et il était presque méconnaissable dans son état présent.

— C'est un corset, dis-je.

Je me trouvais dans une baignoire remplie de toutes sortes de sels de bain et de parfums, chaque recoin de ma peau ayant été récuré. Une fois Mrs Holmes convaincue de nous rendre service, elle s'était consacrée à ma transformation avec une vigueur comparable à la mienne.

— Un demi-corset ?

— Oui, madame.

Elle avait exigé que je parle, et je lui avais parlé, tandis que l'on me versait de l'eau sur la tête, rougissant de la tête aux pieds alors qu'elle observait la cicatrice de ma jambe et la longue suture de mon bras. Elle n'avait rien laissé passer, et j'avais patiemment subi cet examen. John avait été envoyé se préparer, et il ne pouvait plus me sauver.

La malle du tailleur était arrivée aussi, et Anne avait étudié chaque pièce une par une, marmonnant pour elle-même.

— Il faudra reprendre ça, ce n'est pas du tout ce qu'il vous faut. En retirant les volants et les nœuds pour refaire les manches, peut-être..., songeait-elle. Vous êtes anguleuse et vos traits sont marqués. Vous avez besoin de couleurs franches, de lignes simples. Rien de superflu. Il ne s'agit pas de vous endimancher ou de vous déguiser. Il faut vous... (Elle plissa le front, cherchant un mot.) Il faut vous... mettre en valeur. Mais ceci fera l'affaire.

Elle brandit une robe d'un beau bleu-gris, assez semblable à la nuance de mon uniforme. Il y avait même des boutons dorés qui défilaient en rangées parallèles sur le devant, jusqu'en bas.

— Vous devrez porter un jupon. Elle n'est pas assez longue, mais avec des fichus blancs au cou et au bout des manches, cela ira.

Comme je n'avais rien à ajouter, je sortis du bain, m'essuyai et me soumis aux préparatifs. Anne convoqua deux bonnes qui m'enveloppèrent, me pincèrent, me torturèrent, me tirèrent en tous sens pendant ce qui me parut des heures.

— Vous êtes maigre mais bien faite, et d'une taille magnifique. Nous allons vous rendre encore plus grande. En France, on se poudre le visage, mais je trouve cela révoltant. Vous avez une peau superbe et des yeux stupéfiants. Nous vous mettrons du rouge sur les joues et les lèvres, juste un peu, et nous coifferons vos cheveux en hauteur.

Je ne discutai pas et elle ne sollicita aucune permission, mais lorsqu'elle me déclara prête, renvoya ses domestiques et me conduisit devant le miroir, je fus ébahie par le résultat.

— J'ai le souffle coupé.

— Moi aussi. Vous êtes renversante.

— Non, je n'arrive pas à respirer. Le corset est trop serré.

— Vous n'êtes pas censée respirer. Vous êtes censée siroter.

— Siroter ?

— Oui, ma chère. Siroter l'air. Vous ne vous rappelez pas ? Vous portez un garrot autour de vos poumons depuis un an et demi. Ceci devrait être facile, en comparaison.

— Je suis peut-être meilleur soldat que femme, dis-je en m'efforçant de suivre son conseil.

— Une femme n'est ni un corset, ni une robe, ni un empilement de cheveux frisés. Vous avez toujours été une femme. Et une femme remarquable, à ce qu'il paraît.

Ce verdict m'étonna, après l'épisode houleux des présentations. Je croisai son regard dans le miroir et elle m'adressa un petit sourire.

— Mon frère ne fait rien sans avoir beaucoup réfléchi. Il retourne chaque question dans tous les sens. Et lorsqu'il prend sa décision, il n'y a plus à discuter. Mais il ne se résout à rien tant que son esprit n'a pas tranché. S'il ne doute pas de vous, je ne doute pas de vous non plus.

— Il est extraordinaire. Et j'ignore pourquoi il veut de moi. Mais c'est ainsi, donc je suis là.

Je secouai la tête, et elle éclata de rire.

— Donc vous êtes là, et nous y voici.

— Je ne peux pas la rendre invisible, John. Elle est trop grande, déclara Anne alors que nous descendions l'escalier.

John nous attendait en bas, son uniforme de gala brossé, ses épaulettes scintillantes. Il m'admirait, les lèvres écartées, la tête inclinée, et je me serais effondrée si je l'avais pu. Ma posture était gouvernée par les baleines du corset, qui me serraient la taille et me redressaient le dos.

— C'est une vraie beauté, ajouta Anne. Il n'y a plus qu'à l'instruire un peu.

— « Beauté », le mot est faible, lâcha John. Je ne sais où regarder.

— Et si l'on nous voit ? m'inquiétai-je. Et si quelqu'un me reconnaît ?

Anne rit et John me rassura.

— Ce soir, vous serez à mes côtés en tant que Deborah Samson. C'est sous ce nom que je vous présenterai. C'est celle que vous êtes.

— Et pourquoi fréquentez-vous quelqu'un comme Deborah Samson ? Qu'ai-je à faire ici ?

— Vous êtes une vieille amie de la famille. Proche de ma défunte épouse, descendante d'un de nos pères fondateurs. Et dans une heure, vous serez ma femme. Voilà ce que vous avez à faire ici.

— Mais… et si quelqu'un me reconnaît ? répétai-je.

— Vous reconnaît ?

— Pour votre aide de camp. Pour Robert Shurtliff !

Anne prit alors la parole :

— Cela n'arrivera pas. Être jolie femme et se déguiser en garçon de seize ans, voilà le plus difficile. Ce rôle-ci est simple.

John me toucha la joue et retira aussitôt sa main, tout à fait conscient d'être observé par sa sœur.

— Ceci n'est pas un déguisement. C'est la réalité. En vous voyant, personne ne pensera à quelqu'un d'autre que Deborah Samson.

— Vous n'arrêtez pas de le dire. Ce n'est pas vrai.

— Qu'est-ce qui n'est pas vrai ? intervint Anne.

— Je ne suis pas belle. C'est pour ça que Robert Shurtliff était crédible.

— Il était crédible parce que croire autre chose aurait été pure folie ! s'exclama Anne.

Mais le général secouait la tête.

— Votre beauté était remarquée, même en garçon. Pourquoi pensez-vous qu'ils vous appellent tous « Joli » ? demanda John.

— Parce que je n'avais pas de poil au menton. C'était pour se moquer de moi.

— C'est parce que vous étiez, parce que vous êtes jolie. Et même un uniforme continental et un regard téméraire n'ont pu le dissimuler. Mais ce soir, personne ne verra Robert Shurtliff en vous regardant. Personne sauf moi. Et j'adore ce garçon-là.

***

Je n'aurais pas dû m'inquiéter. Nous ne croisâmes absolument personne lors de notre courte marche jusqu'à l'église de Pine Street, à quelques minutes de la résidence des Holmes, et personne n'était à l'intérieur sauf le révérend. L'église était un édifice en brique, à colonnes, construit avant la guerre et dévasté sous l'occupation britannique. Transformé en hôpital puis en écurie, le bâtiment avait connu une renaissance et avait été reconsacré, selon Anne, même s'il ne contenait que des cierges dont les flammes vacillaient. Le révérend Holmes, homme d'âge moyen, aux yeux d'un brun profond et à la voix sonore, nous accueillit avec un sourire pour son épouse et en serrant les mains de John. J'ignore ce qu'on lui avait dit, mais j'étais très consciente de ce qui lui avait été caché.

— Stephen, voici Deborah Samson, dit le général.

Le révérend me salua et nous présenta une Bible où nous dûmes apposer notre signature. Anne et son mari signèrent aussi.

Puis les bancs sans paroissiens et les hautes fenêtres aux vitraux neufs furent témoins d'un mariage si impossible et improbable qu'il ressemblait à l'un de mes rêves.

Mais il fut bel et bien célébré. Nous étions mari et femme. John et Deborah, même si jusque-là, j'avais l'impression que Deborah n'avait pas vraiment existé.

— Le livre de l'Apocalypse contient cet avertissement, commença le révérend Holmes.

John me sourit. Tout avait commencé avec l'Apocalypse.

— « Écris donc les choses que tu as vues, et celles qui sont, et celles qui doivent arriver après elles. »

Et je promis de le faire.

***

Nous soupâmes seuls dans une chambre chez Anne, et même si je me sentais belle et admirée grâce à la robe, je ne fus pas du tout mécontente lorsque John m'aida à l'enlever.

Il m'aima alors avec patience et à la perfection, et je l'aimai en retour avec toute la flamme et la fortitude que j'appliquais à tous les autres aspects de mon existence.

— Vous n'êtes pas seulement Samson. Vous êtes Dalila, grommela-t-il, sa bouche et ses mains sur ma peau. Comment est-ce possible ?

— Vous êtes un bon professeur, mon général.

— Vous ne pouvez pas m'appeler « mon général » quand nous sommes couchés, sans habits.

— Alors je vous appellerai « mon cher Mr Paterson ».

— Non.

— « Mon général bien-aimé. »

Il se redressa sur le coude, appuya son pouce sur mon menton et m'embrassa le front.

— C'est mieux. Mais non.

— Je pensais toujours à vous comme au John d'Elizabeth.

Je me détestai aussitôt pour cette confession. J'étais passée directement de l'état de soldat à celui d'épouse, sans jamais avoir été une coquette.

Il ne recula pas, mais devint tristement silencieux.

— Vous n'êtes pas très douée pour ce rôle.

— Je le serai, jurai-je, farouche.

Et la tristesse disparut de ses lèvres.

— Voilà Samson telle que je la connais. Déterminée à exceller en tout.

J'attirai son corps contre le mien, pressée de m'entraîner.

— Que diriez-vous de « mon très cher John » ? suggérai-je, mes lèvres contre les siennes.

— « Mon très cher John » laisse entendre qu'il y a un « mon cher John ». Je veux être votre seul John, murmura-t-il, cajolant ma chair pour qu'elle lui cède une fois de plus.

— Mon seul général.

— Samson… je vous en prie.

— John.

J'avais prononcé son prénom avec un heureux abandon, et cela le fit frémir.

26

Soumettons les faits

J'ÉTAIS LOIN D'AVOIR DORMI ASSEZ. Ma peau était endolorie, ma poitrine était oppressée. Je me sentais partagée entre l'euphorie et l'épouvante, et le général me manquait avec une intensité qui me faisait monter les larmes aux yeux. Il m'avait quittée seulement quelques heures auparavant.

— Je deviens ridicule, chuchotai-je.

Mais cette réprimande ne changea pas le moins du monde ce que j'éprouvais. J'étais désormais une autre créature. Ni Deborah ni Shurtliff, ni aucune version intermédiaire. J'étais une femme, une épouse. Une catin ? Oui, cela aussi. Et comme un serpent abandonnant son ancienne peau, ou comme un oiseau sortant de l'œuf, l'expérience n'était pas entièrement sans douleur.

À l'aube, John m'avait embrassée et s'était levé. Il s'était brossé les dents et avait renoué ses cheveux, exigeant que je reste au lit.

— Vous n'êtes pas mon aide de camp, Deborah. Pas ici. Plus maintenant.

Je ne l'avais pas écouté et j'avais réuni les instruments nécessaires à le raser. Il m'avait attirée sur ses genoux, avait placé ses mains sur mes hanches, et quand j'avais eu terminé, nous étions tous les deux mouchetés de mousse. Le devant de ma nouvelle robe de chambre était tout mouillé par ses baisers.

— C'est un miracle que je ne vous aie pas taillé en pièces, avais-je murmuré contre ses lèvres.

Je m'étais débarrassée du rasoir, et ma robe de chambre avait pris le même chemin. Quand le général avait enfin quitté la jolie maison de Society Hill, il m'avait à nouveau entièrement possédée.

— Je reviendrai ce soir, avait-il dit, pressant sa joue contre la mienne.

Nous n'avions pas encore réglé les détails de ma démobilisation, mais j'étais trop épuisée pour répondre autrement que par :

— Oui, mon général.

— John, insista-t-il.

— Oui, mon général chéri.

J'avais replongé dans le sommeil au son des sabots sur les pavés, et ma dernière pensée avait été pour lui. Quand je me réveillai une heure plus tard, une servante avait disposé une robe et des sous-vêtements, ainsi qu'une paire de pantoufles un rien trop larges et un peu trop courtes. Je ne pouvais croire qu'elle ait pu entrer dans la chambre sans me réveiller, et j'en avais les joues en feu. Je n'étais plus du tout moi-même.

J'enfilai les vêtements, corset inclus, même si je ne le laçai pas aussi serré que l'aurait voulu Anne. J'avais mal partout, je mourais de faim et j'étais toute rouge, mais quand je m'assis à table dans le petit salon, je m'aperçus que je ne pouvais rien manger.

Je me forçai à avaler quelques bouchées, sachant que j'avais besoin de forces. J'étais seule dans la maison, à l'exception des domestiques, et je retournai dans la chambre que j'avais partagée avec John. Mon uniforme, revenu du lavage, était suspendu dans l'armoire, mes chaussures avaient été cirées, mon chapeau brossé, comme si j'avais moi-même un aide de camp.

« Que vais-je bien pouvoir faire de ma journée ? » J'étais lasse, mais me recoucher et dormir m'était une idée si étrangère et si déplaisante que je la chassai immédiatement.

Quand nous avions traversé Philadelphie en partant pour Yorktown, la poussière soulevée par l'armée avait obscurci ma vision, s'était logée entre mes dents et m'avait recouvert les yeux, me rendant incapable d'admirer les merveilles de la célèbre cité. Je voulais me promener, explorer, et je ne pouvais parcourir la ville toute seule. Pas habillée ainsi. Il me faudrait au minimum une personne pour m'accompagner, et je ne voulais pas d'un inconnu à mes trousses.

Mais si je revêtais mon uniforme, je pourrais aller partout où j'en aurais envie. Toute seule.

Je n'y réfléchis pas plus de quelques secondes. J'ôtai ma robe et les jupons encombrants. Je ne trouvai nulle part mon corset coupé en deux. Je fouillai toute la pièce. Je ne voulais pas détruire celui qui m'avait été fourni. Et je n'avais ni ciseaux, ni fil, ni aiguille pour procéder aux ajustements nécessaires.

J'endossai donc mon uniforme sans comprimer mes seins, à peine visibles sous le gilet. Mais je n'osai pas prendre ce risque. L'écharpe bleue que j'avais portée la veille pourrait faire l'affaire. Je la serrai autour de ma poitrine, la croisant par-devant et par-derrière jusqu'à ce que je sois bandée des côtes aux aisselles. Quand je remis ma chemise et mon gilet par-dessus, l'effet était beaucoup plus convaincant.

Je me faufilai par la porte principale sans voir personne, et commençai à marcher, enivrée par ma liberté et ma solitude autant que je l'avais été après avoir quitté les Thomas, quand j'étais partie dans la campagne sans autre projet que de m'enrôler.

Ma joie fut pourtant de courte durée. Je ne me sentais pas bien du tout. Je cherchai un endroit où me reposer un instant, et ma vue se troubla. Je débouchai ma gourde, bus une grande rasade et me remplis le ventre d'eau. Presque aussitôt, l'eau remonta en un flot de bile, et une femme hurla en me montrant du doigt.

— Ce soldat vomit, c'est la fièvre.

— Courez chercher le chariot des malades ! s'écria un commerçant tandis que quelqu'un d'autre jurait.

Je tâtai mon visage. Je ne vomissais pas. Je ne vomissais jamais. Cela ne m'était arrivé que lorsque j'avais eu le mal de mer, lors de la traversée de la baie de Chesapeake, et ce n'était pas la même chose. Mais la chaleur émanant de ma peau était indéniable. Je revins en arrière, mon seul but étant d'atteindre la maison d'Anne avant de vomir à nouveau, mais à peine eus-je fait dix pas que le monde bascula, m'entraînant dans sa culbute, et tout devint noir.

***

J'étais mourante, à moins que je ne sois morte. Je ne m'étais pas représenté la mort ainsi. J'étais dans une salle humide et crasseuse, avec des rangées d'autres hommes morts ou mourants eux aussi, puis je n'y étais plus. Je vacillais comme une chandelle luttant contre un courant d'air. Au-delà de la douleur mais pas au-delà de tout sentiment, mon esprit planait entre mes vies, celle à laquelle je m'accrochais, et celle que j'avais menée auparavant. Deux hommes se battaient pour mes chaussures.

— Elles ne t'iront pas. Ce n'est qu'un gamin.

— Eh bien, ses habits ne nous conviendront ni à toi ni à moi. Trop maigre. C'est vraiment dommage, ils ont l'air neufs.

Agrippa avait tenu à ce nouvel uniforme. « Si tu dois être l'aide de camp du général, tu ne peux pas être en haillons. »

Reverrais-je un jour le général ? Cette pensée m'horrifiait, mais j'étais trop faible pour réagir.

Comment me retrouverait-il ? En aurait-il seulement envie ?

Les discussions au-dessus de mon lit s'estompèrent. J'avais à nouveau dix ans, j'étais juchée sur l'arrière-train d'un cheval au pas lourd, et le révérend Conant me protégeait du froid.

Je ne pouvais pas retourner à Middleborough. J'avais fait honte aux Thomas. Mais j'étais là-bas, le révérend Conant y était aussi, même si ces deux choses étaient impossibles. Il était mort. Je l'étais peut-être aussi. Et il parlait, de la même voix que je me rappelais.

— Il y aura toujours une place pour toi ici, Deborah.

— Où est-ce, ici ?

— Ici, c'est l'endroit où je suis.

— Vous et Elizabeth ?

— Oui.

— Et Nat, Phineas et Jeremiah ? Sont-ils là aussi ?

J'étais envahie par le désir de les retrouver, je voyais les champs où nous avions couru, la maison où nous avions grandi, les lieux que j'avais nommés et aimés.

— Ils sont ici, oui.

Je voyais la maison des Thomas, les fenêtres comme des yeux souriants, la porte ouverte, les garçons surgissaient de la ferme et des champs, me hélant et me faisant signe, et je fus accablée par cet amour.

Je me laissai glisser du cheval, j'avais hâte de les saluer, de les étreindre, d'être réunie à mes frères.

Ils étaient tous là, les amours que j'avais perdus – Nat, Phineas et Jeremiah. Même Beebe, Jimmy et Noble étaient là, comme si eux aussi étaient revenus à la ferme des Thomas après être tombés à Tarrytown.

Mais John n'était pas là. John n'accourait pas pour m'accueillir, en criant mon nom, les bras déployés.

Je me tournai vers Sylvanus qui, toujours sur son vieux cheval, les rênes en main, me regardait avec compassion.

— N'aie pas peur, Deborah, dit-il avec douceur. Ici, tu ne seras pas maltraitée.

C'était ce qu'il avait promis, tant d'années auparavant. Et il ne s'était pas trompé.

— Où est le général ? demandai-je.

— Il n'est pas ici. Il s'est engagé à rester jusqu'au bout.

— Mais je suis son aide de camp. Je suis… sa femme. Je ne peux pas le quitter.

— Alors tu dois repartir. Tu dois continuer à te battre.

Faible, dubitative, je gémis :

— Je ne lui causerai que de la honte. C'est peut-être mieux ainsi.

Le révérend secoua la tête.

— Ce n'est pas mieux. C'est seulement plus facile. Mais tu es une guerrière.

— Je suis une femme.

— Tu es les deux.

Pourtant, j'avais déjà renoncé à la chaude lumière du soleil pour m'élancer dans l'espace semblable à un sombre tunnel. Mes jupes s'emmêlaient autour de mes jambes, et des pages, comme arrachées à un livre, s'envolaient dans le vert sale qui m'entourait soudain. Je n'étais plus dans les champs de Middleborough. J'étais au port. Je me noyais dans le port avec Dorothy May Bradford, et elle pleurait son fils. Son John. Un froid indescriptible ralentissait ma réflexion et me privait de souffle, et cependant je ne luttais pas. J'attendais simplement, je me laissais aspirer vers le fond, mes poumons hurlaient, la lumière se dispersait, je n'aurais pu me libérer.

« Je suis désolée, John. » J'entendais ces mots dans ma tête, mais prononcés par une autre voix. J'y ajoutais la mienne, succombant à mon sort. Nous étions bien connectées, après tout, Dorothy May et moi.

— Je suis désolée, John. Pardonnez-moi. Pardonnez-moi.

***

Je m'éveillai, un grondement de tonnerre dans le cœur, le corps raide et endolori, incapable de bouger, mais je n'étais plus au paradis ni au port, même si la pièce où je me trouvais aurait pu être l'enfer. Une femme allait de lit en lit, et je tentai de l'appeler, mais je ne parvenais à produire aucun son, ni même à soulever ma tête. Le pire était cette paralysie, la sensation d'être détachée de moi-même, comme si mon corps n'était plus à moi, comme si je vivais une autre vie ou mourais de la mort d'un autre.

Un instant après, la femme apparut au-dessus de moi.

— Si jeune et si joli… Le pauvre garçon ! chuchota-t-elle en roulant délicieusement ses « r ».

Elle passa une main sur mes yeux, comme pour les fermer, mais je fis un effort pour les rouvrir. Je battis des paupières et la femme poussa un cri.

— Dieu du ciel ! Vous êtes vivant !

Quand je m'éveillai à nouveau, mon uniforme avait disparu et j'étais propre. Les draps en dessous de moi étaient blancs, celui du dessus était amidonné. Je n'avais toujours aucune force dans mes membres et à peine une idée en tête, mais quelqu'un se tenait à mon chevet, et quand je forçai ma tête à se tourner, je vis deux médecins en grande conversation. L'un d'eux était le Dr Thatcher.

— Ce soldat nous a été amené il y a quelques jours, disait l'inconnu. Il s'était écroulé dans la rue. Personne ne savait qui il était sous son uniforme.

— Son nom est Shurtliff. Il est des nôtres, répondit le Dr Thatcher.

Sa voix se dirigea vers moi, mais je ne pouvais garder les yeux ouverts.

— Va-t-il mourir, docteur Binney ?

— Je l'ai plusieurs fois cru mort. Mais… il… (Le médecin semblait avoir du mal à énoncer le mot et ne le lâcha qu'à contrecœur.) Il s'accroche. J'ignore comment. C'est un coriace, à coup sûr.

— Que peut-on faire d'autre ?

— Au point où nous en sommes… ce soldat vivra ou mourra. Seuls le temps et le repos le diront. Mais je dois vous dire ce que j'ai découvert. Dans son intérêt… à elle.

Je gémis, je voulais protester, mais aucun son ne sortit de mes lèvres. Des larmes coulèrent de mes yeux et ruisselèrent sur mes joues, sans que je puisse lever la main pour les essuyer. Je priai pour mourir ou, mieux encore, pour être anéantie.

— Le soldat Shurtliff est une femme, Thatcher. Elle portait un tissu pour lui lier les seins, et j'ai l'impression qu'elle a reçu une blessure grave à la cuisse. La cicatrice est affreuse. Quelqu'un a retiré la balle, mais sans compétences professionnelles. Je ne serais pas surpris si elle l'avait fait elle-même. Je ne sais comment elle a pu ne pas être démasquée, mais elle a manifestement pris de grandes précautions pour préserver le secret.

Le silence emplit la pièce, et je crus qu'ils étaient partis, ou que j'étais partie, que Robert Shurtliff était bel et bien mort, et que je rêvais. Mais Thatcher reprit la parole ailleurs, comme s'il faisait les cent pas dans la salle.

— Je… je ne peux pas le croire, bredouilla-t-il.

— Je l'ai examinée moi-même, Thatcher. C'est comme je vous le dis. L'infirmier qui l'a trouvée à la morgue a attiré mon attention. Je l'ai fait amener ici, dans cette pièce, pour qu'elle soit seule.

Thatcher semblait abasourdi, mais le Dr Binney poursuivit.

— Était-elle un bon soldat, docteur Thatcher ?

— Oui, selon tous les témoignages. Exemplaire, même. Bon sang, elle est l'aide de camp du général.

— Aide de camp ? D'un général ?

— Oui. Le général Paterson. Il commande tout West Point. Il… il faut l'informer. Du moins… s'il n'a pas quitté la ville. Le général Howe est parti il y a quelques jours avec tout un bataillon.

— Alors que va-t-elle devenir ? s'inquiéta le Dr Binney.

— Si elle ne meurt pas… je ne sais pas, au juste. Mais ça… ça… je ne peux le croire. Il faut en informer le général Paterson. C'est à lui que revient la décision.

— S'il vous plaît…, murmurai-je. S'il vous plaît.

Les deux hommes s'empressèrent de revenir vers moi, le Dr Binney tenta de m'aider à me redresser, mais je pus seulement me mettre sur le côté. Il plaça un oreiller sous ma tête et me versa un peu d'eau dans la bouche.

— Je n'ai jamais vu guérir un malade aussi atteint par la fièvre.

— Jusqu'ici, c'est un patient qui défie les pronostics. À tous points de vue, répliqua le Dr Binney.

Malgré la mine réprobatrice de son confrère, le Dr Thatcher se pencha vers moi pour me questionner.

— Comment vous appelez-vous, madame ? Répondez-moi vite. Le général Paterson sera informé de votre duplicité. Je le laisserai décider ce qu'il doit advenir de vous.

— Ne lui dites rien, je vous en prie, réussis-je à articuler. Le général… ne savait pas.

Si le Dr Binney eut une réaction, je ne l'entendis pas, et je ne m'en souciais plus. Tout était fini. Terminé. Je me laissai glisser, espérant que cette fois je ne me réveillerais plus. Pour John, il vaudrait certainement mieux que je ne me réveille plus.

27

Toute obéissance

Je me déplaçais mais je ne volais pas, je ne planais pas au-dessus de la Terre comme j'avais aspiré à le faire. J'entendais des roues sur des pavés, des secousses et des grincements aussi identifiables que l'homme qui me portait.

— On y est presque, mon général. On y est presque, dit Grippy.

C'était la nuit, ou peut-être les ténèbres n'étaient-elles que le poids de mes paupières qui ne pouvaient s'ouvrir.

— John ?

Le frisson de ses bras et de sa poitrine me parcourut à mon tour. Je n'étais que terreur et espoir mêlés d'humiliation. Il resserra son étreinte et appuya ses lèvres sur mon front.

— Tenez bon, Samson.

— Agrippa… sait-il ?

— Oui. Il sait que vous êtes ma femme.

— Oh, John, je suis désolée.

— Ne dites pas cela.

La colère faisait trembler sa voix, à moins que ce ne soit le chagrin. Dans l'obscurité du véhicule, je ne pouvais que deviner.

— Thatcher… a-t-il… ?

— Oui. Thatcher m'a dit où vous étiez.

— Je ne peux pas retourner à West Point.

— Non. Nous ne pouvons ni l'un ni l'autre, je le crains.

— Pardonnez-moi, mon général, implorai-je. Je voulais… seulement… rester avec vous.

— Ne me quittez pas, Samson. Promettez-moi de ne pas me quitter.

Je parvenais à former des phrases simples. C'était un énorme progrès, et je lui aurais fait cette réponse, cette promesse, si je n'avais pas à nouveau perdu connaissance, bercée dans ses bras anxieux.

***

— John ?

Le poids de sa main reposait sur mes cheveux et sur ma joue, caressant et immuable, et j'y enfonçai mon visage, cherchant sa paume rugueuse et le parfum de sa peau. Il prononça mon nom. À chaque réveil j'étais un peu plus forte, et chaque fois le général était là, veillant à mes besoins.

Il m'apporta un verre d'eau et exigea de me donner à la becquée un peu de pain et de bouillon, même si j'affirmai que j'étais capable de m'alimenter seule. La lueur de la chandelle trembla, j'avais perdu toute notion du temps, et j'avais désespérément besoin d'aller aux toilettes, de me baigner et de respirer un peu d'air frais.

Quand je demandai, tout cela me fut offert, John refusant de confier aucune de ces tâches à sa sœur ou à ses domestiques. C'était bien étrange d'être étendue nue dans ses bras, sans passion, et plus étrange encore d'être lavée, habillée et nourrie, mais il ne tenait aucun compte de mes protestations, si faibles qu'elles soient.

Lorsqu'il m'eut bordée dans notre lit nuptial, il ouvrit une fenêtre et se rassit sur la chaise qu'il avait à peine quittée. Je luttai contre l'attraction du sommeil et voulus lui prendre la main. Je voulais un récit des événements. Il avait l'air éteint, aussi je redoutais le pire.

— Contez-moi ce qui s'est passé.

Il inspira profondément, comme si lui aussi avait eu besoin d'un bon bol d'air, et se mit à parler :

— Le Dr Thatcher est venu me voir mercredi soir et m'a dit que vous étiez à l'hôpital, entre la vie et la mort. Il osait à peine me regarder lorsqu'il m'a signalé que vous n'étiez pas ce que vous sembliez. (Il s'éclaircit la gorge.) J'étais sous le choc, et il s'est mépris sur ma réaction, où il a vu… de la surprise. Je ne l'ai pas détrompé. Il pense toujours que je n'étais pas au courant.

— Dieu soit loué. Je craignais que vous n'avouiez tout.

Il lutta pour recouvrer son sang-froid, et le perdit plusieurs fois, sa main saisissant la mienne, avant de reprendre la parole.

— Il prétend que vous l'avez supplié de ne rien me dire. Pourquoi, Samson ? Pourquoi avoir fait cela ?

— Je voulais seulement… vous protéger.

Il posa sa tête à côté de moi sur le lit, ses larges épaules frémissant, et il gémit dans le matelas pour étouffer le son de son propre tourment. Je plaçai ma main sur ses cheveux, car j'avais besoin de le toucher, et je ne pouvais en faire davantage.

— Je croyais que vous vous étiez enfuie ! s'exclama-t-il. Je suis revenu ici, chez Anne, et vous n'étiez plus là. Anne et Stephen étaient partis pour Trenton, les domestiques ignoraient tout. Et moi… j'étais convaincu de vous avoir fait fuir. Votre uniforme avait disparu. J'ai cru que vous aviez disparu également.

— Je ne me laisse pas effaroucher aussi facilement, mon général.

Je tentai de sourire, pour qu'il sourie lui aussi, mais il ne releva pas la tête.

— Pourquoi êtes-vous partie ?

— Je voulais me promener seule. La robe me prive de toute liberté. Je ne savais pas que j'étais malade… vraiment malade… Je ne l'ai su que trop tard.

— Mon père est mort de la fièvre jaune, murmura-t-il. Cette maladie est foudroyante. Il est tombé inconscient, exactement comme vous. Et il ne s'est jamais réveillé.

— Je suis désolée, John.

Je ne pouvais rien dire d'autre. C'était la vérité. J'étais réellement, désespérément désolée. J'étais si faible que je pouvais à peine bouger, mais mon esprit était clair, et je savais que j'allais guérir. Je n'étais pas sûre que le général s'en remettrait. Il n'avait pas relevé la tête, je ne voyais pas ses yeux, et il irradiait le désespoir.

— Mon uniforme est perdu, murmurai-je. Ils me l'ont pris.

Ce n'était pas le détail le plus important, mais il signifiait quelque chose de plus profond, quelque chose que nous allions devoir affronter. John ne portait pas non plus son uniforme.

— Non. Je l'ai récupéré. Je savais que vous le voudriez. Grippy portait vos affaires, moi je vous portais. Personne ne nous a vus sortir de l'hôpital à part le

Dr Binney. Il se demandait ce que vous alliez devenir. C'est un homme… très bien.

Le général avait pensé à récupérer mon uniforme. En cet instant, je l'aimai plus que je l'avais jamais aimé, et des larmes jaillirent au coin de mes yeux, mouillant mon oreiller. Pendant plusieurs instants silencieux, je refoulai mes émotions tout comme j'avais comprimé mes seins, en les enveloppant bien pour les rendre invisibles. Mais ce temps-là était passé, et j'avais une nouvelle mission.

— Ce que je vais devenir ? dis-je après plusieurs minutes d'un silence pesant. Et qu'allez-vous devenir, vous ?

Il releva enfin la tête.

— J'ai assuré le Dr Binney et le Dr Thatcher que je veillerais à ce qu'aucune accusation ne soit formulée contre vous. J'avais l'impression de vous trahir en ne leur expliquant pas qui vous étiez, ce que vous représentiez pour moi… mais il me semblait qu'il n'y aurait aucun avantage à faire connaître notre relation ou à vous exposer plus encore.

Je l'examinai, les yeux mouillés, respirant à peine. Il me dévisagea à son tour, le regard terne, la mâchoire serrée.

— Je me suis occupé de ce qui m'avait amené à Philadelphie. Mon travail ici est accompli, et j'ai demandé une permission de trente jours, au terme de laquelle je démissionnerai. Nous irons à Lenox quand vous serez guérie. Si c'est ce que vous désirez. Est-ce ce que vous désirez, Deborah ? Suis-je ce que vous désirez ? Ou n'ai-je fait que piétiner vos vœux pour exaucer mes propres souhaits ?

— Oh, John, vous êtes le seul homme que je désire, sur la Terre ou au ciel. Mais vous ne pouvez pas démissionner. Vous ne vous le pardonneriez jamais. Et je ne me le pardonnerais jamais.

— Pourquoi ?

— Je ne veux pas être la raison pour laquelle vous avez brisé votre parole. Vous vous êtes engagé envers vos hommes. Vous leur avez promis de rester jusqu'à la fin de cette guerre. Vous l'avez promis à Phineas.

Il quitta sa chaise, agité, chacun de ses pas traduisant son tourment, et décrivit lentement un cercle à travers la pièce, s'arrêtant pour inspirer l'air de la nuit avant de revenir à mon chevet.

— J'ai manifestement fait plus de promesses que je n'en puis tenir. Il y a neuf jours, je vous ai fait une promesse devant Dieu. Et vous m'avez été ravie le lendemain. Je ne puis vous quitter, c'est impossible. Pas maintenant. Je n'en ai pas la force. Et vous ne pouvez pas venir avec moi à West Point. La discrétion du Dr Thatcher a ses limites. Il cessera de se taire si nous voulons continuer comme avant. Un journal a imprimé aujourd'hui une histoire très semblable à la nôtre, même si aucun nom n'y figure.

— Le Dr Thatcher m'a connue quand j'étais enfant. Il connaissait Deborah Samson. Et pourtant, il n'avait pas deviné ?

John secoua la tête.

— Donc Grippy… est le seul à savoir… tout ?

— Oui. Lui et Anne. Elle et Stephen sont revenus aujourd'hui. Je laisse Anne informer le révérend, mais pour le moment, il sait seulement que vous avez été malade.

— Agrippa parlera-t-il ?

— Non. Personne n'est plus loyal qu'Agrippa Hull, même s'il est encore sous le choc. Je pense qu'il se sent un peu… bête. Et intimidé. Il dit qu'il aurait dû deviner.

Il vous soupçonnait de fuir quelque chose, mais il ignorait quoi. Et il ne peut pas croire que je vous aie épousée.

— Eh bien… Le choc est aussi grand pour moi.

Muet, le général m'examina d'un air morose.

— Restera-t-il avec vous ? Et veillera-t-il sur vous ? demandai-je. Il pourrait vous servir d'aide de camp.

— Je ne peux pas retourner dans les hautes terres, affirma le général.

Mais c'était l'amour qui parlait en lui, et non le devoir. Pourtant, John Paterson était avant tout un homme de devoir. Il savait ce qu'il avait à faire. Simplement, il ne voulait pas le faire.

— Vous le pouvez. Et vous le devez, mon général.

Il émit une sorte de mugissement, comme pour écarter la réalité.

— Il fut un temps où je voulais être quelqu'un, dit-il. Quand je rêvais en secret que mon nom soit sur toutes les lèvres et que mes actions soient connues des hommes. Benedict Arnold voulait être quelqu'un, lui aussi. Et il a réussi. (Il se passa les mains dans les cheveux et secoua la tête.) Il sera toujours quelqu'un… Voilà le plus curieux. Il a exactement ce qu'il voulait. La renommée. Personne n'oubliera jamais le nom de Benedict Arnold.

— Dieu ne manque pas d'humour, à Sa manière.

— Il nous donne ce que nous demandons. Il satisfait les souhaits les plus absurdes, les plus criminels. J'ai donc appris à ne rien demander. Même vous, je ne vous ai pas demandée. J'ai simplement pris ce que je voulais. Et voyez ce qui est arrivé.

— Qu'est-il arrivé, John ? Dites-moi.

— Personne ne se souviendra de John Paterson, et cela m'est bien égal. Vous le savez. Mais les efforts, les sacrifices, le temps que j'ai consacrés à la cause, je veux croire que cela compte. La gloire ne m'appartient pas, elle n'est à personne. La gloire est ce que Dieu fait de nos sacrifices. Mais vous êtes un sacrifice que je ne suis pas prêt à accomplir. Et Dieu le sait. Je ne puis vous perdre… et je suis convaincu que c'est exactement ce qui va arriver.

— Vous ne me perdrez pas. Je vous suivrai partout.

Les larmes aux yeux, il serra les poings.

— Mais vous ne pouvez pas me suivre, Samson. Vous ne pouvez plus. Vous ne pouvez même pas rester ici, à Philadelphie. Comprenez-vous ?

— Oui.

— Je veux être avec vous. Je veux tellement être avec vous que je vous ai enchaînée à moi pour que vous ne puissiez pas vous en aller. Et cependant… vous avez failli mourir. (Il secoua la tête.) Je ne suis pas aux commandes ici. Pas du tout. Je ne l'ai jamais été.

— Je suis là, mon général bien-aimé !

Lorsqu'il entendit ces mots affectueux, sa bouche fut prise d'un tremblement. John Paterson n'avait pas été aimé comme il le méritait, et je me levai, soucieuse d'y remédier, cependant il me prit les mains et déposa un baiser dans chaque paume avant de me laisser les poser sur ses joues hirsutes.

— À l'instant où je ne vous vois plus, je crains de ne plus vous revoir. Mais si je dois aller jusqu'au bout et faire ce que j'ai promis… (Il frémit à nouveau comme s'il ne pouvait le supporter.) Si je dois tenir parole, alors je ne puis rester avec vous, et vous ne pouvez plus être soldat.

— Je le sais. Je vous attendrai donc. Aussi longtemps qu'il le faudra.

Ses épaules s'affaissèrent comme si je venais de lui accorder mon pardon. Il appuya sa tête contre moi et m'enlaça la taille. Je lui caressai les cheveux, savourant le poids de son corps et le don d'une journée supplémentaire.

— Il y a des hommes et des femmes qui ont la chance d'envisager une mission plus vaste, de comprendre les phénomènes qui vont bien au-delà de leur propre vie, dis-je. C'est ce qui me donne espoir, c'est ce qui me fait croire que toute cette souffrance vaudra bien plus qu'aucun d'entre nous. Vous êtes l'un de ces hommes, mon général. Et je veux être l'une de ces femmes.

— Me le promettez-vous ? Promettez-vous qu'il ne vous arrivera rien ? Que vous concentrerez toute la formidable énergie de Samson pour vous maintenir en vie et en bonne santé jusqu'à ce que nous puissions être réunis ?

— Je le promets. Et quand tout cela sera fini, je vous attendrai à Lenox.

***

Grippy me rendit visite avant de repartir pour West Point avec le général. Je portais une robe et la femme de chambre d'Anne m'avait coiffée, mais lorsqu'il me regarda, ses yeux bruns écarquillés, le chapeau à la main, je fus ramenée à ce premier jour chez les Thomas, où les frères avaient ouvertement exprimé leur opinion peu flatteuse sur mon physique.

— Je n'ai toujours pas très fière allure, n'est-ce pas ? Même en robe. Je n'ai jamais été une jolie fille.

Je voulais le faire sourire, au lieu de quoi ses yeux se mirent à briller.

— Je suis un imbécile, marmonna-t-il.

— Pourquoi ?

— Je ne vous ai pas bien traitée. Je me suis moqué de votre apparence.

— Vous m'avez traitée exactement comme je voulais être traitée, comme tous les autres soldats de West Point. Vous étiez mon ami.

Il put enfin souffler plus librement

— Nous sommes amis, hein, Joli ? Vous permettez que je vous appelle ainsi ?

— Oui, Agrippa. Nous sommes amis. Et « Joli » ne me dérange pas du tout.

— Très bien. Il faut que je m'habitue à Deborah. À Mrs Paterson.

Il secoua la tête comme si le choc ne s'était pas encore dissipé.

— Je vous ai menti sur qui j'étais, Grippy. Je suis désolée. Mais je n'ai jamais menti sur le reste.

— Le général m'a raconté l'essentiel. Vous êtes une sacrée femme, Joli. Je le disais bien, que vous cachiez votre jeu.

J'acquiesçai, et nous nous tûmes un moment.

— Vous allez partir pour Lenox, c'est bien.

Il ne paraissait pas convaincu. Je n'étais pas convaincue non plus, mais je ne comptais pas sur des encouragements de la part d'Agrippa Hull. J'avais besoin de promesses.

— Vous veillerez sur le général Paterson, n'est-ce pas ? Vous lui remonterez le moral et vous ferez en sorte qu'il mange, dorme et revienne de ces longues promenades qu'il fait ?

— Oui, madame. Promis.

— Et vous le protégerez, ainsi que sa réputation, contre ceux qui pourraient avoir entendu parler de moi ? m'empressai-je d'ajouter. Je ne suis pas Benedict Arnold, mais je ne veux pas que mon nom salisse le général. Aucun de mes noms. Je sais nettoyer derrière moi.

Son regard s'adoucit, et il se mit à sourire.

— Votre secret ne craint rien avec moi, Joli. Vous vous rappelez ce que j'ai dit ? Vous n'avez plus rien à craindre. Vous êtes des nôtres, à présent, et je veille sur les miens.

28

Conclure la paix

12 juin 1783

Chère Elizabeth,

La maison de Lenox est exactement comme vous la décriviez, jusqu'aux fleurs des tapis et à la couleur des murs. Quand j'ai touché la rampe de l'escalier, je me suis rappelé combien vous aimiez son contact lorsque vous montiez les marches.

L'extérieur, c'est John, majestueux et solide, d'un charme classique, mais l'intérieur est un lieu créé par et pour des femmes. La présence de John n'est visible nulle part dans les meubles et la décoration, mais son absence – huit ans d'absence, avec seulement de brèves permissions – se fait profondément ressentir.

Vous êtes ici, dans cette maison. Vous êtes présente à travers le visage de vos enfants. Ce ne sont plus de petites filles. Ruthie a neuf ans, Polly onze et Hannah presque treize. Hannah est grande. Quand John disait qu'elle vous ressemblait, je pensais qu'elle serait petite. Mais elle est brune, mince et belle, et presque aussi grande que moi.

Ruthie ressemble bien à John, comme il le disait, mais elle est bruyante alors qu'il est réservé, exigeante alors qu'il ne pense qu'à son devoir. Elle est la vie de la maisonnée et réclame toute mon attention. Peut-être parce qu'elle en a le plus besoin, comme autrefois Jeremiah. Polly doit être celle qui vous ressemble le plus, par l'aspect comme par le comportement. Elle est résolue à tout faire bien, mais se débat avec sa mauvaise santé. Cela la rend d'autant plus déterminée, et j'ai commencé à lui apprendre l'art de tisser.

Lorsqu'il reviendra, le pauvre John découvrira des filles qui ont grandi sans lui.

Il me manque terriblement, mais j'en viens à penser que c'est pour le mieux ; cela me laisse le temps de m'ajuster à votre foyer, à vos murs et à vos pas qui s'attardent encore sur les planchers et dans le cœur de vos filles. Je suis fâchée à l'idée que le général avait raison de vouloir que je vienne ici, à Lenox. Il est assez exaspérant, sur ce point, n'est-ce pas ? Il fait toujours le bon choix, il sait toujours ce qui est le mieux. On pourrait dire que sa décision de tomber amoureux de moi fut la seule exception à cette règle.

Nous avons repris notre existence antérieure, John et moi, du temps où nous écrivions et lisions nos lettres. Il est à la fois ancien et nouveau, il est à vous et à moi lorsque je lis ses messages, mais j'aime John Paterson sous toutes ses formes.

Je vois John dans sa mère et ses sœurs, Mary, Anne et Sarah. Elles ont comme lui les yeux pâles et le front généreux, la bouche en cœur et les boucles brun-roux, même si Mrs Paterson a les cheveux blancs comme neige. Elles sont belles, bien faites et bien élevées, et elles m'ont accueillie à bras ouverts. En cela aussi, elles lui ressemblent.

Anne et le révérend Holmes m'ont conduite de Society Hill, à Philadelphie, jusqu'à Paterson House, à Lenox, Massachusetts. Le trajet a pris deux semaines avec cet attelage ridicule ; si je n'avais pas encore été faible, et accoutrée d'une robe inconfortable, j'aurais préféré faire le chemin à pied ou montée sur Sens Commun, qui était également du voyage.

Le général avait pris toutes les dispositions nécessaires, privées et publiques. Morris, Maggie et Amos Clay sont arrivés à Lenox avant moi, ayant en main une lettre de John Paterson les déclarant affranchis, ainsi qu'un petit contingent de soldats démobilisés et chargés de les escorter jusqu'ici.

Imaginez ma surprise quand Morris vint accueillir la voiture des Holmes ! J'avoue avoir pleuré lorsque j'ai compris ce que le général avait fait, et je me suis jetée au cou de Morris, qui a enduré ces embrassades avec stoïcisme, tout comme moi la première fois que John m'a étreinte.

Le général ne nous avait avertis ni l'un ni l'autre, mais quand Morris m'a vue, il a simplement secoué la tête en disant : « Eh bien, ça alors. Maggie m'a expliqué que vous étiez une femme, et la femme du général, en plus, mais je ne l'avais pas crue. » J'aurais dû me douter que Maggie devinerait la vérité. Les femmes m'ont toujours démasquée.

Le jour de mon arrivée à Lenox fut étrangement semblable à celui de mon arrivée chez les Thomas. Les deux maisons étaient pleines d'inconnus qui avaient besoin de moi, et j'ai dû trouver ma place et mon rôle. Je m'aperçois maintenant que toute ma vie m'a préparée à cela. Par bien des côtés, vous m'y avez préparée aussi.

Cette fois, pourtant, je n'avais aucune expérience du rôle que j'étais censée jouer à Paterson House. Je n'avais encore jamais été épouse ou mère, et au lieu d'être mise à l'ouvrage ou d'être logée avec les domestiques, j'ai découvert une chambre qui avait jadis été la vôtre, une chambre où se trouvaient encore tous vos effets personnels – même vos habits dans la garde-robe.

J'ai trouvé mes lettres – dix années de correspondance – dans un coffret au pied de votre lit. C'est encore votre lit. Votre maison. Vos filles. Votre monde. Même… votre John, bien qu'il ait déjà été un peu le mien. Les lettres sont jaunies, usées, comme si vous les aviez beaucoup lues. C'était étrange de les voir ainsi réunies, de voir mon écriture changer, mûrir, grandir avec moi.

Un soir, Hannah m'a surprise en train de les relire et elle a convoqué ses sœurs pour exiger que je « cesse de fouiller dans les affaires de sa mère ». Je lui ai montré mon nom en bas de chaque lettre.

« Votre mère fut ma toute première amie. Ces affaires sont à moi aussi. »

Hannah m'a dévisagée d'un air méfiant.

« Je lui écrivais autrefois. Je lui ai beaucoup écrit. Et elle me répondait. C'était une femme d'importance, elle était tout ce que je n'étais pas.

— Vous avez un air différent, a déclaré Ruthie. C'est Grand-Mère qui le dit.

— Ruthie, ce n'est pas gentil, l'a grondée Polly. On ne doit pas répéter les conversations privées.

— Ce n'était pas privé si nous l'avons toutes entendu », a répliqué Ruthie sans une once de remords.

Polly a essayé de jouer les intermédiaires :

« Il n'y a rien de mal à être différent.

— Grand-Mère dit que vous êtes frappante, a avoué Hannah. D'après Tante Anne, il y a en vous quelque chose de perturbant. »

John m'avait tenu le même discours, mais je me suis bien gardé de le leur répéter.

« Voudriez-vous que je vous lise ces lettres ? » ai-je proposé. Il était tard, et elles auraient dû être couchées, mais je sentais un miracle au bout de mes doigts. Quelque chose qui nous unissait toutes. Elles se sont assises autour de moi et j'ai lu, en commençant par cette toute première lettre, datée du 27 mars 1771, qui commençait ainsi :

« Chère miss Elizabeth,

Je m'appelle Deborah Samson. Vous avez été prévenue que j'allais vous écrire, j'en suis certaine. Je ne suis pas très accomplie dans l'art d'écrire, mais j'espère le devenir. Je promets que je m'efforcerai de rendre mes lettres intéressantes afin que vous preniez plaisir à les lire et que vous m'autorisiez à continuer. Le révérend Conant me dit que vous êtes gentille, belle et intelligente. Je ne suis pas belle, mais j'essaye d'être gentille, et je suis très intelligente. »

Avec chaque lettre, je me présentais à elles, comme je m'étais jadis présentée à vous. Je vous en ai tant écrit que je n'ai pu en lire que quelques-unes ce soir-là, mais les filles se sont rapprochées de moi comme elles ne l'auraient jamais fait sans notre correspondance. J'ai pleuré de gratitude, que vous ayez conservé chacune de ces missives et que vous m'ayez ainsi ouvert un accès à votre vie. À leur vie. Vous nous avez toutes préparées.

Cette lecture s'est poursuivie le lendemain, et le surlendemain. Elles aiment que je lise les lettres à haute voix, sous l'arbre au pied duquel vous êtes enterrée. Elles l'appellent l'Arbre de Maman, et je me demande si vous n'êtes pas là à écouter avec elles. Elles rient de la sotte que j'étais et de la sotte que je suis, et s'étonnent que vous ayez un jour été ma plus chère amie. Je m'en étonne moi aussi, et j'ai toujours en tête le verset 9 du chapitre XVI du livre des Prophètes : « Le cœur de l'homme médite sa voie, mais c'est l'Éternel qui dirige ses pas. »

Toutes mes voies, tous mes pas, m'ont conduite ici.

Deborah

***

Le général John Paterson rentra chez lui pour de bon en décembre 1783. Lorsqu'il avait quitté Lenox, un samedi matin de 1775, les treize colonies étaient délimitées à l'ouest par les monts Allegheny. Fin 1783, lorsqu'il démissionna, Lenox n'était plus à la frontière. L'Amérique s'étendait à l'ouest vers le Mississippi.

En neuf ans, il n'était revenu que deux fois. La première, pour enterrer sa sœur Ruth en 1777, et la deuxième, pour inhumer son épouse. Il ne nous avait pas averties de son retour, même si nous le guettions depuis que des soldats commençaient à regagner leur foyer après le Traité de Paris.

Bien sûr, il fut le dernier à rentrer. Il avait promis de rester jusqu'au bout.

Je le vis d'une fenêtre de l'étage, silhouette solitaire sur un cheval blanc. À la fourche de Stockbridge, Agrippa était parti vers la gauche et John vers la droite. Je l'aperçus alors qu'il était encore loin, simple point au bout de la longue route droite traversant Lenox.

La jeune fille que j'avais jadis été aurait retroussé ses jupes et couru à sa rencontre, élargissant pour l'occasion sa foulée et son cœur. Pourtant, si j'avais le cœur battant, mes jambes ne pouvaient courir, et je marchai simplement jusqu'au saule. J'avais besoin d'un moment avec Elizabeth avant de saluer notre bien-aimé John.

Cela laissait aux nombreuses autres femmes de sa vie le temps de l'accueillir. J'entendis crier Ruthie, sangloter Polly, et Hannah leur conseiller à toutes deux de faire moins de bruit. Puis il y eut des rires, des bavardages, de vigoureuses embrassades, et enfin mon nom sur les lèvres de John.

— Où est mon épouse ? demanda-t-il.

Je détectai un frisson de doute. Craignait-il vraiment que je ne l'aie pas attendu ?

— Elle est sous le saule avec Maman, lui apprit Ruthie, à lui ainsi qu'à tout le monde à trois lieues à la ronde.

— Elle a dit qu'il était juste que Maman partage ton retour triomphant, expliqua Polly, répétant mot pour mot mes propos.

— Ah, je reconnais bien Samson, soupira-t-il avec soulagement.

— Nous l'aimons toutes, Papa.

— Moi, je l'adore, déclara Ruthie, toujours en concurrence avec ses sœurs.

— Je ne l'aimerai jamais autant que j'aimais Maman, prévint Hannah. Mais ça ira.

— Merci, Hannah. Quand es-tu devenue aussi grande, toi ? s'enquit John, le désarroi se mêlant à son ravissement.

— J'ai toujours été grande, Papa. Simplement, comme tu es immense, tu ne t'en étais jamais aperçu.

Mrs Paterson intervint alors, Dieu la bénisse.

— Allons, les filles, rentrons et accordons un moment à votre père et à Deborah.

— Et à Maman, lui rappela Hannah.

— Et à votre mère, se reprit Mrs Paterson. Bonté divine, quel étrange assemblage nous formons.

Je les entendis s'éloigner tandis qu'il venait vers moi, et alors que j'avais le dos tourné, je fermai les yeux pour entendre ses pas, comme je l'avais fait à la Maison Rouge, quand je devinais sa présence, anticipant chaque instant que je pourrais passer avec lui.

— J'aimerais à nouveau sentir ce regard redoutable sur mon visage, dit-il en s'arrêtant non loin de l'arbre, avec la pierre tombale d'Elizabeth entre nous.

Je tendis la main et touchai la surface froide, pour saluer la défunte, puis je promenai mes mains sur la robe bleue que j'avais mise pour me marier. J'avais dû la porter de nombreuses fois depuis – on ne laisse pas se gâter une bonne robe – mais dès l'instant où j'avais repéré John de ma fenêtre, j'avais couru l'enfiler, voulant que notre mariage reprenne là où nous en étions restés. Je n'avais pas eu le temps d'arranger mes cheveux, et je les avais rassemblés en une natte, beaucoup plus longue que celle de Shurtliff, mais j'aimais la combinaison de la robe et du catogan de soldat.

— Bienvenue, mon général.

Je me retournai légèrement, incapable de dissimuler mon sourire. Mieux valait rire que pleurer, mais je vis ensuite son visage, chacun de ses traits chers et parfaits, et je ne pus plaisanter ou l'appeler « mon général ». Je ne pus que le contempler et l'absorber. Il était impossible qu'un homme sali par le chemin et par le vent, fatigué et désorienté, puisse encore ressembler à John Paterson.

Impossible.

— Je ne peux plus respirer, dit-il. En vous regardant… je ne peux plus respirer.

— Moi non plus. Je ne respire plus depuis Philadelphie, depuis qu'Anne m'a transformée en fille.

La joie étonnée fendit ses joues et ouvrit ses lèvres, et nous rîmes ensemble parmi nos larmes.

— Dieu soit loué pour Anne, dit-il en essuyant ses joues.

Nous nous regardions sans nous rapprocher, prolongeant cette allégresse incompréhensible des retrouvailles.

Il se baissa et ramassa près de la tombe d'Elizabeth un caillou dont il retira la neige et la poussière. Je crus qu'il allait le poser sur le monument pour honorer sa mémoire, mais il montra cette petite pierre lisse, ordinaire et sans rien de remarquable, au creux de sa paume.

— Vous m'avez dit un jour que vous aimiez en grande ou en petite quantité.

— Vous vous en souvenez ?

— Oui. Vous disiez que votre amour pour moi était une montagne qui s'était abattue sur vous.

Sa voix trembla, et il serra le caillou dans ses doigts.

Je hochai la tête et appuyai une main sur mon cœur, de peur qu'il n'éclate et sorte de ma poitrine.

— Quelle est la quantité aujourd'hui, Samson ?

Comme je ne supportais plus la distance qui s'étendait entre nous, je volai dans ses bras, faisant tomber son chapeau à terre et reprenant de l'air dans mes poumons. Il me souleva et m'embrassa sans attendre que je réponde, affamé et sans retenue, son ardeur et son soulagement n'ayant d'égaux que les miens.

— Mon amour pour vous, même Samson ne pourrait le renverser, avouai-je. Même Samson.

29

Cette déclaration

MA MÈRE MOURUT sans connaître mon histoire. Elle avait terminé sa vie chez sa sœur, à Plymouth. Elle n'avait pas cherché à me rendre visite, et n'avait pas souhaité que j'aille la voir. Elle n'avait jamais demandé où j'étais allée ni ce que j'avais fait après avoir quitté les Thomas, et je supposais qu'elle ne voulait pas le savoir. Je supposais que personne ne voulait vraiment savoir. Mieux valait que cela reste un mystère. Je lui écrivais des lettres sans forme ni couleur, composées de petits détails exsangues qui résumaient toute ma vie, et elle n'en réclama jamais davantage.

J'ai épousé le général John Paterson, de Lenox, Massachusetts, un veuf dont j'ai fait la connaissance il y a bien des années. Il possède une belle maison. Je vais bien. Deborah

J'ai donné naissance à un fils. Nous l'avons appelé John Paterson, comme son père et son grand-père. Je vais bien. Deborah

J'ai donné naissance à une fille. Nous l'avons appelée Elizabeth. Nous allons tous bien. Deborah

Elle me répondait sur le même ton, par de brèves nouvelles des frères et sœur que je ne connaissais pas et de villageois que j'avais oubliés. Et elle terminait toujours ses lettres comme moi – « Je vais bien » – et nous ne cherchions jamais à déterminer si c'était vrai ou faux.

Ces lettres échangées traversaient bien des lieues, bien des années. Jusqu'au jour où je reçus de sa sœur un message pas très différent de tous les autres. Un message court, sans émotion, mais avec une légère variante à la fin.

Ta mère est morte mardi dernier. Je ne pense pas que ce soit une surprise. Elle n'allait pas bien.

J'envoyai de l'argent pour l'enterrement, ainsi que pour mon oncle et ma tante, et je reçus leurs remerciements, un paquet de lettres et un récit historique que ma mère avait rédigé d'après le journal intime de William Bradford. À l'intérieur, une dédicace avait été tracée d'une main incertaine : « Pour Deborah, de la part de Maman. » Les lettres étaient celles que je lui avais écrites, reliées par un ruban, la chronique de quinze années. En dehors de mon nom et de mon écriture soignée – des pleins et des déliés parfaitement tracés –, il n'y avait pas grand-chose de moi sur chaque page. Je ne voyais vraiment pas pourquoi elle les avait gardées.

Je tentai de lire le récit historique, mais chaque mot était une blessure, un reproche, et je le rangeai dans le coffret d'Elizabeth au pied de mon lit, là où elle conservait mes lettres. Au fil des années, j'avais aussi ajouté mes trésors dans ce coffret. Mon uniforme, entre autres.

Quand je l'essayais, je ne pouvais plus boutonner la tunique par-dessus mes seins, et elle sentait le cheval et le feu de camp. Sous cette puanteur perçait une odeur de mousse à raser, de graisse à cheveux et de *lui* ; j'avais beau dormir toutes les nuits dans le même lit et porter son nom, mon estomac se nouait et mon sang se réchauffait. Et il me manquait.

Je me manquais.

La culotte ressemblait à de vieux bas, confortable par endroits et percée à d'autres, mais je la gardais et me coiffais de mon tricorne. Le panache vert n'était plus qu'une herbe flétrie, mais si je fermais les yeux et penchais la tête de sorte qu'il me chatouillait la joue, il n'était pas difficile de me souvenir.

L'uniforme du général était suspendu dans une housse au fond de la garde-robe. Il l'avait porté pour quelques grandes occasions. Quand Washington fut élu président en 1789 et quand il revint à Mount Vernon en 1797, John alla à Philadelphie pour la prestation de serment et l'investiture, mais les deux fois j'avais refusé de l'accompagner. Je voulais le protéger, y compris contre moi-même.

Je me fabriquai une nouvelle culotte qui ressemblait exactement à celle que j'avais portée. Il me fallut plusieurs tentatives avant d'arriver à la bonne coupe, mais quand j'eus trouvé un modèle satisfaisant, j'en confectionnai d'autres. Puis je me fis aussi une chemise et un gilet, blancs avec de simples boutons blancs. J'achetai à Lenox un plumet vert – une dizaine – ainsi qu'un tricorne noir et des bottines noires. Je fis teindre en bleu-gris une bonne quantité de lainage, et mentis en disant que c'était pour une nouvelle robe. Je n'avais aucune raison de mentir, mais je n'étais pas prête à parler, et pendant des semaines, je ruminai, méditai, réfléchis et complotai, jusqu'au jour où Agrippa Hull vint voir le général et me surprit à fendre des bûches, vêtue de ma culotte toute neuve.

— Eh bien, Joli, mais que faites-vous là ? demanda-t-il en se laissant tomber dans un fauteuil à bascule, sous le porche.

— Je débite du bois, Agrippa.

— Quelqu'un pourrait vous voir. Songez au général !

— Vous pensez que des gens seraient prêts à payer pour me voir en culotte, Grippy ?

Il resta bouche bée.

Je compris plus tard quelle impression j'avais pu causer.

— J'aimerais monter un petit spectacle. Et vendre des billets d'entrée. Je porterais mon uniforme et je parlerais de la guerre d'un point de vue féminin. Cela s'appellerait « Deborah Samson, la fille qui prit les armes ». Ou « Le soldat secret ». Ou quelque chose de semblable.

Il inclina la tête, incrédule.

— Mais pourquoi diable iriez-vous faire ça ?

— Vous passez votre vie assis dans l'herbe à raconter des histoires. Des soldats viennent vous voir et boivent le grog que vous leur servez. Et vous parlez de la révolution. Je veux en parler aussi. Sur une scène.

— Je ne vous aiderai pas à vous enfuir, Joli.

Ce fut mon tour de le regarder bouche bée.

— Je ne m'enfuis pas.

— Vous avez la bougeotte. Il y a des gens comme ça. Vous avez toujours été un peu sauvage. Mais vous ne pouvez pas vous promener en culotte. Plus maintenant. Vous n'êtes plus Joli Robbie. Vous êtes Mrs Paterson.

— Alors pourquoi m'appelez-vous Joli ? répliquai-je. Et je devrais pouvoir aller partout où j'en ai envie, Agrippa Hull. Je devrais pouvoir sortir de Lenox avec mon mousquet et ma santé mentale, sans que personne n'ait à m'en donner l'autorisation ou ne m'escorte.

— *Devrais* est un drôle de mot. Les gens parlent énormément de la façon dont les choses *devraient* être et pas de ce qu'elles sont. Vous êtes une femme, c'est une réalité que vous ne pouvez pas démentir.

— Je sais me défendre comme un homme.

Grippy ricana.

— Ah, oui, c'est vrai. C'était vrai. Mais je crois que vous ne pourriez plus tromper personne aujourd'hui. La femme se voit partout en vous, maintenant. Vous avez mûri.

Mes épaules se voûtèrent. C'était ce que je craignais.

— Le général est l'un des meilleurs hommes que je connaisse. Pourquoi voulez-vous fuir ? Et surtout le fuir, lui ?

— Je ne fuis pas ! Je ne le fuis pas.

— Alors qui fuyez-vous ? Et pourquoi ai-je le sentiment que nous avons déjà eu cette conversation il y a longtemps ?

Il se gratta la tête.

— Parce que c'est le cas. Un jour, nous avions parlé de naître libre et de mourir libre. Vous rendez-vous compte que vous êtes l'une des rares personnes à savoir réellement qui je suis ?

— Le soldat Joli, vous voulez dire ?

— Oui, le soldat Joli.

— Oh, des tas de gens sont au courant. Simplement, ils ne savent pas quoi en faire.

— Ils ne connaissent pas Deborah Samson. Ils croient me connaître.

— Donc vous voulez que le monde entier la connaisse, c'est ça ?

— Je veux que le monde accepte Deborah Samson.

— L'accepte ?

Ses gloussements se changèrent en un gigantesque éclat de rire. Et il continua à pouffer la tête rejetée en arrière, frappant du pied comme s'il ne pouvait résister.

Sa réaction me mit encore plus en colère.

— Vous pouvez partir, Grippy, lui suggérai-je en fendant une autre bûche que je jetai sur le côté. Je suis absolument ravie de vous avoir diverti.

Il ne partit pas. Il continua à rire, s'agitant d'avant en arrière dans mon fauteuil, me regardant débiter le bois avec rage.

— Oh, Joli, c'est trop drôle. « Je veux que le monde accepte Deborah Samson », répéta-t-il d'une voix haut perchée pour m'imiter. Eh bien, bonne chance, madame ! Allez chercher l'acceptation dans le vaste monde. Quand vous l'aurez trouvée, vous me ferez signe. Parce qu'il y a plus d'un Africain qui aimerait vraiment savoir où elle est.

Il ricana encore et se leva lentement, comme si son hilarité l'avait épuisé.

— En tout cas, moi, je l'ai déjà trouvée. Elle est juste ici. (Il se tapota la poitrine.) Juste ici.

John me trouva là où Agrippa m'avait laissée, encore à fendre du bois, encore en culotte, mijotant encore dans l'émotion liée à la mort de ma mère et à la quête d'acceptation.

— Repos, soldat, ordonna le général.

Je protestai, mais je m'interrompis et le regardai s'approcher. Avec les années, le roux avait continué à s'estomper dans ses cheveux, en commençant par les tempes pour remonter ensuite, mais John Paterson n'avait pas beaucoup changé par rapport au général qui était venu à West Point accueillir les nouvelles recrues. Mon cœur s'était arrêté alors, et il s'arrêta cette fois encore. Comme toujours. Comme chaque fois.

Il ne ralentit son pas que lorsqu'il fut près de moi. Il me prit le menton et déposa sur ma bouche un baiser qui n'avait rien de la politesse ou de la formalité.

— Pourquoi fendez-vous du bois, soldat Shurtliff ? Des montagnes de bois ? Nos enfants vont croire que vous construisez l'arche de Noé.

— Je fends du bois parce que j'en suis capable. Je suis douée pour ça. Et nos enfants ne sont même pas ici. John Junior est en ville et Betsy est chez ta mère.

Les filles de John étaient désormais mariées et, à quatorze et douze ans, John Junior et Betsy avaient une vie bien remplie par leurs propres intérêts. John Junior était un grand et beau garçon. C'était plus un Samson qu'un Paterson, même s'il était absolument comme son père, fiable, dévoué et bon. Il se soucierait de ce que les autres pensaient de moi. Il n'aimerait pas les entendre jaser, mais il partirait pour Yale à l'automne.

Betsy avait les cheveux roux de John et mon regard farouche, mais elle ne s'intéressait ni aux livres ni à l'école. Elle tissait avec talent et Mrs Paterson avait dédié une pièce entière de sa maison à un métier à tisser, même si nous en avions également un à Paterson House. « Ce métier est à toi, Maman, affirmait régulièrement Betsy. Celui de Grand-Mère ne sert à personne d'autre que moi. Et je suis en train de te fabriquer quelque chose. Une surprise. »

— Tu as les mains pleines d'ampoules.

John me prit la hache des mains et la ficha dans la souche.

— Elles sont trop douces.

Je partis à grands pas vers la grange. Il me suivit. Je saisis la fourche et me mis à retourner la paille. Elle n'avait pas besoin d'être retournée ; je venais de la rafraîchir le matin même.

— Où as-tu trouvé cette culotte ? Elle n'est pas à moi. Elle te va très bien.

— Je l'ai cousue moi-même. Cela te scandalise ?

— Non. Mais vous ne ressemblez plus à un garçon en culotte, Samson.

— C'est parce que tu sais qui je suis.

Il plissa les yeux et mon pouls accéléra. C'était toujours ainsi entre nous. Même après deux enfants et près de deux décennies. La faim et le désir ne s'étaient jamais atténués, à ma grande surprise.

— Tu n'es pas taillée comme un homme.

— Alors je devrais me fabriquer une bedaine à porter sous ma chemise pour m'épaissir un peu la taille.

Le général avait néanmoins le ventre aussi plat et dur que les murs de la grange.

— Ta taille t'épaissira bien assez vite si nous continuons sur notre lancée. Ma mère avait ton âge lorsqu'elle m'a eu.

Il me taquinait, mais je m'immobilisai. Je ne pouvais pas continuer sur notre lancée. Je ne pouvais pas. J'avais été enceinte cinq fois et j'avais fait trois fausses couches, très tôt. J'aurais voulu être aussi douée pour avoir des enfants que pour tout le reste, mais il s'était avéré que je n'avais pas mon mot à dire dans ce domaine, et il y avait bien des années que je n'étais plus tombée enceinte. Mais si John Paterson me mettait maintenant un autre bébé dans le ventre, je ne pourrais jamais partir. Cette pensée me pétrifia. Je brandis la fourche vers mon mari.

— Arrière, John Paterson. Je ne suis pas d'humeur à m'accoupler.

— Alors tu n'aurais pas dû mettre cette culotte.

Il ferma la porte, poussa le verrou et jeta la fourche plus loin. La mêlée qui s'ensuivit, mains empoignant la chair, bouches se cherchant, me donna tort. J'étais d'humeur à m'accoupler. J'étais toujours d'humeur à m'accoupler, et contrairement à nos premiers ébats, mes seins étaient libres sous ma chemise et mon gilet. John les contempla comme s'il ne l'avait pas déjà fait mille fois, dix mille fois.

— Tu es si belle. Ils sont si beaux. Ils ne devraient jamais être comprimés.

— Plus jamais. Je chevaucherai nue en ville, lançai-je, sardonique jusque dans ma capitulation.

Il grogna, se débattant avec ma culotte et la sienne, et notre conversation animée devint une conjonction frénétique qui nous laissa pantelants et fatigués dans la paille.

— Qu'est-ce qui t'a pris, ma femme ? murmura-t-il, m'attirant contre son torse et glissant ses mains dans ma longue natte.

Je savais qu'il ne parlait pas de ce qui venait de se produire. Cela n'était pas nouveau. Mais ma culotte l'était.

Je me dégageai et me rhabillai.

— Je veux me fabriquer un autre uniforme.

— Pourquoi ? Nous n'en avons plus besoin.

— J'ai besoin du mien.

Soudain, une émotion violence monta dans ma poitrine.

— Ma vieille culotte est trop serrée aux hanches et j'ai beau me comprimer fermement les seins, on voit encore que je suis une femme, sous ma chemise. Je n'arrive même pas à boutonner la tunique. J'ai grossi à cause de vous, général Paterson.

— Grossi ? Pas du tout. Simplement, tu n'es plus un sac d'os couvert de bandages.

—Je ne peux plus courir, ni même marcher sur de longues distances. Et je ne suis plus aussi forte. À peine si j'ai pu me hisser jusqu'à la poutre quand j'ai essayé. J'ai toujours été capable de me hisser jusqu'à la poutre.

— De quoi parles-tu ?

Je grimpai l'échelle menant au grenier, mais au lieu d'aller plus haut, je me suspendis à la poutre, exactement comme je le faisais jadis avec les frères Thomas. Toujours allongé dans la paille, John m'admira, la tête soutenue par la main, les vêtements froissés, l'air repu.

Je rugis sous l'effort, et je réussis à accomplir l'exercice une fois avant de devoir remettre la jambe gauche sur l'échelle pour revenir à la sécurité.

— Tu es un singe.

— Avant, je pouvais le faire dix fois de suite sans y penser.

— Descends de là.

—Je me déçois.

J'étais encore accrochée à l'échelle, sans le regarder. J'étais à deux doigts de pleurer.

— Deborah, viens ici.

Je dégringolai, les larmes aux yeux, et j'allai m'asseoir dans la paille à côté de lui.

— Dites-moi ce qui ne va pas, soldat.

— Ne m'appelle pas comme ça !

— Tu as été soldat, dit-il sans se laisser désarçonner, en détachant un brin de paille de mes cheveux. Tu en seras toujours un.

—Je ne serai plus jamais soldat.

— Deborah...

Il caressait ma natte. J'avais envie de le repousser, et j'avais envie de l'attirer contre moi.

— Les Thomas ont envoyé leurs dix fils à la guerre. Middleborough a envoyé beaucoup de ses fils, mais personne n'en a sacrifié plus que le diacre et Mrs Thomas.

— Personne, acquiesça-t-il tout bas.

— Quand je me suis enrôlée, mon seul regret était de leur causer à nouveau du chagrin, ou de la honte. Je pensais ne pas me soucier de l'opinion de ma mère. Je me disais que je ne me souciais de l'opinion de personne à Middleborough, quand je me suis sauvée.

Sa main se referma sur mes cheveux, comme pour s'accrocher.

— Le révérend Conant n'était plus là, et j'étais heureuse de ne pouvoir le décevoir, même si je ne suis pas sûre qu'il aurait eu honte de moi. Ce n'était pas son genre. Il avait toujours été si fier de moi, à chacune de mes différentes étapes.

— Il voyait ce qu'il y a de merveilleux en toi, tout comme Elizabeth. Tout comme moi.

Je continuai, en tâchant de refouler les larmes qui menaçaient.

— Je n'y suis jamais retournée, tu le sais. Je ne suis jamais retournée à Middleborough. J'ai laissé les Thomas et ma mère subir les ragots et les suppositions qui ont dû circuler ensuite. Je n'ai jamais rien expliqué. Je ne les ai jamais remerciés. Je suis simplement partie, la queue entre les jambes. Et après Phineas… j'ai toujours senti que je ne pourrais jamais.

— Je t'emmènerai à Middleborough, proposa le général sans hésiter. Si c'est ce que tu souhaites, nous le ferons. Nous irons à la taverne de Mr Sproat et à la Première Église congrégationnelle. Et nous leur dirons qui tu es et ce que tu as fait. Je serai ton témoin, je confirmerai chacun de tes propos.

— Tu me rendras respectable.

— Tu es déjà respectable.

Le regard de pierre, les lèvres tremblantes, je lui lançai un défi.

— Si les gens connaissaient toute la vérité, je ne serais pas respectable. Si tu n'étais pas à mes côtés, je ne le serais pas. Pas pour la plupart des gens.

— Tu as accompli une chose qu'aucune autre femme n'a faite, à ma connaissance. Tu devrais être fière.

— J'en suis fière. Mais je suis aussi profondément... honteuse.

Il recula comme si je l'avais frappé, mais je continuai. Certaines choses devaient être dites. Tant de choses, et si je ne les disais pas maintenant, je pourrais aussi bien me jeter dans le port et me laisser noyer par mes jupes.

— Tu connais mes ancêtres.

— William Bradford, Myles Standish, John Alden, récita-t-il, docile.

Nos enfants connaissaient aussi ces histoires. Je devais bien cela à ma mère.

— Oui. Je me demande parfois si William Bradford me connaît comme je l'ai toujours connu. Ce n'est pas impossible. Chaque âme est un point de lumière au sein d'un immense ensemble, et sa lumière et la mienne sont connectées.

— Un immense ensemble. Oui, je le crois aussi.

— Mais ce n'est pas à William Bradford que je pense le plus. C'est à elle.

— À qui ?

Il parlait tout bas, il s'était apaisé.

— À sa première épouse. Dorothy.

— Ta grand-mère.

— Non. Je n'ai aucun lien de parenté avec elle. Pas par le sang. Mais c'est à elle que je pense.

— C'est celle qui s'est jetée par-dessus bord, dans la mer, se rappela-t-il. Celle qui avait perdu l'espoir.

— Oui. Nous sommes les descendants de la deuxième épouse, Alice, qui arriva à Plymouth en 1623, veuve avec deux enfants. Elle en donna trois autres à William Bradford, et l'un d'eux était Joseph, mon ancêtre. Mais c'est de Dorothy que je rêve. Elle me hante. Elle pleure et demande à son fils John de lui pardonner. Je pleure et demande à mon mari, John, de me pardonner. Et maintenant… ma mère me hante aussi.

— Pourquoi ? demanda-t-il en essuyant les larmes qui se répandaient sur mes joues.

Je baissai la tête et me mis à sangloter, non des sanglots silencieux de contrariété, ou des sanglots douloureux comme ceux qu'avait causés une balle dans ma chair. Ce n'était pas même la tristesse de la mort et la réaffirmation de la vie. Je ne savais pas trop, mais cela remontait d'un lieu très profond, de mon puits de misères que je croyais depuis longtemps asséché.

— Deborah. Deborah, murmura John en me prenant dans ses bras, chut. Ne pleure pas, je ne le supporte pas.

Mais je sentis de l'inquiétude dans cette réprimande. Je n'étais pas sujette aux larmes, et il ne savait comment réagir face à cette nouvelle version de moi. Pendant plusieurs minutes, je ne pus trouver la force de la lui expliquer.

— Je n'aimais pas ma mère. Je la détestais. Mais je m'aperçois maintenant qu'il y avait beaucoup à admirer en elle. Elle ne nous a pas abandonnés, ne nous a pas jetés à la mer, alors qu'elle l'aurait pu. Elle était trop fière pour cela. Et elle était si fière de ses ancêtres. J'ai compris tout récemment que ma mère tirait sa fierté du passé parce que le présent ne lui en inspirait aucune.

— Pardon ?

— Ce que ma mère m'a transmis, c'est mon nom. Elle m'a rendue fière de mon nom. Elle m'a rendue fière de qui j'étais et de qui je descendais. Pourtant, j'ai passé des années à fuir mon nom. (Je me frottai la poitrine, luttant contre le sentiment qui y naissait.) C'est Deborah Samson qui marchait, qui saignait, qui était affamée, qui se battait. *Moi.* Mais Deborah Samson reste un objet de mépris et d'hypothèses lorsque des gens pensent à moi. Je l'ai autorisé en gardant le silence. Même à ma mère je n'ai jamais dit ce que j'avais fait.

Je fus à nouveau submergée par l'émotion, et John ne répondit rien, il ne tenta même pas de me faire taire. Il me tint longtemps contre lui, comme il l'avait fait après la mort de Phineas. Lorsqu'il parla enfin, j'entendis la même impuissance dans sa voix, la même culpabilité.

— C'est pour moi que tu n'as rien dit pendant toutes ces années.

— Tu es mon cœur, John Paterson.

— Et tu es le mien. Mais tu es malheureuse.

— Non, pas malheureuse. Ce n'est pas si simple.

— Tu as perdu l'espoir.

— Oui, j'ai perdu l'espoir parce que j'ai perdu mon objectif.

— Que puis-je faire ? demanda-t-il, plein d'une compassion visible. Dites-moi, soldat.

— Je sais ce que je veux. Je sais que cela risque de te coûter ta dignité, et que cela pourrait même te coûter ta réputation, le nom que portait ton père et… celui que porte aujourd'hui notre fils.

— Je ne me suis jamais beaucoup soucié de mon nom, Samson. Je te l'ai dit il y a longtemps. Personne ne se souviendra de John Paterson. Cela n'a jamais été ma motivation.

— J'ai besoin de raconter mon histoire, mon général. Je veux la raconter. Même si personne n'a envie d'écouter parler une femme. Même si on me chasse de la scène et de la ville. J'ai besoin de raconter mon histoire parce que ce n'est pas seulement la mienne. C'est celle de Dorothy, d'Elizabeth et de Mrs Thomas. C'est l'histoire de ma mère et de tes filles. Nous y figurons toutes. Nous avons souffert, nous avons fait des sacrifices. Nous nous sommes battues, même si ce n'était pas sur le champ de bataille. C'était notre révolution à nous aussi, et pourtant… personne ne nous interroge jamais.

30

La divine Providence

CETTE HISTOIRE, les gens voulaient l'entendre. J'organisai moi-même toute la tournée. Je réservai les salles et fis paraître des annonces dans les journaux. Je me rendis à Boston, Providence, Albany et New York. Je remplissais les théâtres. Le *Columbian Sentinel* déclara que c'était la première tournée de ce genre, des conférences publiques prononcées par une femme.

Je commençais chaque fois par une démonstration. Je portais un uniforme – veste bleue à parements blancs et pantalon blanc immaculé. Ce n'était pas celui qu'on m'avait donné des années auparavant. Ce n'était pas celui que j'avais rapiécé et réparé. Je m'en étais fabriqué un nouveau, identique à l'ancien. Le chapeau, avec sa plume gaillarde, était neuf, lui aussi. Mais le mousquet était le même. Les manœuvres aussi. J'accomplissais cinq minutes d'exercice, John criant les ordres, et les seuls bruits dans la salle était le claquement de mon arme et le murmure de mes gestes.

Je chargeais mon mousquet, je déchirais les cartouches en papier avec mes dents, je versais la poudre, je lâchais la balle dans le canon, et j'enfonçais le tout avec mon bâton, ce qui me valait quelques applaudissements quand je terminais chaque démonstration de mes compétences masculines. Puis je quittais l'estrade et la salle, pour aller me changer très vite et revenir habillée comme Deborah Samson, l'épouse d'un général, mes cheveux relevés, ma robe accentuant ma silhouette féminine. Mais j'avais toujours le mousquet sur l'épaule, et les gens adoraient cela.

J'ouvrais toujours mon discours de la même manière, toujours debout, seule en scène :

— Si nous nous battons, ce n'est pas pour celui qui a tout et qui veut davantage, mais pour celui qui n'a rien.

Ces mots avaient inspiré la révolution en moi, et j'étais toujours convaincue de leur vérité.

— Nulle part, aucun homme ne peut espérer vraiment échapper aux circonstances dans lesquelles il est né. Notre sort se décide dès l'instant où nous commençons à habiter le ventre maternel, dès l'instant où nous respirons. Mais peut-être cela pourrait-il changer dans notre pays.

Nous allâmes aussi à Middleborough.

La vieille église du révérend Conant consentit à me laisser parler en chaire, concession réellement révolutionnaire. La Troisième Église baptiste m'invita aussi, ne voulant pas se laisser battre par la concurrence, et je fis ma conférence deux soirs de suite, offrant deux présentations consécutives dans chaque église. Les quatre spectacles firent salle comble, attirant des gens de Plympton et de Taunton, même si j'étais une curiosité plutôt que l'enfant du pays.

Mrs Thomas et Benjamin vinrent m'applaudir. Le diacre était décédé, et Mrs Thomas était devenue encore plus petite. Ses cheveux noirs étaient argentés, mais ses yeux bruns n'avaient pas changé. Quand je descendis la voir à la fin, elle me prit dans ses bras et posa sa tête contre ma poitrine, comme si j'étais la mère et elle l'enfant. L'âge a l'art d'inverser les rôles.

— Oh, Deborah. Oh, ma chère fille. Tu m'as manqué, tu m'as tellement manqué. Viendras-tu souper avec nous à la maison, ou du moins prendre le thé et des tartines de confiture ?

J'acceptai, même si je fis en sorte d'y aller le lendemain pour le déjeuner, avant de partir pour Boston. Je passai l'après-midi à faire visiter à John la ferme et les champs qui avaient jadis été mon réconfort et ma cage.

— Cette pièce est encore plus petite que tes quartiers à la Maison Rouge, dit-il tout bas, contemplant le minuscule espace que j'avais eu la chance d'occuper.

Je le savais maintenant. J'avais eu de la chance.

Depuis que j'étais partie, cet espace avait été employé et occupé, il n'y restait rien de moi. Pourtant, je n'avais qu'à fermer les yeux, à inspirer profondément, et j'avais à nouveau douze ans, je griffonnais des lettres à la lumière d'une chandelle.

Pendant un repas simple, sur la vieille table désormais entourée de chaises vides, nous pûmes nous rappeler les premières années, prononcer des noms chéris et évoquer des visages bien-aimés, les honorer dans notre mémoire. Jacob était rentré après la guerre et avait épousé Margaret, qui avait patiemment attendu son retour, mais ils étaient partis vers l'ouest, dans l'Ohio, profitant de la terre promise à Jacob lorsqu'il avait été nommé lieutenant.

Benjamin ne s'était jamais marié et il gérait à présent la ferme Thomas, avec Francis et Daniel, qui vivaient à proximité avec leur propre famille. J'aurais aimé les voir, mais j'eus l'impression qu'ils avaient choisi de ne pas me rencontrer. Les retrouvailles ne sont jamais faciles, et je leur pardonnai malgré mon chagrin.

Avant notre départ, Benjamin apporta une boîte en bois dont il semblait répugner à se séparer. Il la tint un moment, se mordant la lèvre inférieure, puis me la remit.

— Tout ça est à toi. Tout ce que tu as laissé. J'ai lu toutes ces lettres à Elizabeth dans ton journal intime. Plusieurs fois. (Sous l'effet de la gêne, son visage prit une teinte rose, mais il soutint mon regard pendant cet aveu.) Elles sont merveilleuses. Tu devrais les réunir dans un livre.

John, toujours observateur et toujours courtois, sortit pour aller ranger la boîte parmi nos bagages et s'occuper des chevaux tandis que nous nous faisions nos adieux. Mrs Thomas m'étreignit à nouveau et me fit promettre de lui écrire.

Je jurai de lui obéir et lui demandai pardon pour toutes mes années de silence.

— Vous étiez ma mère. Vous m'aimiez. Et je suis partie sans vous dire que je vous aimais aussi. Pouvez-vous me le pardonner, madame Thomas ?

Elle prit mon visage dans ses mains et, les lèvres tremblantes, les yeux humides, me donna son absolution.

— Je suis si fière de toi. J'ai toujours été si fière de toi. Ne cesse jamais d'être Deborah Samson. Ne la cache plus jamais. Le monde a besoin de connaître ton histoire.

Alors que nous partions sur ce chemin où j'avais mille fois fait la course, John me regarda avec un sourire triste.

— Étaient-ils tous amoureux de vous, Samson ?

— Qui ?

J'étais encore prise dans mes souvenirs, habitée par les lieux de mon passé. Mayflower Hill me charmait et les saules pleuraient.

— Les dix fils Thomas. Étaient-ils tous amoureux de toi ?

Je secouai la tête, habituée à ses taquineries.

— Jacob a épousé Margaret.

— Oui, c'est un esprit pragmatique. Mais le pauvre Benjamin Thomas est encore sur la route.

Je me retournai et vis que c'était vrai. Je lui fis signe à nouveau et il leva la main, pour m'indiquer qu'il me voyait encore, même s'il avait presque disparu.

— Le jour où tu es arrivée chez eux… cela a dû être un événement, songea John. J'ai presque pitié d'eux.

— Ils ont dit que je ressemblais à un piquet de clôture, à un épouvantail, et que j'allais les égorger dans leurs lits. (Je ris mais le souvenir me brûlait la gorge et me chatouillait le nez.) Ils étaient sans merci.

— Non, ils étaient entièrement à ta merci, les pauvres garçons. Après toi, plus aucune fille n'aurait jamais pu faire le poids.

Je m'essuyai les yeux et regardai en arrière une dernière fois. Benjamin n'était plus visible.

— Tu ne sais pas tout, John Paterson.

— Non, mais je vous connais, Samson.

***

29 avril 1827

Chère Elizabeth,

Le saule planté au-dessus de votre tombe a bien grandi. Il y a là une place pour moi à côté de vous, et je pense que cette lettre sera ma dernière. J'ai écrit tout ce qu'il y a à dire et vous ai conté tout ce qu'il y a à conter.

J'ai vieilli dans votre maison. Autrefois, je trouvais étrange de marcher là où vous aviez marché, de m'asseoir à votre bureau sur lequel vous m'aviez jadis écrit, de regarder par vos fenêtres et de voir de votre point de vue.

Un jour, j'ai demandé à John ce que vous penseriez de moi qui suis entrée dans votre vie. Qui ai pris votre place.

Il a simplement répondu : « Elle t'accueillerait ici. Mais tu t'es fait ta propre place, tu t'es créé ta propre vie. Tu n'as pas pris la sienne. » Et nous en sommes restés là.

John est devenu juge – cela fait maintenant bien des années. Il a toujours été réélu. Je pense vous l'avoir dit. Il est allé au Congrès pendant deux ans, mais cela lui prenait trop de temps loin de la maison, et il n'a plus jamais été candidat.

Les gens lui font confiance, et il est équitable. Ils aiment l'idée qu'il a été général et ils sont prêts à oublier le fait embarrassant que je suis sa femme. Un journaliste l'a interrogé à mon sujet, un jour où il était à la tribune. John m'a fait venir, m'a présentée, et j'ai prononcé le discours que j'avais mémorisé, qui incluait plusieurs paragraphes de la Déclaration d'indépendance, mes réflexions sur les droits de tous les hommes et de toutes les femmes, et sur mes ancêtres pèlerins. J'ai même terminé avec mon mousquet et le manuel des armes.

Personne n'a plus jamais rien demandé à mon propos.

Vos filles ont grandi. Mes enfants aussi. Ils se considèrent tous comme frères et sœurs, et cela me réjouit le cœur. Nos petits-enfants courent et crient quand ils sont ici. Nous avons une petite-fille prénommée Elizabeth et une autre prénommée Deborah, et elles s'entendent à merveille. Elles ont défié les garçons à la course, et j'ai fabriqué à chacune d'elles une culotte magique afin de rendre la compétition un peu plus juste.

Vingt-cinq ans se sont écoulés depuis ma première tournée de conférences, et je n'accepte plus de sollicitations que de temps à autre, ici ou là. C'est toujours un honneur que des gens veuillent me rencontrer, et ils sont toujours surpris par mon physique et ma façon de parler. Ils me disent des choses comme : « Vous deviez être très différente en ce temps-là » ou : « Je vous croyais plus grande. » Je trouve cette dernière remarque assez étonnante, car je suis encore très grande. Selon le général, ils sont surpris que j'aie l'air d'une femme. « Ils ne s'attendent pas à ce que tu sois jolie, sage ou éloquente. Ils attendent un Samson et tu es une Deborah. »

J'aime à penser que je suis les deux à la fois.

Certains ne croient pas que j'aie réellement servi dans l'armée. Ils pensent que je mens, et je fais parler de moi – le plus souvent en mal – depuis que j'ai entrepris de conter mon histoire. Mais John connaît la vérité, je la connais moi aussi, et nous entretenons ensemble la flamme de l'espoir.

Agrippa Hull connaît la vérité, lui aussi, et il aime dire que le changement est lent à venir, mais qu'une fois arrivé, il ne bouge plus. Il habite encore Stockbridge, et il est là-bas une célébrité autant que moi, sans doute davantage, même si personne n'a jamais dit de mal de lui. Les gens se rassemblent encore dans le pré communal, par beau temps, pour écouter ses récits de la guerre.

Il s'est trouvé une femme qui lui plaît et à laquelle il plaît. Leurs enfants ont bien grandi aussi, affranchis nés d'affranchis, mais l'esclavage existe toujours, même toutes ces années après la guerre. L'esclavage n'est pas fini, et les femmes ont toujours une place dont elles n'ont pas intérêt à s'éloigner. C'est peut-être parce que nous sommes des trésors, comme l'a un jour dit John, mais être un trésor n'est pas forcément une situation enviable. On possède un trésor, or un être humain n'est pas une possession.

J'ai demandé une pension militaire et j'ai envoyé des dizaines de lettres au Congrès pour que mes états de service soient valorisés. John dit que je le mérite, mais le Congrès s'est seulement laissé convaincre en 1818, alors que j'avais des lettres de soutien de Paul Revere, qui est devenu un ami très cher, et du président John Quincy Adams en personne. Paul Revere m'a lui-même apporté la somme qui m'a été accordée, puis les journaux ont prétendu que je buvais à nouveau dans les tavernes avec des hommes, et la vieille histoire de la taverne Sproat à Middleborough a refait surface.

J'ai fait promettre à John qu'il demanderait une pension de conjoint de militaire si je meurs avant lui. J'ai mis cet engagement par écrit et il l'a signé en tant que général de division John Paterson. Il ne discute plus avec moi – pas sur ce genre de points – mais lorsque je deviens trop autoritaire, il m'appelle soldat Shurtliff et me rappelle qu'il est mon supérieur en grade. Puis il a son petit sourire secret, celui qui me coupe le souffle, et nous nous rappelons comment j'ai cessé d'être Shurtliff, comment il est devenu mon John bien-aimé.

J'ai été soldat, et j'en suis fière. Je suis mère aussi, et épouse ; comme vous me l'aviez jadis conseillé, je n'ai pas rejeté la puissance et les privilèges de notre sexe. J'ai volontiers joué tous ces rôles, et j'ai laissé ma marque sur le monde.

Mais le monde a aussi laissé sa marque sur moi.

Dans la Genèse, après avoir lutté contre l'ange, Jacob reste boiteux. Je boite moi aussi. Les années m'ont appris que nous ne sortons jamais indemne d'une bataille, si justifiée qu'elle soit. Chaque cause a un coût, et ils sont nombreux à l'avoir payé. Si nombreux. Une grande partie du monde ne saura jamais quel rôle ils ont joué, quel rôle j'ai joué, moi la fille nommée Samson.

Parfois, quand je ferme les yeux, je marche à nouveau sous les drapeaux. Certains moments de cette époque se détachent en couleurs éclatantes, tel un foulard rouge entouré de lainages gris sur un fil à linge. Les souvenirs s'agitent gaiement et hantent mes rêves comme si j'étais là-bas ; autour de moi, les pieds nus des hommes forment des empreintes de sang dans la neige. Rouge, blanc et tuniques bleues. Une marche sans fin, depuis la guerre vers un avenir que nous ne verrons jamais.

Mais je ne rêve plus de Dorothy May Bradford. Mes jupes ne s'enroulent plus autour de mes jambes pour me noyer. J'ai appris à m'en dégager. À porter une culotte quand il le faut. Et bientôt je reprendrai la course.

J'entends presque mes frères m'appeler.

Deborah

Note de l'autrice

Je n'ai découvert l'histoire de Deborah Sampson (ou Samson) qu'en 2021, grâce à un article sur le rôle des femmes dans la révolution américaine. Il avait été publié le 4 juillet, jour de fête nationale aux États-Unis, dans une publication féminine à laquelle je suis abonnée en ligne. Je suis restée sous le choc, moi qui avais jadis été professeur d'histoire ! J'ai enseigné dans une école où le passé américain était une des bases du programme, et j'ignorais tout d'elle. Je suis aussitôt partie à la pêche aux informations, en creusant aussi profond que possible, compte tenu des ressources limitées dont on dispose sur elle et sur sa vie. Puis j'ai adressé une proposition à mon éditeur, dans l'espoir que ce projet l'intéresserait autant que moi. Ce fut le cas, et un contrat fut signé pour *La Fille qui prenait les armes.*

C'est là que le vrai travail a commencé. La vie de Deborah a été contée au début du XIXe siècle par un nommé Hermann Mann, censé l'avoir longuement interrogée. Le résultat n'est pas brillant : son livre est pratiquement impossible à lire, et il s'avère incapable de donner vie à Deborah, que je pus néanmoins apercevoir entre ses lignes.

Je me suis donc attaquée aux sources d'époque, notamment le récit du Dr James Thatcher, médecin assigné à la brigade du général Paterson dans les dernières années de sa carrière. Dans le livre de Mann, il est écrit que Deborah aurait connu James Thatcher dans son enfance, mais elle n'est nulle part mentionnée dans les centaines de pages du journal intime et des comptes détaillés que Thatcher rédigea durant la guerre d'Indépendance. La veuve Thatcher, chez qui Deborah vécut de l'âge de huit ans à l'âge de dix ans, semble avoir été une parente, comme je l'indique dans mon roman, même si je n'ai aucune certitude quant au degré de parenté.

Le journal intime du Dr Thatcher n'offrait pas seulement une foule d'informations sur la brigade de Paterson et la guerre dans les hautes terres, mais aussi un exposé spécifique sur le régiment de Deborah. Ses commandants, les soldats parmi lesquels elle servait, les missions dont elle put être chargée, tout cela figurait dans le journal. Thatcher connaissait bien le général Paterson et fait souvent référence à lui. J'ignore si James Thatcher finit par découvrir la véritable identité de Robert Shurtliff, mais il connut certainement et la jeune fille et le soldat. Le Dr Thatcher compléta son texte par des ajouts bien après la fin de la guerre, sans mentionner Deborah, qu'il examina pourtant lorsqu'elle souffrit de la fièvre jaune à Philadelphie. Le Dr Thatcher parle aussi du Dr Binney.

Le Dr Binney était médecin à l'hôpital où Deborah fut conduite, en uniforme, inconsciente et inconnue. C'est lui qui prit sa défense et la ramena chez lui pour sa convalescence. Dans le livre d'Herman Mann, Deborah retourne à pied à West Point une fois guérie et remet au général Paterson une lettre du Dr Binney révélant qu'elle était une femme. Le général lui aurait alors permis de quitter l'armée sans éventer son secret et, bien après la fin de la guerre, serait resté son fidèle confident.

Dans les mots de Deborah, John Paterson était son cher vieil ami. Il n'était pas du tout âgé, mais je ne doute pas qu'il lui ait été cher. Quand j'ai lu le texte de Mann, je n'ai pu m'empêcher de penser qu'un lien très particulier avait dû les unir, même s'il ne s'agissait pas d'une liaison au sens propre. Il est miraculeux que Deborah Sampson soit devenue l'aide de camp du général Paterson, qui se montrait très protecteur envers elle. Plus important, surtout à l'époque où il vivait, il croyait en elle et l'admirait pour ce qu'elle était et ce qu'elle avait accompli.

Je n'avais jamais entendu parler non plus de John Paterson. Son arrière-petit-fils, Thomas Egleston, publia sa biographie en 1894, à partir des lettres et documents accessibles dans les archives de la guerre d'Indépendance – principalement des messages adressés au Congrès et à d'autres officiers – ainsi que d'anecdotes transmises de génération en génération. Il n'est pas question de Deborah Sampson dans le livre de l'arrière-petit-fils du général.

Peut-être John Paterson ne parlait-il jamais d'elle, même si je trouve cela presque impossible à croire. Une femme soldat qui avait été son aide de camp ? Elle ne figure néanmoins nulle part dans les deux cent soixante-dix-neuf pages en petits caractères, où Egleston détaille les huit années pendant lesquelles son ancêtre participa à la guerre. Deborah Sampson brille par son absence.

Le général Paterson était un bel homme élancé, mesurant six pieds deux pouces (un mètre quatre-vingt-huit), athlétique, d'ascendance écossaise, qui ne fuyait jamais son devoir et qui ne cherchait jamais l'attention. C'est d'autant plus remarquable qu'il était jeune ; selon son arrière-petit-fils, il était l'un des plus jeunes généraux de cette guerre, sinon le plus jeune, et il conserva le poste jusqu'à ce que la démobilisation soit achevée. Il fut alors nommé général de division.

Fils unique, benjamin d'une famille de cinq sœurs, dont le père militaire mourut de la fièvre jaune alors qu'il était au service de la Couronne, John Paterson est un personnage que je n'ai eu aucun mal à me représenter. J'ai été très impressionnée par le récit de son arrière-petit-fils et les messages où il supplie que l'on vienne au secours de ses hommes. Comme Deborah, je l'adorais. Beaucoup des scènes et événements de ce roman sont de pure fiction, mais son patriotisme était authentique. Il était également évident, d'après les archives conservées, qu'il fut souvent choisi pour calmer les disputes et apaiser les tempêtes, et qu'il avait la réputation d'être un homme d'exception.

Sa bienveillance envers Agrippa Hull, célèbre soldat africain-américain de la révolution, était également signalée dans les archives que j'ai trouvées. Hull était connu et apprécié à Stockbridge, Massachusetts. L'épisode dans lequel il endosse le grand uniforme du colonel Kosciuszko et se peint le bas des jambes est réel. Dans ce roman autant que dans la vraie vie, ce fut un personnage remarquable.

Selon son arrière-petit-fils, John Paterson tenait des registres détaillés, ce qui n'est pas étonnant de la part d'un général, d'un juriste, d'un juge et d'un parlementaire malgré lui. Cependant, peu après sa mort, toutes ses archives et sa correspondance personnelle furent perdues dans un incendie.

J'ai pris quelques libertés avec l'âge de mes personnages et les relations qu'ils entretiennent : Elizabeth Lee Paterson, l'épouse du général, ne mourut pas pendant la guerre, et même s'il semble qu'elle ait un jour rencontré Deborah, les deux femmes n'étaient pas unies par l'amitié que je leur prête. Elizabeth Paterson survécut à son époux et à Deborah Sampson, de plusieurs décennies. Ce fut une femme fascinante, pleine de vaillance. John et Elizabeth eurent cinq enfants, dont un qui mourut à la naissance et une autre, Polly, dont je parle dans mon roman, qui fut malade et mourut à dix-sept ans. On peut voir à Lenox, Massachusetts, un petit monument à la mémoire de John Paterson, et la maison qu'il avait fait construire existait encore quand son arrière-petit-fils écrivit son livre.

Deborah Sampson est née le 17 décembre 1760, et non 1759, et elle descendait bel et bien de William Bradford, dont l'histoire a retenu le récit du voyage des pèlerins du *Mayflower.* Ce patrimoine ancestral, des deux côtés de sa famille, comptait beaucoup pour elle. Elle fut mise en servitude très jeune parce que son père, Jonathan Sampson, avait abandonné sa femme et ses cinq enfants. Deborah n'avait pratiquement pas de relations avec sa mère, même si la famille Thomas habitait Middleborough, non loin de Plympton. Le révérend Sylvanus Conant aida à établir le contrat de servitude, chose très courante à l'époque. Il se réjouissait de l'intelligence et des talents de Deborah, et il fit de son mieux pour la guider. Sa mort subite en 1777 fut terrible pour Deborah.

Les Thomas avaient de nombreux fils (six plutôt que dix, selon certains documents), mais je n'ai pas pu retrouver leurs prénoms ou leur histoire militaire. Je sais que plusieurs sont morts à la guerre, mais je n'ai pu trouver aucune précision fiable. Je crois que les Thomas étaient comme beaucoup des familles de cette époque. Toutes sacrifièrent certains de leurs fils, certaines les sacrifièrent tous, et je veux croire que les garçons Thomas eurent une influence énorme sur Deborah Sampson, dans la vie comme dans la mort.

Le régiment de Deborah, ses officiers et certains de ses compagnons d'armes ont laissé une trace dans l'histoire. James (Jimmy) Battles, Noble Sperin et John Beebe sont tous morts à Tarrytown. On ne sait pas exactement si Deborah s'enrôla en avril 1781 ou avril 1782. Si elle devint soldat en 1782, elle ne put participer à la bataille de Yorktown, où le livre de Mann la situe pourtant. Peu importe. Ses faits d'armes n'en furent pas moins remarquables, et plus encore son courage et sa détermination.

Il est également vrai qu'elle organisa en 1802 une tournée de discours, la première en son genre, et qu'elle voyagea pour conter ses aventures. Elle fut la première femme à toucher une pension militaire, même si elle dut adresser des réclamations au Congrès pendant plusieurs décennies. Paul Revere, un de ses amis, contribua à ce que sa demande soit satisfaite.

Deborah épousa un nommé Benjamin Gannet quelques années après la guerre, elle eut trois enfants (Earl, Mary et Patience) et en adopta un autre, une petite servante sous contrat prénommée Susanna. Je trouve ce détail particulièrement touchant. Notre héroïne n'oublia jamais qui elle avait été.

Deborah eut des douleurs dans la jambe jusqu'à la fin de ses jours, même si elle resta infatigable, toujours active. Quand les gens la rencontraient, ils étaient souvent surpris par son apparence, attendant « un Samson plutôt qu'une Deborah », comme le dit John dans le roman. Je pense qu'elle était les deux à la fois. Pionnière et patriote, elle est enterrée à Sharon, Massachusetts, et un petit musée lui est consacré à Middleborough.

Deborah Sampson est peut-être la rebelle que je préfère. Où qu'elle soit, je voudrais qu'elle sache combien son histoire m'a émue. L'Histoire ne lui a pas rendu justice, mais j'espère sincèrement l'avoir fait.

Amy Harmon

Remerciements

Un grand merci à mon agent, Jane Dystel, qui est elle aussi une authentique guerrière, ainsi qu'à Karey White, Sunshine Kamaloni, Amanda Woodruff, Ashley Weston et Barbara Kloss, qui ont lu l'histoire de Deborah quand j'avais peur et qui m'ont encouragée quand je doutais. J'avais faim et vous m'avez nourrie, j'avais soif et vous m'avez abreuvée. Soyez toutes bénies.

La communauté Charleston a aimé !

Chez Charleston, nous sommes convaincus que, loin d'être une aventure solitaire, la lecture est une invitation au partage. Nous échangeons constamment avec nos lecteurs et lectrices, et nous sommes fiers de la belle communauté d'amoureux des livres que nous formons tous ensemble. Chaque année, nous choisissons au sein de cette communauté vingt lectrices et lecteurs qui nous accompagnent tout au long de l'année et découvrent nos romans en avant-première. Voici leurs avis !

« Ce roman est original, extrêmement enrichissant et tellement prenant. Une incroyable surprise ! »

@lisez_en_moi

« Un roman bouleversant qu'il faut absolument lire. Une autrice excellente dans le registre historique qu'elle maîtrise à la perfection. »

@alice_au_pays_des_livres

« Une héroïne courageuse et inspirante mise en avant par une plume à la fois douce et percutante. »

@lalectricegourmande

« Inspiré d'une histoire vraie, ce roman ne peut que combler les amateurs du genre historique ! »

@uninstantpourlire

« Un récit d'une richesse époustouflante ! L'autrice nous livre avec précision et justesse, des informations et des détails sur la guerre d'Indépendance américaine. »

@book_by_tom_

« Au cœur de la guerre d'Indépendance, le lecteur découvre l'envers du décor, l'importance des mots et la puissance des femmes. Un roman exceptionnel, porté par une plume intense et poétique. »

@viedelivres

« Une plume singulière, une héroïne unique en son genre, un contexte historique prenant : je suis totalement conquise. »

@_leslecturesdemanon_

Cet ouvrage a été imprimé en utilisant des papiers composés de fibres naturelles, renouvelables, recyclables et fabriquées à partir de bois issus de forêts qui adoptent un système d'aménagement durable. En outre, les fournisseurs de papier s'inscrivent dans une démarche de certification environnementale reconnue.

Achevé d'imprimer en août 2023
par CPI Bussière
À Saint-Amand-Montrond (18)
Dépôt légal : octobre 2023
N° d'impression : 2072563
Imprimé en France